Unterwegs in die Welt von morgen

Unterwegs in die Welt von morgen

Utopische Geschichten
und Science-fiction-Romane

Verlag Das Beste
Stuttgart · Zürich · Wien

144

Printed in Germany
ISBN 3 87070 551 5

BIG BIRD
INVASION
AUS DEM
NICHTS
VON JOSEPH GREEN
INS DEUTSCHE ÜBERTRAGEN
VON LENI SOBEZ

Aus Master Thesis' Notizbuch
von Jarl Hentson

Marc Charney: Prallen Menschen und Wissenschaft aufeinander?
(Associated Press)

STAMFORD, CONN. – „Mensch und Wissenschaft befinden sich auf Kollisionskurs, und es wird der Mensch sein, der sich zu ändern hat", sagt der Gewinner des Nobelpreises für Physik, Dr. Dennis Gabor.

„Aus sehr guten Gründen mißtraue ich der Natur des Menschen", erklärt Gabor. „Er wurde geschaffen, um sich seinen Weg aus den Wäldern heraus zu erkämpfen, aber es ist daran zu zweifeln, daß er geeignet ist, in einer hochzivilisierten Gesellschaft zu leben."

Gabor führt weiter aus, daß der menschliche Drang, zu kämpfen und sich zu vermehren, in einem Zeitalter der Wissenschaft zu riesigen Problemen führen muß, etwa zu Überbevölkerung, Umweltvergiftung, Zerstörungssucht und einer quälenden Langeweile, weil er zuviel Freizeit hat.

Der Ausweg aus diesem Dilemma sei nicht, so meint er, die Ausschaltung der Wissenschaft, sondern die Veränderung der Motivation des Menschen. Wissenschaftler und Erzieher können und müssen zusammenarbeiten, um die Menschheit einem großen Ziel zuzuführen statt einer immer größeren Produktion materieller Güter sowie einer besseren Lebensqualität statt Zerstörung, fügt er noch hinzu.

Gabor ist gebürtiger Ungar, 71 Jahre alt, und ging, während Hitlers Macht wuchs, nach England. 1971 gewann er den Nobelpreis für die Erfindung der Holographie, einem Laserstrahlensystem zur Reproduktion dreidimensionaler Bilder ohne Linsen.

Aber er hat sich in akademischen Kreisen auch einen Ruf als philosophischer Schriftsteller geschaffen, der sich mit wissenschaftlichen Themen befaßt, vorwiegend mit Problemen gesellschaftlicher Natur und den Lösungsmöglichkeiten, die sich dafür ergeben könnten.

Die Wissenschaft, führt er aus, hat im zwanzigsten Jahrhundert mit dazu beigetragen, katastrophale Probleme zu schaffen. Gabor meint, in diesem Jahrhundert werde es vermutlich keinen Nuklearkrieg geben, aber die Überbevölkerung und die Umweltvergiftung könnten sich innerhalb einer Generation ebenso unheilvoll auswirken.

„Der Mensch", sagt er, „ist ein Kämpfer, und er ist rastlos. Die Arbeiter sind gelangweilt und unzufrieden . . . Nicht verhungernde Proletarier streiken jetzt; sie ziehen einen unbezahlten Feiertag und Proteste vor. Das kann ich ihnen nicht einmal verübeln, denn die Arbeit, die ihnen die Industrie abverlangt, ist zu eintönig, als daß ihre Intelligenz sich damit befriedigen ließe."

Die Antwort, meint er, müsse eine Gesellschaft sein, die den menschlichen Drang zu wachsen und zu kämpfen in die Kanäle kreativer Tätigkeiten leitet, um so gesellschaftliche Probleme zu lösen.

„Das Problem liegt darin, die Leute – und vor allem junge Leute – davon zu überzeugen, daß sie mehr Energie in die Verlangsamung des Systemprozesses als in dessen Wachstum stecken müssen."

Aus *Today* vom 4. Mai 1972
(Florida's Space Age Newspaper)

I

SONNTAG, 5. Juni 2011. Um die Mitte des Sonntagnachmittags verschwand plötzlich der Holovisionsfilm vom „Schirm".

Harold Hentson schaute verärgert auf. Er hatte nicht die dreidimensionalen Bilder des Bodenprojektors verfolgt, sondern den Dialog. Damit beschäftigte sich sein Geist, während er auf dem elastischen Teppich lag und geduldig Jarls Versuche steuerte, der sich bemühte, dreieckige Zapfen in runde Löcher des Übungsbrettes zu stecken, das zwischen ihnen lag.

Eine neue Projektion formte sich; es war die lebensgroße Gestalt eines Mannes, der vor einer hüfthohen Reporterkonsole stand. Er schaute darüber hinweg auf sein unsichtbares Publikum.

Harold sah das faltige, würdige Gesicht von Alfred Murray; er war Chefnachrichtensprecher der „World Wide News". Der alte Mann warf einen kurzen Blick auf die Konsole, dann schaute er zur Welt auf. „Wir unterbrechen nun unser normales Sonntagsprogramm für eine Sondermeldung von größtem Interesse. Die Space Benefits Agency hat eben einen Bericht vom Moon Eye, dem kürzlich vollendeten Observatorium auf der Rückseite des Mondes, freigegeben. Heute mittag um ein Uhr entdeckten die Astronomen ein noch nicht identifiziertes Licht in einer Entfernung von etwa zwei Milliarden Raumkilometern zwischen den Umlaufbahnen von Saturn und Uranus. Dieses Licht bewegt sich mit großer Geschwindigkeit, mit ungefähr achttausend Kilometern pro Sekunde, und scheint den Jupiter anzupeilen. Die von uns befragten Astronomen wollen sich nicht festlegen, sind sich jedoch darin einig, daß es sich nicht um ein natürliches Phänomen handeln dürfte."

Murray lehnte sich ein wenig über die Konsole. Sein tiefer Bariton nahm jenes vertrauliche Timbre an, mit dem er Klatsch und Gerüchte erzählte oder seine persönliche Meinung verkündete. „Meine lieben Weltmitbürger, die Wissenschaftler wissen, was dieses rätselhafte Licht sein muß, und deshalb können sie nicht mehr lange umhin, es auch zuzugeben. Unsere eigenen Fachleute sagen uns, daß nur ein Raumschiff ein Licht von solcher Intensität produzieren kann, das sich mit so ungeheurer Geschwindigkeit bewegt. Unser Sonnensystem wird also von etwas – oder jemandem – aus einem anderen Sternensystem besucht. Aus einer bisher unbestätigten Quelle erfahren wir, Moon Eye habe bereits sein größtes Radioteleskop auf den Fremdling ausgerichtet und strebe einen Kontakt an. Einige der Eierköpfe von SB sind der Meinung, es könne ein unbemanntes Forschungsschiff sein von dem Typ, den sie im vergangenen Jahr zum Bau vorschlugen. Sie werden sich daran erinnern, daß der Rat der Weltregierung diese Idee nach einer ausgedehnten Debatte verworfen hat."

Murray richtete sich auf, und seine Augen überflogen den versteckten Konzeptschirm an der Konsole. „Die World Wide News halten ständigen Kontakt mit dem Pressebüro bei Space Benefits. Wir werden uns wieder melden, sobald neue Nachrichten hereinkommen."

Das väterliche, vertrauenerweckende Gesicht verschwand, dafür ging der Film weiter.

Harold vergaß das Übungsbrett und hing seinen Gedanken nach. Das war eine unerwartete, verblüffende und wahrscheinlich sehr folgenreiche Nachricht. Ein bestätigter Besucher aus einem anderen Sonnensystem . . ., einer der ältesten Menschheitsträume, der Kontakt mit anderen intelligenten Spezies, sollte im Jahre 2011 Wahrheit werden . . . Eine so bedeutungsvolle Nachricht schien an einem so friedlichen Sonntagnachmittag fehl am Platz zu sein, während er mit seinem geistig zurückgebliebenen Sohn Übungsspiele machte.

Jarl wimmerte. Harold lächelte den Neunzehnjährigen an und griff nach einem Zapfen, den er ihm reichte. Der jüngere Mann nahm ihn und studierte das Brett mit idiotischer Intensität. Harold lehnte sich zurück und unterdrückte einen Seufzer.

ALS DER Film weiterlief, drückte Jodie Carson den Knopf der Fernbedienung und schaltete das Tri-D-Gerät ab. Sie lehnte sich bequem in den federnden Sessel zurück. Diese Durchsage war wirklich eine Überraschung gewesen, mit der niemand gerechnet hatte.

Sie überlegte ein paar Momente, stand auf und ging zum Visiphon. Sie drückte eine Nummer und legte ihre rechte Hand auf das Glas des Unterschrankes. Dessen Tür sprang auf. Sie griff nach einem kleinen Zusatzgerät und schaute wieder auf den Schirm. Ein bekanntes Gesicht sah sie teilnahmslos an.

„Hallo! Sollen wir, ehe wir sprechen, mit Nummer drei zerhacken?"

„Klar." Die andere Frau griff nach unten, um ihren eigenen Schrank zu öffnen. Jodie stellte das Zusatzgerät an. Der Schirm löste sich in ein fleckiges, wirbelndes Farbmuster auf, wurde aber nach wenigen Sekunden wieder klar, als sich am anderen Ende der Stromkreis schloß.

„Strobe, hast du eben die Sondermeldung von WWN gehört?"

„Klar, Sarcoma. Verrückt, was? Meinst du, das stimmt? Oder hat sich da der Weltrat wieder mal was Irres ausgedacht, wie immer?"

„Gute Frage. Deshalb rufe ich ja an. Alarmiere unsere Leute bei Kennedy und RI und sag ihnen, sie sollen etwas zu erfahren versuchen. Ich wollte am nächsten Freitag zur Hernandez-

Rallye kommen, aber wenn die Sache stimmt, fliege ich schon morgen. Für uns könnte das sehr nachteilig sein."

„Oh?" meinte Strobe und hob ihre langen blonden Brauen.

„Im vorigen Jahr ist es uns gerade noch gelungen, diesen irren Plan zum Bau interstellarer Raumsonden zu Fall zu bringen. Und wird jetzt tatsächlich eine zu uns geschickt – hm, das wird ein harter Kampf werden. Und in Südamerika gibt es viel zu viele hungrige Kinder, als daß wir zulassen könnten, daß weitere Milliarden in solche überflüssigen Raumprogramme der Weltregierung gesteckt werden."

„Daran hab ich noch gar nicht gedacht. Hab ich überhaupt noch nicht überlegt. Aber die ganze Sache ist schon unheimlich, was?"

„Ruf mich an, sobald du hörst, daß die Geschichte aufgebauscht oder überhaupt ein Märchen ist. Und vielleicht bin ich morgen dort." Jodie lächelte die Blonde herzlich an und griff nach dem Zerhacker. Strobe war ein Strohkopf, aber sie war trotzdem ein gutes, nützliches Mitglied der Antitechs, und das seit vielen Jahren.

Jodie sah sich in ihrer Wohnung um. Vier Tage lang war sie nicht vom Schreibtisch weggekommen, weil sie an zwei Geschichten für FOE, dem offiziellen Organ der „New Friends of the Earth Society", der „Neuen Erdenfreunde", zu arbeiten hatte. Die zweite konnte sie am Abend fertigschreiben und das Manuskript morgen auf dem Weg zum Flughafen beim Verlag abgeben.

Nun sollte also die arme, gemarterte Erde von einer Rakete des äußeren Raumes besucht werden! Da konnten sie kleine Fortschritte machen oder die großen Redeschlachten im Weltrat gewinnen, es nützte doch alles nichts, wenn die leidenden Bürger einer neuen, sehr hoch entwickelten Technologie ausgesetzt wurden.

Mußte das unbedingt der Fall sein? Vielleicht war dieser ungebetene Besucher nur eine unbemannte, automatische Raumsonde des Typs, den SB hatte bauen wollen, und flog nur an der Erde vorüber, um dann zu verschwinden? Sicher gab es dann einige, die diese verrottete alte Welt zu retten versuchten, indem sie sich bemühten, dieses Ding einzuholen.

ROBERT BROWN erschien in der Tür des Freizeitraumes und wartete, bis Harold nickte. Der muskulöse Therapeut kam heran und streckte Jarl eine Hand entgegen; Jarl stand gehorsam auf. Er war eine Handbreit größer als Brown und in ausgezeichneter körperlicher Verfassung. Der Therapeut führte den Jungen nach nebenan in den Gymnastikraum, wo Jarl eine Reihe von Gewichthebeübungen zu machen hatte.

Harold schaltete das Holovisionsgerät ab, öffnete die Vorhänge und schaute auf den Ozean hinab, der zwölf Stockwerke unter ihm in langen, lässigen Wellen heranrollte. Die grünen Wellen hatten weiße Schaumkrönchen. Am Strand drängten sich die Menschen, wie immer an Sommersonntagen.

Für ihn war es eine bittere Enttäuschung gewesen, als im vergangenen Jahr der Rat der Weltregierung den SB-Vorschlag, eine Reihe von interstellaren Sonden zu bauen und abzuschießen, abgelehnt hatte. Die Raumwissenschaftler der ganzen Welt hatten diesen Vorschlag fast einmütig gutgeheißen und unterstützt, doch die Umweltschützer und Antitechgruppen hatten ihn so erbittert bekämpft, daß er durchgefallen war.

Und jetzt flog eine Sonde oder ein Raumschiff in das eigene Sonnensystem ein. Die Erde war also Objekt fremder Entdecker. Damit war aber auch das Vorhandensein intelligenten Lebens irgendwo in der Galaxis bestätigt, und eine neue Ära dämmerte heran. Der Mensch war nicht mehr der Alleinherrscher über das Universum, und die Zukunft konnte genausogut atemberaubende Gefahren wie ebensolche Versprechen bringen.

Nun war die Zeit gekommen, alles neu zu überdenken. Und vom praktischen Gesichtspunkt aus mußte die gesamte Lage neu eingeschätzt werden. Vielleicht wäre es jetzt möglich, den Bau von Sonden durchzusetzen? Und wenn, wäre es denkbar, daß die Rockets International ihr bisheriges Raketenmonopol erfolgreich verteidigte und den Auftrag erhielt?

Bei diesem Gedanken sprang Harold auf. Halt! sagte er sich. Erst mußte man mehr über diesen unerwarteten Besucher erfahren, auch über seine Absichten.

In seinem Arbeitszimmer schloß Harold die Tür und rief Goldstone über eine private Visiphonleitung an. Das wache

Gesicht des jungen Ingenieurs sah er nicht auf dem Schirm, wohl aber den Operationsraum der Anlage. Am Sonntagnachmittag waren die Bürokräfte zu Hause.

Der Ingenieur schien Harold sofort zu erkennen, denn seine Augen weiteten sich vor Staunen. „Schichtleiter Grant Scott hier, Sir. Was kann ich für Sie tun?"

„Hallo, Grant, freut mich, Sie kennenzulernen. Habt ihr die Neuigkeit von unserem Besucher im äußeren Sonnensystem schon gehört?"

„Jawohl, Sir. Wir hatten sie sogar schon zwei Stunden früher, direkt vom Moon Eye."

Harold fluchte innerlich, wenn sich auch seine Miene nicht veränderte. Dieser Mann konnte schließlich nicht wissen, was für den Präsidenten seiner Firma wichtig war. „Gibt es jetzt gerade etwas Interessantes, Grant? Oder könnten wir das anhalten, sagen wir für eine Stunde, und versuchen, den Besucher für fünf Minuten anzupeilen?"

Grant zögerte und überlegte. „Ich glaube schon, Hal", antwortete er schließlich. „An sich ist die Zeit zwar für das Projekt Pluto reserviert, aber das Raumschiff braucht ja nicht ständig überwacht zu werden."

„Gut. Dann arbeiten Sie bitte ein Spurenprogramm aus, und schicken Sie meinem Büro alle zwölf Stunden einen Bericht. Sendet die Sonde nicht, dann versuchen Sie, vom Moon Eye Geschwindigkeits- und bisherige Kursdaten zu erhalten und den künftigen Kurs zu errechnen. Ich will wissen, wohin dieses Raumschiff geht und wann es ankommen wird. Morgen werde ich mich mit Pete Dawson in Verbindung setzen, um den Auftrag offiziell zu machen. Und noch etwas: Tun Sie das bitte nur nebenbei, ohne darüber zu sprechen."

„Für uns, Hal, ist Ihre Bitte offiziell genug. Wir fangen sofort an."

„Fein, Grant. Sagen Sie der Nachtschicht, den ersten Bericht hätte ich gerne morgen früh auf meinem Schreibtisch liegen."

„Bekommen Sie, Sir", versprach der Ingenieur.

Harold schaute düster zum Plafond hinauf. Vor vier Jahren war sein Vater gestorben, und zum tausendsten Mal wünschte er nun, den alten Herrn um seine Meinung fragen zu können. Jarl Hentson sen. hatte die Rockets International gegründet, sie aber nur vier Jahre lang geführt und war dann Präsident der Vereinigten Staaten geworden. Er war ein kluger Mann mit visionärem Geist gewesen, eine ausgefallene Mischung von Träumer und Vollbringer.

Seit einigen Monaten schon nagte ein vager Wunsch in Harolds Unterbewußtsein und fraß sich jetzt zur Oberfläche durch. Es gab ja eine Möglichkeit, sich mit seinem Vater in Verbindung zu setzen, falls er selbst bereit war, den jungen Jarl einer gewissen Gefahr auszusetzen. Dieser Preis erschien ihm jetzt nicht mehr zu hoch, wenn er an den ungebetenen Besucher am Rand des Sonnensystems dachte.

Harold begab sich in den Freizeitraum. Lily war ebenfalls hierhergekommen, um den Film am Holovisionsgerät anzusehen. Harold versuchte mit ihr zu sprechen, doch sie wollte sich nicht stören lassen. Er zuckte die Achseln, begab sich in seine eigenen Räume, und zehn Minuten später schwamm er gegen die hereinkommenden Wellen in das tiefe Wasser des Atlantiks hinaus.

MONTAG, 6. Juni 2011. „Hallo, Jodie, hast du was für uns?" rief Eugene Jones. Dann erhob sich der schlaksige, zwei Meter große Mann mit den großen Füßen. Sein altmodischer Schreibtisch mit der Glasplatte war, wie üblich, vollgepackt, und trotzdem ließ er die Arbeit warten und las eine Sexpostille.

Jodie entnahm ihrer Reisetasche die beiden Manuskripte und warf sie auf den schon wartenden Haufen. „Gene, eines Tages wird der Rest des Verwaltungsrates mit mir übereinstimmen, daß du hinausgeschmissen werden mußt. Dann werden wir vielleicht einmal unsere Zeitschrift rechtzeitig herausbringen."

Jones grinste breit, so daß seine gelben Pferdezähne durch den feuerroten Bart schimmerten. Er gab zu, faul und undiszipliniert zu sein. Aber der ehemalige Harvard-Student war ein brillanter, wenn auch nur sporadisch arbeitender Verleger und einer der wenigen beruflich Geschulten im Personal der FOE.

Jodie Carson arbeitete als Journalistin und gehörte gleichzeitig dem Verwaltungsrat der FOE an. Viele Mitglieder der Organisation wußten auch, daß sie die leidenschaftliche Protestlerin Sarcoma war. Aber niemand ahnte, daß sie in Wirklichkeit Judy Karlson hieß und daß ihr Vater der Kopf der Karlson Kompany und Millionär war.

„Ich habe mich schon oft gewundert, wie eine so kleine, zierliche und äußerlich so hübsche Frau innerlich so groß, rauh und zäh sein kann", sagte Jones, und sein Grinsen verschwand. „Und ich hätte auch gerne die Adresse des Ladens, wo du deine Kleider kaufst. Aber jetzt wollen wir lieber nicht streiten. Warum nimmst du mich nicht mit zur Holo-Lichtshow, die heute im Merritt Park stattfindet? Peruski hat eine Szene aus dem Trojanischen Krieg programmiert, und da wird eine zwanzig Meter große Hera bei der Versuchung des Zeus gezeigt. Das müßte wirklich sextraordinär werden."

Jodie runzelte die Stirn; auch sie hätte die Show gerne gesehen, denn Peruski gehörte zu den wenigen Künstlern, dessen riesenhafte Gestalten lebensecht in der Luft erschienen. Holoprojektionen konnten Götter erschaffen und sie, trotz ihrer übergroßen Unvollkommenheit, glaubhaft machen.

„Ich bin nicht in der Stadt. Warum legst du, während ich weg bin, nicht ausnahmsweise mal deine Sextraktätchen weg, um zu arbeiten?"

Der junge Mann wurde ernst und überflog ihre Artikel. „Zerbrich dir nur nicht deinen hübschen Kopf, mein lieber Scherenkrebs. Deine beiden Episteln erscheinen in der nächsten Nummer."

„Na, dann vielen Dank", erwiderte sie ziemlich spöttisch und ging.

Die Neuen Erdenfreunde hatten ihr Hauptquartier in einem ziemlich heruntergekommenen alten Gebäude an der Congress Avenue in Chelsea. Dort hatten sie sich eingenistet, nachdem die alte kalifornische Gruppe sich in einem internen Vernichtungskrieg völlig ausgerottet hatte. Viele der früheren Mitglieder waren zur neuen Organisation gestoßen, aber eine ziemlich große Gruppe hatte erklärt, die neue FOE vertrete nicht ihre Ansichten und sie wollten nichts mit ihr zu tun haben. So hatte die gegenwärtige FOE nur ein paar tausend Mitglieder, aber jedes einzelne war ein fanatischer Umweltschützer.

Als Jodie zur vier Straßen entfernten Personal Rapid Transit Station an der Park Street ging, verflog ihr Ärger langsam. Gene Jones würde sicher – wie üblich – kurz vor dem allerletzten Termin zu arbeiten anfangen. Sein Problem war es, daß er sich niemals von Sexthemen losreißen konnte, solange der Zeitdruck nicht überwältigend wurde.

Sie mußte zehn Minuten auf den nächsten Wagen warten und benutzte die Zeit zum Nachdenken. Strobe hatte sie noch angerufen und ihr mitgeteilt, die Meldung über das Raumschiff stimme und höchstwahrscheinlich handle es sich um eine unbemannte Sonde. Wie nutzte man am besten den gewaltigen Eindruck aus, den diese Nachricht auf die Menschheit machen mußte? Jesus-Gottessohn-Hentson benutzte sicher die Gelegenheit, die Presseabteilung von Rockets International aufzuputschen, um den Bau interstellarer Raketen schließlich doch noch durchzusetzen. Die Space Benefits hatte dieses Programm auf achtzig Milliarden Dollar und zehn Jahre geschätzt, und soviel Geld sollte also in den Raum hinausgepulvert und vergessen werden.

Am wirkungsvollsten wäre es vielleicht, den Technologen den Wind aus den Segeln zu nehmen und zu sagen, die Erde habe es ja überhaupt gar nicht nötig, eigene Botschafter auszusenden. Ja, das konnte man sagen. Darüber dachte Jodie noch nach, als sie den kleinen weißen Wagen zusammen mit drei anderen Passagieren bestieg. Auf der Leuchtkarte suchte sie Logan International heraus und drückte die vierstellige Zahl in das Nummernbrett. Als der letzte Fahrgast seinen Bestimmungsort eingegeben hatte, fuhr der Wagen ab und gewann sehr schnell an Tempo, als er auf die beiden leicht abfallenden Hängeschienen einbog. Auf der McArdle Bridge überquerte er den schmutzigen Chelsea River und erreichte nach dreimaligem Anhalten zum Absetzen und Aufnehmen von Fahrgästen die Station Logan. Hier nahm sie den Flughafenbus zum South Terminal. Zwanzig Minuten später saß sie im Küstenzubringerjet und schnallte sich an.

Da diese subsonischen Jets nur die Küstenregion bedienten, mußte sie nach Miami einmal umsteigen. Das Flugzeug mit den Deltaschwingen und den beiden Wasserstofftanks faßte zweihundert Fluggäste. Der Flug über den Atlantik nach Miami verlief ereignislos, obwohl die Stewardeß genau den Gebrauch der Schwimmwesten demonstrierte, denn ein solcher Jet sank wie ein Stein, wenn er ins Wasser fiel.

Bei einer Spitzengeschwindigkeit von viertausend Kilometern pro Stunde war der Flug natürlich sehr kurz. Einmal hatte Jodie auf Kosten der Karlson Kompany und rein aus Spaß an der Sache einen vollen Kreis geflogen, und dazu hatte sie nur einen Tag gebraucht. Von New York ging es nach Miami, dann nach Houston am Golf von Mexiko, über den Luftkorridor von Nordmexiko nach Guaymas zur Kalifornischen Halbinsel und nach Los Angeles. Von hier flog sie weiter über den Pazifik nach Seattle, nach Anchorage und Nordalaska und weiter über die eisigen Tundren des nördlichen Kanada mit einer letzten Zwischenlandung auf Neufundland und zurück nach New York. Am nächsten Tag konnte man die Route dann entgegengesetzt fliegen.

In Miami mietete Jodie einen Dampfwagen und fuhr über die Evergladesstraße nach Norden. Um den seichten Okeechobeesee herum waren zahlreiche neue Farmen entstanden, und über das Sumpfland führten mehrere Brücken.

Jodie fuhr langsam, um das weite Land und die mit Seegras durchsetzten Flachwasser des Sees zu genießen. Winzige, baumbestandene Inselhügel unterstrichen noch die Weite des unbewohnten Sumpfgeländes, und der Friede dieser Landschaft erfrischte und berauschte Jodie.

Ob diese Menschen wußten, was sie den Freunden der Erde schuldeten? Ohne sie wäre Florida längst von Menschen so übergequollen, daß an ein menschenwürdiges Leben nicht mehr zu denken gewesen wäre. Die Pensionäre Floridas waren sich ebensowenig wie die übrige Welt darüber klar, daß es absolut nicht selbstverständlich war, wenn sie in ihren Häusern immer genügend Frischwasser zur Verfügung hatten.

Für die Umweltschützer war der Mangel an Verständnis nicht neu. Sie arbeiteten alle aus Überzeugung, nicht um Lob und Anerkennung zu ernten. Zum Glück begriffen manche Menschen, wo ihre Interessen lagen, und unterstützten FOE und ähnliche Gruppen wenigstens mit Geld, wenn sie schon nicht aktiv mitarbeiteten.

Als Jodie Cocoa Beach erreichte, war es schon dämmrig geworden. Sie war müde und fuhr direkt zu Strobes Wohnung. Die hochgewachsene, muskulöse Frau kam ihr mit einem großen, beschlagenen Glas Vitagin entgegen.

„Willkommen, Weltreisende! Laß dich in einen Relaxator fallen, dann erzähle ich dir das Neueste. Es ist gut! Jesus Hentson glaubt wirklich, er sei der Gottessohn. Nur hat er natürlich seine Mythologie ein wenig vergewaltigt. Er will seinen alten Herrn zurückbringen, nicht zu ihm in den Himmel auffahren. Könntest du dir eine Wiederauferstehung des alten Jarl Hentson vorstellen?"

Jodie starrte ihre Gastgeberin entgeistert an und ließ sich müde in den Sessel fallen. „Meinst du das ernst, Strobe? Wie ist das möglich?"

Die Frau lächelte. „Ich weiß noch zuwenig darüber und kann deshalb nicht in größerem Kreis darüber reden. Aber Jarl Hentson ist nicht ganz tot. Heutzutage kann nicht einmal der Tod die Welt eines US-Präsidenten völlig auslöschen. Sein Geist wurde auf Band aufgenommen, und wenn der große und würdige Computer es will, dann wird er wieder lebendig. Heute hat Harold Hentson die Physiologen seiner Firma zusammengerufen und sie gefragt, wie lange es dauern würde, den alten Herrn zurückzuholen."

Die Türklingel bimmelte melodisch, und Strobe ließ zwei örtliche FOE-Mitarbeiterinnen ein, beides junge Frauen. Als Strobe Jodie als Sarcoma vorstellte, wurden die Augen der jungen Frauen immer größer.

Die jüngere lief impulsiv auf Jodie zu und umarmte sie, und Jodie ließ es sich gefallen. Das andere Mädchen war schüchterner und streckte zögernd die Hand aus. Aber Jodie tätschelte ihr die Wange.

„Ich heiße Inez Rogers", sagte die jüngere, die höchstens achtzehn sein konnte. „Und das ist Cynthia Holcomb. Oh, wir hören seit Jahren von dir. Ist es nicht gefährlich für dich, aus deinem Versteck zu kommen? Ich meine, wegen der Anstiftung zum Aufruhr und so."

„In den USA werde ich ja nicht gesucht", antwortete Jodie lächelnd. „Wenn wir nicht gerade auf einen übereifrigen Cop treffen, der mich unbedingt aus dem Verkehr ziehen will, ist alles in Ordnung."

„Cindy arbeitet im Computerraum von Jesus Hentsons Hauptbetrieb", erklärte Strobe. „Ich bat sie zu kommen und dir zu sagen, was sie weiß."

Cindy war ein zierliches, schlankes Mädchen mit zartem Gesicht; sie sah zerbrechlich aus und hatte sehr langes schwarzes Haar. Inez dagegen war stämmig, rothaarig und sommersprossig. Beide waren gut gekleidet, was Jodie voll Erleichterung feststellte. Schlecht riechende und ungepflegte Zeitgenossen wurden auch als hingebungsvolle Mitarbeiter schnell lästig.

„Es ist nicht sehr viel, was ich berichten kann", begann Cindy. „Heute vor dem Mittagessen kam Pepi Asturio, der Physiologe der Firma und ein alter Freund von Hal Hentson, und suchte sämtliche Bänder von Präsident Hentsons Gehirnaufzeichnungen heraus. Es war eine ganze Menge, eine Schachtel nach der anderen. Wir geben die Bänder ohne schriftliche und von Mr. Hentson abgezeichnete Anforderung nicht heraus, und Pepi hatte keine. Wir mußten bei Hal anfragen, und er sagte, wir sollten sie ihm geben."

Jodie runzelte nachdenklich die Brauen. „Ich weiß nicht, was ich davon halten soll. Wie kann man einen Toten mit einem Kasten voll Bänder wieder zurückbringen?"

„Ich bin ja keine Computeringenieurin, ich programmiere nur, aber davon weiß ich doch ein bißchen", fuhr Cindy fort. „1998 kam jemand mit einem Instrument, es war so etwas wie ein verbesserter Elektroenzephalograph, der die laufenden Gehirnströme messen konnte. Es gibt da ja eine Unmenge von Stromkreisen. Diese Maschine analysiert alle festgelegten Wege und Denkmuster und zeichnet sie wie auf einer elektrischen Matrize auf. Die Muskelkontrollen und autonomen Funktionen läßt sie aus. Sie konzentriert sich auf das Gedächtnis, also auf alle Informationen, die in den vorderen Gehirnlappen gespeichert sind. Der Computer bringt diese Aufzeichnungen in eine lineare Form, und all das kann man dann in einer großen Maschine wieder abspielen, indem man alle Stromkreise auf einmal schließt; auf diese Art kommt etwas zustande, was sie Persona nennen, und das ist so etwas wie das Spiegelbild des ursprünglichen Gehirns. Die ganze Sache kostet eine Unmenge Geld, und ein Computer wird tagelang ausschließlich dafür gebraucht, so daß man eine solche Persona nicht oft erstellen kann. RI hat die Bänder nur deshalb, weil Hal darauf bestanden hat, daß die Regierung einen Satz für ihn mitmachte, als die Aufzeichnungen von den Gehirnströmen des alten Jarl Hentson genommen wurden."

„Ich möchte nur wissen, weshalb man davon noch nie etwas gehört hat", murmelte Jodie.

„Es dauert Monate, bis man diese Aufnahmen hat", erklärte Cindy. „Diese Methode wurde von der US- und der Weltregierung nur deshalb nicht veröffentlicht, weil zu viele Menschen davon überzeugt sind, ihre Erinnerungen seien so wertvoll, daß sie für künftige Generationen aufgezeichnet werden müßten. Jarls Vorgänger als Präsident war der erste Mensch, dessen Gehirn aufgezeichnet wurde. Seither hat man dies bei etlichen berühmten Wissenschaftlern und den beiden letzten Weltpräsidenten getan."

„Das ist ja außerordentlich interessant", sagte Jodie. „Haben wir vielleicht einen Freund, der an den Computern von RI arbeitet? Wir sollten herauszubringen versuchen, was Asturio vorhat."

„Das wäre schon möglich", antwortete Cindy. „In Pepis Labor ist ein Mädchen, das mit mir kegelt. Die sagt es mir sicher. Aber warum könnte Hal seinen Vater zurückbringen wollen?"

„Das weiß ich auch nicht", gab Jodie zu. „Aber ehe Jarl Hentson die Rockets International gründete, war er ein außerordentlich erfahrener Astronaut. Der erste Mann auf dem Mars und so weiter. Vielleicht will Jesus Hentson mit seinem Vater über diese Sonde sprechen . . . Versucht jedenfalls alles herauszukriegen, was möglich ist, und kommt morgen abend wieder." Jodie stand auf. „Ich habe mich sehr gefreut, euch beide kennenzulernen, und vielleicht haben wir einige gemeinsame

Arbeiten zu tun, ehe die Woche um ist. Jetzt muß ich mal eine Pause einlegen, sonst kippe ich noch um vor Müdigkeit."

So müde war sie zwar nicht, aber sie wollte allein sein, um denken zu können. Harold Hentson mußte einiges vorhaben – aber was? Natürlich diente es dem Vorteil von RI und der ganzen Technologie und richtete sich gegen die Wohlfahrt des Durchschnittsbürgers. Und irgendwie mußte es auch mit diesem fremden Besucher aus dem Weltraum zu tun haben. Wie gut, daß sie diese Nachricht gehört hatte und sofort hierhergekommen war!

II

DIENSTAG, 7. Juni 2011. „Hal, hier sind die letzten Spuren- und Analysedaten von Goldstone."

Harold sah von seinem mit Schriftstücken übersäten Schreibtisch auf. Pat Pajick, sein Assistent und Sekretär, reichte ihm ein Blatt Papier.

„Haben die Knaben, die diese Zahlen zusammengestellt haben, auch den Mund gehalten?" fragte er.

„Entsprechend Ihren Instruktionen wurde unser Direktor bei Goldstone davon unterrichtet, daß er diese Arbeit in seinem Budget verstecken müsse. Space Benefits weiß nichts davon, und offiziell gibt es sie auch gar nicht."

„Fein. Schönen Dank, Pat. Jetzt rufen Sie bitte Raoul Stone an, und heizen Sie ihm ordentlich ein, daß er seine Studie über das Verhältnis Gewicht/Beschleunigung fertigstellt. Ich will sie morgen zur Betriebsbesprechung fertig vorliegen haben."

Pat hob die sorgfältig zurechtgezupften Brauen. „Raoul hat mich eben wegen des Statusberichts angerufen. Er hat noch zwei Tage daran zu arbeiten. Wenn bis morgen alles fertig sein soll, muß er mit seinen Leuten die ganze Nacht durcharbeiten."

Harold zögerte. Das war viel verlangt von seinen Ingenieuren, besonders dann, wenn man noch gar nicht sagen konnte, ob diese Informationen auch einmal verwendet werden konnten.

„Hal, in ein paar Minuten sind die Mittagsnachrichten fällig.

Man rechnet mit einer Entscheidung der Weltregierung hinsichtlich dieser Sonde . . ." Pat zögerte, und ein besorgter Ausdruck überflog sein jugendlich glattes Gesicht. Man hatte noch nie gehört, daß Pat seine Stimme zornig oder ungeduldig erhoben hätte, und das tat er auch jetzt nicht. „Darf ich vorschlagen, daß wir uns die Nachrichten anhören, ehe Sie darüber entscheiden?"

„Ja, das können Sie", erwiderte Harold und drückte auf den Knopf, der den Tri-D-Schirm aus der Schreibtischplatte hob und aufrecht stellte. Der Schirm wurde hell, und Pat setzte sich.

Harold hatte lange gesucht und drei Assistenten durchprobiert, bis er einen passenden fand. Pat Pajick war ihm zuerst im Vertragsbüro aufgefallen, wo er sehr schnell zum Assistenten des Abteilungsdirektors aufgestiegen war. Das war er drei Jahre lang geblieben. Pat war ein brillanter Mann, hatte aber wenig Eigeninitiative. Seiner Anlage nach operierte er immer im Schatten einer stärkeren Persönlichkeit, die nahezu alle Kontroversen abfing. Eine ernstliche Auseinandersetzung konnte Pat Pajick für einige Tage völlig demoralisieren. Deshalb stritt er niemals.

Wirbelnd flossen auf dem Schirm die Farben durcheinander, dann wurde er klar. Es war eine Werbesendung, und es dauerte noch ein paar Minuten, bis Alfred Murrays würdiges Gesicht erschien. Harold mochte Werbesendungen nicht. Zum Glück verkaufte die Rockets International nichts an das breite Publikum, so daß sie nur in Fachblättern zu inserieren brauchte.

„Die wichtigste Nachricht des Tages ist die Entscheidung des Rates der Weltregierung, die Sonde nicht abzufangen", verkündete Murray in seinem gewohnten, beruhigend sonoren Ton. „In einer Notsitzung wurde der Vorschlag des Weltpräsidenten Hsi Wu und seiner Ratgeber einstimmig angenommen. Man ist der Meinung, wenn man sich etwas völlig Unbekanntem stellen müßte, sei es am besten, gar nichts zu tun. Außerdem würden wir den Astronauten, den wir der Sonde entgegenfliegen lassen wollten, höchstwahrscheinlich in den Tod schicken. Einige Vorausberechnungen von Moon Eye besagen, daß wir uns vielleicht mit der Sonde im Raum treffen könnten, doch dann würde der Treibstoff kaum mehr für die Rückkehr reichen. Niemand von der ganzen Weltregierung ist zu einem solchen Opfer bereit. Die Wissenschaftler sind der Meinung, es handle sich um eine zwar sehr leistungsfähige, aber unbemannte Sonde, ähnlich jener, die von der Weltregierung selbst schon in Betracht gezogen worden war, deren Herstellung und Aussendung jedoch zu kostspielig ist. Der Vorsitzende der Konservativen machte den Vorschlag, wir könnten der Sonde mit einigen Fusionsbomben in den Raum entgegenfliegen, doch er erhielt keine Zustimmung. Niemand glaubt an Angriffsabsichten der Sonde, aber man rechnet damit, daß sie Abwehrwaffen mit sich führt, und niemand will, daß sie eingesetzt werden. Die Astronomen sind fieberhaft damit beschäftigt, alle verfügbaren Funk- und optischen Teleskope auf die Sonde auszurichten, um möglichst viel darüber zu erfahren."

Harold schaltete das Gerät nach Erhalt dieser Durchsage ab. Diesen Beschluß der Weltregierung hatte er erwartet, doch ihm war nicht wohl dabei. Da die möglichen Gefahren ebenso unbekannt waren wie eventuelle Vorteile, ging die Weltregierung wie immer den Weg des geringsten Widerstandes.

„Ich werde Raoul sagen, daß er seine Leute über Nacht dabehält, um die Studie fertigzustellen", sagte Pat und ging zur Tür.

Harold nickte und nahm den geschmuggelten Bericht von Goldstone zur Hand. RI betrieb diese alte Anlage unter einem Verwaltungskontrakt von Space Benefits. Der Weltpräsident und sein Rat hatten den Gedanken erwogen, die Sonde mit Bomben einzudecken, und das konnte leicht getan werden; aber waren sie sich dessen auch bewußt, wie schwierig es war, sie einzufangen? Das glaubte Harold nicht.

Aber Harold Hentson, Präsident und größter Aktionär der Rockets International, konnte wenigstens seine Neugier befriedigen. Die Frage, ob es technisch machbar war, die Sonde einzufangen, war ihm am Montag gekommen, nachdem es sicher zu sein schien, daß die Sonde unbemannt war. Sofort hatte er seine Forschungsabteilung beauftragt, die Maximalgeschwindigkeit der größten RI-Rakete bei kleinster Nutzlast zu errechnen.

Harold überflog die Zahlen von Goldstone und studierte die

Analyse genauer. Es war die dritte, seit er um die Zwölfstundenberichte gebeten hatte. Neues gab es nicht, aber seit dem letzten Bericht war der Unsicherheitsfaktor glatt um zwanzig Prozent gefallen. Die Geschwindigkeit der Sonde nahm deutlich ab. Als Grund dafür nahm die Analyse eine kleinere Kurskorrektur an. Daraus wäre wiederum zu schließen, daß der Besucher den Jupiter zu umrunden gedachte, um anschließend die Erde anzufliegen. Die Sonde hatte jetzt noch eine hundertfache Lichtgeschwindigkeit. Wenn man nun davon ausginge, daß die Geschwindigkeit weiter gleichmäßig abnehmen würde, dann müßte die Sonde mit weniger als vierhundert Meilen pro Sekunde an der Erde vorbeifliegen.

Ein wenig amüsiert stellte Harold fest, daß jemand sehr sorgfältig für ihn die Ziffern in Kilometer pro Stunde umgerechnet hatte – 2,3 Millionen. Man wußte ja bei Rockets International, daß er, anders als sein berühmter Vater, kein Physiker war.

Die für ihn wichtigen Zahlen trennte er ab, den Rest warf Harold in den Reißwolf. Allmählich fügte sich alles zu einem Bild zusammen. Wenn die Betriebszusammenkunft morgen die Antworten brachte, mit denen er rechnete, dann hatte er die bedeutsamste und sicher auch schwierigste Entscheidung seiner Laufbahn zu fällen.

Harold hatte tagtäglich wichtige Entscheidungen zu treffen, aber griff er hier daneben, konnte es ihn den Job kosten, und er war viel zu gern Präsident der RI, um ihn aufs Spiel zu setzen. Doch die Möglichkeiten waren hier so ungeheuer, daß er auch einen hohen Einsatz wagte. Manchmal gewann nur der Mutige, und da bedeutete dann jedes Zögern einen Mißerfolg. Brachte er in diesem Fall nicht die nötigen Nerven auf, so würde ihn das für den Rest seines Lebens als Versager kennzeichnen und verfolgen.

Ein lebenswichtiger Punkt war der Astronaut, der sich bereit erklärte, diesen Selbstmordauftrag zu übernehmen, und diese Frage war nicht leicht zu klären. Alles deutete darauf hin, daß man keine sichere Rückkehr garantieren, sie nicht einmal erwarten konnte.

Harold rief Pat herein und gab ihm die Anweisung, einen Astronauten zu suchen, der diese Aufgabe übernehmen würde.

Bis Mittwoch mußte er gefunden sein, und die von Harold vorgesehene Bezahlung veranlaßte Pat, die Brauen fast bis zum Haaransatz zu heben.

Dann kam unangemeldet Pepi Asturio herein. Der kleine, rundliche Physiologe brauchte sich von den Sekretärinnen draußen nicht anmelden zu lassen, weil er der persönliche Freund des Chefs war. Er legte ein dünnes blaues Notizbuch auf den höchsten Papierstapel des Schreibtisches und lachte breit. „Hal, es geht! Gib uns morgen den jungen Jarl, dann kannst du am Freitag wieder mit deinem Vater reden oder wenigstens mit einer ziemlich kompletten Reinkarnation von ihm."

Harold stand auf und streckte sich, so daß seine verkrampften Muskeln schmerzten. „Okay, Pepi. Richtet euch darauf ein, daß ihr um neun Uhr, also sofort nach der Betriebsbesprechung, zu arbeiten beginnt. Jarl bringe ich mit."

Pepi runzelte die Brauen. „Hal, du bist dir doch hoffentlich darüber im klaren, daß wir nicht wissen, wie diese ‚Verpflanzung' langfristig wirkt. Bisher haben wir solche Verpflanzungen nur auf Computern vorgenommen, die als Ersatzgehirn dienten. Das kann natürlich niemals eine vollständige Simulation sein. Ich denke, es ist sehr wahrscheinlich, daß die Verpflanzung nach ein paar Wochen langsam verblaßt."

„Pepi, ich rechne fest damit, daß zwei Wochen reichen, wenn wir überhaupt damit durchkommen. Nach morgen früh werden wir mehr wissen."

Pepi nickte und ging. Harold las während des Mittagessens in dem blauen Notizbuch. Pepi, der die Vorliebe des Präsidenten für gehaltvolle Kürze kannte, hatte handschriftlich alle Ergebnisse zusammengefaßt. Die Studie ergab, daß es möglich sein müßte, innerhalb von drei Tagen die komplette Persona von den gelagerten Bändern auf ein menschliches Gehirn zu übertragen. Wie wirksam diese Übertragung sein würde, vermochte jedoch niemand zu sagen.

Ursprünglich hatte man nur vorgehabt, die mentalen Muster besonders wertvoller Persönlichkeiten möglichst umfangreich und vollständig aufzubewahren. Aber dann hatte man einen früheren US-Präsidenten, Arnold H. Zimmerman, vor zwei Jahren in einem Computer wiedererweckt und um seinen Rat gefragt. Die künstliche Persönlichkeit hatte geantwortet, doch die Weltregierung wollte davon keine Notiz nehmen.

Pepi war überzeugt, daß man die Übertragung auf ein menschliches Gehirn vornehmen und dabei viel bessere Ergebnisse als bei einem Computer erzielen könne. Selbst die größte Maschine hatte nicht die nahezu unbeschränkten Möglichkeiten des menschlichen Gehirns. Man hatte aber bisher nie von einer solchen Übertragung gehört.

Harolds größtes Problem war jedoch nicht die Masse wertvoller Erfahrungen seines klugen und kühnen Vaters; das schwache Glied in der Kette, die zu schmieden er sich vorgenommen hatte, war der Astronaut, der den Auftrag ausführen konnte. Daran konnte der ganze Plan scheitern. Wenn sich keiner freiwillig meldete, gab es lediglich eine allerletzte, sehr verzweifelte Möglichkeit, auf die er nur dann zurückgreifen wollte, wenn alle anderen Bemühungen fehlschlugen.

Im Moment dachte er noch nicht an einen Fehlschlag, sondern ging alle Möglichkeiten durch. Sieben Jahre lang war er nun Präsident der RI, und als er mit vierunddreißig diesen Posten übernommen hatte, war er ungewöhnlich jung gewesen. Selbst Jarl Hentson war erst mit fünfundvierzig Präsident geworden, als er die Firma von seinem Vorgänger übernommen und ihren Namen geändert hatte. Und sein Vater hatte ihm eingetrichtert, daß er, ehe er eine Wahl treffe, alle denkbaren Wege untersuchen müsse, und wenn keiner gangbar sei, müsse er wohl eine neue Straße bauen.

Harold verließ sein Büro und betrat den großen Vorraum, den Pat Pajick mit zwei Sekretärinnen teilte. „Wie stehen die Aussichten?" fragte er Pat.

„Tausend zu eins. Und es gibt nur siebzig Astronauten mit der Qualifikation, den Big Bird zu fliegen."

„Suchen Sie nur weiter. Macht es Ihnen etwas aus, wenn ich Sie bitte, über Nacht zu bleiben, damit Sie den einen oder anderen vielleicht zu Hause erreichen können? Ich möchte möglichst alle befragt wissen."

„Absolut nicht. Ich bleibe. Aber wenn ich die Hälfte erreiche, und alle sagen nein . . ." Pat zuckte die Achseln und wandte sich dem Visiphon zu.

. . . dann würde auch die zweite Hälfte nein sagen, vollendete Harold den Satz für sich. Meldete sich einer freiwillig für ein solches Himmelfahrtskommando, dann mußte er schon verrückt sein, und ein verrückter Astronaut war ein Widerspruch in sich selbst. Man untersuchte jeden von ihnen ebenso rigoros auf seine geistige Gesundheit wie auf seine körperliche Leistungsfähigkeit.

Harold hatte sich den Morgen freigehalten, aber am Nachmittag mußte er ausschließlich für die Geschäfte der Rockets International dasein. Die Zeit verging schnell, und um vier Uhr nachmittags verließ er das Büro. Pat ging geduldig die lange Liste der Astronauten durch, aber bis jetzt hatte keiner auch nur einen Gedanken an die angebotene Million Dollar für diese Mission verschwendet.

Die heiße Sonne Floridas brannte herab auf den Verwaltungsturm der RI. Während Harold mit vielen anderen auf den Luftwagen wartete, schaute er über das flache Land zum Atlantik hinüber, der etwa zehn Kilometer weiter östlich an die Küste rollte. Er konnte die Anlage am New Smyrna Beach erkennen, an der auch RI für leitende Angestellte mitgebaut hatte. Die Hentsons selbst wohnten einen Kilometer weiter südlich in einem älteren, aber sehr eleganten Haus.

Harold drängte sich zusammen mit den anderen in den ankommenden Luftwagen. Eine seiner ersten Maßnahmen war es gewesen, den privaten Luftwagen zu streichen, den die Direktoren der RI bisher beansprucht hatten. Beliebter hatte er sich damit bei ihnen nicht gemacht.

Der Luftwagen hielt an jedem zehnten Wohnturm, und so hatte Harold Muße, sich mit zwei hübschen Mädchen aus der Personalabteilung über die Sonde zu unterhalten. Seit dem Bericht von Moon Eye am Sonntagnachmittag war dies sowieso das Hauptgesprächsthema. „Hal, haben Sie gehört, daß die Weltregierung keinen Versuch machen will, die Sonde zu zerstören?" fragte die jüngere der beiden; es war ein schlankes, sehr zierliches und zurückhaltend gekleidetes Mädchen.

Harold nickte. Bei RI war es Gepflogenheit, den Präsidenten bei seinem Kurznamen zu nennen.

„Halten Sie das nicht auch für sehr vernünftig?" fragte die

andere, die offensichtlich versuchte, den Präsidenten zu beeindrucken, wenn sie schon einmal Gelegenheit dazu hatte.

„Ich möchte lieber Ihre Meinung hören, als meine abzugeben", antwortete Harold.

„Ja, ich weiß, daß Sie lieber zuhören als selbst reden. Aber das ist nicht fair! Sie haben sicher bessere Informationen als wir."

„Sicher, da haben Sie recht. Okay. Ich bin also der Meinung, die Weltregierung sollte sich bemühen, die Sonde einzufangen. Wenn wir sie nämlich studieren können, gewinnen wir ein ungeheures zusätzliches Wissen über interstellare Raketen."

„Oh, natürlich! Da pflichte ich Ihnen bei", erwiderte die Zierliche. „Das sagte ich schon mittags, aber alle hielten mich für verrückt. Die sollen warten, was ich ihnen morgen erzähle!"

„Die Runde habe ich wohl verloren", meinte ihre Freundin und lachte dazu übermütig. „Wanda hat das nämlich wirklich gesagt, und sie stand ganz allein da mit ihrer Meinung. Wir anderen hielten es für viel zu gefährlich, die Sonde einzufangen. Was passiert, wenn sie so was wie Todesstrahlen oder den Befehl hat, sich zu verteidigen? Dann kann sie doch die ganze Erde vernichten!"

Harold war am Ziel und brauchte daher nicht mehr zu antworten. Er eilte zum Expreßlift, fuhr die zwanzig Stockwerke nach unten und ging die letzten paar hundert Meter nach Hause. Im zwölften, dem obersten Stockwerk, legte er die rechte Hand auf die Glasscheibe, worauf sich die Tür lautlos öffnete. Die Hentsons bewohnten das gesamte Dachgeschoß.

Lily kam aus der Küche herbeigelaufen. „Du kommst heute aber früh. Zieh dich aus, ich bringe dir einen Drink."

Lily Brewster Hentson war eine große, hübsche und stattliche Frau mit einer Neigung zur Üppigkeit. Sie entstammte einer angesehenen Familie, die schon seit dem Bürgerkrieg reich war. Sie und Hal hatten einander an der Weltuniversität kennengelernt und wenig später geheiratet. Lily hatte das Studium abgebrochen, als der kleine Jarl kam, es dann aber auch nicht wiederaufgenommen. Das verübelte sie ihrem Mann.

„Danke, Liebling. Aber bleib in der Nähe, bitte. Wir haben miteinander zu reden."

Lily nickte. Sie hatten einander nicht mehr viel zu sagen.

Nachdem er einen bequemen Hausanzug angezogen hatte, überlegte sich Harold zum vielleicht tausendsten Mal, warum er den Kontrakt mit Lily nicht schon längst beendet hatte. Sie war reich und konnte unabhängig von ihm recht gut leben. Seit der Geburt von Jarl Hentson jun. führten sie kaum mehr ein gemeinsames Leben, und die Ehe bestand nur noch nach außen hin.

Vielleicht lag es daran. Lily hatte sich nämlich geweigert, noch ein Kind zu bekommen, weil sie Angst hatte, die unbekannte Krankheit könne erneut zuschlagen. Aber sie widmete ihrem Sohn Jarl ihre ganze Zeit. Seit nunmehr siebzehn Jahren war es ihnen schmerzlich klar, daß Jarl stark zurückgeblieben war und sich keine merkliche Besserung erwarten ließ. Lily weigerte sich, in ihrem Sohn das geistige Baby zu sehen, das noch Hilfe beim Essen brauchte, wenn es auch nach mühevollen Jahren gelungen war, ihn sauber zu bekommen.

Anfangs hatte Lily mit einer Pflegerin und einem Therapeuten stundenlang gearbeitet, um den Körper ihres Sohnes gesund zu erhalten und vielleicht doch noch den Geist zu entwickeln. Jeden winzigen Fortschritt hatte sie Hal begeistert gemeldet, doch im Laufe der Jahre gab es nur noch äußerst selten Gutes zu berichten. Die Pflegerin hatte aufgegeben, aber der Therapeut war geblieben und gehörte nun praktisch zur Familie, wenn er auch hier seine eigene Wohnung hatte und ebenso im Landhaus der Familie Hentson in den Great Smoky Mountains von North Carolina.

Harold hatte es nie übers Herz gebracht, Lily zu sagen, mit dieser bedingungslosen Hingabe an Jarl weiche sie jeder anderen Verantwortung aus. Sie hatte die Schule aufgegeben, weil sie nicht gerne studierte. Das Geld hatte ihr jede Mühe abgenommen, und an einem bestimmten Punkt hatte sie persönlich aufgehört, sich weiterzuentwickeln. Als Frau war Lily unkompliziert und anspruchslos; man kam leicht mit ihr zurecht, aber ihre Gesellschaft war langweilig. In den letzten paar Jahren hatte sie schließlich akzeptieren müssen, daß auch ihr Sohn seine Grenzen erreicht hatte, und seither widmete sie sich ihm weniger. Meistens verbrachte sie die Zeit vor der Holovisionsanlage, weil sie über den Phantasieschicksalen ihre eigene harte Wirklichkeit vergaß.

Lily kam mit Harolds Lieblingsdrink, einer leicht mit Rum versetzten Mischung exotischer Säfte, und setzte sich auf den Diwan. Die untergehende Sonne warf schon lange Schatten über den unter ihnen liegenden weißen Strand und die Reihen der Gebäude. Vorgeschrieben war ein Strand von hundert Meter Breite, den Einheimische und Touristen gleichermaßen genossen. Im Moment waren einteilige Badeanzüge aus buntem Stretchmaterial große Mode, die erstaunlich züchtig wirkten. Lily mochte diese Aussicht, aber sie selbst ging kaum einmal an den Strand.

„Liebling, erinnerst du dich daran, daß ich vor einigen Monaten von der Möglichkeit sprach, eine Persona meines Vaters zu schaffen? Ich sagte, und damals war es nur Spaß, daß es viel netter wäre, sie nicht auf einen Computer zu übertragen, sondern auf unseren Sohn Jarl, da er seinen Kopf so ja doch nicht recht gebrauchen kann."

Lily ging sofort in die Defensive. „Natürlich. Und ich sagte, Jarl hat vielleicht keine meßbare Intelligenz, aber er ist ein sehr lieber und netter Junge, und deshalb solltest du über ihn keine Witze machen."

„Ja, das sagtest du. Damals war es wirklich ein Scherz. Aber jetzt haben wir wahrscheinlich die Möglichkeit, genau das zu tun. Mittlerweile steht uns eine große Menge neuester Informationen über Geistübertragung zur Verfügung, und die Spezialisten meinen, eine Computerpersona ließe sich nun auf ein menschliches Gehirn übertragen. Lily, ich möchte das bei Jarl ausprobieren. Es kann ihm nicht schaden. Pepi meint, wir könnten auf die Art eine viel vollständigere Persönlichkeit bekommen als mit einem Computer."

Lily bekam nun Angst. „Hal, das kann doch nicht dein Ernst sein! Wie könntest du es erlauben, daß Jarls armes Gehirn gemartert wird! Nein, ich lasse daran nicht herumpfuschen. Ich verbiete es dir sogar!"

„Die Wirkung ist voraussichtlich nur zeitlich begrenzt. In

drei oder vier Wochen ist Jarl wieder so wie vorher. Passieren kann ihm gar nichts, und es wird ihm vielleicht sogar nützen."

Lily stritt selten mit ihrem Mann, denn sie wußte, daß sie gegen ihn nicht ankam. Natürlich wäre es ihr recht, wenn sich Jarls Zustand bessern ließe, aber ihr Beschützerinstinkt war noch stärker. „Egal, was Pepi sagt, du weißt nicht sicher, ob es Jarl nicht doch schadet. Nein, Hal. Laß meinen Sohn in Ruhe."

„Er ist auch mein Sohn", entgegnete Hal leise.

„Nein, nein, nein!" Lily begann zu weinen.

Aber Harold wußte, daß er nur zu warten brauchte. Fünf Minuten später wiederholte er die Versicherung, daß die Behandlung Jarl nicht schaden könne, und es sei ungeheuer wichtig, daß der alte Jarl Hentson ihn bei einem wichtigen Problem beraten könne. Lily schüttelte noch eine Weile den Kopf, hörte aber zu weinen auf, als Hal ihr versicherte, das sei vielleicht die einzige Chance ihres Sohnes, je etwas Bedeutungsvolles zu tun.

Nach zwei Stunden gab sie nach. Das hatten beide von Anfang an gewußt.

III

DIENSTAG, 7. Juni 2011. Strobe arbeitete, und Jodie verbrachte den Tag am Visiphon, um Informationen zu sammeln. Sie erreichte auch einige Führer lokaler Antitechgruppen aus dem Gebiet um Orlando, die sich zur Verfügung stellten; eine Demonstration irgendwo in Zentralflorida konnte nun leicht veranstaltet werden.

Nach dem Abendessen kam eine vor Aufregung strahlende Cindy Holcomb an. „Sarcoma, du wirst es nicht glauben: Pepi Asturio hat sich von morgen bis zum Freitag den Computer der Ingenieure reserviert, und die Labortechniker bereiten einen Gehirnübertragungshelm vor, der aber andersherum benutzt werden soll. Nach der Arbeit rief ich Robert Brown an. Er ist der Therapeut, der den zurückgebliebenen Sohn der Hentsons betreut, und er sagte, er habe Befehl, Kleider und sonst einiges für den Jungen vorzubereiten für volle drei Wochen! Er wird im Labor von RI bleiben."

„Mein Gott", sagte Jodie leise. „Hal will seinen Vater zurückbringen, und er bedient sich dazu des Gehirns seines Sohnes."

„Ja, das ist die einzige vernünftige Erklärung", meinte Cindy. „Und ich hab noch eine andere heiße Geschichte. Eines der Mädchen, das die Post in Hals Büro abliefert, hörte seinen Assistenten, diesen Kriecher Pat Pajick, mit verschiedenen Astronauten reden. Eine Million Dollar bietet er jedem, der sich bereit erklärt, die Sonde abzufangen. Er gibt selbst zu, daß dies vielleicht der reine Selbstmord ist. Natürlich will keiner was davon wissen."

„Kann ich mir vorstellen", murmelte Strobe.

„Und selbst wenn sich ein Astronaut meldet – die Weltregierung hat doch beschlossen, nichts gegen die Sonde zu unternehmen", sagte Jodie. „Nicht einmal Jesus Hentson kann dagegen an. Wir warten am besten ein paar Tage und lassen RI dabei nicht aus den Augen."

„Du kennst aber Hal Hentson nicht", widersprach ihr Cindy. „Wenn er sich in den Kopf setzt, daß er die Sonde abfangen will, dann hält ihn weder seine eigene Firma noch die Weltregierung auf. Warum auch? Was könnte es der Ökologie der Erde schaden, wenn die Sonde abgefangen wird?"

Jodie warf ihr einen amüsierten Blick zu. „Direkt nichts. Aber die Raumlobby würde sofort mit einem riesigen Rummel die Schaffung einer Armada fordern. Wie viele Menschen müßten für ein völlig nutzloses Projekt schuften, nur damit eine Reihe von Raketen in die Galaxis geschossen werden kann? Wir haben viel Zeit und Energie damit verschwendet, unbemannte Raumschiffe zu Uranus und Pluto und den übrigen Planeten zu schicken. Was ist dabei herausgekommen? Absolut nichts! Das ganze Raumprogramm dient nur dazu, den entsprechenden Firmen und den Bürokraten der Regierung fette Profite zu sichern. Es ist allerhöchste Zeit, daß wir unsere Energie auf die Verbesserung der irdischen Zustände konzentrieren! Was hätten wir alles mit den in den Raum geschossenen unzähligen Milliarden tun können!" Jodie war eine sehr geschickte und erfolgreiche Rednerin, und das bewies sie jetzt.

Cindy musterte sie ein wenig seltsam. Sie bemerkte es und lachte. „Entschuldige, Cindy, ich habe mich hinreißen lassen. Ich rege mich nur immer schrecklich auf, wenn ich an eine solche Mißwirtschaft denke. Glaub mir, das ganze Raumprogramm kostet nur und bringt nichts. Die Fahrt zum Mond war eine Angelegenheit des nationalen Prestiges. Heute können wir uns solche Spinnereien nicht mehr leisten."

Cindy nickte, wenn sie auch nicht völlig überzeugt war.

MITTWOCH, 8. Juni 2011. „Okay, Raoul, gehn wir's an." Um 9.01 Uhr wurde die Konferenz der Betriebsvertreter eröffnet. Acht Personen saßen um den runden Tisch, jeder hatte eine Tasse mit heißem Stimulationskaffee vor sich stehen, und auf Tellern war Vitabrot aufgeschichtet. Raoul Stone sah müde aus; er hatte mit seinen Leuten die Nacht durchgearbeitet, aber seine Stimme klang energisch. „Es geht, Hal, wenn auch nur ganz knapp. Mit einer Person und ihrem Bedarf an Nutzlast können wir etwa zweiundzwanzig Stunden lang gleichmäßige drei g aus einem Big Bird herausholen. Wenn die Goldstone-Analyse stimmt, brauchen wir bis zur Begegnung nicht ganz achtzehn Stunden, also bleiben uns noch vier Stunden für die Kontaktaufnahme und die Kursänderung für beide. Da wir die genaue Masse der Sonde nicht kennen, läßt sich auch nicht endgültig sagen, ob das ausreicht. Günstigstenfalls reicht es."

Harold nickte und schaute zu Carson Jamison, dem Produktionsdirektor, hinüber. „Wenn ich Ihnen jetzt grünes Licht gebe, können Sie dann den Vogel innerhalb von achtzig Stunden für einen einzigen Piloten umbauen? Erforderlich sind volle Bodenkontrolle und Lebenserhaltung für sechs Wochen für diesen einzigen Mann. Und wir müssen auch eine Möglichkeit zum Andocken vorsehen."

Jamison dachte ein wenig nach. „Das ist ein bißchen zu knapp. Geben Sie mir achtundachtzig Stunden."

Harold wußte, daß Jamison ein vorsichtiger Mann war. Vermutlich konnte er es auch in fünfundsiebzig oder siebzig Stunden schaffen, denn die Bodenkontrolle war eingebaut und brauchte nur aktiviert zu werden. Die Entfernung der noch zusammengefalteten Teile der Raumstation war Routine. Die

Füllung der Tanks mit flüssigem Wasserstoff und Sauerstoff konnte in ein paar Stunden geschehen. Diese Tanks waren für die Treibstoffversorgung der Mondfähren und Mondlandefahrzeuge im Orbit vorgesehen, aber auch die riesige Antriebsmaschine selbst bezog daraus ihre Energie.

„Pete, können wir das machen?" fragte Harold weiter.

Peter Dawson war der Direktor der Kontrollabteilung und für Goldstones Personalversorgung zuständig. Der magere Sechzigjährige war ein Skeptiker und kannte alle Aspekte und Details der Raumtechnik. Er legte seine langen, glatten Hände aneinander und gab eine genau überlegte Antwort: „Hal, wir gehen von zwei Voraussetzungen aus, von denen keine bewiesen ist. Erstens nehmen wir an, daß die Sonde ihre Maschinen in einiger Entfernung vom Jupiter abstellt – wir rechnen mit dem zehnfachen Radius –, um die Interferenzen während des tatsächlichen Vorbeiflugs möglichst gering zu halten. In Erdnähe wäre dasselbe der Fall. Zweitens nehmen wir an, daß die Sonde diesen Planeten dazu benutzen wird, einiges von der vorher gebremsten Geschwindigkeit wiederaufzunehmen, um sich dann beim Verlassen unseres Sonnensystems in Saturnnähe ähnlich zu verhalten. Die derzeitige Position dieser drei Planeten ermöglicht dies, und wenn sich die Sonde genau an den Kurs hält, den ein computergesteuerter Explorer einhalten würde, also den, der es ermöglicht, die Anziehungskraft des Planeten und dessen Bewegung zu benutzen, um Treibstoff zu sparen, so ist das schön und gut. Wir können mit ziemlicher Sicherheit annehmen, daß der Schub der Antriebsmaschinen gleichbleibt, und so können wir also zwischen hier und dem Saturn einen Abfangpunkt errechnen, da wir hier mit der Sonde auf gleiche Geschwindigkeit kommen können. Aber wir müssen unsere Rakete, elf Stunden bevor die Sonde die Erde erreicht, abschießen, und wir können nicht sicher sein, daß sie sich tatsächlich dem Saturn nähern will. Und zu deiner Frage: Achtundachtzig Stunden sind nötig. In wenigen Minuten wird der Vorbeiflug am Jupiter beginnen, und wir haben errechnet, daß es hundertvierzig Stunden dauert, bis sie in Erdnähe kommt."

Harold nickte. „Danke, Pete. Carson, wir wollen uns lieber

auf fünfundsiebzig Stunden festlegen; oder wir wollen es wenigstens versuchen. Und im übrigen wollen wir davon ausgehen, daß sich die Sonde genauso verhält, wie Pete sagt. Pat, bitte berichten Sie, wie es mit der Suche nach einem Piloten steht."

Pat Pajick räusperte sich verlegen, denn er sprach nicht gerne vor diesen erfahrenen und dickköpfigen Männern. „Hal, ich habe sechsundfünfzig von den siebzig qualifizierten Astronauten angerufen, und nicht einer will über das Angebot auch nur nachdenken. Etliche wollen nicht gegen die Entscheidung der Weltregierung handeln, die übrigen schätzen ihr Leben höher ein als die Bezahlung."

Harold nickte. „Vernünftige Leute. Schön. Dann müssen wir eben über einen nichtqualifizierten Piloten nachdenken. Gehen wir davon aus, daß die Bodenkontrolle alle Arbeit übernimmt, so daß nur das eigentliche Rendezvousmanöver dem Mann an Bord überlassen bleibt: Alonzo, können wir einen geschulten Flugzeugpiloten soweit trainieren, daß er dieses Rendezvous übernehmen kann? Sechzehn Stunden harter Arbeit täglich und in den nächsten drei Tagen die volle Verfügung über die RI-Triple-Trainer?"

Alonzo Swain, der Leiter der Abschußoperationen und früherer Astronaut, überlegte. „Möglich, Hal, aber nicht sicher. Die Instrumente sind an sich gar nicht so kompliziert, aber man braucht ein gewisses Gefühl, um sie bei null oder drei g gleich gut bedienen zu können, und das kriegt man nur durch Übung. Einen Flugzeugpiloten würde ich wirklich nur dann hinausschicken, wenn gar keine andere Möglichkeit mehr bleibt."

„Moment mal, Hal, ich möchte noch etwas klären", meldete sich Lambert Dawes, der Firmenkontrolleur. Er war klein, mager und stand kurz vor der Pensionierung; er fürchtete niemanden, nicht einmal Harold Hentson. „Wenn ich Raoul und Pete richtig verstanden habe, dann sind achtzehn Stunden Beschleunigung nötig, um die Geschwindigkeit der Sonde zu erreichen. Der Brennstoff reicht für zweiundzwanzig Stunden. Wie sollen Pilot und Sonde – wir gehen doch davon aus, daß er sie mitbringt – zur Erde zurückkehren?"

Harold nickte. Dawson studierte seine aneinandergelegten Finger, als er Hentson zuhörte: „Lambert, nehmen wir an, daß unser Pilot die Maschinen der Sonde abstellen und sie so zu einem praktisch unbeweglichen Körper machen kann, dann schätzen Raoul und ich vier Stunden der Dezeleration zur Umrundung der Sonne. Wir können ungefähr den Annäherungswinkel berechnen und die Sonde zur Erde zurückführen. Der zweite Schritt wäre in etwa zwei Wochen zu machen. Es wäre dann nötig, einen weiteren Big Bird hinaufzuschicken und sie so weit abzubremsen, daß sie von der Schwerkraft der Erde eingefangen werden kann."

Darüber war Dawes ziemlich erstaunt. „Aber wenn ihr der Sonne so nahe kommt, wird die Hitze doch unerträglich! In vier Tagen läßt sich da kein wirksamer Hitzeschild aufbauen. Diese Mission ist nicht nur gefährlich, sie ist reiner Selbstmord!"

„Nicht unbedingt", widersprach Harold. „Die Berechnungen kommen nicht zu diesem Schluß. Drei Stunden könnten reichen. Und wenn, dann würde diese eine gesparte Stunde genügen, Big Bird auf sichere Distanz zu bringen. Wenn der größte Teil des Treibstoffes verbraucht ist, haben wir ja ein relativ leichtes Vehikel, und dabei bleibt die Schubkraft der Maschine dieselbe."

„Für einen Mann, der sein Leben riskieren soll, liegt darin wenig Hoffnung", bemerkte Swain.

„Außerdem gibt es da noch einen unbekannten Faktor, Alonzo", fuhr Harold fort. „Wir wissen ja noch gar nicht, was ein Mann alles leisten kann, solange er nicht dort ist. Vielleicht kann er gar nichts tun. Ebenso möglich ist es aber, daß er an Bord der Sonde gehen und sogar lernen kann, sie zu fliegen . . ."

Alonzo Swain nickte, doch jeder konnte feststellen, daß er den sechsundfünfzig Astronauten beipflichtete, die ihr Leben nicht riskieren wollten.

„Hal, hast du je an die rechtlichen Aspekte dieser Mission gedacht?" fragte nun Fred Buck, der Firmensyndikus. „Wenn man eine für SB hergestellte und bestimmte Rakete benutzt, um damit gegen den Entscheid der Weltregierung zu handeln, so wirst du damit soviel Zorn auf dich laden, daß das Überleben der Firma als solcher unwahrscheinlich wird. Willst du das tatsächlich riskieren?“

Darauf antwortete Harold nicht direkt, sondern er fragte die Anwesenden, ob es sonst noch Einwände gebe, falls diese Mission für technisch durchführbar erklärt werde.

„Ja.“ Es war Maria Schnider, die einzige anwesende Frau und Vertreterin des Personals. RI gehörte nämlich zu 49 Prozent den Leuten, die dort arbeiteten, und Maria war deren Sprecherin. Sie war also auch bei jeder Zusammenkunft der Direktoren anwesend. „Ich verstehe nicht, weshalb wir überhaupt mit diesem Gedanken spielen. Die Weltregierung und Space Benefits glauben, daß wir uns mit der Sonde nicht befassen sollten. Warum will es RI trotzdem tun? Sie riskieren doch nur, daß RI dadurch aus dem Geschäft manövriert wird. Was hoffen Sie damit zu gewinnen?“

„Will, wollen Sie bitte darauf antworten?“

Wilhelm Wundt war der Leiter des zwar kleinen, aber außergewöhnlich leistungsfähigen Forschungslabors. Auf dem Papier arbeitete Pepi Asturio für Wilhelm; aber seine Arbeit hatte mit jener der Hauptgruppe eigentlich nichts zu tun.

Wundt war ein magerer, grauhaariger alter Mann mit sehr flinken, an einen Vogel erinnernden Bewegungen, doch er dachte langsam und außerordentlich gründlich. Sein physikalisches Wissen erstreckte sich über das ganze Spektrum des Faches, und zwar auf sehr breiter Ebene. Er sprach bei solchen Zusammenkünften aber nur dann, wenn er eigens dazu aufgefordert wurde.

„Wenn Sie meinen, Hal. Gut, ich beginne mit dem, was wir wissen. Moon Eye hat uns die wahrscheinlichen Daten der Größe dieses Vehikels gegeben. Demzufolge ist es weniger als hundert Meter lang, also etwa halb so lang wie unsere größte Frachtrakete. Ein so kleines Vehikel braucht einen Antrieb, der weit über das hinausgeht, was wir haben. Es scheint zwei gegenläufige Nuklearantriebe zu haben, die beide einen relativ kleinen Schub erzeugen. Diese Antriebsmaschinen brennen nun seit drei Tagen und werden voraussichtlich so lange brennen, wie die Sonde sich in unserem Sonnensystem befindet. Erst verliert sie damit an Geschwindigkeit, dann gewinnt sie diese zurück. Spektroskopische Analysen des blauen Lichtes ergeben Alphapartikel und Spuren von Stickstoff. Die Konstrukteure dieser Sonde scheinen die Technik der Verschmelzung freier Alphapartikel mit Nitrogen-16 zu beherrschen, die sich dann in vier Helium-4-Nuklei aufspalten. Dieser Verschmelzungs-Spaltungs-Zyklus erzeugt einen Schub, der über ein Raketenventil genau kontrolliert werden kann. Natürlich erzeugt ein einziges Kilogramm Stickstoff riesige Energiemengen, die weit größer sind als jene, die wir aus einer äquivalenten Deuterium-Tritium-Fusion beziehen. Und Sie wissen, daß Stickstoff reichlich vorhanden und billig ist. Die Reaktion ist sauber, und selbst die Aufspaltung von Nitrogen-16-Nuklei in vier Helium-4-Nuklei erzeugt kaum radioaktive Abfälle. Doch woher kommt diese riesige blaue Flamme? Theoretisch darf es sie nicht geben. Daher sind weitere Studien erforderlich."

Von seinen Zuhörern verstand kaum einer etwas von dem, was Wundt ausführte. Harold unterdrückte ein Lächeln und sagte: „Es genügt also zu sagen, daß es genau in die Linie von RI paßt, wenn wir die Sonde einfangen und untersuchen können. Aber das ist nur der Anfang. Diese neue Quelle billiger Atomenergie müßte die Energieproduktion der ganzen Welt revolutionieren. Und was könnten wir nicht noch alles lernen von dem anscheinend sehr entscheidungsfreudigen Computer, der die Sonde navigiert? Wie sehr könnte das Studium dieser Maschinenintelligenz unsere Forschungen voranbringen? Was können wir lernen, wenn wir die Sensoren des Schiffes verstehen und bedienen können? Wenn wir die Maschinerie analysieren? Es scheint klar zu sein, daß unsere Patentabteilung mit den auszugebenden Lizenzen das Geld nur so scheffeln wird, falls es uns gelingt, die Sonde einzufangen."

„Wie kommen Sie auf die Idee, daß die Weltregierung uns die Sonde behalten läßt, falls uns das Unmögliche gelingen sollte, sie einzufangen?" fragte Maria.

„Vielleicht tut sie das wirklich nicht", gab Fred Buck zu. „Aber wenn wir sie in Besitz nehmen und unseren gesetzlichen Anspruch für ihre Einbringung anmelden, haben wir sicher einen recht guten Stand. Ich bin überzeugt, daß wir dann leicht zu einem Kompromiß kommen, der uns gestattet, uns als erste mit der Technologie der Sonde zu befassen."

Ein Bote betrat den Konferenzraum, eilte zu Pete Dawson und überreichte ihm eine Meldung; der Direktor las die Notiz und stand auf. „Gute Nachrichten!" rief er. „Die Sonde hat ihre Maschinen genau in einer Entfernung von zehn Radii vom Jupiter abgestellt. Ich glaube, wir können jetzt den angenommenen Kurs als Tatsache festhalten."

Harold stand auf, als Dawson sich setzte. „Vielen Dank, Pete. Fein, daß Sie diese Bestätigung sofort bringen ließen. Ich versuche, mich für den Rest kurz zu fassen. Ich bin überzeugt, daß die Rockets International große Vorteile daraus ziehen kann, wenn es ihr gelingt, die Sonde einzufangen, viel größere sogar, als wir uns jetzt vorstellen können. Und jemand muß den Versuch unternehmen. Überlassen wir die Sache der Weltregierung, dann entgeht uns wahrscheinlich ein Wissen, dessen Ausmaß wir uns gar nicht vorstellen können. Ich meine daher, es lohnt sich, das finanzielle Risiko einzugehen. Und was das Menschliche angeht – das ist meine Sache, denn ich selbst werde als Pilot die Rakete fliegen. Wir werden genau nach Plan vorgehen. Bitte kommen Sie alle morgen früh mit Ihren Berichten wieder hierher."

Damit verließ Harold den Konferenzraum.

Pepi, Alonzo und Pete Dawson folgten ihm und betraten unmittelbar nach ihm sein Büro. Harold seufzte innerlich. Diese drei Männer waren seine persönlichen Freunde und Mitdirektoren. Ihnen konnte er nicht einfach sagen, sein Entschluß gehe sie nichts an.

„Hal", begann Alonzo, „hab ich dir je schon mal gesagt, daß ich dich für einen gottverdammten Idioten halte?"

„Du bist hiermit gefeuert", erwiderte Hal freundlich.

„Rutsch mir doch den Buckel runter. Ich kann leicht einen anderen Job finden. Aber jetzt hörst du mir zu. Es hat überhaupt keinen Sinn, wenn du fliegst. Selbst wenn du hinkommst, schaffst du das Rendezvous nicht. Du kannst das doch gar nicht. Wenn du schon so hundertprozentig überzeugt bist, daß die Sache gemacht werden muß, dann fliege lieber ich."

„Und wie willst du's Peggy und deinen Plagegeistern – fünf

mit dem letzten, was? – erklären, was geschieht, wenn du nicht zurückkommst? Nein, mein Lieber. Wenn wir keinen qualifizierten Piloten finden, dann bin ich der einzige, der dafür in Frage kommt und dem ich dieses Risiko zumuten kann. Warum soll ich's nicht können? Ich habe mehr als vierhundert Flugstunden, und du hast ja die Bodenkontrolle. Und wenn die Persona so arbeitet, wie Pepi meint, dann tut es Jarl sen. auch."

„Es geht einfach nicht, Hal." Pete Dawson war ruhig, aber bestimmt. „Selbst wenn wir annehmen, daß meine Jungs dich über die Bodenkontrolle sicher zum Rendezvouspunkt bringen, so bleiben doch alle Manöver dort dir allein überlassen. Zur Zeit der Begegnung haben wir eine Funkverzögerung von einigen Minuten, und da kann dir keiner helfen oder raten."

„Dann werde ich in den nächsten Tagen so intensiv trainieren, daß ich ohne euch zurechtkomme", erklärte Harold bestimmt.

„Hal", warf Dawson düster ein, „wieviel von deiner fanatischen Entschlossenheit stammt aus deinem ewigen Wunsch, selbst Astronaut zu sein? Du brauchst mich nicht mehr zu feuern, ich habe ja gekündigt; also kann ich meine Meinung unverblümt aussprechen. Wir alle wissen, daß du Mathematik auf der Akademie nicht geschafft hast, und wir wissen, daß du deinen Vater heute noch anbetest, weil er der erste Mensch auf dem Mars war, nicht weil er dann US-Präsident wurde. Ich rate dir, überprüfe deine Gründe sehr genau, und wenn du dann immer noch glaubst, deine Entscheidung sei vernünftig, will ich meinen Einwand zurücknehmen."

Dawsons kühle Logik war, wie immer, überzeugend. Harold fühlte etwas in sich schrumpfen. Er hatte seine Gefühle nicht überprüft, nachdem es ziemlich sicher war, daß der Pilot vermutlich nicht lebend zurückkehren würde. Daß er selbst das Risiko eingehen wollte, war für ihn selbstverständlich, doch jetzt wurde ihm klar, daß seine eigene Unzulänglichkeit zu einem sicheren Mißerfolg führen mußte.

„Es gibt vielleicht noch eine andere Möglichkeit", warf Pepi ein.

Die drei anderen schauten ihn überrascht an. „Ich kenne einen sehr erfahrenen Astronauten", fuhr er fort, „der sich bestimmt freiwillig melden würde. Am Freitag können wir ihn fragen. Jarl Hentson müßte dann voll bei uns sein."

Es gab einen Moment schockierten Schweigens. Harold würgte ein automatisches Nein! hinunter. Wenn die Übertragung so glatt ginge, wie Pepi es hoffte und erwartete, wenn das riesige Wissen und die ungeheure Geschicklichkeit als Pilot übertragen werden könnten auf einen ungeprägten Geist . . ., dann war vielleicht der junge Jarl die einzige vernünftige Lösung des Problems.

Harold liebte seinen Sohn etwa so, wie man ein hilfloses Baby liebt. Jarl hatte keine Intelligenz, aber er zeigte Spuren von Persönlichkeit, wie seine Mutter gesagt hatte. Er war lieb, nett und soweit bei ihm möglich auch zuverlässig. Was bei einem Baby liebenswert war, mußte aber bei einem Neunzehnjährigen als fehl am Platz erscheinen.

Selbst wenn Pepis Zuversicht berechtigt war und die Persona von Jarl sen. zu gehen bereit wäre – konnte er dann wirklich seinen Sohn auf diese Art opfern? Welch ein Mensch war er, Harold Hentson, der so etwas auch nur denken konnte?

Die Antwort kam aus dem tiefsten Innern seines Wesens. Er hatte seine eigene Vision dessen, was die Menschheit als ihr Ziel ansehen wollte, einen Glauben, der weit in die vorigen Jahrhunderte zurückführte. Die Menschheit mußte nach außen streben – oder untergehen. Es war mehr als Pioniergeist und ging weit über den Drang nach innerem und äußerem Wachstum hinaus. Stillstand hieß Rückschritt.

Der Widerstand dagegen war ungeheuer. Seit den Tagen der ersten ökologischen Bewegung in den sechziger Jahren des zwanzigsten Jahrhunderts, seit den ersten Revolten gegen ein ungehemmtes Bevölkerungswachstum, seit das Mißtrauen gegen Wissenschaft und Technologie ständig zugenommen hatte, gab es starke Gruppen, die sich gegen jeden technischen Fortschritt stemmten, so daß viele Projekte nicht ausgeführt werden konnten.

Harolds besonderes Interesse galt der Raumfahrt. Als er selbst nicht Astronaut hatte werden können, hatte das Schicksal ihn zum Präsidenten des größten Unternehmens gemacht, das für die Raumfahrt arbeitete. Da er die Bürokratie haßte und die der Regierung besonders verachtete, war er froh, daß er der Regierung nicht unterstellt war.

Letzten Endes handelte jeder Mensch nach seinen Überzeugungen. Und er war restlos davon überzeugt, daß es für die Zukunft der Menschheit wichtig und unerläßlich war, diese Sonde einzufangen, um ihre Geheimnisse zu enthüllen. Wenn er für einen Erfolg hätte garantieren können, wäre er unter allen Umständen selbst zu diesem Rendezvous geflogen. Da er das nicht konnte, durfte er dann seinen Sohn und mit ihm die Persona seines Vaters opfern?

Die Entscheidung war so schwer, daß sie wohl sein ganzes zukünftiges Leben beeinflussen würde. Stürbe Jarl jun. dabei – und damit die Persona seines Vaters –, dann war der Tod reine Verschwendung, und wie sollte er künftig mit diesem Gedanken leben?

Ein nutzloser Tod wäre unerträglich und nicht zu akzeptieren; aber wenn Jarl Erfolg hätte, die Sonde zur Erde brächte und als Held stürbe – damit würde er leben können.

Harold gelang es nicht, für sich selbst zu klären, weshalb Erfolg oder Mißerfolg sein Gewissen erleichtern oder martern sollte, aber so war es eben, und der Tatsache mußte er sich stellen.

Doch blieb ihm noch etwas Zeit bis zur endgültigen Entscheidung. Vielleicht verlief die Geistübertragung nicht erfolgreich, und dann mußte er doch selbst gehen. Das wäre ihm lieber, als daß er seinen Sohn hinausschicken mußte.

„Meine Herren, liebe Freunde“, sagte Harold nach langem Schweigen, „wir werden die Abschußvorbereitungen beschleunigen müssen. Alonzo, bereite bitte den Triple-Trainer für Jarl vor, aber stelle auch ein separates Programm für mich auf, das ich während des Fluges absolvieren kann, solange die Bodenkontrolle das Schiff führt. Glaubt mir, einer von uns beiden geht!“

DONNERSTAG, 9. Juni 2011. Jarl erwachte. Das erste bewußte Gefühl war das eines ständigen, unerbittlichen Druckes auf seinen ganzen Körper. Diese Schwere war ihm vertraut, er hatte sie früher schon erlebt. Seine Gedanken schienen sich wie Ameisen in Sirup zu bewegen, sehr langsam und ungeordnet, aber nach einer Weile konnte er das Gefühl definieren. Doch dann folgte der Schock. Es war die Akzeleration, und er erkannte auch den gedämpften Donner, die Vibrationen. Er war in einem Raumschiff.

Jarl schüttelte den Kopf. Er fühlte sich plötzlich benommen, und ihm war übel. Was hatte ein Mann in seinem Alter in einem Raumschiff zu suchen? Seltsam, sein Kopf ließ sich, wenn er ihn schüttelte, leichter nach links als nach rechts bewegen. Und dieses kaum spürbare Gefühl des größeren Druckes auf die linke Seite korrigierte schließlich seine erste Überlegung: Er war nicht in einem Raumschiff, sondern in einem Flugsimulator.

Aber wieso wurde ein Mann, der den USA als Präsident gedient hatte, für einen Raumflug trainiert? Klar, seit fünfzehn Jahren war er kein aktiver Astronaut mehr gewesen, und da bedurfte er des Trainings . . . Nein, für die Erforschung des Raumes gab es genug jüngere Leute. Warum sollte er also wieder Raketen fliegen?

Er war nicht nur körperlich etwas benommen, sondern sein Kopf fühlte sich auch so an, als wäre er mit Kissen ausgestopft. Dieses Gefühl hatte er früher nur ein paarmal in Verbindung mit einem ausgewachsenen Kater gehabt; da konnte er sich dann auch nicht konzentrieren, und seine Gedanken liefen nach allen Richtungen davon. Er empfand das als sehr störend, und aus diesem Grund hatte er sich auch nur selten betrunken. Er hatte die feine Kunst des mäßigen Trinkens gelernt.

Jarl schaute an seinem Körper entlang. Er trug einen Druckanzug und war an eine Pilotencouch geschnallt, deren Typ er nicht kannte; es mußte eine ganz neue Sache sein. Und zu seinem Erstaunen erkannte er seine Beine nicht, auch nicht die jugendlichen Hüften darüber oder die muskulösen Hände, die an seinen Seiten lagen. Langsam drehte er den Kopf. Er befand sich in der engen Kanzel eines Zweimannschiffes oder in einem entsprechenden Simulator. Die Konsole vor ihm sah ziemlich bekannt aus, auch die des Kopiloten. Aber über dem einzigen Fenster war ein Schild, und das war ja immer so, wenn der riesige Simulator in Bewegung war.

Jarl ahnte, wo er war: im Fünfzigmeter-Triple-Trainer in der Anlage I der RI. Der Bau der Dreiarmzentrifuge war eine seiner letzten Tätigkeiten als Präsident dieser Firma gewesen, ehe er Präsident der Vereinigten Staaten geworden war. Dem Personal des Weißen Hauses hatte er oft genug erzählt, sein erster Präsidentenjob sei sehr viel besser gewesen.

„Wach, Sir? Wir hätten gerne, daß Sie etwas essen, wenn Sie das Essen unten behalten können."

Die Stimme kam von einem kleinen Schirm, der an der Konsole aufleuchtete. Jarl sah das gleichmütige, höfliche Gesicht eines jungen Mannes, der, wie er sofort wußte, Flugkontrolleur war. Sie sahen sich alle unglaublich ähnlich.

Es war nicht leicht, seine innere Verfassung unter gleichmäßigen drei g zu überprüfen, doch Jarl versuchte es. Sein Kopf schien etwas klarer zu sein, und konzentrieren konnte er sich auch besser. „Ich glaube, ich kann essen", sagte er laut. „Und dann möchte ich wissen –"

„Gut. Sie bekommen gleich ein warmes Abendessen. Ihre Fragen, Sir, beantworten wir später. Jetzt ist es besser, wenn Sie schlafen, sobald Sie gegessen haben."

Einen Augenblick später erschien ein Tablett mit dampfendem Essen in einer Öffnung am Fuß der Konsole. Das war neu. In den ersten Triple-Trainern hatte es keine Essensausgabe gegeben. Das war auch schon lange her. Wie lange? Er war sechsundfünfzig Jahre alt. Dann mußte man im Jahr 2006 sein, nicht wahr?

Da waren wieder die Kissen in seinem Kopf, aber jetzt quoll die Füllung heraus und vernebelte seine Gedanken völlig. Jarl zog das Tablett heraus und begann zu essen. Die ständige Beschleunigung erleichterte es nicht gerade, doch er schaffte es schließlich. Warum gehörte das jetzt zum Training? Man hatte doch gar nicht so lange unter Beschleunigung zu bleiben, daß man essen mußte. Nicht einmal auf der Reise zum Mars . . .

Als er gegessen hatte, sah Jarl eine zweite Öffnung, in die er Tablett und Plastikgerät schob.

„Sehr gut, Sir. Und jetzt lassen wir Sie schlafen. Vielleicht können wir uns während Ihrer nächsten Wachperiode unterhalten."

„Aber ich will doch wissen . . .", begann Jarl, schwieg aber dann zornig und hilflos, denn der Schirm war dunkel geworden. Gleich darauf fühlte er sich sehr müde und schläfrig. Erst wehrte er sich dagegen und suchte nach der Nadel, die er herausreißen wollte, aber die schien irgendwo unerreichbar und unsichtbar in seinem Druckanzug zu sein.

Jarl wehrte sich nicht mehr gegen den Schlaf. Im Lauf der Jahre hatte er gelernt, wann er streiten und wann er sich fügen mußte.

IV

Donnerstag, 9. Juni 2011. „Mr. Hentson, rechtlich gesehen gehört wahrscheinlich diese Rakete Ihnen, bis wir die Verkaufspapiere endgültig unterzeichnet haben. Und ich höre, daß Sie die Regierungsfracht ausladen. Aber Sie haben noch immer einen Vertrag über die monatliche Lieferung eines Raumtankers und –"

„Und den halten wir auch ein", unterbrach ihn Harold. „Die nächsten beiden sind schon nahezu fertig." Natürlich wollte er nicht erwähnen, daß diese beiden voraussichtlich von RI selbst benutzt wurden. „Der Abschuß der Lieferung für die Raumstation wird höchstens um zwei Wochen verzögert, und Sie haben oben wirklich ausreichend Wasser- und Sauerstoff für eine viel längere Zeit. Ich werde die Konventionalstrafe für die Lieferungsverspätung bezahlen, wenn SB darauf besteht."

„Woher wissen Sie eigentlich so genau, welche Vorräte in den Stationstanks sind?" wollte der Besucher wissen.

Harold war teils amüsiert, teils zornig. Der dickliche kleine Mann, der ihm gegenübersaß, war Wardell Davis, der SB-Vertreter bei der Anlage I der Rockets International. Davis gehörte zu jenen Bürokraten, die niemals etwas Falsches zu tun versuchten, dabei aber auch kaum je zu einer richtigen Entscheidung kamen. Und diese Sache war ihm jetzt aufgedrängt worden, weil er der einzige Mann am Platz gewesen war, als SB erfahren hatte, daß RI mit der Möglichkeit spielte, die Sonde abzufangen.

„Mr. Davis, vergessen Sie, daß RI einen Wartungskontrakt für die Raumstation hat? Dazu gehört auch, daß die Tanks immer mit Wasserstoff und Sauerstoff gefüllt sind. Ich bekomme ja auch eine Kopie des Statusberichtes, der an Ihr Hauptquartier nach Washington geht."

„O ja, natürlich . . . Aber kommen wir zum Kern der Sache zurück, Mr. Hentson. Der Verwaltungsrat von SB ist sehr besorgt, seit er hörte, daß Sie Pläne machen, gegen – äh – den Beschluß der Weltregierung zu handeln, die diese Sonde in Ruhe lassen will. Wir – äh – kennen im Moment die genaue gesetzliche Lage nicht, aber . . ."

„Ich auch nicht." Harold bemühte sich um Ruhe. Davis war sein letzter Besucher, und er wäre ihn gerne losgeworden, um sich mit ein paar kritischen Punkten gründlich befassen zu können. „Aber wir wissen, daß durch das Gesetz von 2007 die NASA zu einer internationalen Agentur wurde, die auch ihre eigenen Frachtraketen abschießen darf. SB ist zwar unser größter Kunde, aber wir haben auch Abschlußverträge mit anderen Firmen, die dabei sind, Raummanufakturen zu errichten. Da wir den Besitzer der fraglichen Sonde nicht kennen, haben wir die Absicht, sie als gerettetes Raumhavariegut zu behandeln, und das ist absolut legal. Was stört Sie sonst noch?"

„Na, was wohl?" Davis schwitzte vor Angst und Zorn. „Du lieber Gott, denken Sie doch darüber nach, was Sie tun! Und wenn das Ding da oben bewaffnet ist? Vielleicht kann es sich selbst verteidigen, jedes sich nähernde Schiff zusammenschießen und auch noch einen Angreifer zur Erde zurückverfolgen! Daran haben Sie wohl noch nicht gedacht? Alle Fachleute sagen, wir seien das Hauptziel, und das Ding muß wohl eine Funk- oder Holosendung aufgepickt haben, die es nun zur Erde verfolgt. Die Verlangsamung beim Jupiter bedeutet nur eine kleine Pause. Warum, glauben Sie, hat die Weltregierung beschlossen, sie in Ruhe zu lassen, als sie annehmen konnte, daß sie unbemannt ist? Soll sie doch unsere Daten aufzeichnen! Es dauert immerhin Jahre, bis sie zum Ausgangspunkt der Sonde gelangen."

„Hat die Agentur der Weltregierung empfohlen, sie in Ruhe

zu lassen?“ Harold hatte keine Ahnung, wieviel Davis darüber wußte, wie SB zu dieser Entscheidung gekommen war.

„Ich habe nur wenig davon mitbekommen, und das auch nur über den Zerhacker. Als man zu dem Schluß kam, daß wir für den Rückweg unserer Rakete nicht garantieren könnten, daß er sogar unwahrscheinlich wäre, meinte der Verwaltungsrat, entweder müßten wir die Sonde sprengen oder vorüberfliegen lassen. Die Öffentlichkeit hält nichts von einem Himmelfahrtskommando, selbst wenn wir einen Astronauten finden könnten, der verrückt genug wäre, die Rakete zu fliegen. Und das ging dann auch bis zur Spitze der Weltregierung, die dann eben beschloß, nichts gegen die Sonde zu unternehmen.“

Damit hatte sich Davis auf einen Grund begeben, der für seine Karriere sehr gefährlich war, aber sein Wunsch, wichtig zu erscheinen, überwog seine Bedenken. Leute wie Davis gab es bei Regierungsstellen massenhaft. Und das war auch ein Grund dafür, daß SB hauptsächlich mit Kontrakten arbeitete und die tatsächliche Arbeit privaten Unternehmen überließ.

„Das ist sehr interessant, aber ich werde nicht erwähnen, woher ich das weiß“, versprach Harold. „Danke, daß Sie vorbeigeschaut haben. Wenn Sie mich jetzt entschuldigen wollen . . . Ich habe noch eine Menge zu tun.“

„Moment, Mr. Hentson. Sie haben mir noch keine Antwort gegeben. Werden Sie Ihre Pläne aufgeben? Was kann ich im Hauptquartier melden?“

„Sagen Sie, ich sei außerordentlich damit beschäftigt, mich mit dem Geist meines Vaters in Verbindung zu setzen.“ Harold stand auf, und Pat Pajick erschien, weil er von Harold durch einen heimlichen Knopfdruck gerufen worden war. Davis murmelte zornig vor sich hin, als ihn Pat hinausbegleitete.

Harold verließ sein Büro durch eine Hintertür und benutzte einen Fußweg, um zu Wilhelm Wundts einstöckigen wissenschaftlichen Labors zu gelangen. Vor dem streng isolierten Flügel winkte ihn ein Wächter durch die Pforte, ohne daß er, wie sonst üblich, eine Anmeldung auszufüllen hatte.

Die zweite Schicht war schon an der Arbeit, doch Pepi war immer noch da. Der rundliche Chilene beaufsichtigte seine

Techniker, die an der Geistübertragung arbeiteten. Jarl Hentson jun. war in einen schweren Sessel geschnallt und von einem Irrgarten von Maschinen umgeben. Auf dem Kopf hatte er einen Helm, von dem zahlreiche Kabel zu den Maschinen führten. Sein Gesicht wirkte friedlich und intelligent, vielleicht deshalb, weil er bewußtlos war.

„Wie weit sind wir, Pepi?" fragte Harold.

„Es läuft recht gut", erwiderte Pepi zufrieden. „Die Chromosomen scheinen die neuen Stromkreise ohne weiteres angenommen zu haben. Natürlich müssen wir noch für eine gewisse Verstärkung sorgen, aber dies müßte jetzt die letzte Übertragungssitzung sein. Vor einer Stunde haben wir Jarl aufgeweckt, als er noch im Trainer war, und einer der Flugkontrolleure unterhielt sich mit ihm in meiner Gegenwart. Die Persona schien da schon ziemlich komplett zu sein, also fast funktionsfähig. Es war da nur eine winzige Ungewöhnlichkeit in Jarls Persönlichkeit, etwa so, als dränge eine geheime Kraft nach oben. Genauer kann ich das nicht beschreiben. Aber die zusätzliche Verstärkung müßte die Persona so kräftigen, daß sie auch noch über die Dauer der Mission hinaus erhalten bleibt."

„Stimmt es eigentlich, daß Jarl der einzige Astronaut war, dessen Gehirnlesungen konserviert wurden?"

„Ich glaube schon. Man wählte ihn deshalb, weil er anschließend in die Politik ging und Präsident wurde, nicht weil er der erste Mann auf dem Mars war oder der Gründer von Rockets International, die er nach Florida verlegte."

„Die Ingenieure haben sich heute früh beklagt, daß du den größten Computer mit Beschlag belegt hast. Sie brauchen ihn. Wie lange mußt du ihn noch für dich haben?"

Pepi seufzte. „Hal, man kann die buchstäblich Milliarden von Gehirnstromkreisen und Gedankenmustern auf Band speichern, aber abspielen und übertragen kann man dieses Band nicht in ein paar Stunden. Zur Schaffung einer Persona muß man die Datenbank eines sehr großen Computers völlig ausleeren, um ihm sämtliche Daten eingeben zu können. Die Rückspielung und die Einprägung dieser Gedankenmuster sind ebenso zeitraubend und mühsam. Selbst die genaueste und sorgfältigste Arbeit kann aber nicht verhindern, daß der

3:54:06

Originalgeist niemals restlos mit allen Einzelheiten übertragen werden kann. Aber ich sagte schon, das ist jetzt die letzte Übertragung. Morgen können die verdammten Ingenieure ihren Computer zurückhaben."

„Ich frage morgen früh noch mal bei dir nach", versprach Harold und eilte zum nächsten kritischen Punkt, zu Carson Jamisons Büro in Anlage I, aber Jamison und seine Leute waren schon gegangen. In seinem Büro hing ein riesiges beleuchtetes Statusbrett, auf dem gerade das Licht auf siebzig Prozent Flugbereitschaft sprang. Jamison schaffte es also leicht. Hal mußte daran denken, diesen Mann rechtzeitig aus der Schußlinie zu nehmen, denn ein Mann an seiner Stelle mußte auch einmal ohne Sicherheitsspielraum arbeiten können.

Harold überlegte, daß sich bestimmt sehr viele Leute Gedanken darüber machten, weshalb er mit RI diesen gefährlichen und kostspieligen Plan verfolgte. Die Aussicht auf Erfolg war äußerst gering. Und wenn sogar die Weltregierung aufgegeben hatte . . .

Aber genau das trieb ihn an, daß er nicht mit der Weltregierung übereinstimmte, und er war einer der wenigen Menschen, die da etwas tun konnten.

Er lachte, als er daran dachte, was Jarl sagen würde, wenn er wüßte, daß seine Persona diese gefährliche Aufgabe ausführen sollte, die letzten Endes doch der Weltregierung nützte. Solange er nämlich Präsident gewesen war, hatte er sich strikt geweigert, einen Teil der US-Autonomie auf die Weltregierung zu übertragen. Erst 2005 hatte sein Nachfolger den Kontrakt unterzeichnet, durch den die Vereinigten Staaten Mitglied der Weltregierung wurden. Ein Jahr später hatte Jarl damit begonnen, sein gesamtes Gedächtnis und alle Gedankenmuster auf Band aufnehmen zu lassen. 2007 hatte sein kräftiges Herz aufgegeben, und Jarl Hentson, der erste Mann auf dem Mars, Gründer und Präsident von Rockets International und Präsident der Vereinigten Staaten von 2001 bis 2004, war tot.

Jetzt sollte also der alte Herr wieder lebendig werden, oder wenigstens wurde es seine Persona. Aber man mußte ihn gegen alle Kontakte mit der Außenwelt abschirmen – mit Ausnahme natürlich der Flugkontrolleure, die Pepi ja fest in der Hand hatte. Niemand konnte wissen, wie stabil diese Persona sein würde, und Pepis Leute hatten nachdrücklich darauf hingewiesen, daß Jarl/Jarl jeder Schock erspart bleiben müsse. Harold durfte nicht einmal jenem Mann die Hand schütteln, den er am liebsten gehabt und am meisten verehrt hatte.

„JETZT wissen wir also ganz sicher, daß Jesus Hentson der Empfehlung der Weltregierung nicht folgen und die Sonde einzufangen versuchen wird", sagte Jodie und schaute von einem zum anderen. „Einige von euch arbeiten ja bei RI und scheinen zu glauben, er habe eine Chance, wenn er seinen wiedererweckten Vater auf die Mission schicke. Für uns heißt das jedenfalls, daß wir den Start der Rakete verhindern müssen. Aber wie? Irgendwelche Vorschläge?"

„Klar!" Ein bärtiger junger Mann namens Sanderson meldete sich. „Wenn ein paar tausend von uns unter den Brennern der Rakete stehen, dann können sie das Ding nicht starten. Für den Start steht nur ein Zeitraum von zwanzig Minuten zur Verfügung. Ich weiß das, denn ich bin Ingenieur bei RI. Bis sie uns davonjagen oder wegschaffen, ist es zu spät."

„Meinst du, das geht?" fragte Jodie. Ein paar Leute nickten. RI war bei weitem das größte Unternehmen Floridas, und viele Angestellte gehörten verschiedenen Protestgruppen an. Das durfte im Werk natürlich niemand wissen, aber um so fester waren sie zum Kampf entschlossen. FOE und andere Protestgruppen hatten an ihnen einen Stamm technisch geschulter Leute.

„Wir brauchen Boote", fuhr Sanderson fort. „Die Insel Merritt kann leicht über den Indian River erreicht werden, aber nicht auf dem Landweg. Es dürfte allerdings ziemlich einfach sein, genügend Boote für tausend Demonstranten aufzutreiben."

„Gut. Dann beginnen wir mit den Vorbereitungen. Die Bootsbesitzer müssen sich also den Sonntagnachmittag freihalten, es müssen Signale gesetzt und Führer bereitgestellt werden. Können wir die Vorbereitungen nicht schon früher stören? Wie sieht die rechtliche Seite aus? Haben wir irgendwelche Anwälte auf unserer Seite?"

„Ich bin Anwalt", meldete sich ein grauhaariger Mann. „Ja, es gibt ein paar Möglichkeiten zu einem gesetzlichen Angriff, aber da läuft schon etwas. Ich arbeite in Kennedy für SB, und morgen will SB eine Klage einbringen. Allerdings kann RI nicht vor Montag davon unterrichtet werden, so daß es also zu spät ist."

„Aber gut, daß wir SB auf unserer Seite haben. Sonst noch etwas?"

„Ich weiß etwas, womit sie aufgehalten werden können", sagte Diana Sharp, ein hübsches, olivhäutiges Mädchen. „Ich kenne eine Möglichkeit, wie wir direkt an Hal Hentson herankommen können, um ihn bis Montag aus dem Verkehr zu ziehen. Ohne ihn findet der Start sicher nicht statt."

„Oh? Und was ist das?" fragte Jodie.

„Sarcoma . . . , können wir unter vier Augen sprechen? Und habe ich deine Zusage, daß dies unter uns bleibt?"

Jodie stand auf und nahm das Mädchen mit in ihr Schlafzimmer. Diana schaute verlegen auf ihre Füße hinab, während sie sprach. Sie war etwa fünfundzwanzig Jahre alt, sehr hübsch und etwas rundlich; in wenigen Jahren würde sie dick sein. „Sarcoma, ich arbeite bei der Citizen National Bank of Cocoa Beach. Wir haben ein Konto für einen Mr. Alexis D. Martin, von dem Miete und ähnliche Ausgaben automatisch abgebucht werden, und dieses Konto führe ich. Er kommt nicht oft in die Bank, etwa einmal jährlich. Ich glaube, ich habe ihn erkannt. Mein Freund holte mich beim letztenmal ab, und da folgten wir diesem Mr. Martin. Er ging zum ‚King of the Hill', einem Lokal, in dem die Männer Mädchen aufreißen können, und da nahm er auch ein Mädchen mit in seine Wohnung und behielt es für die Nacht dort."

„Na, und?"

„Dieser Mr. Martin war Hal Hentson! Er hatte eine dunkle Perücke auf und sah anders aus, aber er war es. Inzwischen habe ich erfahren, daß er fast jeden Freitag dort ist, sich ein Mädchen aussucht und es in seine Wohnung mitnimmt. Manchmal geht er auch in ihre mit."

Das Mädchen war etwas verlegen, und Jodie fragte: „Liebes, was ist denn? Hast du noch etwas zu erzählen?"

Diana hob die tränengefüllten Augen. „O Sarcoma, am Freitag danach zog ich ein ziemlich freches Kleid an und ging auch dahin. Er suchte mich aus, und ich ging mit, danach auch noch ein paarmal, bis er das Interesse zu verlieren schien. Er ist immer noch sehr nett, wenn er mich sieht, aber er sucht sich andere Mädchen aus. Mein Freund weiß das natürlich nicht, denn er will Kinder haben und mit mir einen Kontrakt schließen, aber das tut er sicher nicht, wenn er das erfährt." Diana brach in Tränen aus, und Jodie mußte sie trösten. Bald schluchzte Diana nur noch ein paarmal auf und beruhigte sich wieder.

„Bist du denn in diesen Burschen verliebt?" fragte Jodie.

„Nein, ganz bestimmt nicht. Es war nur so . . ., so aufregend, mit dem berühmten Hal Hentson ins Bett zu gehen. Aber er war dann genauso wie jeder andere auch. Ich sage dir das nur, weil ich meine, die Information könnte dir nützlich sein. Aber erfahren darf niemand davon, niemand!"

„Nein, natürlich nicht . . . Aber du hast mich auf eine Idee gebracht. Ich wollte schon längst diesen personifizierten Größenwahn einmal aus der Nähe sehen."

„Aber . . . Sarcoma, er war immer gut zu mir. Ich will nicht, daß er gekränkt wird."

„Das ist nicht unser Stil", versicherte ihr Jodie. „Aber vielleicht können wir diesen großen Liebhaber bis Montag von der Bühne verschwinden lassen. Danach ist es egal. Halte dir den morgigen Abend frei, denn du mußt ihn uns zeigen."

Diana nickte; dann kehrten beide zu den anderen zurück.

FREITAG, 10. Juni 2011. Jarl erwachte wieder. Sofort leuchtete der kleine Schirm an der Konsole auf, und ein lächelndes Gesicht erschien. Die Instrumente der Kontrolleure mußten ungeheuer genau arbeiten, oder vielleicht war in seinem Helm ein Elektroenzephalograph.

„Hallo, wie wär's mit einem Happen zu essen, Jarl? Und danach wollen wir ein paar Rendezvoustechniken durchgehen, die dir vielleicht neu sind. Magst du?"

Der Gedanke an Essen machte Hunger. Jarl nickte, und im nächsten Moment erschien im Ausgabeschlitz ein Tablett mit heißem Essen.

Jarl aß so schnell, wie der ständige Zug der Schwerkraft es gestattete. Ihm war, als arbeiteten seine Hände unter Wasser. Sein junger Körper war in ausgezeichneter Verfassung, aber sein Kopf schien mit Watte gefüllt zu sein, und darunter formte sich ein vager Gedanke: Maschinen . . . Übungen . . . Arme heben . . . senken . . . heben . . .

Und dahinter war ein starkes Gefühl der Liebe.

Jarl konzentrierte sich auf die Mahlzeit. Sie war gut, reell und handfest. Trotz der Watte in seinem Kopf schien er gut zu funktionieren. Und über das, was er hier zu tun hatte, konnte er später nachdenken. Und was war er? Nein, das konnte man vergessen. Man mußte sich auf das Training konzentrieren. Erst der Job . . . Er schien äußerst wichtig zu sein.

Jarl hatte gegessen und schob das Tablett in den Abfallschlitz. Das Gesicht auf dem Schirm beobachtete ihn aufmerksam.

„Und jetzt möchte ich einige Fragen beantwortet bekommen", sagte Jarl entschieden.

Der junge Mann lächelte. „Okay. Ich will's versuchen. Aber vielleicht wirst du wieder müde, und da wollen wir vorher ein paar Routinefragen durchgehen. Das Rendezvous erfolgt durch visuellen Kontakt; du mußt also Antrieb und Steuerung selbst übernehmen. Der Hauptantrieb wird von der Bodenkontrolle aus gesteuert, aber den schalten wir ab, sobald du auf Handbetrieb übergehst. Wir werden uns also vor das Ziel setzen und dazu noch gleichmäßig beschleunigen; dann drehst du um 178 Grad nach rechts, gleichst deine Geschwindigkeit mit den Handgeräten jener der Sonde an und läßt sie zum physischen Kontakt herankommen. Die Schwierigkeit dabei ist die Handsteuerung, die wir aber für einige Geschwindigkeiten noch ausreichend üben werden. Die Ergebnisse füttern wir dem Flugcomputer ein, so daß du auf dem Hauptschirm die Daten bekommst."

Jarl wurde ziemlich wütend. Wenn sie ihn nach der Übung wieder in den Schlaf schicken wollten . . . Aber tief in ihm erhob sich eine Welle von Ruhe und Vertrauen, die seinen auf Angst beruhenden Zorn überspülte. Man würde schon für ihn sorgen . . . Er brauchte nur ruhig zu bleiben . . .

Jarl schüttelte verblüfft den Kopf. Immer wenn er glaubte,

nahezu normal zu denken und zu fühlen, drängten sich fremde Gefühle und Erlebnisse in seinen Kopf. Es entsprach nicht seiner Natur, ruhig zu bleiben und andere für sich sorgen zu lassen.

Aber im Moment erschien es ihm klug zu sein, das zu tun, was der Kontrolleur verlangte. Offensichtlich brauchte er noch Übung für die bevorstehende Mission. Und eigene Entscheidungen konnte er sowieso nicht treffen, solange er nicht wußte, was los war, was gespielt wurde.

Es war ein Vergnügen für ihn, seine „geistigen Muskeln" anzuspannen und zu entdecken, daß sein Kopf noch ebenso gut war wie früher. Die Kontrollen waren gewaltig verbessert gegenüber denen von 1990, als er zum Mars geflogen war. Natürlich war die Arbeitsweise nahezu die gleiche, so daß es in dieser Beziehung keine Probleme geben würde.

Zwei Stunden später war Jarl sehr müde, aber zufrieden. Zum Schluß stellte er einen Scheinkontakt mit der Zielsonde her, die sich ihm – künstlich – durch den nachtdunklen Raum näherte.

„Ausgezeichnet!" sagte der Kontrolleur. „Viel hast du nicht verlernt, Jarl, wenn man bedenkt . . ." Er schwieg verlegen.

„Ja . . . Wenn man bedenkt . . ." Jarl wurde wieder zornig, und seine Müdigkeit verflog unter dem Zustrom von Adrenalin. Er war nie sehr geduldig gewesen. „Und jetzt, mein Freund, erzählst du mir ein paar Dinge. Was ist überhaupt mit dieser Mission, für die ich trainiere? Und warum ausgerechnet ich? Für den Raumflug bin ich schon zu alt . . ." Nein, diesen Gedanken wollte er nicht weiter ausspinnen. „Schau mal, ich komme mir vor, als wate ich bis zu den Hüften im Schlamm, weil ich gar nichts weiß. Und von überall her stürmen komische Gedanken auf mich ein, die keinen Sinn ergeben. Ich will wissen, was ihr mit mir gemacht habt."

„Mr. . . . Jarl, ich kann dir nur ein paar Dinge erklären, und alles, was diese Mission betrifft, wirst du von deinem Sohn, Mr. Harold Hentson, erfahren. Er wird später mit dir sprechen. Diese Mission ist so wichtig, daß deine Landung auf dem Mars dir nachträglich noch wie ein Pfadfinderausflug vorkommen wird." Der junge Mann berichtete kurz von der Sonde. „Dein

Job ist, wenn das Rendezvous klappt, an Bord dieses Schiffes zu kommen."

Jarl schüttelte ein wenig benommen den Kopf. Endlich war es geschehen – ein extraterrestrischer Besucher näherte sich der Erde. Das war keine sagenhafte fliegende Untertasse, sondern zweifellos ein richtiger Raumreisender. Immer hatte er gehofft, das möge geschehen, solange er noch lebte . . . Nein, Schluß damit.

„Die Wissenschaftler bei RI", fuhr der junge Mann fort, „halten es für unwahrscheinlich, daß die Sonde auch eine Handsteuerung hat. Vielleicht kann aber auch ein Mensch die Arbeitsweise der Instrumente in der Sonde nicht verstehen. Man meint deshalb, du könntest wenigstens die Antriebsinstrumente abschalten, so daß der Antrieb ausfällt. Trotzdem hat die Sonde dann immer noch zuviel Geschwindigkeit, als daß sie in unserem Sonnensystem bleiben könnte. Du hast im Big Bird ausreichend Treibstoff übrig für vier Stunden Hauptantrieb. An der Nase deiner Rakete wird ein Dockgerät angebracht, mit dem du physischen Kontakt mit der Sonde aufnehmen wirst. Deine Position richtest du nach unseren Weisungen aus. Mit einer Bremszündung wollen wir der Sonde einige Geschwindigkeit wegnehmen und sie in eine ziemlich enge Umlaufbahn um die Sonne zwingen. Wir meinen, dieser Orbit könnte in einer Entfernung von durchschnittlich zwanzig Millionen Kilometern stabilisiert werden, und die verbleibende Geschwindigkeit wird noch zu einer U-Schleife um unsere gute alte Mutter Sonne reichen. In weniger als drei Wochen bist du dann wieder hier. Unseren Besucher fangen wir mit einem anderen Big Bird ab und bremsen ihn so, daß er in eine Umlaufbahn um die Erde einschwenkt."

Jarl vermochte kaum zu glauben, was er da eben gehört hatte. Die Erklärung erschien ihm so unverständlich wie einige Probleme in den Textbüchern der Ingenieure. Konnte das denn wahr sein? Aber seine winzige Pilotenkanzel war echt. Kein Zweifel, daß er sich in einem Flugsimulator befand. Das ständige Gewicht von drei g ließ nicht nach.

Der Flugkontrolleur wartete in aller Ruhe. „Das ist die verrückteste Mission, von der ich je gehört habe!" sagte Jarl schließlich. „Nur ein Idiot würde dafür sein Leben riskieren. Wenn ihr vorhabt, daß meine Rakete der Sonne auf zwanzig Millionen Kilometer nahe kommt, wie wollt ihr dann das Schiff isolieren? Und woher wollt ihr wissen, daß die Hitze die Sonde nicht demoliert? Eure Argumente sind äußerst brüchig!"

Der junge Mann auf dem Schirm lachte breit. „Ja, Jarl. Einige von uns sind der gleichen Meinung, aber wir haben unsere Befehle. Und es ist die einzige Chance überhaupt, die wir haben."

Jarl stellte fest, daß der junge Mann das Himmelfahrtskommando also nicht in Abrede gestellt hatte. Und er sollte sich freiwillig dazu melden? Wofür hielt man ihn eigentlich? Doch das wollte Jarl später klären. Jetzt hatte er noch ein paar wichtige andere Fragen.

„Noch etwas. Ich war doch vier Jahre Präsident der Vereinigten Staaten und habe das Gedächtnis von sechsundfünfzig Lebensjahren. Wieso bin ich plötzlich wieder zwanzig? Seit dreißig Jahren hatte ich keine solchen Muskeln mehr."

Über das freundliche Lächeln des jungen Mannes auf dem Schirm schien ein Schleier zu fallen. „Tut mir leid, Jarl, da kann ich dir nicht antworten. Das wird Mr. Hentson tun, sobald er kommt. Und jetzt sagt mein Physiomonitor, daß du sehr müde wirst. Wie wär's mit einem Schläfchen?"

Jarl Hentson wurde noch wütender, das junge Gesicht noch reservierter. „Okay", meinte Jarl schließlich, „dann laß mal deinen Schlafsaft laufen. Aber wenn mein Strubbelkopf von Sohn dafür verantwortlich ist, bekommt er was von mir zu hören!"

„Jawohl, Jarl", antwortete der junge Mann und lachte schon wieder. „Vielleicht kannst du Hal den Kopf zurechtrücken. Von uns wagt das keiner. Bis später dann, Jarl."

V

Freitag, 10. Juni 2011. „Hal, Fred Bucks Leute haben eben von einem Gerücht erfahren, daß die Space Benefits eine einstweilige Verfügung erlassen will."

„Aus welchem Grund?" fragte Harold.

„Das sagt dieses Gerücht nicht", antwortete Pat Pajick. „Sicher etwas Legales und Abstraktes, vielleicht wegen Hineinpfuschens in die Außenpolitik der Weltregierung, weil die USA ja keine Außenpolitik mehr betreiben."

„Gibt es denn eine Weltaußenpolitik?"

„Nein, aber vielleicht ist sie eine Ausrede für die Verfügung."

Pat hatte natürlich recht. Und in einer Stunde hörten selbst die dringendsten Geschäfte bis Dienstagfrüh auf. Drei Tage Wochenende, da konnte gar nichts passieren, aber wenn die Verfügung heute noch herauskäme, würde man erst am Dienstag Einspruch einlegen können. Und die Rakete sollte am Sonntag um 4.31 Uhr nachmittags starten. Aber so etwas war ja zu erwarten gewesen.

„Und das ist noch nicht alles. Die Neuen Freunde der Erde, eine sehr aktive Ökogruppe hier in Florida, verkündeten heute früh, daß sich Freiwillige bereit erklärt hätten, direkt unter die Rakete zu kriechen, damit sie nicht abgeschossen werden könne. Die Insel Merritt wollen sie am Sonntagnachmittag besetzen."

„Zum Teufel, was hat denn die Ökologie mit dem Abfangen dieser Sonde zu tun?" brauste Harold auf.

„Diese Gruppe bekämpft das gesamte Raumprogramm, und dazu gehört auch die Sonde. Es sind extreme Fanatiker. Ursprünglich waren die Freunde der Erde eine gute Organisation. Sie sorgten für den Erhalt noch unberührter Landstriche und die Sauberhaltung von Gewässern, besonders hier und in Kalifornien. Ich war selbst ein paar Jahre lang Mitglied, bis die Fanatiker alle vernünftigen Leute vergraulten. Jetzt besteht der ganze Verein nur noch aus Verrückten."

„Ja, ich weiß, was sie in letzter Zeit alles angestellt haben. Aber die Sache mit der Sonde hat doch mit ihrem Programm nichts zu tun."

Pat spürte, daß die Diskussion in einen Streit auszuarten drohte. „Ich gehe besser wieder an die Arbeit", sagte er und verließ Harolds Büro. Daß Pat jeder Auseinandersetzung auswich, war seine Schwäche, und dabei liebte es Harold so, anderen seine eigenen Ideen wie Bälle zuzuwerfen und dafür die Einwände der anderen aufzufangen. Er zögerte auch nicht, seine eigenen Ansichten zu ändern, wenn er Neues und Nützliches erfuhr. Pat war zwar kein Jasager, aber er vertrat auch nie entschieden seinen Standpunkt. Das hatte Hal aber gewußt, als er Pat einstellte. Man mußte die Menschen so nehmen und einsetzen, wie sie waren.

Die Freunde der Erde gehörten zu jenen Gruppen, die den Plan zu interstellaren Sonden zu Fall gebracht hatten. Sie waren Demagogen, aber den Raketenabschuß am Sonntag konnten sie nicht verhindern. Die zu erwartende gerichtliche Verfügung machte Hal größere Sorgen.

Harold rief Carson Jamison und Goldstone wegen der Statusberichte an und ging ein paar Minuten früher als gewöhnlich heim. Zu Hause las er ein wenig und hörte dann die Nachrichten, die aber noch nichts über die bevorstehende Verfügung von SB gegen RI brachten.

Lily hatte für ein erlesenes Abendessen gesorgt. Da Jarl meistens mit Robert aß, fiel es weiter nicht auf, daß er nicht da war. Lily war sehr schweigsam; nach dem Essen nahm sie Platz vor dem Holoset, während Hal badete, sich rasierte und umzog.

Lily und er hielten die Fiktion aufrecht, sein Freitagabend gehöre dem Pokerspiel. Daß Lily Hals freien Freitagabend nicht in Frage stellte, war einer der Gründe dafür, daß sie noch mit ihm verheiratet war.

Um acht Uhr war Hal in der Stadt in seiner Zweitwohnung. Er tauschte sofort seinen konservativen Straßenanzug gegen einen schwarzen, enganliegenden Sportdreß mit langen Ärmeln und einer Kapuze im Rücken. Dazu gehörte auch eine Art Korsett, das nicht sonderlich bequem war, sich aber nicht vermeiden ließ, wenn dieses Kostüm sitzen sollte. Dann wählte er aus seiner Sammlung eine schwarze, kurzhaarige Lockenperücke und befestigte sie sorgfältig. Sie hatte kurze, buschige Koteletten, und so mußte er seine Augenbrauen in der entsprechenden Farbe einfärben. Statt der weißen Kontaktlinsen setzte er dunkelbraune ein. Schließlich schlüpfte er noch in schwarze Vinylknöchelstiefel und hängte eine kleine schwarze Tasche über die Schulter, in der seine Ausweise auf den Namen Alexis Don Martin steckten. Dann besah er sich im Spiegel.

Um den Bauch herum war er eine Spur zu füllig, aber sonst sah er tadellos und jünger als einundvierzig aus.

Einen Freund konnte die Verkleidung nicht täuschen, aber er rechnete nicht damit, am Abend Freunde zu treffen.

Er steckte Geld und Wagenschlüssel ein, schaute sich noch einmal in der kleinen Wohnung um, sperrte ab und fuhr mit dem Aufzug zur Parkgarage hinab. Der Dampfwagen sprang schlecht an, wenn man ihn nur einmal wöchentlich fuhr, aber bald reihte er sich in den dichten Freitagabendverkehr ein.

Cocoa Beach hatte noch immer etwas von der alten „Sündenstadt“ aus den Anfängen der Raumfahrt an sich. Dieses Gebiet war sehr dicht bebaut; am Indian- und Banana River dagegen gab es noch viele Villen und einstöckige Gebäude. Und am Banana River lag auch das Lokal, das sein Ziel war: das „King of the Hill“.

Es war erst halb voll. Er winkte einem hübschen Barmädchen zu, das er schon gelegentlich mit nach Hause genommen hatte, und setzte sich auf seinen gewohnten Platz Nr. 41; das war sein privater Scherz, denn er sagte immer, er sei fünfunddreißig. Dann begann er seine Jagd.

Vor etwa fünfzehn Jahren hatte Harold eingesehen, daß die Ehe mit Lily für ihn niemals recht befriedigend sein konnte. Er hatte ein paar Mädchen als ständige Geliebte ausprobiert und herausgefunden, daß er eine Frau brauchte, die unabhängig war und einmal nein sagen konnte. Er wußte, daß er selbst eine starke Persönlichkeit war und andere zu beherrschen versuchte. Man nannte ihn zwar allgemein beim Vornamen, aber alle gehorchten seinem leisesten Wink und benahmen sich sehr zahm. Hier hielt er natürlich immer nach den schönsten Mädchen Ausschau, doch manchmal mußte er allein in seine kleine Wohnung zurückkehren. Er hielt das selbst für nötig, damit er den Sinn für die Wirklichkeit des Lebens behielt.

Jeder Tisch hatte für vier Personen Platz und ein Telefon ohne Bildschirm. Man war also ganz auf die Stimme angewiesen, die sich meldete. Gegen neun Uhr füllte sich das Lokal einigermaßen. Es waren mehr Männer als Frauen da, doch die Telefone wurden eifrig benutzt.

Die Dreimannband begann zu spielen, die ersten Paare

tanzten. Er sah Diana Sharp, tanzte mit ihr und erfuhr, daß sie mit einem Freund da war. Darüber war er froh, denn er wollte sich nicht mehr weiter mit ihr einlassen. Als sie ab und zu Hinweise auf einen Heiratskontrakt fallenlassen hatte, hatte er das Interesse an ihr verloren, aber sie waren Freunde geblieben.

Dann entdeckte Harold an einem nahen Tisch zwei Frauen; die eine war eine kleine, zierliche und sehr hübsche Brünette, ihre Begleiterin groß, blond und muskulös mit einem etwas mürrischen Gesichtsausdruck.

Er hielt sie für Lesbierinnen und verlor sofort das Interesse. Aber das Tischtelefon läutete, und die Brünette nahm ab. Sie schien mehrfach eine Einladung zum Tanzen abzulehnen, doch etwa das fünfte Angebot nahm sie an und tanzte mit einem dicklichen kleinen Mann zweimal. Die Blonde verließ den Tisch nie. Für Lesbierinnen war das ein untypisches Verhalten.

Harold selbst tanzte auch ein paarmal, aber er hatte es auf die Brünette abgesehen. Gegen ein Uhr rief er ihren Tisch an.

„Hallo, ich heiße Alexis Don Martin, Alex für meine Freunde, ich sitze am Tisch 41. Ich sehe, daß Sie sich Ihre Tänzer sehr genau aussuchen. Ich hoffe, daß ich Ihren Wünschen entspreche, und Sie sind so ziemlich die schönste und interessanteste Frau hier. Doch das wissen Sie vermutlich."

Das Mädchen schaute zu ihm herüber und lächelte, sagte aber ins Telefon: „Ich mag keine Schmeichler."

„Die Wahrheit ist doch keine Schmeichelei", versicherte er schnell. „Diese große Rothaarige in den engen Goldhosen war noch hübscher, aber die ist gerade gegangen."

Die Brünette lachte. „Sie sind sehr schlagfertig. Also, der nächste Tanz dann."

Sie war klein und zierlich, etwa einen Kopf kleiner als er, und sie tanzten zusammen einen richtigen altmodischen Walzer. Sie war leicht wie eine Feder, und es war ein Vergnügen, sie herumzuschwenken.

„Und wie darf ich Sie nennen?" fragte er.

„Jodie genügt", antwortete sie. Ihre Augen waren halb geschlossen, und ihr Gesicht wirkte verträumt. Ihre Stimme klang tief und kehlig und war sehr ansprechend. Sie trug einen blauen, enganliegenden, einteiligen Samtanzug, der sehr dezent wirkte. Sie mußte dreißig oder etwas darüber sein, und ihr Haar schien natürlich schwarz zu sein. Es hing ihr glatt bis auf die Schultern. Sie hatte eine kleine Stupsnase und große Augen mit langen dunklen Wimpern, hohe Wangenknochen und einen vollen Mund, und ihre graziösen Bewegungen wirkten katzenhaft. Sie schien sehr intelligent, aber auch ziemlich kühl zu sein, obwohl ihr kehliges Lachen sehr sexy war. Alles in allem also eine ausnehmend anziehende Person.

Harold bedankte sich für den Tanz, brachte sie an den Tisch zurück und nahm seinen eigenen Platz wieder ein, doch später forderte er sie noch einmal zu einem Walzer auf, den sie, wie sie versicherte, außerordentlich liebte. Als die Musik aufhörte, bat Jodie ihn an ihren Tisch zu einem gemeinsamen Drink. „Wenn ich Sie dazu einladen darf", antwortete er.

„Es ist ja Ihr Geld", sagte Jodie, und das war nicht die übliche Antwort. An ihrem Tisch wurde er mit der Blonden bekannt gemacht, die sich Strobe nannte, und dann tranken sie einen Jupiter-Poo, der ziemlich süß war, aber wenigstens nach Rum schmeckte.

Nur noch wenige Gäste waren da, meistens ältliche oder häßliche oder auch betrunkene Leute. Die Musik spielte einen letzten langsamen Tanz, und als Harold mit Jodie zum Tisch zurückkehrte, war Strobe gegangen.

„Ich sagte ihr, Sie würden mich nach Hause bringen, und wenn sie wolle, könne sie vorausgehen", erklärte ihm Jodie, als er die Rechnung bezahlte.

„Oh", meinte Harold dazu, denn das schien ihm doch etwas zu leicht zu werden. Aber wenig später saß Jodie neben ihm in seinem Dampfwagen. Nachdem er gestartet hatte, mußte er noch kurz warten, bis sich genügend Gas gebildet hatte, und die Zeit benutzte er dazu, Jodie zu küssen. Es wurde ein sehr leidenschaftlicher Kuß, auch von ihrer Seite.

Sie sagte, sie wohne in Summerwell, wo sie eine Ferienwohnung habe. Sonst lebe sie in Minneapolis und sei Lehrerin an der High-School.

Das Haus in Summerwell war nicht neu und hatte viele

Mietparteien. Als Harold den Wagen geparkt hatte, wollte er Jodie noch einmal küssen, doch sie wehrte ab. „Schauen Sie, es ist nicht nötig, daß Sie die paar Tänze abarbeiten", meinte sie lachend. „Heben wir den Großangriff für später auf."

Diese kleine Person war doch anders, als er geglaubt hatte, und so zuckte Harold innerlich die Achseln und stieg aus. Jodie fuhr mit ihm im Lift in den sechsten Stock hinauf und sperrte die Tür Nr. 618 am Ende des Korridors auf. Das Licht knipste sie erst an, als die Tür hinter ihm geschlossen war.

„Hallo", sagte Strobe, die lässig an der Wand lehnte. In einer Hand hielt sie eine Pistole, die auf Harolds Magen gerichtet war.

Harold war erschüttert, denn er mußte erkennen, daß er in eine Falle getappt war. Jodie lachte breit und rief: „Kommt herein, Jungs!"

Drei Männer traten durch die Schlafzimmertür in die Diele. Zwei waren sehr jung und sahen wie Studenten im ersten Semester aus. Der dritte mochte etwa fünfzig sein. Man nahm Harold die Wagenschlüssel ab, da sein Wagen an einer anderen Stelle geparkt werden sollte, und dann wurde er an den Händen gefesselt. Jodies Stimme klang jetzt nicht mehr sexy und kehlig, sondern so, als sei sie das Befehlen gewöhnt.

Der ältere Mann, der Slippers hieß, kümmerte sich um den Wagen, während die beiden Studenten sich unterdessen beim Fesseln als sehr geschickt erwiesen. Sie ließen ihm keine Gelegenheit, sie anzuspringen und auszubrechen.

„Wir haben schon einen Raum für Sie vorbereitet, Jesus", sagte Jodie und deutete auf die Tür, hinter der die drei Männer gewartet hatten. „Wenn Sie sich ordentlich verhalten, werden Ihnen später die Fesseln abgenommen."

Wieder war Harold erschüttert, weil man seine wahre Identität kannte. Das sah Jodie und lachte spöttisch. „Ja, Mr. Harold Hentson, wir wissen, daß Sie der Präsident von Rockets International sind. Und da wir schon alle unsere Masken abnehmen, sollen Sie erfahren, wie man mich in der Öffentlichkeit nennt: Sarcoma."

Aber Harold hatte diesen Namen noch nie gehört. Jodie war sichtlich enttäuscht. „Ah, ich sehe, der Name sagt Ihnen nichts. Aber Sie werden bald erfahren, daß FBI und der Sicherheitsdienst der Weltregierung dicke Akten über mich haben. Wenn wir Sie am Montag entlassen, nachdem es zu spät ist, die Sonde abzufangen, kennen Sie den Namen sicher besser."

„Aber warum wollen Sie nicht, daß die Sonde abgefangen wird?" platzte Harold heraus.

„Weil unsere müde Welt nicht noch mehr Raumtechnologie braucht", erwiderte sie lächelnd. „Und ich fühle mich tatsächlich wie ein Sarkom im Gewebe der technologisch ausgerichteten Menschheit."

Hinter Harold wurde eine Tür abgesperrt.

Aus Master Thesis' Notizbuch
von Jarl Hentson

Kendrick Frazier und Robert J. Trotter von *Science News* führten mit Jacob Bronowski folgendes Interview:

Science News: Und wie ist das mit der antiwissenschaftlichen Haltung?

Bronowski: Vor fünf Jahren bemerkte der leitende Produzent der BBC, als ich über das wissenschaftliche Programm unterrichtet wurde, daß die jungen Leute im allgemeinen wenig von der Wissenschaft hielten. Nun, das war außerordentlich aufrichtig, und deshalb halte ich es für meine Pflicht, meine Gedanken zur wahren Philosophie der Wissenschaft auszusprechen.

Science News: Was sagen Sie denen, die rationelles, logisches Denken ablehnen?

Bronowski: Ich erinnere mich an ein Gespräch mit einer Studentengruppe über das Verhalten der großen Primaten wie etwa der Gorillas; es wurde festgestellt, daß es sich vom menschlichen Verhalten sehr unterscheidet, daß wir daraus aber sehr viel lernen können über unseren Platz in unserer Welt und Zeit. Ein Student sagte: „Der Schimpanse hat sein Päckchen zu tragen, ich trage das meine. Also, was soll's?" Ich fragte, woher er das wisse, und er meinte, das spüre er. Ich erwiderte ihm: „Nun, der letzte Mensch, von dem ich mich erinnere, daß er dies gesagt hat, war Hitler, und der war der Überzeugung, Sie seien eine Art Schimpanse und kein Mensch, da Sie ja Farbiger sind. Und wir haben Hitler deshalb bekämpft, weil wir glauben, die Spezies Mensch müsse sich nach ganz anderen

Gesichtspunkten beurteilen, nicht nach einem persönlichen Gefühl. Das wissen wir deshalb, weil wir uns sehr nachdrücklich damit beschäftigen. Ich kann mich irren, aber ich habe versucht, zur richtigen Erkenntnis zu gelangen, und das ist, bei Gott, mehr, als von Hitler und auch von Ihnen behauptet werden kann."

Science News
Nr. 23, Bd. 104, 8. Dez. 1973

VI

FREITAG, 10. Juni 2011. Das Deckenlicht brannte. Harold sah, daß die ganzen Wände mit schalldämmenden Platten abgedeckt waren, und man hatte sie fest angenagelt. Es gab ein altmodisches Bett mit Sprungfedermatratze, einen kleinen Tisch an dessen Kopfende, einen Schrank und einen Sessel. Nebenan befand sich ein Badezimmer, dessen Wände ebenfalls mit Platten abgedeckt waren. Man konnte noch erkennen, wo die Fenster mit Brettern vernagelt worden waren, ehe man die Platten darübergelegt hatte. Mit den Türangeln und den Schlössern hatte sich jemand viel Mühe gemacht, um sie zu sichern. Er befand sich in einer richtigen Gefängniszelle.

Ein uralter Fernseher und etliche Bücher waren da, und eine mitleidige Seele hatte einen Teller mit Äpfeln und Orangen auf den Tisch gestellt.

Es war unbequem, die Hände auf dem Rücken gefesselt zu haben. Harold lag auf dem Bett und versuchte nachzudenken. Und da kam die Angst.

Am Mittwoch war er bereit gewesen, sein Leben zu riskieren, um die Sonde abzufangen, und das würde er, wenn nötig, auch am Sonntag noch tun. Es war aber ein riesiger Unterschied, ob einen der Tod bei einer notwendigen Handlung ereilte oder ob einem wie einem Schwein im Schlachthaus die Kehle aufgeschlitzt wurde. Den Tod erwarten zu müssen, während er hilflos war, jagte ihm Entsetzen ein.

Harold glaubte nicht daran, daß man ihn am Montag freilassen würde. Mit diesem Versprechen hatte man ihn sicher nur beruhigen wollen. Für diese Leute war es gefährlich, ihn frei herumlaufen zu lassen; also würde man ihn wohl umbringen, sobald es ihnen gelungen war, den Abschuß der Rakete zu vereiteln.

Die Minuten dehnten sich zu Ewigkeiten. Schlafen konnte er nicht. Er wollte, er mußte die Rakete rechtzeitig abschießen, damit das Rendezvous mit der Sonde noch gelingen konnte! Er hatte das Gefühl, wenn es gelänge, die Sonde einzuholen, so wäre er dafür entschädigt, daß er nicht Astronaut hatte werden können. Diese Leistung war sicher auch nicht geringer als die eines Astronauten.

Konnte sie eingefangen werden? Oder würde er diesen Raum lebend verlassen, um mit seinem Mißerfolg konfrontiert zu werden?

Kurz nach vier Uhr kam Jodie herein und schloß die Tür hinter sich.

„Nun, haben Sie's bequem?“ fragte sie freundlich.

„Zu Hause hätte ich's bequemer“, antwortete er. „Bitte, nehmen Sie mir die Fesseln ab.“

„Das werde ich tun.“ Sie kam zu ihm ans Bett, und Harold richtete sich auf. „Da Sie das Wochenende über ja doch öfter nicht zu Hause sind, wird man Sie bis Sonntag nicht vermissen“, bemerkte sie, als sie die Knoten löste. „Und wenn Sie nicht rechtzeitig zum Abschuß da sind, unternimmt Ihr Vizepräsident auch nichts.“ Sie warf die Stricke auf den Boden. „Ich muß mit Ihnen reden.“

Harold stand vor seiner Gefangenenwärterin und rieb sich die Striemen an den Handgelenken. „Jesus“, sagte sie, „glauben Sie nur ja nicht, daß Sie mich so einfach auf den Boden legen können. Ich habe den schwarzen Gürtel und bin doppelt so stark, wie ich aussehe. Und Sie sind ein müder Bürohengst. In einem fairen Kampf besiege ich Sie.“

Sie glaubte offensichtlich, was sie sagte, und er wußte, daß sie in ausgezeichneter körperlicher Verfassung sein mußte. Trotzdem war es verrückt, wenn sie annahm, sie könne einen fast doppelt so schweren Mann wie sie selbst auf den Boden legen. Schließlich trieb er zweimal wöchentlich ausgiebig Sport, um sich fit zu halten.

Aber jenseits der Schlafzimmertür waren drei Männer und

Strobe mit einer Pistole. Es war also unsinnig, die Flucht jetzt zu wagen.

Harold musterte Jodie nachdenklich. Kaum zu glauben, daß sie sich vor zwei Stunden so leidenschaftlich geküßt hatten! Er hatte auf eine entspannende und angenehme Nacht mit dieser Frau gewartet, denn er hatte ja ein arbeitsreiches und anstrengendes Wochenende vor sich. Verdammt, und sogar jetzt kam sie ihm noch sehr begehrenswert vor!

Sie lächelte. „Sehe ich für Sie immer noch wie ein Sexobjekt aus, Mr. Harold Hentson?" fragte sie. Harold drehte sich um und rieb sich die Handgelenke. „Wissen Sie, ich wollte nur erfahren, was in Ihrem Kopf vor sich geht", fuhr Jodie etwas freundlicher fort. „Und ich möchte wissen, weshalb Sie es für wünschenswert und notwendig halten, daß wir die Sonde einfangen."

Harold zuckte die Achseln. „Meine Gründe liegen doch auf der Hand. Dieses Raumschiff scheint uns in der Antriebstechnik weit voraus zu sein. Wenn wir es einholen können, ersparen wir uns zwanzig kostspielige Jahre der Forschung und Entwicklung, und das sind viele Milliarden." Er berichtete ihr kurz, was seine Techniker über den Spaltungs- und Verschmelzungszyklus der Sonde dachten.

Jodie nickte. „Okay. Wir könnten also vermutlich sehr viel mehr Energie erzeugen, auch viel billigere. Na und? Wird die Menschheit damit glücklicher? Und glauben Sie wirklich, daß mehr als nur ein paar Leute bemannte oder unbemannte Raumschiffe zu anderen Sternen schicken wollen?"

„Nicht unbedingt", gab er zu.

„Wir werden alt und sterben, und das ist schon sehr lange so. Eure großartige Wissenschaft hat es bis jetzt nicht geschafft, die normale Lebensspanne merklich zu verlängern. Ist es mit Rücksicht auf dieses kurze Leben nicht ein Verbrechen zu verlangen, daß jemand sein Leben opfert, ohne daß er oder andere davon einen direkten Nutzen haben?"

„Nun, Sie vergessen ganz, daß heute die meisten Menschen siebzig Jahre und älter werden. Das haben wir der Wissenschaft zu verdanken, die sich um gesündere Ernährung und bessere ärztliche Versorgung bemüht hat."

„Sie mißverstehen mich. Wenn das Leben so kurz ist, sollte jeder soviel wie möglich für sich selbst herausholen. Was hat der Mensch von langfristigen Projekten, die seine eigene Lebenszeit übersteigen?"

„Nun, der Mensch ist ein Gesellschaftstier, und wir müssen zusammenleben und zusammenarbeiten. Jeder kann seinen persönlichen Ambitionen folgen, aber eine Gesellschaft braucht Ziele, die jeder anerkennen kann. Das Individuum allein erreicht nicht viel. Eine Gesellschaft kann weit mehr tun."

„Warum müssen wir so viel tun? Und wer soll entscheiden, was zu tun ist?"

„Die zweite Frage ist leicht zu beantworten. Es muß Führer geben – aus Regierung, Wissenschaft, Philosophie und Religion –, und die entscheiden. Und daß wir etwas oder so viel tun müssen, liegt in der Natur des Menschen. Genauer läßt sich das nicht umreißen."

„Das ist ja eben die Krankheit der westlichen Zivilisation", erwiderte Jodie und stand auf. Sie klopfte an die Tür, die sich nach wenigen Sekunden öffnete. Einer der Männer stand da und hatte die Pistole in der Hand, doch er befand sich außer Reichweite. Die anderen hielten sich wohl außer Sicht. Diese Leute schienen erfahrene Kidnapper zu sein . . .

Die Tür schloß sich wieder hinter Jodie.

Samstag, 11. Juni 2011. Diesmal wachte Jarl im Bett auf. In seinem Kopf herrschte Nebel. Er wußte nicht, ob er nur schläfrig war oder ob dies an seinem Gedächtnis lag. Er schlief wieder ein, erwachte erneut und setzte sich auf, bis die Benommenheit verschwand. Dann erst erhob er sich vom Bett.

Seine Sinnestrübung war verschwunden. Er hatte Hunger und fühlte sich kräftig. Er sah sich in dem kleinen Raum um, der wie ein Krankenhauszimmer mit anschließendem Badezimmer aussah. Das benutzte er, dann suchte er im Schrank nach Kleidern. Sie waren alle in seiner Größe, aber er wußte nicht, was er davon halten sollte, denn etwas kam ihm fremd oder sogar falsch vor. Ihm fehlte eine bestimmte Information, ein gewisses Wissen.

Jarl fand einen dunkelblauen Zweiteiler mit breitem Gürtel;

die kurzen schwarzen Stiefel paßten genau. Kaum war er angezogen, als es an der Tür klopfte.

Ein kleiner olivhäutiger Mann von etwa vierzig Jahren kam herein. Obwohl er etwas dicklich wirkte, bewegte er sich äußerst flink. Jarl erkannte Pepi Asturio.

„Pepi! Jetzt werde ich endlich ein paar vernünftige Antworten bekommen. Aber erst möchte ich ein ordentliches Frühstück und mir die Beine vertreten. Wo gibt es hier was zu essen?"

Pepi grinste breit. „Hallo, Jarl. Am Samstag ist die Cafeteria geschlossen, aber ich lasse ein Frühstück holen. Mir wäre lieber, du würdest mit mir nur in diesem Bau herumlaufen."

Über einen langen Korridor erreichten sie einen Vorraum. Am Empfangstisch saß ein hübsches farbiges Mädchen in Schwesterntracht; Pepi bat sie, ein Frühstück zu besorgen. Dann gingen sie gemeinsam nach draußen.

Jarl kannte sich sofort aus. Das hohe Gebäude vor ihm war der Verwaltungsturm von RI; auch das wissenschaftliche Labor, in dem er erwacht war, erkannte er. Ein Kilometer weiter lag die Anlage I mit dem Flugsimulator. Es schien sich sehr wenig verändert zu haben.

„Welches Jahr haben wir, Pepi?" fragte Jarl auf dem Weg zur Anlage I.

„Es ist der 11. Juni 2011, Jarl."

„Dann war ich also nur . . . fünf Jahre tot?"

Pepi zögerte. „Eigentlich nur vier. Deine Erinnerungen gehen ja nur bis zur Zeit deiner Gehirnaufzeichnungen zurück, also bis 2006. Danach hast du noch ein Jahr gelebt."

„Hm. Und diese Persona, für die die Physiologen so lange brauchten, ist die elektronische Neuerschaffung meines funktionierenden Geistes?"

„Jarl, die Psychologen könnten dir das alles viel besser erklären als ich, aber wir meinten, wenn ich mit dir spräche, wäre es vielleicht besser für dich. Offen gestanden, wir wissen nicht genau, was du bist. Statt nämlich die Bandaufzeichnungen einem Computer einzugeben, haben wir sie dem unentwickelten Geist deines Enkels Jarl jun. aufgeprägt. Man hat damit schon experimentiert, bisher aber nur mit Sterbenden,

Schwachsinnigen und dergleichen. Du bist der erste Fall, bei dem die Übertragung auf einen direkten Nachkommen erfolgte. Sie scheint recht gut gelungen zu sein, besonders deshalb, weil der Geist des jungen Jarl so leer war wie eine neue Schiefertafel."

„Nicht ganz", antwortete Jarl. „Ich teile dieses Gehirn mit dem, was darin schon vorhanden war. Immer wieder kommen mir merkwürdige Gedanken, aber nur bruchstückhaft, und sie ergeben keinen Sinn. Und Emotionen sind da. Diese Gefühle lassen sich anscheinend nicht in Worten ausdrücken, sind aber sehr real."

Pepi nickte. „Das ist verständlich. Ein großer Teil der ursprünglichen Persönlichkeit muß überlebt haben. Wir alle haben Emotionen, und die Gehirnlesung war nicht dafür vorgesehen, sie aufzunehmen. Ich denke, die mentalen Prozesse sind hauptsächlich die deinen, weil sie im jungen Jarl sehr schwach entwickelt waren. Du wirst, solange die Übertragung anhält, überwiegend Jarl sen. sein."

Diese letzten Worte bestürzten Jarl. Pepi und er hatten jetzt die Südseite des Turmes erreicht, und ein Wächter musterte Jarl scharf. Pepi zeigte ihm seinen Ausweis mit dem roten Querstreifen, der ihn als Direktor auswies, so daß die beiden weitergehen konnten. „Pepi, deine letzte Bemerkung wirst du mir genauer erklären müssen."

„Das werde ich tun, wenngleich mir lieber wäre, Hal könnte dasein."

„Und wo ist der Strubbelkopf von meinem Sohn?"

„Das weiß keiner. Heute früh sollte er dasein, aber niemand hat ihn bisher gesehen. Auch Lily nicht. Er ging gestern abend zu seiner Pokerrunde, wie üblich, und sie meinte, manchmal bliebe er da bis Samstagnachmittag oder gar Sonntag. Unter normalen Umständen mag das stimmen, aber wir wollen doch morgen die Rakete auf den Weg bringen. Ich fürchte, es ist ihm etwas zugestoßen."

„Eines nach dem anderen. Erstens, was hat das zu bedeuten: solange die Übertragung anhält?"

„Jarl, du hast wirklich den gleichen klaren Kopf wie früher. Wenn wir eine Persona in den Computer einfüttern und die

Matrizen herstellen und aufbauen, dann halten sie so lange, wie wir Energie zuführen. Das Energiepotential des menschlichen Gehirnes ist damit verglichen aber unendlich viel geringer. Also müßte theoretisch die Übertragung nach etwa zwei Wochen zu verblassen beginnen und in drei Wochen ganz verschwinden – es sei denn, das Gehirn, auf das die Persona übertragen wurde, arbeitet auf ganz ausgefallene Art. Siehst du, jetzt hab ich's doch gesagt, und ich hoffe inständig, daß meine Vernunft besser ist als die professionelle Meinung der Psychologen. Die haben gemeint, man solle es dir nicht sagen."

Sie waren ein Stück über den Turm hinausgegangen und kehrten nun um. „Dein Frühstück müßte inzwischen dasein", sagte Pepi. „Wie sehr hat dich das alles nun getroffen?"

„Ziemlich hart", gab Jarl zu. „Aber ich werd's überleben. Also gut, ich bin also praktisch eine elektronische Persona, die auf das Gehirn meines als Idiot geborenen Enkelsohns übertragen wurde. Und ich werde nur zwei Wochen lang als funktionierender Geist dasein. In dieser Zeit soll ich einen Big Bird der RI fliegen, der auf hohe Geschwindigkeit ohne Nutzlast getrimmt ist. Und ich soll die Sonde abfangen. Ein Himmelfahrtskommando. Aber wenn ich Erfolg habe, wird die Erde unseren Besucher einkassieren. So ist es doch?"

„Genau." Pepis Stimme drückte Sorge aus.

„Und mir braucht niemand zu sagen, wer sich das zusammengereimt hat. Nur der Strubbelkopf Harold kann sich etwas so Ungeheuerliches ausdenken. Wie, zum Teufel, ist es RI gelungen, unter ihm als Präsident nicht pleite zu gehen?"

„RI geht es recht gut. Wir sind die größten Raumkontraktoren. Mehr als die Hälfte des Budgets von Space Benefits geht jährlich an uns. Ja, die NASA wurde international und später zur Space Benefits Agency, nachdem die USA der Weltregierung beitraten . . . Ah, verdammt noch mal, ich hatte ganz vergessen, wie sehr du die Weltregierung gehaßt hast, und ich sollte dir das alles auch gar nicht erzählen. Vielleicht hätte ich das wirklich besser den Psychologen überlassen."

„Pepi, ich weiß so vieles nicht, und in zwei Wochen läßt sich nur wenig nachholen. Aber noch eine kurze Frage. Sind diese Antitechs und Umweltschutzler noch immer eine so starke Gruppe wie damals, als sie 2004 meine Wiederwahl verhinderten?"

„Die alte Eine-Welt-Bewegung ging ein, als die USA und China zur Weltregierung stießen, aber die Umweltschutzler sind stärker denn je. Mit ihrem Grüngürtelprogramm für die östlichen Wälder kommen sie sehr gut voran. Einige Gruppen arbeiten jedoch ein wenig außerhalb der Legalität."

Nun hatten sie das Labor wieder erreicht, in dem Jarls Frühstück wartete. Pepi schwieg, während Jarl aß, und als er fertig war, schob er mit einem Seufzer der Befriedigung das Tablett weg. „Fast hatte ich vergessen, wie schön es ist, Appetit zu haben und ihn befriedigen zu können. Meine Erinnerungen schienen das nicht zu beinhalten."

Pepi nickte. „Solche und ähnliche Konflikte haben wir erwartet, Jarl. Du scheinst gut mit ihnen zurechtzukommen. Ich denke, die Übertragung der Persona ist deshalb so gut gelungen, weil dein Gehirn dem deines Enkels genetisch sehr ähnlich ist. Alle drei Hentsons könnten, vom Alter abgesehen, als Brüder gelten."

Danach ging Jarl ins Bad und putzte die Zähne. Das war eine seiner Eigenheiten. Es hatte ihn immer gestört, daß er nicht sofort nach einem Bankett die Zähne putzen konnte.

„Jarl", sagte Pepi, als er zurückkam, „ich will mit dir auch darüber sprechen, daß durch Hals Abwesenheit die Sache gewissermaßen komplizierter wird. Fred Buck meint, wir sollten vor dem Raketenstart von dir eine schriftliche Erlaubnis bekommen. Darin soll niedergelegt werden, daß du der Original-Jarl-Hentson und körperlich wie geistig in Höchstform bist, daß du dich freiwillig für die Mission zur Verfügung stellst und dir der Gefahren bewußt bist, die du zum Besten der gesamten Menschheit auf dich nimmst, blabla et cetera. Damit soll Hal gegen künftige Vorwürfe geschützt werden."

„Ich habe zwei volle Lebenswochen vor mir, und dann beginne ich ins Nichts zu verschwinden. Ist es euch allen – dem Strubbelkopf, den Psychologen und allen übrigen – noch nicht eingefallen, daß es mir vielleicht gar nicht paßt, wenn ich diese zwei Wochen damit verbringen soll, für eine irre Mission langsam zu sterben, die der Menschheit vielleicht gar keinen Nutzen bringt?"

„Klar haben wir daran gedacht, aber wir erwarten von dir, daß du trotzdem akzeptierst, gerade weil du nur zwei Wochen voll dasein wirst. Und weil Hal entschlossen ist, selbst zu gehen, wenn du nicht willst. Wir konnten keinen erfahrenen Astronauten finden, der freiwillig geht."

„Hal würde doch nie ein Raumrendezvous zustande bringen! Er würde alles nur verderben. Wo ist der Wisch, den ich unterzeichnen soll?"

„Im Ernst hat niemand damit gerechnet, daß du dich weigern würdest", sagte Pepi. „Und jeder ist der Meinung, Hal würde sein Leben ganz umsonst opfern. Ich hole den Vordruck und zwei Zeugen."

Jarl sah Pepi nach. Irgendwo in seinem Innern, im gesunden Körper von Jarl Hentson jun., flüsterte eine dünne Stimme: *Ich will nicht sterben! Laßt mich doch leben!*

Jarl sen. überhörte die Stimme. Der Leib seines Enkelsohnes wurde beim größten Abenteuer geopfert, das die Menschheit auf sich nahm, seit Armstrong und Aldrin die ersten Schritte auf dem Mond taten. Damit mußte er zufrieden sein.

VII

SAMSTAG, 11. Juni 2011. „Willkommen, Freunde der Erde! Wie schön zu sehen, daß so viele von euch sich noch Gedanken darum machen, was mit dem abgewrackten alten Planeten, auf dem wir leben, geschieht!"

Strobe diente als „Aufwärmrednerin" und benutzte eine Flüstertüte, um gehört zu werden. Auf dem Rasen unter der kleinen Plattform hatten sich die Leute versammelt. Hinter Strobe lag der Stadtpark von Orlando mit dem winzigen, hübschen See, östlich davon Tinker Field mit den neuen Versuchsanlagen.

„Wir haben euch hergeholt, weil wir Arbeit für euch haben", fuhr Strobe fort. „Und wir haben einen guten Grund dafür, daß sie getan werden muß. Jeder von uns allen hat seinen Beitrag zu leisten, auch wenn es einmal ein wenig gefährlich werden sollte. Und jetzt möchte ich euch einen ganz besonderen Gast vorstellen. Freunde der Erde, eine einmalige Kämpferin und Mitglied des Verwaltungsrates unserer Zeitschrift FOE ist eigens aus Boston gekommen, um mit uns zu kämpfen. Unter einem anderen Namen, den wir aber verschweigen wollen, ist sie bekannter. Hier ist Jodie Carson!“

Jodie stand von ihrem Platz auf und ging die fünf Stufen zur Plattform hinauf. Strobe reichte ihr das Megaphon.

Es gab Applaus, der zu stürmischem Beifall anschwoll, als flüsternd durch die Reihen ging, daß dies die berühmte Sarcoma sei. Jodie war stets ein wenig nervös, wenn sie sprechen sollte, aber nach den ersten Worten wurde sie immer völlig ruhig.

„Freunde, ich danke euch, daß ihr gekommen seid. Wir hatten gehofft, die Rockets International würde ihren irren Plan, die anfliegende interstellare Sonde abzufangen, aufgeben, aber wie wir hören, wird der Abschuß der Rakete für morgen vorbereitet. Und dies, obwohl Jesus Hentson seit der vergangenen Nacht vermißt wird. Er scheint . . . verschwunden zu sein. Er ist zumindest nicht aufzufinden.“ Alle lachten, und sie lachte mit.

„Freunde, wir hoffen, daß es nicht nötig sein wird zu handeln. Wenigstens einmal hat die Weltregierung durch die Space Benefits Agency die richtige Entscheidung getroffen, daß die Sonde nicht abgefangen werden soll und daß andere, die das zu tun versuchen, daran zu hindern sind. Heute bitten wir euch darum, eure Namen und Visiphonnummern bei den Mitgliedern unseres Komitees zu hinterlassen, damit wir euch, falls dies nötig wird, schnell zusammenrufen können. Der Abschuß der Rakete ist für morgen nachmittag um 16.31 Uhr vorgesehen. Bis Mittag wissen wir, ob diese Absicht aufgegeben wird oder nicht. Bleibt es dabei, treffen wir uns im Riverside Park nördlich von Titusville. Wir haben über hundert Boote, um über den Indian River zur Insel Merritt zu gelangen. Von der Landestelle aus ist es nur ein kurzer Marsch durch den Sand zur Abschußrampe. Wir können uns nicht unter die Rakete setzen, wie einige vorgeschlagen haben, denn es wird kaum möglich sein, über den Zaun des Rampengeländes zu gelangen. Aber wenn wir uns an den Zaun drängen, können sie die Rakete nicht abschießen, weil die gewaltige Erschütterung uns alle töten würde. Ich glaube, nicht einmal RI hätte die Nerven, Tausende von uns einfach zu vernichten."

„Da kennst du aber Hal Hentson schlecht!" rief jemand aus der Menge.

Jodie lachte. „Ha, ich kenne diesen Gottessohn Hentson." Und sie fügte mit tiefer, vertraulicher Stimme hinzu: *„Leute, sagt ruhig Hal zu mir!"*

Die Leute lachten wieder, und dann sprach Jodie weiter: „Ihr könnt ihm alles an den Kopf werfen, nur in den Weg stellen darf sich ihm niemand. Einige von euch arbeiten für RI. Man kann euch zwar nicht hinauswerfen, wenn ihr protestiert, aber man setzt euch auf die schwarze Liste. Deshalb schlagen wir vor, daß alle RI-Angestellten am Strand oder in den Booten warten. Geht nicht in die Zonen, wo ihr verhaftet werden könnt. Jene von uns, die am Zaun sind, setzen sich nicht zur Wehr, wenn man sie wegschleift, aber kehrt sofort zurück, wenn man euch losläßt, falls ihr könnt. Vergeßt nicht, daß wir den Abschuß nur eine halbe Stunde verzögern müssen, dann ist alles vorbei. Und so schnell können sie uns nicht alle wegholen."

Die meisten Zuhörer kannten derartige Aktionen und waren schon früher mehrmals verhaftet worden. Es war eigentlich erstaunlich, daß so viele Leute mittleren und höheren Alters da waren; viele von ihnen hatten schon vor dreißig Jahren für die Erhaltung der Everglades gekämpft und waren noch immer ebenso fanatische Kämpfer wie die Jungen.

„Unser Komitee notiert nun eure Anschriften und Visiphonnummern. Dabei unterhält uns eine erstklassige Band. Noch einmal vielen Dank, daß ihr gekommen seid, und ich hoffe, wir brauchen uns morgen nicht zu treffen, weil keine Notwendigkeit dafür besteht. Und nun spielt unsere Band auf!"

Ein lebhafter alter Herr von etwa achtzig Jahren saß mit vier jungen Leuten an den Instrumenten. Jodie verließ die Plattform, mußte viele Hände schütteln und arbeitete sich langsam durch die Menge; Strobe, Cindy und Inez begleiteten sie.

„Ich glaube, unsere zweite Verteidigungslinie ist in guter

Form", meinte Jodie, als Cindy ihren Dampfwagen in den dichten Verkehr von Orlando einfädelte. „Ich hätte jetzt gern ein Bandgerät im Konferenzraum von RI. Ohne Jesus, der ihnen ja nicht sagen kann, was sie zu tun haben, werden sie sich gegenseitig ganz schön in die Wolle kriegen."

Alle lachten, bis Cindy sagte: „Ich möchte nur wissen, wer von ihnen die Frechheit hatte, die Abschußvorbereitungen weiterlaufen zu lassen."

ES WAR Carson Jamison gewesen. Und Carson hatte auch die Konferenz einberufen. Pepi Asturio, Raoul Stone, Peter Dawson, Alonzo Swain und Fred Buck hatten sich im Sitzungssaal der Anlage I eingefunden.

„Gentlemen, diese Besprechung wurde ein wenig hastig angesetzt, weil ich seit gestern nichts mehr von Hal gehört habe. Er scheint verschollen zu sein. Die Vorbereitungen für den Raketenabschuß morgen gehen zügig voran, und Alonzo sagt mir, daß wir unseren Zeitplan einhalten können. Die große Frage ist aber nun die: Was tun wir, wenn Hal um diese Zeit noch nicht zurück ist? Hat er sich endgültig entschlossen, den jungen Jarl zu schicken? Und wollen wir seinen Sohn wirklich ohne ihn hinausschicken?"

Carson war ein vorsichtiger Mann, der auch in Hals Abwesenheit dessen Befehle ausführte, und bisher hatte ihn die Kraft dieses Befehls angetrieben. Jetzt mußte er selbst entscheiden, und er wollte, daß andere die Verantwortung mit ihm teilten.

„Wir wissen doch, daß Hal am Wochenende gelegentlich verschwindet", bemerkte Pepi. „Warum warten wir nicht bis morgen mit der endgültigen Entscheidung?"

„Weil uns das ein kleines Vermögen kostet", erklärte Carson. „Alonzo sagt mir, daß heute mehr als zweihundert Leute daran arbeiten. Und morgen sind für den Abschuß doppelt soviel nötig. Ich muß die Ausgaben doch irgendwie im Budget unterbringen. Wenn wir den Abschuß jetzt streichen, sparen wir uns glatt hunderttausend Dollar allein für die Arbeit, von den dreißig Millionen für die Rakete ganz abgesehen."

„Und wir stehen bei SB wieder gut da und können unseren

Lieferverpflichtungen für die Big Birds nachkommen. Und wir ersparen es der RI, einen Narren aus sich zu machen und aus dem Geschäft geworfen zu werden, wenn SB die Verträge storniert und, und, und . . .", fuhr Fred Buck auf, der bis jetzt geschwiegen hatte.

„Und wenn Hal morgen zurückkommt und feststellt, daß wir die Rakete nicht losschicken können, weil die Vorbereitungen abgeblasen wurden?" fragte Peter Dawson.

„Das würde mich meinen Job kosten", gab Carson leise zu. „Und trotzdem meine ich, wir sollten alles abblasen, aber die Entscheidung will ich nicht allein treffen. Deshalb habe ich die Sitzung einberufen."

„Und ich habe eben die Kalkulation nachgeprüft", meldete sich Raoul Stone. „Von Goldstone kam die Nachricht, daß die Sonde genau nach Fahrplan fliegt. Wenn wir wollen, können wir sie abfangen."

„Und was geschieht, wenn wir wirklich in ihre Nähe kommen?" wollte Alonzo Swain wissen.

Raoul grinste. „Gute Frage. Teufel noch mal, das kann keiner sagen. Nach Wundts Wahrscheinlichkeitsrechnung ist die Sonde nicht bewaffnet, aber die Leute, die diese Sonde gebaut haben, könnten ja ganz anders denken als wir."

„Und ich will euch jetzt meine Meinung sagen", erklärte Pepi. „Ich denke, wir sollten die Vorbereitungen in vollem Umfang weiterlaufen lassen und die endgültige Entscheidung erst unmittelbar vor dem Abschuß treffen. Ist Hal dann noch immer nicht aufgetaucht, muß wohl angenommen werden, daß ihm etwas zugestoßen ist, und Lily wird eine Vermißtenanzeige aufgeben müssen. Dann können wir den Start immer noch abblasen. Die größte Ausgabe, die Rakete selbst, bleibt uns dann erspart. Ich meine, wenn wir nicht einmal die Hunderttausend riskieren, um die Sonde einzufangen, so wird uns das Hal nie verzeihen. Also empfehle ich die Weiterführung der Vorbereitungen bis kurz vor dem Start."

„Das meine ich auch", sagte Peter Dawson.

„Es klingt vernünftig", gab Carson erleichtert zu. „Ist jemand dagegen? Oder macht jemand andere Vorschläge?"

„SB wird die Verfügung gegen uns einreichen", sagte Fred

Buck. „Ich würde raten, ihr nicht zu widersprechen, aber die Vorbereitungen für den Start im Moment noch weiterlaufen zu lassen."

„Gut. Pepi, wie geht es dem jungen Jarl?" fragte Carson. „Ich war immer der Meinung, er sei der schwächste Punkt in Hals Plan. Glaubst du, daß Jarl durch die Übertragung der Persona ein besserer Astronaut sein wird als ein erfahrener Flugzeugpilot?"

Carson schien offenbar nicht richtig zu verstehen, was mit Jarls Geist geschehen war.

„Carson", erklärte Pepi, „die Übertragung ist über alle Erwartungen erfolgreich verlaufen. Für die nächsten beiden Wochen ist tatsächlich der alte Jarl Hentson wieder bei uns, und zwar so munter und gescheit wie früher auch. Jarl ist sicher in der Lage, das Schiff an die Sonde anzudocken. Der schwierigste Teil ist der, in die Sonde zu gelangen und ihre Maschinen abzuschalten. Und wir haben keine Ahnung, was da getan werden kann, ehe nicht jemand an Ort und Stelle ist und es versucht."

„Es ist aber eine Selbstmordmission", gab Peter Dawson zu bedenken. „Und wir müssen das ganze Lebenserhaltungssystem abschalten, damit Jarl bei der Sonnenumrundung nicht lebend gebraten wird."

„O mein Gott", sagte einer in das bedrückende Schweigen hinein.

MAN HATTE Harold gegen Mittag aufgeweckt und ihm heißen Kaffee und belegte Brote gebracht. Danach döste er wieder vor sich hin. Später hörte er leise Musik; er stand auf und legte sein Ohr an die Türfüllung. Jemand hatte offensichtlich ein Stereogerät mitgebracht und es voll aufgedreht.

Das brachte Harold auf einen Gedanken.

Er untersuchte im Badezimmer genau das Wandstück über dem zugenagelten Fenster und entdeckte, daß man die Schallschutzplatten mit einem Werkzeug abnehmen konnte. Aber draußen ging es sechs Stockwerke tief zum Sand des Cocoa Beach hinab.

Eine Chance war es trotzdem, da es unmöglich schien, die

Tür zum Wohnzimmer aufzubrechen und die Wachen zu überwältigen. Ein gutes Werkzeug . . .

Im Schlafzimmer gab es nur ein Bett, den alten Fernseher, einen Sessel, den Tisch und den Schrank. Der Sessel war ein modernes, aufblasbares Ding, die anderen Möbel waren alt . . . Aber das Bett hatte einen Eisenrahmen, und eine Metallschiene lief vom Kopf- bis zum Fußende.

Nach einer Weile hatte er ein dünnes Eisenstück mit Winkeln an beiden Enden. Es war länger als er selbst und daher unhandlich, aber sonst ergab es ein recht brauchbares Stemmeisen. Es gelang ihm, die Eisenleiste so hinzubiegen, daß die beiden Enden weniger als einen Meter voneinander entfernt waren. Nun konnte er beide Enden benutzen.

Harold überlegte einen Augenblick, dann drehte er das Fernsehgerät auf und fand eine Station, die einigermaßen vernünftige Musikkonserven brachte. Dann ging er ins Badezimmer und schloß die Tür ab.

Es war eine langwierige und mühsame Arbeit, einen Nagel nach dem anderen herauszuziehen. Bald war er vor Anstrengung am ganzen Körper schweißnaß, aber es gelang ihm mit der Zeit, einige Platten abzuhebeln.

Gegen sechs Uhr kehrte er ins Wohnzimmer zurück, weil er vermutete, daß man ihm bald etwas zu essen bringen würde. Da das Bett nun mit dem vorderen Rand auf dem Boden auflag, sammelte er die vorhandenen Bücher ein und stützte die Matratze so weit ab, daß das Bett wieder normal aussah. Dann wusch er sich Gesicht und Hände und setzte sich vor den Fernseher, wo er auch noch saß, als Jodie mit einem Essenstablett hereinkam.

„Na, wie geht es dem Gefangenen?“ erkundigte sie sich spöttisch.

„Er ist halb verhungert“, erwiderte Harold und sprang auf. „Hier, nehmen Sie meinen Stuhl, und lassen Sie mich auf dem Bett essen.“ Damit hinderte er sie daran, zum Bett zu gehen. Sie beobachtete ihn scharf, denn sie schien mit einem Trick zu rechnen.

Jodie hatte ihm eine reichliche Mahlzeit gebracht, und Harold aß mit recht gutem Appetit. Als der letzte Bissen verschwunden war, sagte sie zu ihm: „Noch ein Tag, dann dürfen Sie gehen. Morgen um diese Zeit können Sie nämlich nichts mehr tun."

„Doch. Ich kann Sie und Ihre Bande ins Gefängnis bringen."

„Sie werden uns nicht finden, und keiner von uns hat irgendwelche Namen benutzt außer denen, die nur uns bekannt sind. Und ich habe ein Strafregister nur unter dem Namen Sarcoma. Wenn wir nämlich annähmen, Sie könnten uns identifizieren, müßte ich veranlassen, daß Sie erschossen werden."

„Wirklich? Sind Sie so von Ihrem Recht überzeugt, daß Sie dafür sogar einen Mord begehen würden?"

„Ich habe bisher keine Morde begangen, bin aber dazu bereit, falls es nötig sein sollte. Für Leute wie Sie haben wir eine kleine Gruppe, die diese Henkersarbeit gerne übernimmt. Sie gehört nicht meiner Organisation an, aber sie ist sehr hilfsbereit. Und die Moral? Du lieber Gott, haben Sie je daran gedacht, wieviel Millionen Menschen die großen Schweine wie Sie alljährlich umbringen?"

„Nein", erwiderte Harold. „Ich wüßte nicht, daß ich je Menschen umgebracht hätte."

„Weil ihr nicht über die Konsequenzen eures Handelns nachdenkt. Wenn in Algerien ein Neugeborenes stirbt, weil das Krankenhaus fehlt, in dem ein Blutaustausch vorgenommen werden könnte, seid ja nicht ihr schuld. Wenn in Brasilien ein Mann mittleren Alters an Proteinmangel und Stärkeüberfluß stirbt, weil er nur Brot zu essen hatte, so seid ihr auch nicht schuld. Aber die USA und die Weltregierung verschwenden Milliarden für Raketen und Raumstationen; mit dem Geld könnten tausend Krankenhäuser gebaut und Millionen hungriger Menschen gesättigt werden. Weil ihr das nicht einseht, gehen sie elend zugrunde, und ihr großen Schweine werdet fett und lebt glücklich auf ihre Kosten! Und deshalb hasse ich euch und eure Art, Jesus Hentson! Ihr tötet täglich und wißt es nicht einmal!"

Zum erstenmal, seit Harold diese seltsame Frau kennengelernt hatte, schien sie sich von Gefühlen mitreißen zu lassen. Ihre Augen glänzten feucht, und sie atmete tief durch, um ihrer Bewegung Herr zu werden.

Harold wußte, daß diese Frau zu jenen Menschen gehörte, die keine treuen Freunde, keine nahen Bekannten haben, die zu einer richtigen menschlichen Beziehung nicht fähig waren. Sie liebten die Menschheit vielleicht als Ganzes, aber für den Einzelmenschen hatten sie nicht viel übrig. Aus diesem Holz waren die meisten Führer der Menschheit geschnitzt.

„Wenn Sie sterben, dann werden Sie das in einer glorreichen Schlacht und für etwas tun, an das Sie glauben, nicht wahr?" fragte Harold leise.

Jodie schaute ihn verblüfft an. „Das ist sehr schlau gedacht", gab sie zu, „aber es stimmt, daß ich mir nicht vorstellen kann, an Altersschwäche im Bett zu sterben . . . Okay, was meine Persönlichkeit als Sarcoma angeht, haben Sie da wohl einen Treffer gelandet." Voll Befriedigung stellte er fest, daß sie von sich als Sarcoma, nicht als Jodie sprach. „Und jetzt zurück zu den grundlegenden Fragen. Leugnen Sie, daß das Raumprogramm den Menschen die Möglichkeit für ein besseres Leben stiehlt?"

„Selbstverständlich leugne ich das! Seit fünfzig Jahren ist das Raumprogramm ein wesentlicher Teil unserer Technologie. Diese Krankenhäuser, von denen Sie sprachen, haben neue Werkzeuge und Techniken, Körpersensoren, kryogenische Skalpelle und vieles andere, das ausschließlich aus dem Raumprogramm stammt. Und der hungrige Brasilianer profitiert von den Satelliten, die seine Ernte überwachen und seine Regierung rechtzeitig veranlassen, gegen allzu große Trockenheit vorzugehen, ehe sein Getreide verdorrt . . . Man könnte den ganzen Tag darüber streiten, ohne zu einem Ergebnis zu kommen. Warum werfen Sie nicht Ihre Kleider ab und hüpfen zu mir ins Bett, damit wir es zwischen Mann und Frau ausmachen können?"

„Mein Gott, sind Sie ein elender Zyniker!" Aber Harold lachte nur. „Ah, ich verstehe. Sie halten mich wohl für eine Lesbierin. Da muß ich Sie leider enttäuschen, Jesus. Ich bin ganz normal. Aber ich suche mir die Leute sehr genau aus, mit denen ich ins Bett gehe. Sie schaffen das nie." Damit stand Jodie auf und ging.

Und das hatte Harold gewollt. Denn er mußte ja weiterarbeiten.

VIII

SAMSTAG, 11. Juni 2011. Zum erstenmal, seit Jodie den Raum betreten hatte, wich die Spannung von ihm. Erst hatte er geglaubt, er habe sie falsch eingeschätzt, aber wenn sie seine Herausforderung angenommen hätte, wäre das Bett niedergebrochen. Und für eine Lesbierin hatte er sie in Wirklichkeit nie gehalten. Sein fast brutaler Vorschlag hatte sie aber wenigstens verjagt.

Er schaltete den Fernseher wieder ein, sperrte die Badezimmertür hinter sich ab und machte sich erneut an die Arbeit. Er sah nun schon die Enden von zwei Brettern, die über das Fenster genagelt waren.

Um Mitternacht hatte er drei Bretter freigelegt. Sie waren sehr dick und schwer, und die Nägel steckten sehr tief. Aber der Handwerker, der diese Arbeit getan hatte, war ein schlechter Zimmermann gewesen, denn er hatte die Bretter zu kurz abgeschnitten und die Nägel zu nahe an ihrem Ende eingeschlagen. Als Harold erst einmal einen Nagel herausgezogen und ein Brett hochgestemmt hatte, dauerte es nicht mehr lange, bis er die beiden Nachbarbretter so weit lockern konnte, daß er Platz genug zum Durchkriechen hatte. Der Fensterriegel ließ sich leicht öffnen. Danach mußte er nur noch ein leichtes Plastikgitter durchstoßen.

Harold quetschte Kopf und Schultern durch das Loch und schaute sich um. Hundert Meter entfernt begann das Meer, und zwanzig Meter unter ihm war der Sandstrand. Rechts sah er den Rand des Balkons vor dem Wohnzimmer, und er hörte durch die Glasschiebetüren die Musik viel lauter als durch die geschlossene und abgedichtete Schlafzimmertür.

Der Balkon war leer, und die schweren Vorhänge ließen keinen Lichtstrahl nach draußen fallen. Wenn es ihm gelänge, ihn lautlos zu erreichen . . .

Harold stemmte sich mit einem Fuß gegen den Fensterrahmen und beugte sich weit hinaus; die Riegel gaben nach, und die ganze Scheibe schwang nach oben. Er saß auf dem Fensterbrett und hielt sich mit der rechten Hand fest, doch es gelang ihm nicht ganz, das Balkongitter zu fassen.

Er mußte also noch ein Stück weiter hinausrutschen, wenn damit auch sein Gleichgewicht recht unsicher wurde. Ehe er noch Zeit zum Nachdenken hatte, vollführte sein Körper eine leichte Drehung, er ließ seinen Halt los – und seine Hände schlossen sich um das Balkongitter.

Harold atmete tief durch. Der Schweiß lief ihm über Brust und Rücken. Er griff Hand über Hand weiter nach oben, stieß die Füße vom Fensterbrett ab und fand mit ihnen Halt an der Balkonkante. Nun konnte er sich über das Geländer schwingen. Als er auf dem Boden hockte, hatte er das Gefühl, gerade den Mount Everest bezwungen zu haben.

Allmählich ließen die Spannung und das Zittern in seinen Muskeln nach, und er stand auf. Jodie hatte recht: Er war ein Bürohengst und weit davon entfernt, körperlich absolut fit zu sein. Aber trotz seiner Erschöpfung kehrte seine Zuversicht allmählich zurück.

Nun mußte er noch von diesem Balkon hinunterkommen. Mit einem resignierten Seufzer kletterte er über das Geländer und hing gleich darauf nur noch an den Händen außen herab. Er schwenkte die Beine und spürte entsetzt, wie sein Griff um das Geländer schwächer wurde. Aber es gelang ihm, auf dem darunterliegenden Balkon zu landen, wenn er sich auch eine ganze Weile nicht mehr bewegen konnte.

Jemand kam an die Glastür und schob sie auf. Ein Mann spähte heraus und zog sich eilig wieder zurück, kam aber gleich darauf mit einer Pistole wieder.

Harold hob beide Hände. „Bitte, ich bin kein Einbrecher. Ich bin eben von oben geflohen. Da sind ein paar Irre, die mich gefangenhielten . . . Nein, ich bin nicht betrunken oder verrückt. Würden Sie bitte die Polizei für mich anrufen? Sie können mich hier festhalten, bis sie kommt. Würden Sie das für mich tun?"

Der Mann war ein älterer Farbiger mit faltigem Gesicht und weißem Haar. Er zögerte, aber schließlich ließ er Harold eintreten. „Mister, ich weiß nicht, wer Sie sind oder was da vorgeht, aber eines ist sicher: Die Polizei hole ich. Sie bleiben ruhig sitzen, bis sie kommt."

Noch nie im Leben hatte Harold so gerne einem Befehl gehorcht. Als die Polizei endlich eintraf, hatte niemand den Wunsch, die Leute von oben zu verhaften. Die Cops sagten, sie hätten keinen Haussuchungs- oder Haftbefehl und sein Wort genüge ihnen nicht. Als sie endlich doch mit ihm nach oben gingen und klopften, rührte sich nichts, und kein Lichtschimmer fiel unten durch die Türritze. Dann wurde der Hausmeister gerufen, der aufsperrte. Harold konnte der Polizei nun wenigstens das schalldichte Schlafzimmer und das Bad mit dem Loch zeigen, durch das er entkommen war. Endlich glaubten sie ihm auch, daß er Harold Hentson sei, obwohl er noch seine Perücke trug und keinen Ausweis bei sich hatte. Die Kidnapper waren spurlos verschwunden, und so entließen die Polizisten ihn mit der Bitte, am Montag aufs Revier zu kommen und seine Aussage zu machen.

Im ersten Morgengrauen traf Harold mit einem Lufttaxi zu Hause ein. Lily hatte schon einen Anruf der Polizei erhalten und lief nervös auf und ab, als er ankam. „Hal, was in aller Welt ist los? Pepi sagte schon, ich solle eine Vermißtenmeldung aufgeben, aber ich dachte, du könntest in Verlegenheit kommen, wenn man dich fände. Ich sagte ihm, du würdest schon wiederkommen. Hat man dich wirklich entführt und eingesperrt? Aber niemand hat bisher Lösegeld verlangt. Ich verstehe nicht – "

„Das erkläre ich später", unterbrach er sie. „Weißt du, wie die Startvorbereitungen laufen? Sind wir bis zum Nachmittag fertig?"

„Pepi sagte, es laufe alles so weiter, als wärest du da. Aber etwas verstehe ich nicht. Er erwähnte, Jarl habe alles unter Kontrolle. Hal, weißt du bestimmt, daß mit unserem Sohn alles in Ordnung ist?"

„Natürlich, und es geht ihm ausgezeichnet", versicherte er ihr. „Jetzt muß ich aber ein paar Stunden schlafen, sonst kippe ich um." Er rief das Labor an und fand Pepi tatsächlich dort. Er erzählte ihm kurz, was geschehen war, ließ aber seine zweite Identität aus und fragte nach dem Stand der Dinge.

„Alles läuft glatt, Hal. Wir haben Jarl von den Medikamenten abgesetzt, so daß der ihm aufgeprägte Geist voll übernehmen kann. Jetzt schläft er ganz natürlich. Jamison rief uns am

Nachmittag zusammen, und wir stimmten darin überein, daß wir die Startvorbereitungen so weiterführen wollten, als wärest du da. Aber Fred Buck meinte, die gerichtliche Verfügung würde rechtzeitig kommen, so daß wir den Vogel nicht vom Boden bekommen."

„Darüber mache ich mir später Sorgen. Hör mal, Pepi, gib ein paar Instruktionen für mich weiter. Die Antitechgruppe, die mich eingesperrt hatte, plant etwas, falls RI die Rakete tatsächlich starten will. Unsere Sicherheitskräfte müssen alarmiert und verstärkt werden. Die Chefin der Sicherheitstruppe soll auf der Insel überall Doppelposten verteilen. Alle drei Helicars müssen in der Luft sein, auch die beiden Flugzeuge. Bewacht Jarl sorgfältig. Der nördliche Strand muß völlig abgesperrt werden, falls dies nicht schon geschehen ist. Alle Boote müssen den Fluß und die See in Strandnähe räumen. Die Chefin der Sicherheitstruppe soll sich auf alles gefaßt machen."

„Ich hole sie aus dem Bett", versprach Pepi. „Und nach dem Frühstück rufe ich Jamison an und sage ihm, daß du wieder da bist. Wann kommst du hierher?"

„Laß mich vier Stunden schlafen . . . Spätestens bis gegen Mittag. Ruf Jamison sofort an. Er wird vermutlich sowieso im Betrieb sein. Und sag ihm, der Vogel hebt planmäßig ab, oder es kostet ihn den Kopf."

„In Ordnung", erwiderte Pepi und lachte breit. „Jetzt geh schlafen. Ich wollte sowieso schon immer mal wenigstens für ein paar Stunden die Rockets International leiten."

„Kannst du", versicherte ihm Harold und schaltete ab. Er putzte nur noch die Zähne, dann fiel er ungebadet ins Bett.

„Wie, zum Teufel, konnte er entwischen?" Jodie war wütend. „Warum hat ihn niemand gehört?"

„Du weißt doch", erwiderte Sergio ziemlich unbehaglich, „daß die Zimmer schalldicht waren, damit keiner ihn rufen hörte. Inez und Tanya brachten Schallplatten und ein Stereogerät mit, und wir hatten eine kleine Party. Slippers und ich haben aber nichts getrunken. Es war natürlich etwas laut, und so hörten wir den Krach aus dem Badezimmer nicht."

„Zum drittenmal haben wir die Wohnung jetzt benutzt",

warf Strobe ein, „und Jesus ist der erste von allen, die wir dorthin mitgenommen haben, der weiß, wo sie ist. Jetzt müssen wir sie aufgeben."

„Darum geht es doch nicht!" fauchte Jodie. „Wir hätten ihn bis zum Abend festhalten müssen, und jetzt bleibt uns nichts anderes übrig, als diese Demonstration zu veranstalten und eine Menge Leute einzuspannen."

„Den meisten macht es doch Spaß", meinte Strobe. „Wir brauchen nur den Führern zu sagen, daß die Sache stattfindet." Sie ging zum Visiphon und drückte etliche Knöpfe.

„Sarcoma, ich habe jemanden mitgebracht, der interessante Neuigkeiten hat", meldete sich Cindy Holcomb. Sie hatten sich in Strobes Wohnzimmer zu einer Besprechung zusammengefunden. „Bob Brown ist da, der Therapeut von Jarl Hentson jun. Bob, sag es ihnen."

„Ich spreche nicht gerne über die Familie Hentson", begann Robert Brown, „aber Hal hat sich gemein benommen. Er hat nämlich Lily, seiner Frau, versprochen, daß dem jungen Jarl nichts passiert, was ihm schaden könnte, doch Inez und Cindy haben mir erzählt, daß er die Rakete fliegen soll. Und es ist ein Himmelfahrtskommando. Lily hat ja nicht viel Rückgrat, aber wenn sie das erfährt, wird sie alles tun, um ihn daran zu hindern."

„Dann sag es ihr doch! Vielleicht kommt sie dann mit uns zum Zaun. Jesus muß sie dann auch verbrennen, wenn er die Rakete startet."

„Sie wird höchstens den Sheriff anrufen, denn Lily verläßt kaum einmal die Wohnung."

„Warum gehst du dann nicht und sagst es ihr?" fuhr ihn Jodie an. Robert stand auf und entfernte sich eiligst.

„Wie viele Boote haben wir mit welchem Fassungsvermögen?" wollte Jodie von Sanderson wissen.

„Hundertfünfzig fest und vier wahrscheinlich. Die meisten sind klein, aber für die kurze Strecke können wir in jedem acht bis zehn Leute unterbringen."

„Gut. Weiß jemand, was mit dieser Verfügung ist? Und kennt jemand einen Gerichtsschreiber oder dergleichen, von dem zu erfahren ist, ob die Verfügung schon ausgefertigt wurde?"

Inez versprach, das herauszufinden, und begab sich in ihre eigene Wohnung im selben Haus. Strobe rief noch immer die FOE-Führer Zentralfloridas zusammen, erreichte die meisten und erhielt Zusagen. Fast alle Mitglieder würden die Sache tatsächlich als Sonntagsvergnügen auffassen.

Jodie war natürlich davon überzeugt, daß viele nur aus Langeweile mitmachen wollten. Vor zwölf Jahren hatte sie das selbst im College auch getan, aber ihre letzten beiden Jahre waren dann um so schwieriger gewesen, da sie die Pressearbeit für FOE viel interessanter und aufregender fand als das Studium. Die meisten Studenten mußten für ihren Unterhalt arbeiten, doch sie selbst hatte den Vorteil der Karlson-Millionen genossen. Solange ihr Vater nicht wußte, daß sie Sarcoma war, blieb auch ihr Taschengeld gleich. Ihre Mutter war schon lange tot, und ihr Vater verwöhnte sein einziges Kind mit amüsierter Toleranz, weil sie es vorzog, als schlechtbezahlte Journalistin zu arbeiten. Eine illegale Tätigkeit seiner Tochter hätte er jedoch nicht geduldet, geschweige denn finanziert.

Inez kam mit der Nachricht zurück, daß die Verfügung ausgefertigt und auf dem Weg zur Insel Merritt sei, aber sie sollte erst eine halbe Stunde vor dem Start vom Federal Marshal überreicht werden. Also konnte RI keine Schritte mehr dagegen unternehmen, selbst wenn sie einen willigen Richter fände. „Und wenn Jesus Hentson die Verfügung mißachtet, droht ihm eine Gefängnisstrafe", schloß sie. „Ist diese Demonstration dann noch nötig?"

„Sie hat sich schon in Bewegung gesetzt", erklärte Jodie. „Und wir lassen die Leute auch kommen, falls Jesus noch verrückter ist, als wir denken." Sie erwähnte nicht, daß eine Absage nicht nur vielen den Spaß verdürbe, sondern daß die wenigen Ernsthaften über einen Rückzieher entsetzt wären, und darüber hinaus wäre sie in ihrer Führungsqualität in Frage gestellt worden.

Um ein Uhr mittags sollten sich die Demonstranten im Park versammeln, und jetzt war es elf Uhr. Jodie ging in die Küche und bereitete für sich einen Happen zu; Strobe war noch am Visiphon, und verschiedene FOE-Mitglieder kamen und gingen. Dann verschwand Jodie in ihr Schlafzimmer und zog einen roten Hosenanzug an. Eine passende rote Perücke, Brauen und Wimpern eine Spur dunkler, vervollständigten ihre Maske. Die Lippen zog sie grellrot nach, benutzte viel Rouge für die Wangen und zog blutrote Stiefel an. Es war Zeit, sich als Sarcoma zu zeigen.

Sie fühlte eine angenehme Erregung, denn ehe sie die rote Perücke wieder abnahm, würde ein Mann der örtlichen Gruppe noch eine Nacht erleben, die er nie würde vergessen können. Die legendäre Sarcoma beendete jeden ihrer Auftritte mit einer Liebesnacht, und in den vergangenen Jahren hatte es etliche gegeben. Morgen würde eine schwarzhaarige Jodie Carson nach Boston zurückreisen.

Wer würde diesmal ihr Liebhaber sein? Sergio und Bill waren jung und etwas schlampig, Slippers hatte andere Neigungen, und auch keiner der übrigen hatte ihr gefallen.

Merkwürdig: einen Mann hatte sie kennengelernt, der sie anzog. Sie konnte Diana Sharp gut verstehen, daß sie Jesus Hentson als besondere Trophäe betrachtete. Er mochte zu den großen Schweinen gehören, aber er hatte zweifellos Charakter. Schade, daß er ausgerechnet die Gegenseite anführte.

Also mußte sie wohl in der Menge des Nachmittags nach einem Partner suchen.

IX

SONNTAG, 12. Juni 2011. „Wir sind bereit, Jarl", sagte Pepi.

Jarl tätschelte seinen Magen. Eben hatte er ein gewaltiges Mittagessen verdrückt, eine dreifache Portion. Am Morgen war er sehr frisch aufgewacht, und man hatte ihm erlaubt, selbst zum Simulator zu gehen, wo er das letzte Morgentraining hinter sich brachte. Er fühlte sich sehr jung, wußte aber, daß er die Erfahrungen eines langen Lebens hatte. Sechsundfünfzig Jahre angesammelten Wissens und Könnens und dazu den Körper eines gesunden jungen Mannes. Die störenden Gefühle, die er selbst nicht hatte in Worten ausdrücken können, waren inzwischen untergegangen. Er war wieder ganz sein altes Selbst.

Nein, sein junges Selbst. Jung war er, wenn auch nur vorübergehend, nur für zwei Wochen. Das erschien ihm irgendwie nicht fair. Eine so kurze Zeit, um noch einmal zu leben ...

Jarl verließ zusammen mit Pepi das Labor durch die Hintertür und stieg mit ihm in einen Luftwagen, der sie sofort zur Rampe brachte. Keine Würdenträger waren zum Winken da, keine Menschenmenge säumte die sicheren letzten fünf Kilometer zur eigentlichen Rampe. Der Flug zum Mars war ein aufsehenerregendes Ereignis gewesen, aber normale Raumflüge waren längst zur Routine geworden, und Jarl war das viel lieber. Zweimal wöchentlich wurde eine Versorgungsrakete zu den Raumschiffen in der Umlaufbahn geschickt, und jeden Monat einmal röhrte ein Big Bird zur langsam wachsenden Raumstation.

Diese Raumstation war seine eigene Idee gewesen, und während seiner Amtszeit hatte er dem Kongreß das Geld dafür abgerungen. Danach hatte sich, wie Pepi erzählte, das Projekt immer mehr in die Länge gezogen, und erst nachdem Space Benefits eine Agentur der Weltregierung geworden war, begann es Früchte zu tragen.

Pepi hatte ihm auch erzählt, die noch unterentwickelten Nationen seien die stärksten politischen Gegner der Raumfahrt. Sie verlangten, daß Unsummen in ihre eigenen Länder gepumpt wurden; die USA, Rußland und sogar China hätten sich aber schließlich doch mit dem Raumprogramm durchgesetzt. Übrigens war das Raumprogramm eines der stärksten Argumente gegen ihn im Wahlkampf von 2004 gewesen. Die Antitechs hatten gesagt, das Geld sei nutzlos hinausgeworfen und profitieren würde davon ja doch nur Rockets International. Sie ließen sich nicht davon beeindrucken, daß er sämtliche RI-Aktien an seinen Sohn abgegeben hatte, und die Leute meinten nur, so bleibe das Geld doch wieder in der Familie.

Er hatte die von ihm reorganisierte und zum Riesen ausgebaute Firma sehr geliebt, aber er hatte nie zurückkehren wollen. Seine Schenkung an Harold war unwiderruflich gewesen. Sein Sohn fragte ihn dann auch nur noch sehr selten um Rat, denn zwischen ihnen hatte es öfter kleinere Konflikte gegeben, solange Jarl noch in der Firma tätig war.

Interessant war, daß die Weltregierung schließlich selbst die

Notwendigkeit von Raumstationen eingesehen hatte. Die NASA und RI hatten mit einigen Projekten demonstriert, daß von halb durchlässigen Membranen bis zu Vakzinen unter null g so ziemlich alles hergestellt werden konnte. Es waren dann wohl die hohlen Metallkugeln, die in den Kugellagern der meisten Maschinen rollten, und die optisch absolut perfekten Linsen für Teleskope und Mikroskope, die auch die Zweifler durch niedrige Produktionskosten überzeugten.

Dieselbe Gruppe kurzsichtiger Nationen hatte auch gegen das Observatorium auf der Rückseite des Mondes gekämpft. Aber die Astronomen und ihre Kollegen an den Universitäten hatten sich schließlich durchsetzen können. Moon Eye war gebaut worden und hatte schon jetzt viel tiefer in das Universum geschaut, als es selbst dem größten Reflektor auf der Erde möglich gewesen wäre.

Der Luftwagen setzte auf dem Dach des alten Gerätebaus auf. Dort waren ursprünglich die Raumfähren zusammengestellt und überprüft worden. Pepi und zwei Sicherheitsposten führten Jarl zum Lift, der sie alle in den vierzehnten Stock zum Umkleideraum der Astronauten brachte. Zwei RI-Techniker standen bereit, die ihm beim Anziehen halfen und den Raumanzug mit allen Funktionen überprüften.

Es war gut, wieder einmal in der Raummontur zu stecken und nach dem kleinen Sauerstoffbehälter zu greifen, der ihn für die nächsten zwei Stunden mit Atemluft versorgen würde. Wieder ein Astronaut zu sein! Jarl kicherte in sich hinein. Wie viele Leute mochten ihn für verrückt halten, weil er den Raketenflug viel herrlicher fand als das Prestige des Präsidenten der Vereinigten Staaten oder der Rockets International! Jarl war ganz ehrlich: Am stolzesten war er darauf, der erste Mann auf dem Mars gewesen zu sein.

„Es ist Zeit, Jarl", sagte Pepi. Es war zwei Uhr. Nun kam die Wartezeit, die er gar nicht mochte, denn die Rakete und die Pilotenkanzel mußten noch einmal in allen Einzelheiten überprüft werden. Jeder Job hatte eben auch eine langweilige Seite.

Die beiden Sicherheitsposten und Pepi brachten ihn zum Lift. Da kam ihnen Lily Hentson in Begleitung des Sheriffs entgegen. „Jarl! Was machst du in diesem verrückten Aufzug! Du ziehst das Zeug sofort wieder aus! Pepi Asturio, du wirst meinen Sohn nicht auf diesen Raumflug schicken. Sheriff, verhaften Sie ihn!"

Die beiden Posten sahen Pepi neugierig an. Lily pflanzte sich, den unglücklich wirkenden Sheriff im Schlepptau, vor ihnen auf. „Stellt die Luftzufuhr ab, und öffnet meinen Helm", bat Jarl die anwesenden Techniker.

„Nicht hier, Sir, nur im Ankleideraum, wenn Sie das unbedingt wollen."

„Sie und der Sheriff müssen eine Gesichtsmaske aufsetzen", befahl Jarl und zog sich in den Umkleideraum zurück, so daß Pepi der zornbebenden Frau allein gegenüberstand.

„Moment, Lily. Du weißt doch, daß ich nur Hals Weisungen folge. Wo ist er? Wenn sich an den Plänen etwas ändern soll, muß er es genehmigen."

„Ich erlaube es einfach nicht! Jarl ist mein Sohn ebenso wie der seine. Wenn ihr ihn mir nicht sofort übergebt, verklage ich euch wegen Kidnapping! Mit Hal werde ich später abrechnen. Ich will meinen Sohn!"

Pepi hatte Lily Brewster Hentson noch nie so aufgeregt gesehen. Bisher war sie ihm immer als kontaktarme, merkwürdige Unperson erschienen, die nur an Sohn und Ehemann dachte. Auf die Art war er immer gut mit ihr zurechtgekommen.

„Sir, ich meine, Sie tun besser das, was sie sagt", riet ihm der Sheriff. „Der Junge ist doch zurückgeblieben, wie ich höre. Wenn er für seine Handlungen selbst nicht verantwortlich gemacht werden kann und sein Vater nicht da ist, dann hat seine Mutter zu bestimmen."

„Das geht leider nicht", erwiderte Pepi.

Nun griff der Sheriff unwillkürlich an seinen Dienstrevolver und wurde rot vor Zorn. „Sir, ob Sie einer von den Eierköpfen bei RI sind oder nicht, ein zurückgebliebenes Kind werdet ihr nicht in diese Rakete stecken, wenn seine Mutter dabeisteht und es verbietet. Sie übergeben ihn uns besser, oder es gibt Ärger."

„Hal muß ja schon unterwegs sein", sagte Pepi zu einem der Posten. „Sehen Sie mal zu, ob man ihn erreichen kann, und sagen Sie, es sei äußerst dringend. Wir werden hier warten." Er wandte sich an den Sheriff. „Wir werden Ihnen Jarl nicht übergeben, sondern hier warten, bis sein Vater kommt. Lily, du mußt es ja sowieso erfahren, daß dies jetzt eigentlich nicht mehr dein Sohn ist, sondern dein Schwiegervater. Und du weißt verdammt genau, daß Jarl Hentson sen. nirgends hingeht, wohin er nicht gehen will."

„Diese verrückte Geistübertragung? Unsinn, Pepi. Jarl ist immer noch mein Sohn. Wenn ihr an seinem Geist herumgepfuscht habt, machen wir das später miteinander aus. Jetzt verlange ich, daß er diesen Clownsanzug auszieht und mit mir nach Hause kommt."

Ein Techniker kam aus dem Umkleideraum. „Mrs. Hentson, bitte legen Sie diese Gesichtsmaske an, und Sie auch, Sheriff. Sie können dann beide hereinkommen und mit . . ., äh . . ., Mr. Hentson sprechen."

Lily musterte ihn mißtrauisch. Niemand „sprach" je mit ihrem Sohn. Aber sie setzte die Maske auf, und der Sheriff folgte ihrem Beispiel.

Jarl hatte den Helm abgenommen, doch die Maske setzte er nicht auf. Er wollte, daß man sein Gesicht klar und deutlich sah.

„Hallo, Lily", sagte Jarl laut. „Du siehst aber gut aus."

Lily schwieg verblüfft. „Jarl, wie . . ., wie hast du . . ."

„Sprechen gelernt? Das ist schwer zu erklären, Lily. Warum akzeptierst du nicht einfach, daß ich Jarl sen. bin, nicht der Sohn, den du kennst? Und ich gehe an Bord dieser Rakete. Es tut mir leid, Lily, aber davon hängt sehr viel ab, und du verstehst das nicht."

„Mrs. Hentson, ich glaube nicht, daß er zurückgeblieben ist", bemerkte der Sheriff, der Jarl entgeistert angestarrt hatte. Jeder in weitem Umkreis hatte doch gewußt, daß Harold Hentsons Sohn praktisch ein Idiot war!

„Aber es ist der Körper meines Sohnes! Es ist ein Himmelfahrtskommando, und niemand hat das Recht, den Körper meines Sohnes zu gefährden. Mir ist völlig egal, was mit seinem Geist geschehen ist."

„Lily, ich bin über achtzehn Jahre alt, und wenn du keine gerichtliche Verfügung vorweisen kannst, daß du meine gesetzliche Vertreterin bist, bin ich ein Erwachsener, der seine Entschlüsse frei treffen kann", sagte Jarl. „Hast du eine solche Verfügung bei dir?"

Lily war verwirrt. „Natürlich gibt es da Papiere, aber die hat Hal. Das macht doch alles er. Wo ist er? Ich dachte, er käme gleich."

Der zweite Posten war inzwischen zurückgekehrt. „Mrs. Hentson, Hal ist unterwegs. Warten Sie noch fünf Minuten."

Lily sammelte die Fetzchen ihrer zerfledderten Würde ein. „Dann werde ich warten", erklärte sie bestimmt und setzte sich. Der Sheriff blieb stehen, schaute sich unbehaglich um und atmete angestrengt durch die Maske.

Zehn Minuten später war Harold da. Er hatte mit Fred durchgesprochen, wie man am besten der zu erwartenden gerichtlichen Verfügung zur Verhinderung des Raketenstartes begegnen konnte. Lily sprang auf, als sie ihn sah. „Hal, du hast mich angelogen!" schrie sie.

Harold nahm ihre Hände in die seinen. „Ja, Lily, das stimmt. Ich wollte nicht, daß du dir Sorgen machst. Es tut mir leid, daß du's erfahren hast, aber diese Mission ist viel zu wichtig, als daß sie abgesagt werden könnte. Jarl wird gehen."

„Oh! Ich konnte ja nie mit dir oder deinem Vater streiten!" Lily brach heftig weinend auf dem Stuhl zusammen, riß sich die Maske vom Gesicht und schleuderte sie auf den Boden.

JODIE schaute das Ufer am Riverside Park entlang. Boote, Kabinenkreuzer, sogar Luftboote und motorisierte Segler waren angebunden, wo immer es eine Möglichkeit zum Vertäuen gab. Andere warteten ein Stück weiter draußen. Dieser Park am Indian River war staatlich und sehr beliebt.

Die Boote füllten sich mit Menschen, zogen vom Dock weg und machten Raum für andere. Jodie schaute auf die Uhr. Um drei Uhr mußten alle Demonstranten in den Booten sein. Slippers, der mit einem Kabinenkreuzer da war, versicherte ihr, sie könnten innerhalb einer Stunde den Fluß überqueren und zur Rampe marschieren. Für den Big Bird gab es nur eine einzige Rampe, und die lag an der Nordspitze der Insel. Mit den Booten kam man ihr auf wenige hundert Meter nahe.

Drei Läufer und ein FOE-Mitglied am Visiphon bildeten die Informationszentrale. Eben hatten sie von Robert Brown erfahren, daß Lily Hentson ihren Sohn nicht zurückbekommen hatte. Niemand wußte aber, wann die gerichtliche Verfügung zur Verhinderung des Abschusses überreicht werden sollte.

„Sarcoma, die Sicherheitsposten über dem Fluß haben hier eine ungewöhnliche Aktivität festgestellt und behalten uns sehr genau im Auge", wurde von einer Läuferin gemeldet. „Alle Extraposten werden vom Süden nach dem Norden verlegt."

„Die reichen ihnen so und so nicht", versicherte Jodie dem besorgten Mädchen. „Vergeßt nicht, macht euch schlaff, damit sie euch wegtragen müssen, und dann lauft ihr zurück, sobald sie euch freilassen. So viele Handschellen oder grüne Minnas haben sie nicht, daß sie uns alle unschädlich machen können."

Das Mädchen nickte und lief zu einem der letzten Boote. Jodie ging als letzte an Bord von Slippers' Kreuzer. Am Visiphon war nun noch ein Mädchen, und ein junger Mann stand für alle Fälle mit einem schnellen Boot bereit. Slippers und Inez hatten die beiden Sitze, doch Inez sprang sofort auf und bot ihren Platz Jodie an.

„Zieht die Flagge auf, und dann fahren wir ab!" befahl Jodie. Slippers nickte einem Mann am kurzen Mast zu, und als sie vom Dock wegglitten, flatterte die Fahne mit dem grellroten Kreis und dem schwarzen Buchstabenzeichen FOE im Wind.

Ein Jubelschrei stieg von den Booten ringsumher auf. Jodie winkte den Leuten zu. Slippers brachte seinen Kreuzer in offenes Wasser und nahm dann schnell Geschwindigkeit auf. Die anderen Boote folgten ihm in einem weitgezogenen Halbkreis. Die seltsame Armada überquerte die sechs Kilometer offenen Wassers zur Nordspitze der Insel.

Slippers hatte neben dem Steuer einen Feldstecher liegen. Jodie nahm ihn und suchte damit die Insel ab. Weit im Süden stand der alte Gerätebau. Das Abschuß-Kontrollcenter verschwand dahinter, aber sie wußte, daß Jesus Hentson dort sein mußte und vielleicht gerade von der bevorstehenden Invasion erfuhr. Und wie, du großes Schwein, willst du uns aufhalten? fragte sie ihn in Gedanken.

ABER Harold war viel zu sehr beschäftigt, als daß er telepathische Nachrichten hätte erlauschen können. Er hatte ein großes Problem.

Der dickliche, braungesichtige Mann, der den Ausweis eines Federal Marshals vorzeigte, beschwerte sich verärgert darüber, daß ihn ein Posten am Tor aufzuhalten versucht hatte. „Ich habe hier einen Passierschein von Richter Goodall. Meine Begleiter haben den Posten am Tor verhaftet. Es ist jetzt unbewacht."

„O nein, Mr. McDougal. Es ist bewacht. Der Sicherheitschef hat zwei Männer hingeschickt." Sie standen im verglasten Beobachtungsraum des Abschuß-Kontrollcenters, wo ein Saal ausdrücklich für den Big Bird umgebaut worden war. Harold erwähnte natürlich nicht, daß der Marshal auf seine ausdrückliche Anweisung hin aufgehalten worden war mit der Versicherung, daß RI alle daraus entstehenden Schwierigkeiten selbst bereinigen würde.

„Ich werde Sie jedenfalls verklagen, weil Sie mich an der Ausübung meiner gesetzlich vorgeschriebenen Tätigkeit gehindert haben", erklärte McDougal, griff in die Brusttasche und entnahm ihr ein zusammengefaltetes Papier. „Das ist eine einstweilige Verfügung, unterzeichnet von Richter Goodall, der Ihnen verbietet, eine Rakete zu starten oder sonst etwas zu unternehmen, um die interstellare Rakete abzufangen, die heute an der Erde vorbeifliegen soll. Es ist meine Pflicht, Sie zu warnen, daß ein Zuwiderhandeln eine Gefängnisstrafe und Ihre sofortige Verhaftung nach sich ziehen wird. Sie werden ja wissen, daß Richter Goodall nicht sehr freundlich ist zu Leuten, die sich der Mißachtung des Gerichtes schuldig machen."

Harold nahm die Verfügung entgegen und reichte sie Fred Buck, der zusammen mit ihm gekommen war. „Okay, Marshal, Sie haben Ihre Pflicht getan. Ich habe die Verfügung angenommen, und sie ist wirksam. Jetzt können Sie eigentlich nach Orlando zurückkehren und Ihren Sonntag genießen."

„Zurückkehren?" fragte der Marshal erstaunt. „Nein, Sir. Ich warte hier. Wenn diese Rakete gestartet wird, will der Richter wissen, wie viele von Ihnen er ins Gefängnis stecken muß. Diese Verfügung betrifft die gesamte Rockets International, nicht nur Sie."

Harold zuckte die Achseln. „In diesem Fall nehmen Sie Platz und warten. Mischen Sie sich nur nicht in unsere Arbeit, sonst brauchen Sie das ganze Friedensheer der Vereinigten Staaten, wenn Sie sich nicht hinauswerfen lassen wollen."

McDougal wurde noch förmlicher. „Mr. Hentson, wenn ich es brauche, bekomme ich es auch. Dafür sorge ich schon."

„Setzen Sie sich lieber", riet ihm Harold und ging weg.

„Hal, ich hoffe, du weißt, wie ernst die Lage ist", flüsterte ihm Fred Buck zu. „Du, die Techniker, der junge Jarl – ihr alle riskiert, für Jahre eingesperrt zu werden, wenn das Gericht sich mißachtet fühlt."

„Da kann man sich an eine höhere Instanz wenden."

„Natürlich. Aber viel nützen wird es nicht, denn die Richter halten wie Pech und Schwefel zusammen, wenn es um ihre Autorität geht. Mein beruflicher Rat und der als dein Freund geht dahin, die Rakete nicht zu starten."

„Vielen Dank, Fred. Ich habe von deiner Meinung Kenntnis genommen." Harold ging hinab in den eigentlichen Abschußraum und blieb neben der Sicherheitskonsole stehen. „Wie steht es mit dieser Bootsflottille, die zu uns unterwegs ist?" fragte er.

„Der Luftwagen berichtet, daß es Sportboote sind, und der Führer der Flottille schwenkt eine Fahne mit einem roten Kreis, dem Symbol der Freunde der Erde. Sie scheinen mit acht Knoten Geschwindigkeit nach Norden zu ziehen, so daß sie in ein paar Minuten in Rampennähe sein werden."

„Gibt es eine Möglichkeit, sie aufzuhalten?"

Die Sicherheitsbeauftragte zuckte die Achseln. „Unsere Piloten haben Pistolen, Gewehre und Flinten, aber ein Boot läßt sich damit nicht versenken, wenn wir nicht riskieren wollen, daß Menschen dabei getötet werden. Ich glaube nicht, daß Sie das wünschen, Sir."

„Nein, gewiß nicht. Und nach ihrer Landung? Haben wir genug Männer, die sie in sicherer Entfernung von der Rampe halten können?"

„Ich habe alles, was am Südende entbehrlich erschien, hierhergeholt. Wir haben hier über hundert Männer und dreißig verschiedene Fahrzeuge. Wir können sie wegen Hausfriedensbruchs anhalten und wegbringen, aber ich bezweifle, daß wir die Zone vor dem Start frei machen können. Ich weiß sogar ziemlich sicher, daß es unmöglich sein wird."

„Holen Sie noch alle verfügbaren Fahrzeuge her, rufen Sie die Feuerwehr mit Wasserwerfern und dergleichen. Wenn die Demonstranten an den Strand waten, sind sie zu verhaften und mindestens zehn Kilometer von der Rampe wegzubringen. Dann werden die Fahrzeuge hierher zurückgeschickt, um andere abzuholen. Und keine umständlichen Verhaftungsformalitäten, bitte."

„Okay, Hal. Aber genügen wird das nicht."

„Die Posten sollen so schnell wie möglich arbeiten. Wie ich höre, leisten die Leute von FOE keinen aktiven Widerstand. Schleppt sie weg und kommt zurück, um die nächste Ladung zu holen." Es war jetzt noch eine knappe halbe Stunde Zeit. Die Chefin des Sicherheitsdienstes hatte recht behalten – Jodie/Sarcoma und ihre Freunde hatten gut geplant.

Da fiel Harold etwas ein. Vielleicht hatte die Invasionsarmee doch etwas übersehen. Er eilte zur Konsole des Startleiters. „Wilson, könnten wir den Vogel jetzt sofort starten? Innerhalb der nächsten drei Minuten?"

Der Ingenieur war verblüfft. „Nein, Hal. Die Tanks müssen noch versiegelt werden, und das Funksystem ist auf Interferenzen zu überprüfen. In fünfzehn Minuten vielleicht. Wenn Sie mir das eine Stunde früher gesagt hätten . . ."

„Gute Ideen kommen meistens zu spät", meinte Harold. „Weitermachen!" In fünfzehn Minuten stand wahrscheinlich die große Menschenmenge am Zaun und wartete geduldig auf den Tod, falls Jesus Hentson beschloß, seine Selbstmordrakete doch zu starten.

Die Sache wurde immer zweifelhafter. Harold ging weiter zur Schiffskommunikationskonsole. Auf dem kleinen Fernsehschirm sah er das wache Gesicht seines Sohnes; es war das Gesicht, das er seit vielen Jahren kannte, doch es hatte sich auf sehr subtile Weise grundlegend verändert.

„Lassen Sie mich ein paar Minuten auf Ihren Platz", bat er den Techniker. Der Mann gehorchte erstaunt, aber sofort, und Harold schob den Kopfhörer über die Ohren.

„Hallo, Jarl", sagte er laut. Im Umkleideraum hatte er nicht mehr mit seinem Sohn sprechen können.

Harold sah seinen Vater/Sohn, der auf seine Konsole blickte. Die Kamera erfaßte das Gesicht im Halbprofil. Jarl lachte verschmitzt. „Was willst du, Strubbelkopf? Sieht ganz so aus, als hättest du dir da was aufgeladen, was?"

Diesen Namen hatte nur sein Vater gebraucht, und er hatte ihn seit Jahren nicht mehr gehört. „Ja, es sind da ein paar Probleme aufgetaucht. Ich wollte dir nur sagen, daß eine kleine Armee von Antitechs am Strand in Rampennähe aufmarschiert. Es ist noch nicht klar, ob wir sie rechtzeitig wegschaffen können, um pünktlich zu starten."

„Ich beobachte sie schon, seit die ersten Boote ankamen. Nette kleine Flotte. Was willst du dagegen unternehmen?"

„Wir transportieren sie so schnell wie möglich hinter das Gerätegebäude, aber es sieht nicht besonders gut aus. Leider habe ich nicht früher daran gedacht, sonst hätten wir ein wenig eher starten und das Rendezvous vorverlegen können, auch wenn wir etwas mehr Treibstoff brauchen würden."

„Sie werden sich wohl an den Zaun klammern? Harold, auch wenn sie Narren sind, umbringen kannst du sie nicht. Du bist schon gestraft genug."

„Das meine ich auch, und die anderen sind derselben Meinung . . . Aber schauen wir lieber die gute Seite an. Wenn du's nicht machst, haben wir ein wenig Zeit für uns beide."

„Und wir schonen diesen jungen, gesunden Körper." Jarl nickte. „Aber weißt du, ich will eigentlich gar nicht für ein paar Tage nur so herumhängen, wenn ich nichts Nützliches tun kann. Wußtest du, daß ich als Präsident die Persona meines Vorgängers zurückbrachte? Es war die übliche Computersimulation, und ich versuchte ein paar ‚persönliche' Fragen zu stellen. Geantwortet hat er mir schon, aber es war nichts damit anzufangen. Diese Simulation schien einfach keine so komplette Persona zu sein, wie ich es bin."

„Das kann schon stimmen. Du bist ja die erste Persona, die

auf ein menschliches Gehirn übertragen wurde, das noch dazu dem deinen genetisch eng verwandt ist. Wir scheinen bewiesen zu haben, daß meine Idee stimmte. Leider wird die allgemeine Anwendung ziemlich beschränkt bleiben."

„Hoffentlich", erwiderte Jarl. Er warf einen Blick auf den seitlichen Schirm. „Ah, ich sehe, die Posten schleppen sie schon weg. Aber wir haben nur noch dreißig Minuten Zeit. Strubbelkopf, ich fürchte, du schaffst es nicht."

X

SONNTAG, 12. Juni 2011. Jodie ließ sich durch die Menge treiben und beobachtete die uniformierten Posten, die Demonstranten wegschleppten. Einige Männer mußten getragen werden, aber die meisten Frauen ließen sich nicht einmal von weiblichen Posten anrühren, sondern gingen selbst zu den wartenden Fahrzeugen. Viele davon konnten abgesperrt werden, aber nicht alle. Deshalb lief ein Teil der Demonstranten sofort wieder zum Zaun zurück.

„Sarcoma, wir haben ihnen ordentlich eingeheizt!" jubelte Strobe. Sie drückte sich neben Slippers an den Zaun. Jodie versuchte der Aufmerksamkeit der Posten zu entgehen, die sich in erster Linie auf jene Leute konzentrierten, die sich tatsächlich an den Zaun klammerten.

Sie wußte, daß ihr Kostüm auffällig war, aber die Posten konnten sie ja nicht ohne weiteres als Anführerin der Demonstranten ausmachen. Vermutlich wurde allgemein angenommen, daß ein Mann der Anführer war, denn der männliche Chauvinismus war noch nirgends auf der Erde ausgestorben.

In die ersten abfahrenden Wagen waren je zwanzig Leute gepfercht worden. Die riesigen Luftkissenboote, von denen auch ein paar herumstanden, faßten hundert, wenn es nötig war, aber sie waren sehr schwer zu überwachen. Man füllte also erst die kleineren Fahrzeuge. Das Sicherheitspersonal von RI wurde dafür bezahlt, daß es handelte, nicht daß es nachdachte. Und man hatte ja eindeutige Befehle.

Harold Hentson wurde dagegen für das Denken bezahlt. Er sprach mit Jarl, als die Nachricht kam, daß die ersten Demonstranten abtransportiert waren. 16.15 Uhr. Nicht ein Wagen konnte rechtzeitig zurückkehren, um eine zweite Ladung wegzuschaffen.

Aber fünfzehn Minuten genügten, um die Zone zu säubern, wenn sie keinen Widerstand leisteten. Dann konnten sie in sicherer Entfernung sein, in der höchstens ihre Ohren ein wenig litten.

Und plötzlich hatte Harold eine verwegene Idee: wenn diese Demonstranten in panischer Angst davonrannten . . .

Er lief zur Konsole des Startleiters. „Wilson, können wir die Steuerraketen vom Big Bird für drei oder vier Minuten einzeln zünden?"

„Klar, Hal. Wir nehmen sie aus der Automatik heraus und machen es mit dem Overridesystem. Aber warum?"

„Ach, egal. Warten Sie nur auf mein Signal. Ich will erst die eine, dann die andere zünden lassen. Geben Sie mir ein Mikrofon, und stöpseln Sie mich in das Lautsprechersystem der Rampe."

Das tat Wilson und drehte eine Wählscheibe. „Das ist höchste Lautstärke. Und ich schalte jetzt auf Override."

„Hört mir zu, ihr elenden Mißgeburten!" dröhnte eine mächtige Stimme über das Abschußgelände aus den zahlreichen Lautsprechern, die am Zaun und überall am Gebäude verteilt waren. *„Verdammt noch mal, paßt genau auf, wenn ihr am Leben bleiben wollt! Hier spricht Jesus Gottessohn Hentson! Ich werde die Rakete abschießen. Habt ihr gehört? Wenn ihr am Zaun klebenbleibt, werdet ihr, verdammt noch mal, gegrillt. Und ich werde mit Vergnügen zuschauen, wie eure lausigen Hintern braten!"*

Die Stimme war von Haß und hysterischer Wut erfüllt. Jodie fühlte Haß und Wut fast körperlich und greifbar. Die Luft um sie herum schien dicker zu werden. Dieser Ausbruch hörte sich absolut nicht nach Hal Hentson an.

„Noch eine Minute habt ihr Zeit, ihr Vollidioten! Nur noch eine Minute, dann brate ich euch. Also rennt um euer Leben,

wenn ihr leben wollt. Springt auf die Fahrzeuge, watet zu den Booten, wenn ihr könnt, aber rennt um euer Leben! Das ist kein Bluff. Ich wiederhole: Das ist kein Bluff!"

„Hört nicht hin!" schrie Jodie, doch ihre Stimme verlor sich im allgemeinen Trubel. „Glaubt ihm nicht, er blufft! Bleibt, wo ihr seid!" Aber nur ein paar Menschen neben ihr konnten sie hören.

„Das ist eure letzte Chance!" dröhnte die Stimme. *„Sonst bratet ihr!"* Dann folgte ein tiefes Dröhnen, und Flammen leckten über den Fuß der Rakete auf der Jodie zugewandten Seite. Die Entfernung zwischen Zaun und Rakete betrug einen halben Kilometer, aber das pfeifende Jaulen des gezündeten Brenners füllte ihre Ohren mit einem grauenhaften Schmerz.

Die Leute schrien vor Angst, und sogar die Posten wurden unruhig. Viele drängten zu den Fahrzeugen. Die Fahrer starteten sie, um sofort abzufahren, aber Harold Hentsons Stimme dröhnte weiter: *„Fahrer! Wartet auf die, die leben wollen! Haltet euch die Ohren zu und wartet!"*

Die Leute in Strandnähe rannten zu den Booten. Der eine gezündete Brenner an der Rakete röhrte weiter und spie Rauch und Flammen.

Etwa tausend Menschen kämpften um einen Platz auf Wagen oder in Booten. Die Posten waren eine disziplinierte Mannschaft, und sie warteten, bis die Wagen voll waren. Jodie rannte mit der zweiten Welle und versuchte verzweifelt, wenigstens eine Handvoll Demonstranten zurückzuhalten. „Es sind nur die kleinen Raketen!" schrie sie. „Bleibt! Er wagt es nicht, die großen zu zünden!" Aber niemand hörte ihr zu.

Zwei Boote rasten schon über das Wasser, dann legten weitere vier ab, doch eines kehrte zurück, um etliche aufzunehmen, die ins Wasser gefallen waren. Ein riesiges Luftkissenboot, an dessen Vorsprüngen zahlreiche Menschen hingen, hob sich und flog der Straße entgegen.

Ein weiterer Brenner wurde gezündet, und das Röhren verdoppelte sich. Jodie drückte die Hände auf die Ohren. Sie spürte, daß ihr Körper von den Vibrationen zitterte. Jemand kam ihr entgegengerannt – Strobe. Die große Frau floh in panischer Angst und kreischte hysterisch. Jemand zerrte sie auf die Ladefläche eines Lastwagens. Jodie sah, daß etliche ältere

Leute im allgemeinen Trubel gestürzt waren, und einige jüngere kehrten um, um ihnen zu helfen. Immer mehr Wagen – ob voll oder nur halb voll – starteten und rasten davon.

Jodie starrte über das Wasser. Nur noch ein paar Fahrzeuge standen da, die meisten Demonstranten hatten sich in Sicherheit gebracht. Der Rest kämpfte um einen Platz auf den noch wartenden Wagen.

Seit vier Minuten brannten nun die Raketen des Big Bird, doch er hatte noch nicht abgehoben. Der Lärm folterte Jodies Ohren, als sie die Hände herabnahm. Niemand aus der Menge schien zu bemerken, daß der Zeitpunkt des Starts längst vorüber war.

Ein Mob denkt nicht. Ist er einmal in Bewegung gesetzt, so rast er blindwütig weiter. Das hatte Jodie schon oft erlebt. Und jetzt hatte Jesus Hentson diese Tatsache gegen sie selbst angewandt. Sie war nun die einzige Person, die noch nicht auf einem Lastwagen war oder ihn wenigstens zu erreichen versuchte. Eigentlich erstaunlich, wie geschwind sich tausend Menschen zerstreuen konnten.

Sie drehte sich zur Rakete um, die nahezu zweihundert Meter aufragte. Durch Rauch und Flammen hindurch entdeckte sie, daß die riesige Glocke des Hauptbrenners noch kalt war, daß keine Flammen an ihr leckten. Sie stand da und wünschte sich, auch sie möge rot aufglühen und dröhnen, daß es ihre Knochen durchschüttelte, um sie schließlich zu töten.

Und dann griffen zwei Frauen in Wächteruniform nach ihr und zerrten sie weg. Beide trugen einen Spezialohrenschutz. Diese beiden Frauen wußten, was die FOE-Leute nicht ahnten – daß die kleinen Raketen stundenlang donnern konnten, daß man die Hauptrakete aber erst dann zünden würde, wenn alle in Sicherheit waren.

Jodie gab auf und ließ sich wegführen. Nein, Jesus Hentson hatte nicht geblufft. Er würde die Rakete abschießen, wie er es gesagt hatte, weil es ihm gelungen war, die verängstigten Menschen davonzujagen. Wäre ihm dies nicht geglückt, hätte er auch den Abschuß nicht gewagt.

Die zwei Frauen drängten Jodie in ein Feuerwehrauto, sprangen hinein und rasten davon.

FOE

DIE CHEFIN des Sicherheitsdienstes ließ die höchste Kamera über der Rampe kreisen. „Hal, es ist gelungen!“ rief sie. „Und die Fahrer bekamen über Funk Befehl, nur mit vollen Ladungen abzufahren. Ah, bei Gott, wir schaffen es!“

„Nicht ganz“, antwortete Harold und schaute auf die Uhr. Es war 16.34 Uhr, und die Automatik brauchte drei Minuten zum Zünden, nachdem sie aktiviert war. „Aber wir sind noch innerhalb der Toleranz.“

Im Beobachtungsraum überwachte McDougal geduldig sämtliche Konsolen. Der Marshal konnte auf dem riesigen Wandschirm sehen, wie erst die kleinen Brenner gezündet wurden, daß aber der Big Bird noch immer auf der Rampe hockte.

„Würden Sie bitte mitkommen?“ fragte Harold und griff nach dem Arm des Mannes.

„Weshalb denn? Was wollen Sie?“

„Ich möchte Sie als Zeugen für einen ungesetzlichen Akt. Beeilen Sie sich bitte. Es ist wichtig.“

Widerstrebend folgte ihm der Marshal zur Konsole des Startleiters. „Wilson, zeigen Sie diesem Mann den Schalter für die automatische Zündung.“

Verblüfft deutete Wilson auf einen winzigen Schalter an seiner Konsole, der den anderen glich, nur daß er einen knallroten Plastiküberzug hatte.

„Alles fertig?“ fragte Harold.

„Seit zehn Minuten schon. Sie haben ja gesagt, daß die Automatik abgeschaltet werden sollte, sonst wäre der Vogel schon unterwegs.“

„Gut. Marshal McDougal, bitte passen Sie jetzt genau auf. Ich, und ich ganz allein, lege jetzt diesen Schalter um, der innerhalb von drei Minuten die Rakete startet. Ich übernehme die volle Verantwortung für das, was ich tue. Weder Wilson noch sonstjemand teilt diese Verantwortung mit mir.“

Und dann legte Harold den kleinen roten Schalter um.

„Mr. Hentson, dafür werden Sie büßen müssen“, erklärte der Beamte grimmig. „Ich glaube nicht, daß ich einen Menschen daran hindern kann, gegen den Befehl eines Richters zu handeln, wenn er sich das in den Kopf gesetzt hat. Aber Sie werden im Gefängnis Zeit genug haben, dies zu bedauern.“

„Möglich“, gab Harold zu. Der Gedanke an das Gefängnis störte ihn sehr, aber das war eben der Preis für diesen Raketenstart, und er mußte ihn bezahlen. „Aber jetzt wollen wir lieber zusehen, wie der Big Bird abhebt.“

„Sie sind ein eiskalter Bursche, Mr. Hentson“, sagte McDougal. „Ich glaube, ich weiß jetzt, weshalb man Sie Jesus nennt. Sie glauben, Sie können mit allem davonkommen.“ In den bequemen Sesseln beobachteten sie, wie die Feuerströme aus den Brennern in die Flammenmulde schossen.

Zwei Minuten später und noch gut innerhalb der Zeittoleranz schoß eine kleine blauweiße Feuerwolke aus der riesigen glockenförmigen Hauptrakete. Das Feuer wuchs, breitete sich aus, wurde unerträglich hell; die riesigen Haltearme zogen sich zurück, und der Big Bird erhob sich majestätisch auf einem Feuerkissen in die Lüfte.

DER WAGEN mit Jodie war vier Kilometer entfernt, als der Boden unter ihm zu beben begann. Hinter ihnen blühte eine zweite grellfarbene Sonne aus dem Boden. Jodie kniff die Augen zusammen und spähte über die Schulter rückwärts, als sich die größte Rakete der Erde langsam in die hitzegemarterte Luft hob. Die schimmernde weiße Kapsel an der Spitze hatte einen seltsamen Gerüstaufbau, den sie noch bei keinem Start gesehen hatte. Dann gewann die Rakete an Geschwindigkeit; die Stabilisatoren und die Flammenstrahlen darunter kletterten immer weiter und immer schneller in den Himmel hinauf, und ein paar Sekunden später konnte Jodie nichts mehr sehen; nur das Dröhnen der gewaltigen Rakete schüttelte sie noch wie eine Riesenfaust.

„VERDAMMT noch mal“, sagte Jarl laut, als zweihundert Meter unter ihm die Hauptmaschine gezündet wurde. „Ich glaube gar, mein wahnsinniger Sohn hat es doch geschafft.“

Es war gut, wieder in der Pilotenkapsel einer Rakete zu sitzen und zu spüren, wie die Vibrationen den Stuhl durchschüttelten, an den er geschnallt war. Ein paar Sekunden später lösten sich dann die Haltearme; dann tat es einen Ruck, und man spürte den gewaltigen Schub, mit dem die Rakete abhob.

Die Techniker übertrugen den Start auf seine Konsole. Jarl

beobachtete staunend die ungeheuersten Flammen, die er je gesehen hatte. Dieses Monster degradierte die Raumfähren, die er meistens geflogen hatte, zu einem Kinderspielzeug. Er überprüfte seine Instrumente. Mehr konnte er im Moment nicht tun. Wenigstens das hatte sich seit seinem letzten Flug nicht geändert. Es dauerte jedoch nicht lange, da erschien Harolds Gesicht auf dem Schirm, und der Flammenschwanz verschwand.

„He, alter Knabe, wie hat dir dieser Start gefallen?"

„Nicht schlecht. Hast du all diese Leute weit genug weggebracht, oder mußten ein paar Trommelfelle dran glauben?"

„Weiß ich noch nicht. Ich gehe davon aus, daß keinem etwas Ernstliches passiert ist. Wie hat dir gefallen, was ich gespielt habe? Ich glaube, das hat so gemein und echt geklungen, daß sogar die Startmannschaft Angst bekam. Aber hör mal, ich rufe dich eigentlich an, um dich daran zu erinnern, daß meine Arbeit die einfachere war und getan ist. Alles andere liegt nun bei dir."

„Na, vielen Dank", antwortete Jarl und war sich darüber im klaren, daß Harold nichts anderes gesagt hatte als die reine Wahrheit. Der schwierigste Teil der Mission, der mit den vielen noch unbekannten Gefahren, lag vor ihm, und er allein war verantwortlich für Erfolg oder Mißerfolg.

Aus Master Thesis' Notizbuch
von Jarl Hentson

Aber wenn wir all diesen Planetenbewohnern eine gewisse Vernunft zubilligen, muß sie dann unbedingt, werden einige sagen, der unseren gleichen? Sicher, wenn wir sie auf die Grundsätze von Gerechtigkeit und Moral oder auf die Grundlagen der Wissenschaft anwenden. Für uns ist die Vernunft das, was uns den wahren Sinn für Recht und Ehrenhaftigkeit, für Lob, Freundlichkeit und Dankbarkeit verleiht. Sie ist es, die uns den universellen Unterschied zwischen Gut und Böse lehrt, die uns Wissen und Erfahrung vermittelt. Kann es denn eine andere Art der Vernunft geben als diese? Oder können wir das, was wir richtig und großmütig nennen, auf dem Jupiter oder Mars als Schurkerei bezeichnen?

Christianus Huygens: *New Conjectures Concerning the Planetary Worlds, Their Inhabitants and Productions* (ca. 1670)

XI

SONNTAG, 12. Juni 2011. „Mr. Hentson, der Richter wird morgen um neun Uhr im Gericht sein, und eine Minute später bin ich mit einem Haftbefehl unterwegs. Wo kann ich Sie voraussichtlich finden?"

Harold lächelte McDougal an. „Am Montag ist der Betrieb geschlossen, aber ich werde gegen zehn Uhr in meinem Büro sein, um den Kontakt zu beobachten. Ich warte dort auf Sie."

„Mr. Hentson, Sie sind nicht der erste Industrielle, den ich verhafte", fuhr der Marshal im Plauderton fort. Die beiden Männer gingen nebeneinander zum Parkplatz. „Einmal, es war in den neunziger Jahren, habe ich den alten Roger Woodall abgeholt, als er Generaldirektor von GM war, weil er die Verfügung eines Richters nicht befolgte, eine Fabrik zu schließen, die die Luft verseuchte. Wir verloren keine Zeit und holten uns den Allerobersten."

„Ah, davon habe ich gelesen. Und ich weiß auch, daß später das Oberste Gericht das Urteil kassiert hat, weil der Distriktsrichter seine Befugnisse überschritten hatte. Er hatte die Fabrik ohne das erforderliche Hearing geschlossen."

„Jawohl, Sir. Aber Mr. Woodall wurde trotzdem wegen Mißachtung des Gerichts verurteilt, weil er einer vom Gericht verfügten Auflage nicht entsprochen hatte."

„Dafür hat er dann eine kleine Strafe bezahlt."

„Und das, meinen Sie, werden Sie auch tun?"

„Ich hoffe, aber ich weiß es natürlich nicht. Es spielt auch keine Rolle. Ich habe das getan, was ich tun mußte, und Sie müssen das ebenso tun."

„Mr. Hentson, im Gefängnis wird es Ihnen nicht gefallen", meinte McDougal. Sie waren an seinem Dampfwagen angekommen; er stieg ein, wartete sechzig Sekunden und fuhr davon.

Als Harold nach Westen schaute, sah er einen der letzten Feuerwehrwagen mit zahlreichen Leuten auf den südwestlichen Parkplatz einfahren. Ein Posten stieg aus, eine kleine

Gestalt in grellrotem Hosenanzug folgte. Die glatten, graziösen Bewegungen dieser Person kamen ihm bekannt vor. Harold suchte nach einem Firmenwagen, fand einen, in dem die Schlüssel steckten, und fuhr weg. Drei Minuten später bog er auf einen Parkplatz in der Nähe einer größeren Menschenansammlung ein.

Einer der Posten sah ihn und lief auf ihn zu. „Mr. Hentson? Äh . . . Hal, wir haben sie hier. Was sollen wir mit ihnen tun?"

„Gebt der Feuerwehr ihre Wagen zurück, und bringt sie mit Dampf- und Lastwagen zu den Booten. Dringen Sie darauf, daß alle die Insel verlassen. Jedes freie Fahrzeug soll helfen, sie wegzutransportieren."

Langsam spaltete sich die Menge in Gruppen auf, als die Leute sich darüber klar wurden, wohin sie gebracht werden wollten. Die meisten wollten zu den Booten, die anderen ließen sich an die Ost-West-Autobahn bringen. Es hatte zehn Minuten gedauert, die Leute von der Rampe wegzuschaffen, doch man brauchte eine Stunde, um den Parkplatz zu räumen. Harold versuchte immer, die rote Gestalt nicht aus den Augen zu verlieren, aber plötzlich war Jodie/Sarcoma doch verschwunden. Vielleicht hatte sie gefürchtet, verhaftet zu werden, wenn man sie erkannte.

Harold sah Strobe und den jungen Mann namens Sergio. Die große Frau bemerkte seinen Blick und schaute betont weg. Sergio wirkte ziemlich verängstigt. Harold ließ sie abziehen.

Als nur noch die Posten da waren, fuhr Harold zum Ausgang Autobahn. Er näherte sich dem Tor. Plötzlich sagte hinter ihm eine kehlige Stimme: „Gratuliere, Jesus."

Harold schnellte so unvermittelt herum, daß er um ein Haar die Kontrolle über den Wagen verloren hätte.

Jodie lachte laut. „Was ist los? Bißchen nervös, was? Keine Angst, wir stecken Sie nicht wieder in diese Zelle. Das tut morgen das Gericht."

Harold riskierte einen Blick über die Schulter. Sie mußte sich offensichtlich auf dem Boden zusammengekauert haben, denn sie saß jetzt auf dem Rücksitz. Eine Waffe schien sie nicht zu haben. Geschickt kletterte Jodie neben ihn auf den Vordersitz.

„Cocoa Beach, bitte. Und beeilen Sie sich. Ich muß ganz dringend mal irgendwohin."

„Wie kommen Sie auf den Gedanken, daß ich Sie nicht der Polizei übergeben werde?" fragte er.

„Ich sah, daß Sie Strobe und Sergio erkannten und sie laufenließen."

Harold schwieg. Die Antitechs hatten bewiesen, daß sie seine persönlichen Gewohnheiten kannten. Jodie bewies nun, daß sie auch seine Verhaltensweise richtig einschätzte.

„Aber Sie haben nur den ersten Kampf gewonnen", fuhr Jodie fort. „Wie ich höre, haben Ihre eigenen Eierköpfe wenig Hoffnung, daß Jarl Hentson die Sonde abfangen kann. Und selbst wenn es ihm gelingen sollte, müssen wir oder die Weltregierung mit Ihnen abrechnen. Die zweite Rakete, die Sie brauchen, kriegen Sie nicht von der Rampe."

„Darüber mache ich mir erst Gedanken, wenn ich weiß, daß wir sie brauchen."

„Sie sind ein elender Dickkopf, aber das macht den Kampf gegen Sie nur interessanter."

Beide schwiegen eine ganze Weile, als sie die Insel überquerten und nach Süden abbogen.

Harold versuchte diese merkwürdige, anziehende Frau, die da neben ihm saß, zu verstehen. Sie schien das, was sie tat, zu genießen, während die meisten Protestierer, die er kannte, grimmige, zu allem entschlossene Fanatiker waren, die keine Spur von Humor zeigten. Diese Frau war von einer unglaublichen Vitalität, die sie besser für wertvollere Ziele verwendet hätte.

„Wo kann ich Sie absetzen?" fragte Harold, als er den Anfang von Cocoa Beach erreicht hatte.

„Ihre geheime Zweitwohnung ist doch in der Royal Twins, nicht wahr? Fahren Sie nur schnell weiter. Es wäre schade um meine schönen roten Hosen."

Also setzte Harold die Fahrt fort. Es war schon fast dunkel, als sie an seiner Wohnung ankamen. Jodie blieb länger als eine halbe Stunde im Badezimmer, und Harold hörte sehr lange das Wasser der Dusche rauschen. Es kam für ihn aber durchaus nicht überraschend, als endlich die Tür aufging und

Jodie splitternackt dastand; in ihren Augen war etwas sehr Direktes und Triebhaftes.

„Wollen Sie immer noch diese Sache zwischen Mann und Frau klären?“ fragte sie fast beiläufig.

Harold fühlte, wie sein Mund trocken wurde. Er war nicht so dumm zu glauben, er sei ein Sexathlet, der es mit einer zehn Jahre jüngeren Frau ohne weiteres aufnehmen könnte, oder auch mit jeder anderen Frau, die entschlossen war, ihren Körper als Waffe einzusetzen. Aber das durfte jetzt nicht zählen. Wichtig war, daß man an diesem Kampf Spaß hatte.

Harold musterte Jodie. Einige seiner gekauften Geliebten waren sicher jünger und schöner gewesen, und trotzdem war sie die begehrenswerteste Frau, die er je gesehen hatte.

Plötzlich kam es Harold zu Bewußtsein, daß er seit Freitag nicht gebadet und einen Zweitagebart im Gesicht hatte. Und daß er vor allem entsetzlich hungrig war. Er begann sich auszuziehen, ging aber dabei ins Badezimmer. Jetzt mußte sie warten, bis er geduscht und sich rasiert hatte.

MONTAG, 13. Juni 2011. Jarl erwachte mit einem steifen Hals. Allmählich wurde auch sein kräftiger Körper müde vom ständigen Gewicht der drei g. Eine Nullperiode war zwar im Flugplan vorgesehen, aber sie wurde wegen des verspäteten Starts sehr gekürzt.

Sein Chronometer zeigte sechs Uhr östlicher Tageslichtzeit. Er hatte also fünf Stunden geschlafen, und das war seine zweite Schlafperiode in dieser Nacht. Das Rendezvous sollte gegen elf Uhr an diesem Morgen stattfinden.

Sobald er wach war, hatte Jarl jedesmal die Bodenkontrolle anzurufen. In seinen Helm hatte man keinen Elektroenzephalographen eingebaut.

„Jarl, bereit zum Frühstück?“ fragte der Kontrolleur, als die Verbindung stand. Es war derselbe junge Mann, der ihn durch das Simulatortraining geführt hatte.

„Na klar. Ich bin halb verhungert – wie immer.“

„Diesmal mußt du dir dein Frühstück selbst zubereiten. Rechts von dir ist ein Kühl- und Heizgerät. Da öffnest du die untere Tür . . .“ Der tüchtige junge Mann führte ihn Schritt für

Schritt durch die Vorbereitungen. Die Mahlzeiten waren tiefgefroren. Da diese Rakete nur für kurze Flüge in die Umlaufbahn gedacht war, hielt man Annehmlichkeiten für den Piloten nicht für sehr wichtig.

Als Jarl gegessen hatte, sagte der Kontrolleur: „Und jetzt nehmen wir noch einmal die Übungen durch, bedienen uns aber der richtigen Instrumente. Natürlich werden die Ergebnisse simuliert. Wir müssen dich bald abhängen. Die Daten geben wir in den Flugcomputer ein. Die Ergebnisse siehst du dann auf dem Schirm."

Jarl machte sich an die Arbeit. Mit jeder Übungssitzung fühlte er seine alte Geschicklichkeit wiederkehren und wachsen. Eigentlich merkwürdig, wieviel zurückkam, wenn man an die richtigen Gedankenverbindungen tippte. Und dann waren da noch jene Gefühle, die seiner Natur zunächst fremd erschienen waren und ihn daher früher gestört hatten. Davon war jetzt nicht mehr die Rede. Er fühlte sich als vollkommen in sich abgerundete Persönlichkeit. Selbstverständlich fehlten Teile seiner Erinnerung, doch er vermißte sie nicht, da er nicht wußte, daß sie fehlten.

Er hatte sich inzwischen schon so weit von der Erde entfernt, daß der Empfang von Signalen einige Minuten beanspruchte. Jarl war also gezwungen, nach jeder seiner Handlungen die Ergebnisse abzuwarten. Doch sie waren, als sie dann kamen, durchweg sehr gut. Er hatte das Gefühl wieder zurückgewonnen, das man brauchte, wenn man ein Raumschiff bei null g richtig manövrieren wollte.

Nach den Übungen folgte eine längere Pause. Die Bodenkontrolle schwieg zwar, stand aber zur Verfügung. Jarl hatte wenig zu tun, und so beschäftigte er sich mit der Merkwürdigkeit, die er selbst war. Seltsam: er fühlte sich völlig normal und wußte doch, daß er nur zwei Wochen existieren würde. Noch sonderbarer war, daß er sich hier auf einer Selbstmordmission befand. Dabei hatte er sich immer und zu jeder Zeit am Leben orientiert. Die Logik dieser besonderen Umstände hatte ihn aber zu einer Entscheidung gezwungen, die er normalerweise nicht getroffen hätte.

Wenn er nur zwei Wochen zu leben hatte, so konnte er die

Zeit dazu nutzen, etwas zu tun, was für die gesamte Menschheit von größtem Wert war. Er hatte auch gar keine Wahl, als dies zu versuchen. Traurig daran war nur, daß der Körper seines Enkelsohnes sterben mußte, und dagegen konnte er nichts tun.

AUCH Harold dachte nach. Um sechs Uhr waren sie aufgestanden und zum Frühstück weggegangen, doch danach hatten sie das Bett erneut aufgesucht. Die Liebe machte sie müde, und sie schliefen wieder. Harold wachte jedoch bald auf und musterte Jodies schlafendes Gesicht. Sie hatte den Mund leicht geöffnet und atmete tief und langsam. An den Augenwinkeln hatte sie viele feine Fältchen, und auch der Hals war nicht samtglatt. Sehr jung war sie nicht mehr, aber voll leidenschaftlichen Feuers. Er hatte die Kämpfe der Nacht wohl verloren, aber es waren die fröhlichsten, die denkwürdigsten Kämpfe gewesen, die er je durchgestanden hatte. Einer Frau wie ihr war er noch nie begegnet. Jetzt wußte er erst, wie arm eigentlich sein Leben bisher gewesen war.

Jodie öffnete die Augen, und der Schleier des Schlafes fiel von ihr, als sie ein paarmal geblinzelt hatte und sich aufsetzte. Sie reckte sich genießerisch wie eine Katze und gähnte. Dann schaute sie auf die Uhr. „Wenn du jetzt nicht sofort aufstehst, bist du um zehn Uhr nicht in deinem Büro, wenn der Marshal kommt", mahnte sie ihn.

„Der Kontakt wird gegen oder nach 10.30 Uhr stattfinden. Ich denke, ich lasse ihm bestellen, er soll warten und von der Startkontrolle aus zuschauen. Sonst könnte er mich abschleppen, ehe wir die Ergebnisse kennen. Möchtest du mitkommen?"

„Du lieber Himmel, nein! Ich kann es mir nicht leisten, in der Öffentlichkeit mit dir gesehen zu werden. Und ich verlasse mich darauf, daß du ein wahrer Gentleman bist und diese Nacht niemals erwähnst. Wir beide hatten das Bedürfnis danach, wir haben es befriedigt, und jetzt können wir wieder in unser normales Leben zurückkehren."

Im Laufe der Nacht hatte Harold erfahren, wie sehr sich sein Leben von dem Jodies unterschied. Jodie hatte ihm viel von sich und ihren Ideen erzählt. Harolds Erfahrungen lagen auf einer ganz anderen Ebene, und er erkannte, daß ihre Auffassungen und Meinungen in krassestem Gegensatz zueinander standen.

„Wir existieren als künstliche Wesenheiten, als selbstgeschaffene menschliche Instrumente", hatte Jodie erklärt. „Die Maschinen haben uns von unseren Sinnen abgeschnitten, so daß wir höchstens die Hälfte unserer Fähigkeiten erkennen. Deshalb leben wir nur halb."

Durch die Vorhangritzen fielen schmale Streifen Mondlicht ins Zimmer, und die Brandungswellen des Atlantiks rollten mit phosphoreszierenden Schaumkronen heran. Sehen konnten sie das Meer vom Bett aus nicht.

„Wir sind so stolz auf unsere Zivilisation und unsere Maschinen und unsere Industrien. Aber der primitivste Wilde im Amazonasdschungel lebt viel intensiver als der Präsident einer großen Firma, als du. Der Wilde fühlt mit den Händen, er riecht die Welt, das Schöne und das Unangenehme. Er weiß, daß er lebt, daß er mit seiner Umgebung harmoniert. Sein Leben ist viel reicher als deines, weil er viel intensiver existiert. Er bedient sich ständig seines Körpers. Bei ihm sind Muskeln und Geist eins."

„Du hältst also nichts von der Wechselwirkung zwischen Geist und Körper, der Zweiheit der griechischen Philosophen? Scharfe Sinne und kräftige Muskeln sind für dich also maßgebend und ein Zeichen für Lebensqualität? Dann müßte ja der Elefant dem Menschen überlegen sein, denn er ist viel stärker und hat schärfere Sinne. Und der Löwe lebt viel intensiver."

„Aber selbstverständlich! Das Leben aller wilden Tiere ist befriedigender als das unsere, weil sie so leben, wie die Natur es vorgesehen hat. Der Intellekt macht ihnen keine Sorgen. Sie haben aber die Intelligenz, die sie zum Überleben in ihrer Umwelt brauchen."

Harold wunderte sich über sie, zweifelte jedoch nicht an der Ernsthaftigkeit ihrer Überlegungen. „Du würdest also wünschen, daß unsere Zivilisation zugrunde geht, daß wir uns in die Urwälder zurückziehen müssen. Unser Leben wäre vermutlich kürzer, wenn die Tiger kämen, aber wir würden intensiver leben."

„Genau! Aber verrate das, was ich dir eben sagte, nur ja nicht meinen fanatischen Freunden von FOE. Sie wagen es nämlich nicht, etwas bis ganz zum Schluß logisch zu durchdenken. Ich konzentriere mich auf das Raumprogramm, weil hier am klarsten sichtbar wird, welche Verschwendung und Korruption da herrscht. Und wie wenig wir für unser Geld und unsere Mühe bekommen. Sie glauben, man müßte die Mühe auf bessere und förderungswürdigere Objekte verwenden. Ich glaube das nicht. Die Technologie, die das Raumprogramm ausgespuckt hat, müßte sterben, nicht umgemodelt und verniedlicht werden."

„Du gebrauchst Wörter, die zu sehr abstrakten Konzepten gehören. Könntest du sie dir in deiner primitiven Welt vorstellen? Könntest du dich auch ohne Worte so ausdrücken?"

„Als Primitive brauchten wir das Abstrakte nicht. Die Konzepte würden nicht existieren, und niemand würde sie vermissen."

„Das bezweifle ich . . . Ich möchte dir eine Geschichte erzählen, die ich von meinem Vater hörte, als ich ein kleiner Junge war. Ja, er setzte mich auf seinen Schoß und erzählte mir Geschichten, so wie andere Väter auch, selbst wenn du das nicht glauben solltest. Ich weiß, es machte euch ein höllisches Vergnügen, ihn ‚Gott' Hentson zu nennen, doch es ist absurd. Die Geschichte hat sich in seinem zweiten Collegejahr ereignet. Ein indischer Yogi kam nach Harvard und hielt in seiner Klasse Vorlesungen. Er war ein richtiger Yogi, keiner von den unzähligen amerikanischen Imitationen. Er ließ sich von den Physiologen an verschiedene Maschinen und Geräte anschließen und zeigte ihnen, wie er seinen Atem und seinen Herzschlag unter Kontrolle halten und selbst regulieren konnte, wie er seine Lungenkapazität vergrößerte und so weiter. Er hatte, wie man sagt, die Bewußtheit des Körpers erreicht. Der Lehrer nannte das eine ‚Teilherrschaft über das autonome Nervensystem'. Und natürlich erzählte ihnen der Yogi auch, wie wichtig die Selbsterkenntnis und das Selbstbewußtwerden sei, und erklärte, er habe das viele Jahre lang intensiv geübt. Er bewies, wie viele Dinge er mit seinem Körper anstellen konnte, die ein westlicher Mensch nicht zustande bringt. Und er war im Frieden mit sich selbst. Alles in allem also ein sehr eindrucksvoller Mann. Vater sagte, er habe einen sanften Eindruck gemacht und die Studenten hätten ihn um seine Selbstbeherrschung beneidet. Damals muß er etwa fünfzig gewesen sein, und er schien keinerlei Sorgen zu haben. Bezahlen ließ er sich nur seine Spesen. Sonst nahm er kein Geld an. Und jeder meinte, einem solchen Mann müsse man nacheifern . . . Während seiner zweiten Woche dort demonstrierte er innere Sauberkeit. Er sog Wasser in seine Gedärme, ließ es dort kreisen und zwang es wieder heraus. Er war sehr erstaunt, als er Schmerzen zu fühlen schien. Er stieg aus der Wanne und trocknete sich ab. Dad bemerkte, daß er sich etwas zusammenkrümmte und offensichtlich nicht aufrecht stehen konnte. Die übrigen der Klasse gingen, aber Vater hatte eine freie Stunde und blieb. Ein paar Minuten später kam die Ambulanz, um den Yogi abzuholen. Im Universitätskrankenhaus wurde er an einem durchgebrochenen Blinddarm operiert."

Harold nahm einen Schluck aus seinem Glas und fuhr nach einer Weile fort: „Oh, die Geschichte hat ein gutes Ende. Die Operation verlief erfolgreich, obwohl der Yogi zu lange gewartet hatte, weil er sich durch innere Kontrolle selbst zu heilen versuchte, aber der Schmerz ließ sich dann doch nicht übersehen. Er wurde gesund, beendete seine Tour und kehrte nach Indien zurück. Der Vorfall machte meinen Vater allerdings nachdenklich. Von da an versuchte er zwar geduldig, die Kontrolle über seine Darmnerven zu gewinnen; doch er wußte, wenn einmal Schwierigkeiten auftauchten, würde er ohne die einfache Operation, die eine Entfernung des Wurmfortsatzes ja ist, sterben."

„Na und? Wahrscheinlich hat der Yogi ja in seinen fünfzig Jahren sowieso drei komplette Leben gelebt, wenn man ihn mit Jarl Hentson oder dem Arzt, der ihn rettete, oder auch mit dir vergleicht."

„Das glaube ich nicht. Der Kern der Geschichte ist der: Wissenschaft und Technik sind lebenserhaltend, nicht lebensvernichtend. Je gründlicher wir die äußere, die materielle Welt beherrschen, desto größer kann die Geschicklichkeit sein, die wir uns in der Korrektur von schlechten Körperfunktionen erwerben. Dazu gehören auch vernünftige Ernährung und die Freiheit von Feinden, denn die kann die innere Kontrolle nicht liefern."

Jodie war ein kleiner dunkler Schatten vor dem Kopfbrett des Bettes; ihr helles Gesicht leuchtete unter dem schwarzen Haar. Sie beugte sich ihm entgegen und küßte ihn. „Der Yogi", sagte sie, „ist jetzt vermutlich tot, ebenso wie der Chirurg, und keiner von beiden hätte den anderen überzeugt oder überzeugen wollen. Und das wollen wir beide auch nicht. Wenn deine wundervolle Wissenschaft mir ein wirklich langes Leben bescheren kann – sagen wir: zehntausend Jahre –, dann akzeptiere ich das als Ersatz für ein erfüllteres und intensiveres Leben."

„Wenn wir einmal die Chance der Unsterblichkeit haben sollten, dann durch die Wissenschaft, nicht durch den Yogi", antwortete Harold, aber dann legten sich weiche Lippen auf die seinen, und für kurze Zeit lebten sie sehr intensiv und ebenso wortlos.

XII

Montag, 13. Juni 2011. „Jarl?" Das glatte Gesicht des Kontrolleurs war wieder da. „Wir haben euch beide gut auf dem Radarschirm und rechnen die zeitliche Verzögerung mit ein. Wenn du dich umgedreht und nach ihm ausgerichtet hast, wirst du voll auf Rückstoß gehen. Nähert sich die Sonde dir, hältst du Abstand. Macht sie Ausweichmanöver, weichst du selbst in die Gegenrichtung aus und läßt sie an dir vorbei. Dann werden wir den Hauptantrieb wieder zünden und versuchen, dich nahe genug an sie heranzubringen, damit du mit dem Laser die Maschinen ausschalten kannst."

„Wäre es nicht sicherer und einfacher, wenn ich mich von rückwärts an die Sonde anschleiche und diese Maschinen durch einen Aufprall zerstöre?"

„Wir möchten sie gerne, wenn möglich, unbeschädigt

bekommen. Im Moment ist sie ungefähr drei Kilometer rechts von dir. Schau mal zum rechten Fenster hinaus."

Als sich die Metallplatte wegschob, sah Jarl die Sonde. Die Sonneneinstrahlung zeichnete das riesige Ei, das er da vor sich erblickte, überscharf nach. Das Licht fiel an der abgerundeten Nase vorbei, so daß von der ihm zugewandten Seite nur ein Teil beleuchtet war, während der Rest in tiefstem Schatten lag. Das Ei war von heller, schimmernder Silberfarbe.

Die beiden Maschinen an dem konisch zulaufenden Ende waren ziemlich tief in den Umriß eingelassen, und nur die Düsen unterbrachen die Symmetrie. Für ein so riesiges Schiff erschienen sie klein, doch sie spuckten eine riesige Wolke blauen Feuers aus. Jarl überlegte, was die fremden Konstrukteure zur Wahl so schubschwacher Antriebe veranlaßt haben könnte. Gab es da Vorteile, die selbst die besten Erdeningenieure übersehen hatten, weil bei allen früheren Raketenantrieben die Brenndauer beschränkt war?

„In etwa zwei Minuten stellen wir deinen Hauptantrieb ab, Jarl. Beginne das Ausschermanöver rechts, sobald du Schub verlierst. Während wir warten, richtest du dich auf Rückstoß ein."

Das tat Jarl und besann sich auf seine Erinnerung, wie ein Raumschiff zu führen war. Jetzt war er ganz auf sich gestellt. Die Zeitverschiebung war so groß, daß er sich nicht auf die Hilfe der Bodenkontrolle verlassen konnte.

Der Zeitplan war perfekt. Als er die Drehung vollendet hatte und durch das spinnenbeinige Gitterwerk an der Hülle seiner Kapsel spähte, sah Jarl, daß er weniger als zwei Kilometer von der Sonde entfernt war. Aus diesem Blickwinkel heraus erschienen der fremde Besucher und sein Raumschiff nicht so groß und eindrucksvoll, aber es mußte allen irdischen Konstruktionen weit voraus sein, mindestens allen aus seiner Astronautenzeit oder . . . Jarl schob diesen Gedanken weg. Der Tod gehörte nicht zu seinen Erinnerungen. Es war also auch nicht nötig, sich ausgerechnet jetzt damit zu beschäftigen.

Der Zwischenraum zwischen den beiden Schiffen verringerte sich sehr schnell, als er die beiden Manöverdüsen gezündet hatte. Er spürte den Schub, wenn er auch geringer als ein g war. Dann stabilisierte sich die Entfernung. Er stellte die Steuerraketen kurz ab, gleich darauf noch einmal. Die dunkelblaue Feuerwolke füllte den Raum zwischen den beiden Schiffen.

Jarl ließ die Sonde herankommen und versuchte die relativen Geschwindigkeiten zu schätzen. Eine Skala an seiner Konsole zeigte ihm die Entfernung in Metern an, doch er verließ sich lieber auf seine Augen und sein eigenes Urteil. Langsam verkleinerte sich der Zwischenraum, und das Silberei, das ihm entgegenzukommen schien, wurde größer und heller.

Die Sonde schien von seiner Anwesenheit keine Notiz zu nehmen. Das war bedeutungsvoll. Ihre mechanischen Sensoren hatten den anderen sicher längst entdeckt und über das leidenschaftslose elektronische Gehirn die Befehle erteilt, die befolgt werden mußten. Es war denkbar, daß eine Annäherung nur bis zu einer ganz bestimmten Entfernung möglich war, und da mußte dann der brennende Laserfinger sich ausstrecken und das Silberei zerschneiden – oder der Big Bird wurde von einem kleinen Sprengkörper getroffen.

Jarl konnte nicht wissen, welche dieser Möglichkeiten zutreffen würde. Seine einzige Verteidigung war eine Laserkanone, die aber eher für den Angriff bestimmt war. Man hatte sich nicht einmal die Mühe gemacht, mit ihm die Abwehr von Angreifern zu üben.

Von der Sonde kam keine Reaktion. Und dann fiel der Schatten des spinnenbeinigen Gitterwerks über die silbrige Nase. Jarl gab seinen Manövrierdüsen noch etwas mehr Schub, und ehe er seine Geschwindigkeit oder Richtung noch einmal verändern konnte, gab es einen ordentlichen Aufprall. Er stellte alle Antriebsmaschinen ab und schaltete die automatischen Stabilisierungsjets ein.

„Kontakt!" sagte er zum passiven Gesicht des Flugkontrolleurs, und er wußte, daß es Minuten dauern würde, bis sich die Aufregung über diese Meldung in der Miene des anderen abzeichnete.

Jarl nahm die Hände von den Instrumenten, machte Fäuste und öffnete sie, denn plötzlich wurde ihm klar, wie übermäßig die Spannung der letzten Minuten gewesen war.

Jarl war nun der stumpfen Nase so nahe, daß er das blaue Feuer am hinteren Ende nicht mehr sah, aber die leuchtende Wolke erhellte den Raum über den glänzenden Metallhorizont hinaus; und dann starb das Licht langsam.

Jarl saß ein paar Augenblicke wie betäubt da und spürte eine plötzliche und unerwartete Gewichtslosigkeit. Dann berichtete er den Vorgang zur Erde, als sich im Gesicht des jungen Kontrolleurs die Aufregung über den stattgefundenen Kontakt abzeichnete.

„Ich brauche also nicht nach innen vorzudringen, um die Maschinen abzustellen", sagte Jarl. „Was geschieht jetzt? Habt ihr klugen Burschen da unten schon etwas ausgearbeitet?"

Jetzt konnte er nur noch warten. Eigentlich seltsam, was die Zeitverzögerung anstellte: Jede Reaktion war schon Vergangenheit. Und dann sagte der Kontrolleur mit gewohnter Ruhe: „Jarl, wir stimmen alle darin überein, daß die Sonde einen intelligenten Kontakt erkannt und sich selbst abgeschaltet hat. Sie will eingefangen werden. Das war zwar eine der hier in Betracht gezogenen Möglichkeiten, aber niemand glaubte im Ernst daran. Und nun ist man der Meinung, wir sollten den Hauptantrieb wieder zünden und euch beide auf eine niedrige Geschwindigkeit herabdrücken, ohne daß du den Versuch machst, die Maschinen der Sonde unbrauchbar zu machen. Keiner glaubt hier, daß sie wieder eingeschaltet werden kann."

„Nein, wir gehen an Bord, wie ursprünglich geplant", meldete sich eine neue, kräftige Stimme. Harold Hentsons Gesicht erschien auf dem Schirm, ein breit lachendes Gesicht. „Wir können eure Geschwindigkeit so weit herabdrücken, daß ihr in einer engen Schleife um die Sonne reist. Jarl, geh hinaus und sieh zu, daß du eine Luke findest, die sich öffnen läßt. Vielleicht fällt uns noch etwas Besseres ein."

„Was hast du vor, Strubbelkopf?" fragte Jarl. Er mußte unendlich lange auf die Antwort warten.

„Die Fachleute stimmen alle darin überein, daß du vielleicht den fremden Programmierer ausreichend verstehen könntest, um die Sonde zu fliegen. Werfen wir also einen Blick hinein und schauen wir nach, ob das richtig ist. Wir verlieren ja nichts, was wir nicht von vornherein zu verlieren bereit gewesen wären. Und wenn sie nicht recht haben – vielleicht könntest du dann meinen Sohn retten."

„Haben wir ausreichend Zeit dafür?" fragte Jarl.

Als diese Frage die Erde erreichte, verschwand Harold ganz kurz vom Schirm. „Sicher, wir können ein paar Stunden darauf verwenden", sagte er dann. „Die Kursrechner werden uns sagen, wann die Bahn kritisch zu werden beginnt. Und jetzt heb mal deinen Hintern aus dem Stuhl, und sieh zu, was du herausfinden kannst, Alter."

„Du, redet man so mit seinem Vater?" knurrte Jarl, begann aber sofort die Verschlüsse an seinem Pilotensessel zu lösen. Da er seinen Raumanzug nicht ausgezogen hatte, brauchte er jetzt nur seinen Sauerstoffvorrat und ein paar andere Dinge nachzuprüfen, ehe er die innere Schleusentür öffnete.

Der riesige Vogel war für den Raumtankertransport ziemlich einfach konstruiert und hatte auch eine billige Schleuse. Sonst wurde der Big Bird ja nur an der Raumstation angedockt, und dafür genügte die billige Ausführung. Es war ein einfacher Metallkasten, der von der äußeren Schleuse zur Pilotenkanzel führte. Beide Drucktüren wurden mit Hand bedient, und die Luftzufuhr war ein einfaches Ventil in das Innere der Kammer; sie war die einzige Druckkammer des Raumschiffes.

Nach knapp fünf Minuten war Jarl fertig und öffnete den Druckverschluß der inneren Schleusentür. In der engen Schleuse mußte er das handgesteuerte Luftventil öffnen. Danach kam die äußere Luke an die Reihe, so daß er durchkriechen konnte. Magnetische Schuhe verliehen ihm einen festen Halt an der metallenen Außenhaut.

Das luftige, wenn auch kräftige Gitterwerk, das die beiden Schiffe miteinander verband, hatte an den Enden, die an der Sonde anlagen, Stoßdämpfer aus Plastik. Die Stabilisierungsjets hielten den Kontakt zwischen den beiden Schiffen aufrecht. Jarl stand innerhalb des Gitterwerks und schaute zur stumpfen Silbernase hinüber, die nur wenige Meter entfernt war.

Die Einstiegsluke war an einer feinen kreisförmigen Haarlinie von etwa einem Meter Durchmesser leicht zu erkennen. Der Mittelpunkt mußte das Ende der Längsachse sein und war mit einer kleinen Vertiefung gekennzeichnet.

Jarl griff nach der nächsten Verstrebung, hob einen Fuß nach dem anderen ab und zog sich am Gitter entlang zum anderen Schiff hinüber. Es war eine recht angenehme Überraschung, daß die Silberhaut schwach magnetisch war, jedenfalls so viel, daß seine Schuhe festen Halt hatten. Er beugte sich über die kleine Vertiefung, um sie zu untersuchen.

Jarl berichtete über sein Anzugmikrofon über jeden seiner Schritte. Er rechnete mit einem schwer zu öffnenden Schloß, aber es stellte sich dann als so einfach heraus, daß er schon glaubte, er habe sich getäuscht und es völlig mißverstanden.

Die Vertiefung war ungefähr vier Zentimeter tief und etwa von der Größe seiner Handfläche. In diesem Kreis befand sich eine Reihe runder Stäbchen mit einem Durchmesser von ungefähr einem halben Zentimeter, und die Spitzen dieser Stäbchen befanden sich auf gleicher Höhe mit dem Metall. Jeder Stab hatte eine scharfe Einkerbung an der Innenseite und in wechselnder Tiefe.

Jedes einigermaßen intelligente Lebewesen konnte das Kreismotiv erkennen, und nun brauchte er nur noch einen Kreis zu beschreiben. Diese Tür sollte offensichtlich keine Schwierigkeiten bereiten.

Jarl suchte den Stab mit der tiefsten Einkerbung und drückte ihn vorsichtig dem Stab links von ihm entgegen. Das war natürlich mit den Handschuhen nicht ganz einfach, aber er bekam ihn mit den äußersten Fingerspitzen zu fassen. Er bewegte sich leicht und blieb stehen, als der horizontale Einschnitt auf gleicher Höhe mit der schwächsten Einkerbung lag. Dann nahm er den Stab an der anderen Seite dran. Schließlich hatte er einen neuen Kreis geformt, in dem die Einkerbungen wiederum eine gerade Linie bildeten, während die Spitzen der Stangen einen zweiten Kreis beschrieben, der zum ersten in einem bestimmten Winkel stand.

Wenige Sekunden später bewegte sich die runde Platte langsam nach außen, und zwar direkt vor einem Mittelschacht. Als sie offen war, ging innen ein Licht an.

Jarl zog sich über die abgerundete Kante in das Loch hinein. Er hätte samt seinem Raumanzug nicht umfangreicher sein dürfen, sonst hätte er nicht in den Schacht kriechen können. Dieser Schacht war starr.

Nun befand er sich in einem Zylinder von etwa zwei Meter Breite und fünf Meter Länge, und der Schacht ging von der Rückwand aus und nahm die ganze Zylinderlänge ein. Eine Reihe von Metallstäben von fünf Zentimeter Breite und fünfzehn Zentimeter Länge wand sich in einem regelmäßigen Muster von einem Schachtende zum andern.

Jarl zog sich an den Stäben den Schacht entlang. Dabei versuchte er, in dem, was er auf der konkaven Oberfläche sah, einen gewissen Sinn zu entdecken. Schließlich erkannte er die Andeutung eines Musters. Seine Augen konnten die Einzelheiten aufnehmen, sein Gehirn sie jedoch nicht verarbeiten. Die fremdartige Ausstattung war ihm noch unverständlich.

Als er fast die Rückwand erreicht hatte, wurde ein runder Abschnitt einer blanken Platte erst dunkelrot, dann blaßviolett.

Jarl hatte ununterbrochen in sein Mikrofon gesprochen, ohne dem Kontrolleur die Möglichkeit einer Antwort zu geben. Da die Einstiegsluke noch offen war, konnte sein Bericht über den Big Bird zur Erde gelangen.

Die blaßviolette Platte hob sich eine Spur von der Wand ab. Farben zogen Kreise darüber, wirbelten durcheinander und brachen auf, und dann formte sich ein Bild.

Jarl schaute den Zylinder entlang, in dem er sich befand. Hier sah er nichts; also mußte das Bild eine Aufzeichnung sein. Während er noch beobachtete, bewegte sich das Bild den Schacht entlang, bis es ihn zu erreichen schien. Es drehte sich in Jarls Rücken zur Wand. Dann spürte er das Vibrieren von Metall und drehte sich um. Ein größerer Wandabschnitt neigte sich innerhalb seiner Reichweite abwärts.

Diese runde Platte hatte so etwas wie einen Sitz, und Jarl setzte sich, um die unvermeidlichen Stabreihen zu mustern, die sich über die konvexe Oberfläche der Platte nach oben erstreckten. Am anderen Ende hatten sich drei Schirme aufgeklappt und nahmen sehr rasch eine violette Färbung an.

Jarl wandte sich dem Hauptschirm zu, auf dem ein Bild der Instrumente erschien, denen er sich gegenübersah. Und schließlich entdeckte er auch einen der Erbauer dieses automatischen Wunders.

Von der Seite her erschien ein Wesen und setzte sich in den Sessel, den im Schiff Jarl eingenommen hatte. Es war eine humanoide Gestalt, doch der Körper bestand aus einer Reihe von Kreisen, hatte sehr breite Hüften und schmale Schultern, der Bauch war dick und rund. Der Kahlkopf ähnelte einer Billardkugel, der breite Mund war zu einem ewigen Lächeln leicht nach oben gebogen. Die Ohren lagen flach am kahlen Schädel an. Über dem Mund befanden sich tiefliegende Augen, aber eine Nase oder wenigstens Nasenschlitze konnte Jarl nicht entdecken.

Die humanoide Gestalt trug ein weites, loses Gewand, das fast bis zu den Knien reichte. Die beiden Beine unter dem Gewand waren stämmig und ziemlich rund gebogen. Die nackten Arme sahen stark und muskulös aus.

Wenn Jarl von der Sitzhöhe ausging, konnte der Humanoide nur einen Meter messen, aber wegen der Breite und Dicke mußte er etwa das Durchschnittsgewicht eines Menschen haben. Mit irdischen Worten ausgedrückt, ließ sich die Gestalt als sehr stämmiger Gnom oder einen Menschen mit Zwergwuchs bezeichnen. Jarl entschied sich für Gnom.

Der Fremde streckte einen Arm aus und schloß eine breite Hand um den linken Stab in der dem Stuhl nächstgelegenen Reihe. Er drückte ihn nach unten, und die Szene veränderte sich ohne jede Vorwarnung zu einer Außenansicht der silberfarbenen Sonde. Die Maschinen waren abgeschaltet; aber während Jarl noch hinschaute, schossen aus beiden Düsen Flammen, und blitzschnell entwickelte sich eine von Feuergarben durchschossene Wolke.

So unvermittelt wie vorher brachte der Gnom mit einer Handbewegung wieder die Innenansicht, und mit der gleichen Geschwindigkeit folgte erneut ein Bild von draußen mit dem schnell ersterbenden Feuer.

Jarl wandte sich vom Schirm zur richtigen Konsole um. Der linke Stab war hier nach oben gedrückt.

Die Maschinen wurden also damit gezündet, daß man einen einzigen runden Stab bis zum Anschlag hinabdrückte. Das war sehr einfach und sollte vermutlich ebensowenig Rätsel aufgeben wie der Einstieg. Einige der anderen Stäbe waren vielleicht Stabilisierungsjets und innere Schiffskontrollen. Aber wie wurde dieses Schiff gesteuert? Und was diente der Orientierung und als Führung?

Schritt für Schritt, in einer logischen Folge, gab ihm der Schirm die erforderlichen Informationen. Die Gedankenmuster des Fremden waren nicht schwer zu verstehen. Was die Instrumentenausstattung dieses Schiffes von denen der Menschen unterschied, war vor allem die Tatsache, daß hier keine Identifizierungssymbole verwendet zu werden schienen. Jeder Stab hatte eine ganz besondere Funktion, und alle zusammen bildeten ein leicht zu bedienendes manuelles Kontrollsystem, wenn man sich an das erinnern konnte, was jeder Stab bewirkte. Das war allerdings nicht ganz einfach, denn es gab insgesamt mehr als zwanzig Stäbe.

Jarl überlegte sich, daß es ihm innerhalb eine Woche gelingen müßte, dieses Schiff zu fliegen.

Und er hatte Glück. Als der Gnom an den Kontrollen eine ganze Operationsreihe vorgeführt hatte, berührte er einen Stab, von dem aus der Instruktionsschirm selbst gesteuert wurde. Er drückte ihn langsam nach unten und ließ ihn wieder los. Das Schirmbild löste sich in roten Mustern auf, wurde dann aber sofort wieder blaßviolett, und der Instruktionsfilm begann von vorn.

Jarl vermied also, den Stab zu berühren, der das Programm ändern konnte. Er mußte hier sehr viel lernen.

„Hal?" Das war Wilson, der Startleiter. „Dieser Marshal ist am Visiphon. Er will wissen, wann Sie zum Turm zurückkommen."

Harold schaute auf die Uhr. Bestürzt stellte er fest, daß es schon nach zwölf Uhr war. Jarls laufender Bericht hatte ihn so ungeheuer gefesselt, daß ihm gar nicht zu Bewußtsein kam, wie schnell die Zeit verging.

Harold stand auf und streckte seine vom langen Sitzen verkrampften Muskeln. Die TV-Kamera in der Nase von Jarls Schiff schickte immer noch das Bild der Sondennase zur Erde, auf dem deutlich der runde Einstieg zu erkennen war. Sie hatten zwar nur Jarls gesprochenen Bericht über das, was im Innern des Schiffes vorging, aber der war so interessant, daß sie an ihren Sitzen klebten.

„Ich glaube, Wilson, ich gehe lieber ins Kittchen, sonst stirbt McDougal noch an einem Herzschlag. Läßt sich schon sagen, ob Probleme beim Transport von Sauerstoff in die Sonde auftreten? Er soll ja für zwei Wochen reichen. Pete" – Dawson saß an der Konsole nebenan –, „müssen wir denn wirklich die Sonne umrunden? Und wenn, kann die Sonde dann nicht auf eine sichere Distanz gehen, wenn sie den eigenen Antrieb benutzt, und innerhalb von zwei Wochen wieder hiersein? Wir wollten Jarl doch lebend zurückbekommen, und die Sonde soll so abgebremst werden, daß sie in eine Erdumlaufbahn einschwenken kann. Ist das möglich?"

Peter Dawson schien das Problem bereits durchdacht zu haben. Logisch und ordentlich wie immer erklärte er es. „Hal, wir müssen um die Sonne herum. Wir müßten sonst tief in den Merkurorbit eintauchen, und die Hitze wäre unerträglich. Am sichersten ist es, wenn wir unseren Plan weiterverfolgen und die Raketen des Vogels die vier restlichen Stunden brennen lassen, sie abwerfen und unsere Kalkulationen über die Bremswirkung bei der Sonde überprüfen. Ich würde sagen, daß wir uns mindestens sechzig Millionen Kilometer von der Sonne entfernt halten können. Das ist eine grobe Schätzung, aber wir könnten dann, wenn wir uns der Maschinen der Sonde bedienen, innerhalb von zwei Wochen hierher zurückkehren. Hal, die Sondermenge Sauerstoff ist in einem Extratank untergebracht, den Jarl leicht zur Sonde bringen kann. Aber er muß den Einstieg wieder schließen, um das Innere der Sonde luftdicht abzuschließen. Vielleicht wird er die ganzen beiden Wochen im Raumanzug bleiben müssen."

„Kann er denn in diesem Anzug nicht so lange leben?"

„Verdammt ungemütlich wäre es, und essen könnte er auch nicht. Wir könnten allerdings dem Anzugtank unter Druck Wasser beifügen, so daß er überleben kann."

„Warum planen wir nicht für die besten Möglichkeiten, um

dann schlechtere zu akzeptieren, wenn es sich nicht vermeiden läßt? Pete, ich hätte gerne, daß du die Leitung dieser Mission übernimmst, bis ich aus dem Gefängnis zurückkomme. Habe ich Glück, dann holt mich Fred Buck bis heute abend wieder heraus. Du sorgst dafür, daß Jarl Lebensmittel, Wasser und den Sauerstofftank in die Sonde bringt, nachdem er seine Raketen gezündet hat. Wenn er die Luke schließt, kann er etwas Gas herauslassen, um zu sehen, ob sich der Druck in der Sonde stabilisiert. Ehe er das tut, sollte er aber eine Kamera hinüberschaffen. Die Leute vom wissenschaftlichen Labor sollen alle einen Blick hineinwerfen können. Sie sollen hier zur Beratung bereitstehen, und sie sollen auch sagen, ob es ratsam wäre, Sauerstoff in die Sonde zu leiten, oder ob damit eine Explosion oder andere Beschädigungen ausgelöst werden könnten. Kurz gesagt: macht weiter."

Pete sah fast ein wenig benommen drein. Ihm war da eine Verantwortung aufgeladen worden, die er gar nicht wollte. Aber er nickte und wandte sich dem Visiphon an seiner Konsole zu.

Harold beschloß zu fahren. Kurz vor ein Uhr erreichte er den Parkplatz am RI-Verwaltungsbau und fand McDougal in seinem Büro. Pat Pajick hatte den Schreibtischschirm für ihn aufgestellt. Der Marshal ließ kein Auge von ihm. Er schien sich darüber klar zu sein, daß er das riesige Glück hatte, als einziger Nichtangestellter von RI diese historischen Vorgänge beobachten zu können.

Pat Pajick war Harold gefolgt. „Fred Buck ist vor ein paar Minuten nach Orlando abgefahren", berichtete er. „Die Papiere hofft er eingereicht zu haben, bis Sie dort ankommen. Wenn der Richter Sie nicht auf Kaution entläßt, und das wäre durchaus möglich, dann wird Fred sofort Einspruch erheben."

„Dann wäre ich ja gegen Abend wieder draußen. Versuchen Sie jedenfalls, mir ein Visiphon in meine Zelle legen zu lassen, wenn ich im Knast bleiben muß, damit ich den Flug weiterverfolgen kann. Vielleicht sollten wir sogar an die Tri-D-Anstalten herantreten, damit sie Sondersendungen bringen können, und zwar ohne Auftraggeber für Werbesendungen dazwischen. Und sagen Sie ihnen . . ." Harold kam plötzlich zu Bewußtsein, daß er da Neuland betrat, und dafür war jetzt nicht die richtige Zeit. „Zum Teufel, diese Anweisungen können Sie selbst geben. Pete Dawson hat die Leitung von RI, bis ich zurückkomme. Sie arbeiten mit ihm zusammen."

McDougal stand nur ungern auf, denn Jarl war fast soweit, daß er die Raketen seines Schiffes zündete. Der Beamte musterte Harold unerwartet respektvoll. „Schön, Mr. Hentson. Mir scheint, Ihre verrückte Idee war schließlich doch nicht so schlecht. Wenn die Sache gut ausgeht, werden Sie sicher nicht lange im Gefängnis bleiben."

Harold schlug ihm freundschaftlich auf die Schulter. „Vielleicht nicht einmal lange genug für ein Nickerchen. Aber gehen wir, bevor dieser eklige Richter Sie durch die Mangel dreht, weil Sie mir soviel Zeit gelassen haben."

„Ja, Sir, wir fahren besser, bevor der Nachmittagsrummel einsetzt."

Innerhalb von drei Tagen stand Harold kurz davor, zum zweitenmal eingesperrt zu werden. Aber er war gut gelaunt. Ging man von der Annahme aus, daß Jarls Geist durchhielt und die Sonde eingefangen wurde, dann war die Rückreise nach Hause eigentlich nur noch eine nette Rodelpartie.

XIII

MONTAG, 13. Juni 2011. „He, Jodie!" Strobe schien sehr aufgeregt zu sein. „Al Murray kam gerade vorbei und sagte, Gott Hentson habe die Sonde eingefangen, sei an Bord gegangen und werde sie jetzt zurückfliegen. RI will die ganze Welt mit Livesendungen versorgen. Willst du zusehen?"

Jodie setzte sich im Bett auf und gähnte. Da sie in der Sonntagnacht sehr wenig geschlafen hatte, war ihr ein Spätnachmittagsschlaf gerade angenehm gewesen. Wie mochte sich Jesus Hentson fühlen? Vielleicht gut, wenn sein Vater tatsächlich die Sonde eingefangen hatte.

Das Programm wurde nur zweidimensional gesendet, und die Sprechverbindung zwischen Jarl und der Bodenkontrolle wurde nicht übertragen; aber Alfred Murray gab laufend

Berichte. „Mitbürger, Sie sehen nun Jarl Hentson, der sich mit tiefgefrorenen Lebensmitteln zur Sonde begibt. Wir hören, daß er schon einen Sauerstofftank und Wasser hinübergebracht hat. Man dachte auch an ein Funkgerät, doch das ließ sich nicht machen. Die Reichweite des in seinem Raumanzug integrierten Funkgeräts ist nicht groß genug. Wenn die beiden Schiffe sich trennen, verlieren wir den Kontakt mit ihm, es sei denn, die Sonde hat Funk, und er lernt, das Gerät zu bedienen. Er berichtet, daß er schon weiß, wie dieser Gast aus dem Weltraum zu fliegen ist."

Jodie sah, wie Jarl sich über die Kante der offenen Luke schob und im Innern verschwand. Murray fuhr fort: „Wie wir hören, meint RI, daß die Sonde eingefangen werden wollte und Hal Hentson, der RI-Präsident, habe von Anfang an recht gehabt. Übrigens, jetzt befindet er sich wegen Mißachtung des Gerichts in Orlando, Florida, im Gefängnis. Jarl Hentson, der Hal Hentsons Sohn ist – und nach dem, was wir hören, auch sein Vater, aber darüber soll nicht gesprochen werden –, hat in der Sonde eine Kamera aufgestellt, und RI hat uns einen Blick in die Sonde versprochen, ehe sich die beiden Schiffe wieder trennen und die Kamera Energie verliert. Und danach . . . Halt, hier ist der im Moment amtierende RI-Präsident, der zu uns sprechen will."

Das Bild selbst veränderte sich nicht, nur die Stimme, die nun zu hören war, klang zurückhaltender, fast stockend. Dawson schien zu wissen, wie riesengroß seine Zuhörerschaft war, und das schien ihn zu stören. „Mitbürger . . ., äh . . ., wir werden in Kürze die beiden Schiffe trennen. Deshalb ermöglichen wir Ihnen jetzt auf unserem zweiten Kanal einen Blick in die Sonde. Einiges davon ist ziemlich schwer zu verstehen." Während er noch sprach, verschwand bereits die stumpfe Sondennase vom Bildschirm und wurde ersetzt durch die Innenansicht eines anscheinend langen Zylinders. Es war fast so, als spähe man einen Gewehrlauf entlang, nur daß die Wände eine Unmenge an Geräten enthielten, deren Zweck größtenteils unverständlich war. Jarl Hentson schichtete Päckchen gefrorener Nahrung in eine Öffnung hinter einem roten Stahlblock und befestigte sie dann mit einem Klebestreifen.

„Unser Energiesystem ist mit dem ihren nicht vergleichbar, und die Kamera arbeitet nur mit einer Zuleitung aus unserem eigenen Schiff. Wir kehren jetzt wieder zur Außenkamera zurück, damit Sie beobachten können, wie Mr. Jarl Hentson die Raketen der Sonde zündet. Wenn er wegfliegt, sind dies die letzten Bilder, bis die Sonde in einen Erdorbit einschwenkt. In ein paar Minuten wird er, denke ich, fertig sein."

Dann erschien wieder das seltsam alterslose Gesicht von Alfred Murray, ehe das Bild der Außenkamera ankam. Jodie und Strobe sahen fast eine Stunde lang zu. Big Bird löste sich von der Sonde, ging auf Abstand und senkte sich gleichzeitig, aber die Sonde war weiterhin zu sehen. Ein paar von Strobes Freunden kamen und schauten ebenfalls zu. Dann zündeten die Raketen der Sonde, und der silberschimmernde Fremde schoß davon und verließ das Blickfeld der Kamera. Anschließend erzählte der väterliche Murray der Welt, das Schlimmste sei nun vorüber und mit einigem Glück könne man die beiden Schiffe in zwei Wochen in einer Erdumlaufbahn haben. Er erwähnte noch einmal, daß Harold Hentson, dieser kühne und einfallsreiche Mann, der dieses außerordentliche wissenschaftliche Abenteuer ermöglicht habe, sich jetzt in einer Gefängniszelle in Orlando befinde.

„Aber nicht lange", meinte Strobe und schaltete das Gerät ab.

„Sarcoma . . ." Diana Sharp, die hübsche schwarzhaarige frühere Geliebte von Harold Hentson, war ziemlich unsicher. „Sarcoma, meinst du, daß wir richtig gehandelt haben? Es spielt ja letztlich keine Rolle, aber war es wirklich richtig?"

„Aber natürlich!" rief Jodie. „Eine Schlacht haben wir zwar verloren, aber das heißt nicht, daß der Krieg vorüber ist. Wir können über unseren Anwalt dafür sorgen, daß Harold Jesus Hentson wegen Mißachtung des Gerichts zu ein paar Monaten verurteilt wird. Ich werde demnächst bei der Weltregierung in Genf beantragen, daß die Sonde wieder nach Hause geschickt wird. Welches Recht hatten wir, sie aufzuhalten? Und wir können geltend machen, daß Moon Eye, die Raumstation und alles übrige viel zu kostspielig sind und daß wir gutes Geld dem schlechten nachwerfen, wenn wir die Sonde herbringen und untersuchen. Wozu brauchen wir so übermäßig leistungsfähige Raketen? Mit unbemannten Raumschiffen haben wir unser Sonnensystem erforscht, und auf dem Mars sind wir auch gelandet. Hat uns das etwas genützt? Überhaupt nicht! Und was ist, wenn eines Tages die Eigentümer dieser Sonde kommen und ihre Herausgabe verlangen?"

„RI behauptet, die Sonde wollte sich einfangen lassen", warf Diana ein. „Ich habe einen Kommentar gehört, bevor ich kam, und da sagte ein Wissenschaftler von Space Benefits, an Bord der Sonde sei mit Sicherheit eine Botschaft, die erklärt, wie ihre Konstrukteure über Funk zu erreichen seien und wo wir ein riesiges Radioteleskop bauen müßten, um Informationen senden und empfangen zu können."

„Das sind doch alles nur Vermutungen", erklärte Jodie kalt. „Ich weiß nur eines, wenn Space Benefits so etwas finanziert, dann geht das Geld zu den Waffenfabriken, und die Menschen, die es brauchten, haben nichts davon. Wir haben schon bei weitem zuviel Technologie. Erst müßten wir lernen, mit dem umzugehen, was wir haben."

Diana stand auf. „Ich gehe. Mit dem, was du tust, bin ich nicht einverstanden, und in Zukunft kannst du nicht mehr auf meine Hilfe zählen. Es tut mir leid, daß ich es war, die Hal Hentson in diese häßliche Lage gebracht hat. Sarcoma, ich habe an die Ziele der FOE geglaubt, aber du hast sie zu etwas Sinnlosem und Irrem verdreht. Schau mich nicht so entgeistert an! Ich verrate nichts von dem, was ich weiß, und ich will auch nicht wie Hal im Gefängnis landen." Sie rannte davon.

Jodie schaute ihr düster nach. Das ergab ein ernstes Problem, ob sie es nun zugab oder nicht. Vielleicht war Diana noch in diesen Jesus Hentson verliebt, aber sehr viele Leute würden jetzt ihre Meinung teilen. Sie hatte nur noch zwei Wochen Zeit, Hentson doch noch aufzuhalten . . . Für einen Augenblick verloren sich ihre Gedanken an die Erinnerung der gemeinsamen Liebesnacht. Wie seltsam, daß ein so rücksichtsloser Geschäftemacher ein so sanfter, zärtlicher Liebhaber sein konnte!

„Willst du mit mir nach Genf gehen, Strobe?" fragte Jodie.

„Ich? Du lieber Himmel, das kann ich mir nicht leisten. Meinen Urlaub hab ich verbraucht, mein Geld auch. Und Jan Stugart kann vielleicht mehr für dich tun als ich."

„Möglich", antwortete Jodie, stand auf und ging in ihr Schlafzimmer. Sie war müde, schlecht gelaunt und ärgerlich. „Ich packe morgen früh. Viele Grüße an alle, und sag ihnen, sie haben trotz allem ihre Sache gut gemacht. Und bei der nächsten sich bietenden Gelegenheit zerreißen wir die Hentsons und Space Benefits in Fetzchen."

JARL saß auf dem merkwürdig gebogenen Sitz. Rechts von ihm befand sich der große Instruktionsschirm, auf dem ständig der Lehrfilm wiederholt wurde, vor ihm waren die drei kleineren Kontrollschirme, und hinter sich hatte er die Stabreihen. Die Einstiegsluke hatte er geschlossen, ehe er die Maschinen gezündet hatte. Mit der Bewegung der Sonde kam auch wieder das tröstliche Gewicht, obwohl es geringer als ein halbes g zu sein schien. Sein Rücken wurde fest genug gegen die Lehne gedrückt, daß er deren sonderbare Form als unbequem empfand. Doch das ließ sich leicht ertragen.

Der Druckanzeiger außen am Anzugärmel registrierte fast ein halbes Kilogramm. Er hatte eben das Ventil am Sauerstofftank geschlossen, und nun mußte sich bald herausstellen, ob der Druck hielt. Wenn ja, dann konnte er auf zwei Kilogramm gehen. Das war zwar eine dünne Atmosphäre, aber sie ließ sich atmen, wenn es reiner Sauerstoff war.

Jarl hatte hinter die gebogenen Wandplatten zu schauen versucht, um zu sehen, ob von dort aus Öffnungen in das riesige kugelförmige Schiffsinnere führten. Er hatte nichts gefunden. Die äußeren Wände waren ebenso wie die inneren der reinste Irrgarten von Instrumenten.

Die drei Schirme wurden von drei Außenkameras bedient. Er hatte noch nicht herausgefunden, wie das Innere der Sonde erfaßt werden konnte. Die Mittelkamera zeigte nur eine wirbelnde Wolke blauen Feuers, das nach hinten gerichtet war. Diese Kamera schien in der Nähe der Triebwerke angebracht zu sein. Die anderen waren zu beiden Seiten der Nase montiert, ziemlich weit voneinander entfernt. Auf ihnen war der

Sternenhimmel vor ihm zu sehen. Schwenkte die eine davon nach links, kam die Sonne ins Bild.

Die Bodenkontrolle hatte den restlichen Schub im Big Bird zur Veränderung der Geschwindigkeit, nicht aber der Richtung benutzt. Bevor der TV-Schirm abgeschaltet wurde, erhielt Jarl noch einen ausführlichen Flugplan, da man überzeugt war, er könne die Sonde tatsächlich fliegen. Im Moment verringerte sich die Geschwindigkeit langsam. Wenn er nach hundertsechsundfünfzig Minuten Brenndauer die Maschinen abstellte, würde er sich gerade außerhalb der Venusumlaufbahn befinden. War er an der Sonne vorbei, mußte er die Raketen wieder zünden und vier Tage lang ständig beschleunigen. Die Maximalgeschwindigkeit der Sonde verkürzte die Zeit für den weiten Bogen um die Sonne. Danach folgten sieben Tage der Geschwindigkeitsabnahme bis zur Erdnähe. Es war nicht möglich, die genaue Ankunftsgeschwindigkeit im Computer zu errechnen, doch man war überzeugt, die Sonde würde dann langsam genug sein, um in den Erdorbit einschwenken zu können.

Drei Minuten waren vergangen, und noch immer zeigte das Druckmeßgerät ein halbes Kilo an. Viel zu bedeuten hatte das nicht, doch er konnte hoffen, daß der Zylinder so gut isoliert war, wie es schien. Der schwere Raumanzug machte ihm nämlich allmählich doch zu schaffen. Nach einer Stunde konnte er sicher sein, daß der Zylinder dicht war. Irrte er, so würde er bald tot sein.

Hatte er überhaupt das Recht, sein Leben zu riskieren? Vielleicht hatten die Gnome seine Bedürfnisse vorausgeahnt und einen Zylinder eingebaut, der jede Gasmischung enthielt, die ein Besucher brauchte. Dann mußten aber die Stäbe, die Schirme und alle anderen Gegenstände aus einem sehr passiven Material hergestellt sein, damit korrosive Gase wie Sauerstoff keine Reaktionen auslösen konnten.

Er vermutete, daß der Gnom zu den Sauerstoffatmern gehörte. Zwischen ihm und den Menschen gab es mehr Ähnlichkeiten als Unterschiede. Was eine mikrobiologische Untersuchung ergeben könnte, war reine Vermutung. Hatten sie all ihre Vorbereitungen so sorgfältig getroffen, wie es der Fall zu sein schien, dann würde der kleine Raum jede Atmosphäre halten, und er konnte den Raumanzug ablegen.

Jarl konnte nicht voraussehen, was im Programm der Sonde stand, nachdem ein intelligentes Wesen den Raum für die manuelle Kontrolle betreten hatte. Es war jedoch unwahrscheinlich, daß die Sonde den Kurs ändern und auf einem anderen Planeten landen würde.

Also stand er wieder am Anfang. Verstand er wirklich die fremden Denkprozesse gut genug, um das Risiko eingehen zu können?

Jarl war überzeugt davon. Er öffnete also das Handventil des Sauerstofftanks, soweit es ging, und wartete, bis der Druck zwei Kilo erreicht hatte. Dann drehte er es zu und stieg aus dem Raumanzug. Es hatte keinen Sinn, auf die Stabilisierung zu warten. Jetzt schon hatte er entweder gewonnen – oder verloren. Es war gut, den Anzug nicht mehr tragen zu müssen. Nach einer Stunde hatte sich der Druck etwas unterhalb von zwei Kilo stabilisiert, und Reaktionen am Material in der Sonde ließen sich nicht erkennen.

Nun konnte er nur noch warten, bis er die Maschinen abzustellen hatte. Er nutzte die Zeit, um das Programm mit den Stäben noch einmal durchzuspielen, soweit es ihm bekannt war. Mit einem Stab kam plötzlich ein ganz neues Programm auf den Schirm: Die Sonde befand sich im Orbit um eine riesige, rötlich gefärbte Welt und bereit, die Umlaufbahn zu verlassen. Aber da begann sie sich aufzulösen; sie brach in anscheinend vorbereitete Teile auseinander. Kleine Schiffe eines völlig anderen Baumusters erschienen und holten die Teile zurück auf die Planetenoberfläche. Da begriff Jarl, daß diese Leute ihm ihre Geschichte von der Gegenwart in die Vergangenheit vorführten, nicht in der chronologischen Reihenfolge, die menschliche Sitte war. Er machte sich daran, noch einiges dazuzulernen.

MONTAG, 27. Juni 2011. „Gehen wir, es ist schon nach vier", sagte Sanderson und schleppte seine Klappleiter durch dichtes Buschwerk zu dem hohen Zaun. Jodie folgte, schaute sich aber immer wieder besorgt um. Der bärtige junge Ingenieur hatte ihr versichert, der Posten in der Abschußkontrolle sei FOE-Mitglied, der sie zwar auf dem Schirm sehe, aber keine Meldung erstatten werde. Den Patrouillen mußten sie natürlich ausweichen.

Sanderson legte die Leiter an und kletterte rasch über den Zaun. Jodie folgte ihm. Er holte die Leiter nach innen, klappte sie zusammen und versteckte sie unter einem auffälligen Busch.

Um die Morgenstunde arbeiteten nur ein paar Techniker an der Rampe, um die letzten Vorbereitungen zu treffen. Der Start des Big Bird war für 11.37 Uhr angesetzt. Jodie und Sanderson trugen die weißen Overalls der Techniker, so daß sie kaum Mißtrauen erregten, wenn sie erst einmal auf dem Gelände waren.

Mit dem Lift fuhren sie zum Weißen Saal hinauf, der im Schwingarm zwischen Abschußturm und Raumschiff lag. Niemand begegnete ihnen unterwegs. Eine kleine, rundliche Frau, die das Haar sauber unter einer weißen Kappe versteckt hatte, arbeitete an einer TV-Kamera. Sie warf Jodie und ihrem unverhüllten roten Haar einen neugierigen Blick zu, sagte aber nichts, als Sanderson sie zu einer engen Luftschleuse und in die Pilotenkanzel führte. Natürlich wäre es besser gewesen, wenn Jodie ihre rote Perücke versteckt hätte, aber irgendwie mußte sie ja noch an Sarcoma erinnern.

„Meinst du, daß sie uns meldet?" fragte Jodie, als sie außer Hörweite der Frau waren.

„Unwahrscheinlich. Sie repariert ja nur die Kamera."

Sanderson kniete im hinteren linken Winkel der Pilotenkanzel und löste eine Wandplatte ab. Jodie sah dahinter einen Kabelträger mit vielen dicken schwarzummantelten Drähten. Im Hintergrund dieses Wandraumes verschwanden die Kabel durch luftdichte Ösen, die zusätzlich noch mit Kappen und Bolzen gesichert waren.

Jodie kroch in die Öffnung. Als sie flach an der Wand lag, blieb noch genug Platz für Sanderson. Er kroch neben sie und brachte mit einem Handgriff einen großen Magneten an der Stahlplatte an, die er wieder an ihren Platz zog. Daran befestigt war eine Taschenlampe, die er mit Klebestreifen sicherte. Die Plattenränder dichtete er ebenfalls mit Klebestreifen ab.

„Wir müssen uns ganz ruhig verhalten, wenn der Pilot kommt, aber bis dahin können wir uns im Flüsterton unterhalten", erklärte ihr Sanderson leise. „Ein bißchen eng wird es ja werden, aber Sauerstoff bekommen wir durch die Kabelführungen genug. Jetzt können wir nur noch hoffen, daß niemand außen an der Platte die nackten Bolzen sieht."

Es war ziemlich unbequem. Nur wenn sich Jodie auf die Seite drehte, konnte sie die Tuchfühlung mit Sanderson vermeiden. Er sah zwar gut aus und war sympathisch, aber sie mochte keine aufgezwungenen körperlichen Kontakte, egal mit wem.

„Das werden ungemütliche sieben Stunden", flüsterte Jodie.

„Geht nicht anders. Versuch doch zu schlafen. Du mußt sowieso hundemüde sein nach dem gestrigen Flug von Genf hierher."

„Bin ich auch", gab sie zu. In der Schweiz war sie ständig auf den Beinen gewesen, um eine vernünftige Demonstration zu veranstalten, aber die war dann trotzdem ein Mißerfolg geworden. Die ganze Welt schien diesen Gott Hentson anzuhimmeln, weil er die Sonde eingefangen hatte, um die Sonne geflogen und nun auf dem Rückweg zur Erde war.

Jodie döste dann doch ein wenig, und als sie etliche Stunden später aufwachte, schlummerte Keith Sanderson friedlich wie ein sattes Baby neben ihr. Sie legte ein Ohr an die Platte, aber draußen war alles still. Es war fast neun Uhr. Trotz eines dringenden Bedürfnisses schlief sie wieder ein, und als sie aufwachte, lag Sandersons Hand auf ihrem Mund.

„Scht, der Pilot ist da. In dreißig Minuten starten wir", wisperte er.

Ihre Blase war jetzt so voll, daß sie sich sehr unbehaglich fühlte. Irgendwie verging dann aber doch die Zeit, und dann füllte sich der enge Raum plötzlich mit einem röhrenden Donner. Als die Rakete abhob, glaubte Jodie, das riesige Ding müsse sich in sämtliche Einzelheiten auflösen. Sie wußte, daß dies eine billig hergestellte Rakete war, die nach einem einzigen Flug ausgedient hatte. Der Big Bird lud seine Fracht in der Raumstation ab, kehrte in die Atmosphäre zurück und ließ die leeren Brennstufen und sonstige Teile in einen Ozean fallen.

Der Pilot dockte an einer Raumfähre an, die wie ein Flugzeug auf der Erde landen konnte.

Nach zwölf Minuten hörte das Donnern der Rakete auf. Sanderson riß sofort den Klebestreifen von den Plattenrändern, dann schob er mit dem Magneten die Platte nach außen, hielt sie mit einer Hand fest und kroch durch die Öffnung. Er hatte schon zwei Reisen zur Raumstation gemacht.

Jodie folgte ihm, prallte dabei schmerzhaft mit den Hüften an die harte Wand und klammerte sich an den nächsten greifbaren Vorsprung, um sich auf die Füße zu ziehen. Der Pilot hatte sich umgedreht und musterte die beiden entgeistert. Eifrig sprudelte er einen Bericht in sein Helmmikrofon. Jodie riß einen Taschenreißverschluß auf und zog ihre kleine Pistole, mit der sie ihm zu schweigen signalisierte. Sie sah, daß sich seine Lippen nicht mehr bewegten, aber er hatte schon von den Eindringlingen berichtet. „Nehmen Sie den Helm ab!" befahl sie laut.

Für so kurze Flüge blieben die Piloten meistens im Raumanzug, obwohl sie in ihrer Kanzel genügend Atemluft hatten. Langsam hob er die Hände. Sanderson half ihm, und eine Minute später war der Helm abgenommen und in einem Schrankabteil verstaut.

„Wer, zum Teufel, sind Sie, und was wollen Sie hier?" herrschte der Pilot sie an.

Jodie lächelte ihn süß an. „Sagen Sie ruhig Sarcoma zu mir. Mein Freund heißt Ken. Und was wir wollen, ist ganz einfach. Wir wollen zur Sonde, Jarl Hentson herausholen und sie wieder auf den Weg schicken. Sie werden uns dabei helfen."

„Zum Teufel, das werde ich nicht tun!"

Jodie hob die Pistole und zielte. „Sie werden tun, was wir sagen, oder Sie sind ein toter Mann. Ken kann diese Rakete fliegen, wenn es nötig ist. Sie sind damit entbehrlich. Entweder Sie versprechen, mit uns zusammenzuarbeiten, und wir kehren alle zur Raumstation zurück, oder ich erschieße Sie, und wir versuchen allein fertig zu werden. Also, wie entscheiden Sie sich?"

Der Pilot musterte sie lange, sah, daß sie nicht bluffte, und griff langsam nach dem Schalter an der Konsole, der den kleinen Schirm abschaltete, auf dem der Mann von der Bodenkontrolle heftig gestikulierte.

„Ich habe schon ein Programm für die Begegnung ausgearbeitet", erklärte Sanderson und entnahm seiner Tasche eine Scheibe. „Ich bin kein Astronaut, aber ich kann die Instrumente für den Kontakt bedienen. Wir werden es schaffen – mit oder ohne Sie."

Denbow, der Pilot, zuckte die Achseln und wandte sich wieder seiner Konsole zu. „Okay, Sie haben mich überzeugt. Aber ich halte Sie trotzdem für verrückt. Sie werden höchstens bewirken, daß wir gegen die Sonde knallen."

„Dieser Flugplan ist sehr sorgfältig ausgearbeitet. Wir haben ausreichend Treibstoff an Bord für etwa vier Millionen Kilometer, so daß wir mit der Sonde Kontakt aufnehmen, wenn sie hereinkommt. Sobald wir Gott Hentson rausgeholt haben, machen wir die Maschine unbrauchbar. Sie wird in einem ausreichenden Abstand an der Erde vorbeifliegen, während wir zur Raumstation und von da zur Erde fliegen."

„Es gibt keine weitere Rakete auf der ganzen Erde, die jetzt noch die Sonde erreichen könnte. Der nächste Big Bird ist erst in einer Woche flugbereit", fügte Jodie hinzu.

„Sie meinen also, Sie können die Erde um diese Sonde betrügen, was? Ah, jetzt kann ich mich an Sie erinnern. Sie haben doch diesen Verein von Schwachköpfen zur Rampe geführt, um den Abschuß zu verhindern! Das ist Ihnen nicht gelungen, und auch diesmal wird Ihnen nichts gelingen."

„Geben Sie lieber das neue Flugprogramm in den Bordcomputer, und überlassen Sie's uns, darüber nachzudenken", sagte Sanderson. Er versuchte hart und eklig zu erscheinen, doch es gelang ihm nicht ganz. Denbow sah Jodie an, zuckte die Achseln und tat, was Sanderson befohlen hatte.

XIV

MONTAG, 27. Juni 2011. „Das ist doch unglaublich!" rief Harold Hentson.

Pat Pajick zog eine Grimasse. „Es ist aber wahr, Hal. Wilson hat mich eben angerufen. Ein paar von diesen FOE-Fanatikern ist es gelungen, sich in der Frachtrakete zu verstecken. Unsere

Bodenkontrolle bekam sie ganz gut zu sehen, ehe die Kamera abgeschaltet wurde. Die Frau war diese Rothaarige, die sich selbst Sarcoma nennt."

Harolds Visiphon schrillte. „Was ist?" fragte er die grauhaarige Sekretärin, die auf dem Schirm erschien.

„Hal, wir haben eben einen irren anonymen Anruf erhalten. Diese Person sagte, Alfred Murray würde gleich eine Sondermeldung durchgeben, die Sie unbedingt hören müßten."

„Okay. Danke, Marge. Wir schalten ihn ein."

Harold holte seinen Bildschirm aus der Tischplatte und schaltete die Nachrichten ein. Zwei Minuten später lauschte er der väterlichen Stimme Alfred Murrays, der einen von Sarcoma verfaßten Aufruf ablas. Es war eine Erklärung darüber, daß sie die Absicht habe, die illegal von der RI abgefangene Sonde aufzuhalten, den geistig zurückgebliebenen Sohn des Präsidenten Hal Hentson von Bord zu holen und ihn sicher zur Erde zurückzubringen. Die Sonde würde man dann mit ausreichender Geschwindigkeit aus dem Sonnensystem schicken. Damit würde man der Menschheit einen unverantwortlichen Versuch der Raumfahrtlobby und den Steuerzahlern viele unnütz in die Raumfahrt gepumpten Milliarden ersparen.

„Wer hat diese beiden an Bord der Rakete gehen lassen?" verlangte Harold zu wissen.

„Das weiß niemand, Hal. Der Posten an den Überwachungsschirmen hat vergangene Nacht nichts bemerkt. Eine Technikerin, die im Weißen Saal eine Kamera reparierte, sah sie zwar kommen, aber sie konnte nicht wissen, ob die beiden zu den autorisierten Leuten gehörten. Der Mann bei Sarcoma war einer von unseren Angestellten, der Zugang zu den Flugplänen hat. Ich habe den Sicherheitsdienst beauftragt, von der Bodenkontrolle seine Beschreibung zu erfragen und ihn herauszufinden."

„Gut. Und wenn das vorüber ist, müssen wir bei RI mit eisernen Besen auskehren. Ich will, daß der Sicherheitsdienst alle Leute überprüft, die irgendwie mit Abschußoperationen in Verbindung zu bringen sind, vom Hausmeister angefangen bis zur Spitze. Jeder, der auch nur entfernt mit einer Organisation zu tun hat, die gegen das Raumfahrtprogramm arbeitet, wird versetzt. Gefeuert wird keiner, der aus Überzeugung dagegen ist, denn das wäre ungesetzlich, aber wir können sie von den kritischen Stellen entfernen."

„Wir können es wenigstens versuchen", erwiderte Pat.

„Verdammt, man kommt sich so hilflos vor! Gibt es denn sonst gar nichts, was wir tun können? Was meint Raoul Stone dazu, ob es möglich wäre, von der Bodenkontrolle aus einzugreifen? Können wir die Rakete von hier aus umdrehen?"

„Wilson sagt, es besteht keine Aussicht. Die Rakete fliegt nach einem programmierten Flugplan, der sie von der Bodenkontrolle unabhängig macht. Und irgendwie haben sie dem Bordcomputer einen neuen Flugplan mit der von ihnen benötigten Flugroute eingegeben."

„Dann bleibt uns wohl nichts übrig, als abzuwarten." Harold fühlte sich auf äußerst unbehagliche Art hilflos. Ähnlich war es ihm in den drei Tagen seines Gefängnisaufenthaltes gegangen – so lange hatte Fred gebraucht, um seine Entlassung durchzusetzen. Der Gefängnisaufenthalt war ein Erlebnis, das ihm schwer zu schaffen machte, viel schlimmer als der eine Tag, den ihn die FOE-Leute in der Wohnung eingesperrt hatten. Damals hatte er seinen eigenen Kampf gekämpft, aber im Gefängnis konnte er sich nur auf Fred Buck und dessen Leute verlassen. Der Gedanke, daß er vielleicht Monate hinter Gittern verbringen mußte, bereitete ihm schlaflose Nächte. Immer wieder überlegte er, was er hätte tun können oder nicht tun sollen, um den Gefängnisaufenthalt zu vermeiden, und nie fand er eine andere Möglichkeit, wie er hätte handeln können. Daß er selbst den Starthebel umgelegt hatte, war geschehen, um alle RI-Angestellten vor dem Vorwurf der Illegalität zu schützen. Daß er sich dabei der Mißachtung des Gerichts schuldig machte, war seine eigene Angelegenheit.

Der Richter hatte ihn zu einem Monat Gefängnis verurteilt. Das Urteil konnte höchstens für drei Tage ausgesetzt werden, doch Harold hatte gehofft, er würde am Abend wieder frei sein. Nur Jarls Erfolg im Raum hatte ihn vor einem Jahr Gefängnis bewahrt. Und jetzt konnte sein Triumph von zwei Narren ruiniert werden, die ihr Leben riskierten, um die Sonde aufzuhalten.

Zwei Narren und Fanatiker. Auch er und seine engsten Mitarbeiter bei RI waren Fanatiker, nur auf der Gegenseite. Harold war von der Richtigkeit seiner Handlungsweise überzeugt, aber die FOE-Leute waren es auch. Man mußte zu einem besseren gegenseitigen Verständnis finden, um das Beste für die Menschheit tun zu können. Die Umweltschützer hatten für die Reinhaltung von Luft und Wasser erstklassige Arbeit geleistet, die nun nicht wegen sinnloser Attacken auf Technik und Wissenschaft untergehen durfte.

„Hal, diese beiden Piraten bekommen es bald mit Jarl Hentson zu tun", erinnerte ihn Pat Pajick. „Und mit dem werden sie's nicht leicht haben."

Aber Jarl spürte schon, wie es ihm immer schwerer fiel, die Sonde zu fliegen, weil seine geistige Leistungsfähigkeit anscheinend nachzulassen begann.

Das war ziemlich unangenehm. Manchmal trieben Kindheitserinnerungen durch seine Gedanken. Gelegentlich sah er verschwommene, wolkige Bilder von Gegenständen, die er nicht erkannte, von Spielsachen, die er nie gehabt, von Orten, die er nie gesehen hatte. Oft sah er verschwommen Lilys Gesicht vor seinen Augen, manchmal das von Hal, immer wieder das von Robert Brown. Mit Lilys Gesicht war ein Gefühl von Wärme und Liebe verbunden, mit Hal eine Mischung aus Liebe und Vorsicht, mit Robert ruhiges Akzeptieren.

Diese Eindrücke überfielen ihn, als er historische Bildaufnahmen studierte, und plötzlich bemerkte er, daß er einen beträchtlichen Teil davon gar nicht aufgenommen hatte. Und da wurde ihm klar, daß seine Wahrnehmung der realen Umwelt nachzulassen begann. Innerlich gab es keine klare Unterscheidung mehr zwischen seinem Geist und dem des jungen Jarl, keinen Kampf um Bewußtsein und Selbstkontrolle. Manchmal flossen Wesenszüge von beiden ineinander, um eins zu werden.

Jarl begann sich zu überlegen, wie das Endergebnis aussehen mochte.

Er hatte wenig zu tun. Die Raketen der Sonde würden brennen, bis sie in einen elliptisch stark abgeflachten Orbit um die

Erde einschwenkte. Seine Heimatwelt konnte er schon als kleine blaue Kugel in der Ferne erkennen, die sich ständig vergrößerte. Seine wichtigste Aufgabe war es, rechtzeitig die Maschinen der Sonde abzustellen. Das ging nur auf Sicht. Dann würde er in weiteren zwei Tagen zu Hause sein. Oder das, was von ihm noch übrig war.

Aber die Sonde war wenigstens gerettet, wenn er noch genug Vernunft hatte, rechtzeitig auf den richtigen Stab zu drücken. Und dann gehörte die Sonde mit allem wunderbaren in sie gepackten Wissen der Menschheit. Strubbelkopf Harold hatte letzten Endes da, worauf es ankam, eben doch recht behalten. Und dieser Erdenbesucher war unbezahlbar! Jarl hatte viele Stunden damit verbracht, die umfangreichen Bildaufzeichnungen zu studieren, und jede neue Aufzeichnung ließ ihn mehr staunen. Gleich zu Beginn des Programmes hatte der freundliche Gnom ein sehr kompliziertes Diagramm von Sternpositionen gezeigt, aus dem ein Astronom vermutlich auf seinen Heimatstern schließen konnte. Jarl allerdings konnte nichts damit anfangen. Dann gab es ein vereinfachtes Diagramm über eine superfeine Transition zwischen parallelen und antiparallelen Protonen- und Elektronenspins des Wasserstoffatoms, und Jarl erkannte die winzigen Strahlungsblitze, die davon ausgingen. Die Wellenlänge mußte etwa 21 Zentimeter betragen, das wahrscheinlichste „universelle Signal". Dann waren also 1,420 Megahertz die Frequenz, auf der man eine interstellare Verständigung versuchen mußte, wie man seit langem vermutete. Die Gnome hatten nicht nur die Lage ihrer Heimatwelt gezeigt, sondern auch die Frequenz angegeben, auf der sie Anrufe anderer Welten erwarteten.

Es gab noch viel mehr, so unglaublich vieles, daß die besten Köpfe der Erde viele Jahre dazu brauchen würden, es zu verstehen. Und die zu bergenden Schätze waren nicht nur für Physiker, Ingenieure und andere Techniker interessant. Es gab einen unbeschreiblichen Reichtum historischer Daten; allein das künftige Wissen des Menschen von fremden Welten und Spezies ließ sich nicht hoch genug einschätzen. Neue Denkweisen müßten sich daraus ergeben, völlig andere Auffassungen und Ziele. Auch neue Religionen, überlegte Jarl, der darüber laut lachte, weil dann der Mensch einen völlig anderen Platz im Universum einnehmen würde. In ein paar Jahren würden vielleicht die Fanatiker, die den Start des Big Bird zum Einfangen der Rakete verhindern wollten, die Vorkämpfer neuer Bewegungen sein, die voll Hingabe die Zeremonien der allweisen Fremden übten.

Dann döste Jarl etwas ein und erwachte ein wenig verwirrt, da er seine Wahrnehmungen und Erinnerungen nicht mehr klar sortieren konnte. Mama war schon lange weg; und er wünschte, Hal möge ihn besuchen. Ob ihn Robert wohl gern hatte? Manchmal glaubte er es, doch oft schien sein Geist bei ganz anderen Dingen zu weilen, während er mit ihm spielte.

DIENSTAG, 28. Juni 2011. „Da ist sie", sagte Denbow.

Jodie schaute durch das vordere Fenster und sah ein silberfarbenes Ei, das vor der riesigen Wolke blauen Feuers winzig wirkte. Die Rakete flog nun seit mehr als sieben Stunden mit Antrieb, und Jodie war hundemüde, obwohl sie länger als Sanderson im Kopilotenstuhl gesessen hatte. Mit dem Stuhl hatten sie sich abwechseln müssen, und es war noch viel ermüdender, wenn sie mit ausgestreckten Beinen flach auf dem Boden sitzen mußte.

Sanderson hatte vorsorglich zwei Ruheperioden im Flugplan vorgesehen. Die ungewöhnlich lange Brennzeit war nötig gewesen, um die eigene Geschwindigkeit jener der Sonde anzugleichen. Aber jetzt war das Ziel in Sicht, und sie hatten noch reichlich Brennstoff für die Phase der Geschwindigkeitsabnahme und den Eintritt in die Erdumlaufbahn.

Denbow schaltete den Hauptantrieb aus, bediente sich der Steuerrakete und flog nach Sicht. Ihre Geschwindigkeit überstieg die der Sonde nur unwesentlich. Da das andere Raumschiff bereits zunehmend langsamer flog, konnte er den Big Bird wahrscheinlich vor der Sonde halten, doch für das Rendezvous war wohl eine kurze Zündung vorteilhafter.

„Wie kommen Sie auf die Idee, daß Jarl Sie einläßt?" fragte Denbow Jodie, als die Entfernung zur Sonde immer geringer wurde.

„Er hat doch keine Verbindung zur Erde mehr, seit er die Einstiegsluke hinter sich geschlossen hat, und wird denken, Sanderson sei ein Astronaut, den man mit einem Auftrag zu ihm heraufgeschickt hat. Warum würde RI sonst einen Big Bird opfern? Hoffentlich stellt er die Maschinen ab, damit für uns der Kontakt leichter wird. Er muß ja wieder in den Raumanzug steigen, wenn er die Luke öffnet, und dann brauchen wir ihn nur zu zwingen, zu uns herüberzukommen. Die Sonde fliegt dann in einer halben Million Kilometer Entfernung an der Erde vorbei und verläßt sehr bald das Sonnensystem."

„Glauben Sie vielleicht, wir haben uns das nicht alles genau überlegt?" fragte Sanderson, der jetzt einen Raumanzug trug.

„Überraschen würde mich nichts", antwortete Denbow verächtlich.

„Immerhin helfe ich beim Aufstellen der Programme, nach denen Sie fliegen, und das unsere hab ich selbst gemacht. Wir wissen, was wir tun."

„Das bezweifle ich." Denbow sah Jodie an, die sich mit dem Rücken an der Luftschleuse abstützte. Sie hatten in der Kabine weniger als ein g, und dies war Jodies erste Raumreise. Sie litt sehr unter einem Gefühl der Desorientierung, weil sie nicht mehr wußte, was oben und unten, senkrecht und waagerecht war. Sie stemmte sich gegen den Zug der Beschleunigung, indem sie ihren Körper in Beziehung zu dem, worauf sie stand, aufrecht hielt.

Jodie hatte noch immer die Pistole in der Hand, und beide gemeinsam hatten Denbow ununterbrochen bewacht. Bis jetzt hatte er sich vernünftig gezeigt.

„Sie sollten lieber davon überzeugt sein, daß wir wissen, was wir tun, Denbow, denn wir sind irre Fanatiker", sagte Jodie. „Wenn wir Jarl Hentson nicht aus der Sonde herausholen und zur Erde zurückbringen können, wäre es durchaus möglich, daß wir die Sonde rammen und beide Schiffe zerstören."

„Deshalb habe ich ja bisher mitgespielt. Ich habe mich nie als Märtyrer gefühlt", erwiderte Denbow.

„Sie sind also kein hoffnungsloser Fall. Kommen Sie doch zu unserem nächsten Treffen. Sie wären der erste Astronaut, der bei uns Mitglied wird."

Denbow schwieg. Sie flogen nun den gleichen Kurs wie die Sonde und näherten sich ihr sehr schnell. Plötzlich flackerte die große blaue Feuerwolke und erstarb.

„Ha, was habe ich gesagt?“ rief Jodie. „Gott Hentson stellt seine Maschine ab. Wetten wir, daß er Sanderson hineinläßt? Es ist alles vorüber, bis auf das Geschrei.“

Denbow schaltete nun plötzlich alle Antriebsraketen ab und mußte mit den Steuerraketen voll auf Rückstoß gehen. Sie „standen“ nur wenige Meter vor der Nase der Sonde entfernt. Jodie sah, daß Denbow schwitzte. Sie waren also nur knapp einem Unglück entgangen. Wäre Sanderson an der Konsole gewesen, hätten sie wohl Sekunden später das Silberei tödlich gerammt.

Damit wäre natürlich die Geschichte auch zu Ende gewesen, aber so hatte es sich Jodie bestimmt nicht gewünscht. Sie wollte ebensowenig wie Denbow die Märtyrerin spielen. Dieser Abfangversuch war Sandersons Idee. Sie wäre nicht mitgekommen, hätte er ihr nicht versichert, daß alles absolut ungefährlich sei.

Wenn man sie nämlich erwischte, wurde sie bestimmt ins Gefängnis gesteckt, weil sie aus eigener Machtvollkommenheit den Big Bird kommandiert hatte. Der FOE-Anwalt hatte ihr zwar versichert, einen gesetzlichen Eigentümer der Sonde gebe es nicht, also könne man sie nicht belangen, wenn sie diese wieder weiterschickte, aber sie glaubte nicht mehr ganz daran.

„Bist du soweit?“ fragte sie Sanderson; er nickte. In der Schwerelosigkeit waren die Bewegungen nicht leicht zu kontrollieren, aber er schaffte es zur Luftschleuse. „Denbow“, sagte Jodie zum Piloten, „ich möchte Ihnen sagen, daß ich Sie bei der geringsten feindlichen Bewegung erschieße. Wenn Sanderson nicht in ein paar Minuten wieder lebend und gesund vor uns erscheint, wird es Ihnen schrecklich leid tun.“

Denbow schaute sie nur an, sagte aber nichts, sondern legte an seiner Konsole ein paar Schalter um. Von der Schleuse her klirrte etwas Metallisches, und dann sah Jodie ihren Piratenkollegen durch das Seitenfenster. In einer Hand hielt er einen sehr kleinen Handraketensatz, mit dem er steuern konnte. Während sie ihn beobachtete, veränderte er die Stellung dieser

Rakete im Verhältnis zu seinem Körperschwerpunkt und ging in eine langsame Drehbewegung über.

Sofort stellte Sanderson die Rakete ab und richtete sich auf. Nun drehte er sich zwar noch, näherte sich aber der Sonde. Dort prallte er härter auf als beabsichtigt und wurde wie ein Gummiball zurückgeworfen. Doch wenig später gelang es ihm, mit seinen magnetischen Schuhen an der Metallhaut Halt zu finden, und er richtete sich auf. Da aber die Drehbewegung anhielt, verlor er den Raketensatz, und Jodie sah, wie er in den Raum trieb.

Sie hörte hinter sich ein Geräusch und drehte sich um, fand irgendwo Halt und hob ihre Pistole. Denbow streckte die Hand aus, um die Waffe wegzuschlagen, doch sie schoß automatisch und ohne etwas dabei zu denken . . .

JARL wartete, bis er den Astronauten an die Raketennase hämmern hörte, und drückte den Stab nach unten, der Mittelschacht und Luke bediente.

Es war mühsam gewesen, allein den Raumanzug anzuziehen, als der Big Bird sich näherte. Er ahnte nicht, was der Anlaß zu diesem Rendezvous sein könnte.

Weil die Luft schon etwas verbraucht war, prüfte Jarl nach, wieviel Atemluft er noch hatte, und stellte fest, daß sie für eine Neufüllung reichte. Viel Spielraum blieb ihm dann allerdings nicht mehr, weil er den Druck von null aus wieder aufrichten mußte.

Vielleicht war jemand auf die Idee gekommen, er könnte zu wenig Sauerstoff haben? In diesem Fall fand er es aber merkwürdig, daß der Astronaut keinen Reservetank mitgebracht hatte. Doch wenn ihm der Astronaut keinen Sauerstoff brachte, weshalb gab man dann ein Vermögen aus, um den Big Bird heraufzuschicken?

Der Druck in der Sonde war gering, aber der Luftstrom war doch spürbar, und Jarl fürchtete schon, die ausströmende Luft könne den Astronauten wegtreiben. Er versuchte eine Funkverbindung herzustellen, doch er bekam keine Antwort. Waren vielleicht seine Batterien schwach geworden? Eigentlich unmöglich. Aber warum meldete sich der Astronaut nicht?

Als die verbrauchte Luft ausgeströmt war, machte Jarl die Luke weit auf. Einen Moment später kam der Helm in Sicht. Komisch, daß der Mann einen dichten schwarzen Bart hatte. Das war doch bei Astronauten nicht üblich! Der Ankömmling schob sich in die Luke, sah den Schacht mit den Handgriffen und hielt sich mit den Beinen daran fest. Dann öffnete er einen Reißverschluß an seinem Bein – und holte eine Waffe heraus.

„Mr. Hentson, es tut mir leid, aber ich muß Sie erschießen, wenn Sie nicht freiwillig mit mir kommen. Leisten Sie keinen Widerstand!"

Jarl konnte sich nur noch wundern, was ihm in letzter Zeit alles zugestoßen oder begegnet war. Das konnte doch nur eine kindische Vorstellung seines Enkelsohnes sein. War der Junge etwa aus seinem Zustand des Halbtraumes erwacht? Aber ein Adrenalinstoß führte ihn schnell in die Wirklichkeit zurück.

Der Astronaut und die Pistole waren echt. „Was soll das bedeuten?" fragte er über das Helmmikrofon. „Wer sind Sie? Und was wollen Sie hier? Warum gaben Sie keine Antwort, als ich Sie rief?"

Der Bärtige lächelte. „Ich wollte nicht mit Ihnen reden, weil ich keine Zeit hatte, mir eine gute Geschichte auszudenken. Mr. Hentson, ich bewege mich nun ein wenig zur Seite. Sie gehen an mir vorbei zur Luke und hinaus. Berühren Sie kein Instrument. Ich will, daß diese Maschinen nicht mehr eingeschaltet werden."

„Warum? Was wollen Sie damit erreichen? Und weshalb wollen Sie der Erde diese Sonde vorenthalten?"

„Das ist eine lange Geschichte, Mr. Hentson. Ich gehöre nur einer anderen Denkrichtung an. Ich kenne beide Seiten und habe mich für meine jetzige entschieden, obwohl ich für die andere erzogen wurde. Über Philosophie können wir auf dem Rückweg reden. Wenn Sie wollen, daß der Körper Ihres Enkelsohnes gesund und sicher zur Erde zurückkehrt, dann vermeiden Sie es tunlichst, daß ich ein Loch hineinschießen muß."

„Sie scheinen hier zu bestimmen." Jarl zog sich langsam den Schacht entlang. Der Bärtige drückte sich zur Seite und ließ ihn vorbei.

An der Luke drehte sich Jarl um und wandte den Rücken

dem Schacht zu. Er hatte gesehen, daß der Bärtige ihm folgte. Draußen tat er mit seinen Magnetschuhen vier rasche Schritte um die Öffnung herum. Er hatte richtig vermutet: Der Pirat kam über den unteren Rand der Luke und versuchte offensichtlich, so schnell wie möglich von Jarl wegzukommen, damit ihn dieser nicht erreichen konnte. Die Pistole hatte er noch in der Hand.

Jarl fühlte, wie sein Herz klopfte. Er war hellwach und konnte klar denken. Die Aufregung hatte die störenden Erinnerungen seines Enkels weggewischt und seinen Geist geklärt.

Der Pirat kam so heraus, als erwarte er, seinen Gefangenen vor sich zu sehen, aber Jarl befand sich hinter ihm. Er schlug ihm so kräftig auf den Arm, daß die Waffe davontrieb. Der Mann griff danach, bekam sie aber nicht zu fassen, machte heftige, unkontrollierte Bewegungen, um Halt zu finden, und knallte gegen die Luke, so daß er in einer langsamen Drehbewegung vom Schiff wegtrieb.

„Hilfe, ich kann nicht anhalten! Hilfe! Hilfe!"

Jarl versuchte den anderen zu erreichen, zögerte dann aber. Diese Anzüge hatten keine eingebaute Hilfsrakete, und wenn nicht ein sehr aufmerksamer Pilot im Big Bird aufpaßte, trieben sie beide davon und wurden nie wieder gefunden.

„Hören Sie genau zu!" schrie Jarl in sein Helmmikrofon. „Ziehen Sie den linken Handschuh aus. Schnell! Reißen Sie das innere Handsiegel von Ihrem Urinabfluß, bis er tropft. Aber schnell, beeilen Sie sich! Es geht! Wenn Sie die Drehbewegung stoppen, können Sie sich aufrichten und dieses Leck wie eine Kleinrakete benutzen, mit der Sie hierher zurücktreiben können. Sie können den Fluß kontrollieren, indem Sie mit Ihrer rechten Hand nachhelfen."

„Ich . . . kann nicht . . .", jammerte der andere. „Der Handschuh sitzt zu fest. Ich bekomme ihn nicht weg. Wie soll ich das mit einer Hand schaffen? Helfen Sie mir doch!"

Jarl wollte erst seinen eigenen Handschuh abstreifen, ließ es dann aber. Das, was er dem anderen gesagt hatte, stand in keinem Handbuch, sondern war ein Ergebnis eigener Erfahrung. Der jüngere Mann war offensichtlich kein Astronaut und begriff den Vorgang deshalb nicht. Und Jarls Luftvorrat war sehr gering. Er müßte ungeheures Glück haben, wenn er die entschwebende Gestalt erreichen und dann noch sicher zurückkehren wollte.

„Ich kann nicht zu Ihnen kommen, ich habe keine Luft mehr! Tun Sie doch das, was ich sagte, bevor Sie Benommenheit spüren. Schnell!"

„Ich ... bin schon ... benommen ... Ich kann ... nicht ..."

„Hallo, Big Bird! Hört ihr mich?" Von der Pilotenkanzel der Rakete war noch kein Wort zu hören gewesen, aber Jarl mußte es versuchen. „Ein Mann treibt da draußen, fast direkt von der Sonde weg. Könnt ihr ihn hereinholen? Ende."

Antwort bekam er keine. Vermutlich war der Bärtige allein in der Pilotenkanzel des Big Bird gewesen.

XV

DIENSTAG, 28. Juni 2011. Jodie war zwar nicht allein, doch Denbow war bewußtlos. Die Kugel hatte seinen Schädelknochen gestreift und dann in der Pilotenkonsole das Hauptkabel getroffen, was einen schrecklichen Kurzschluß verursacht hatte. Es hatte Blitze und Lichtbogen gegeben, dann war die Beleuchtung ausgegangen. Als sich das Notaggregat einschaltete, brannten nur ein paar schwache Birnen.

Jodie riß ihren Overall in Streifen und machte daraus primitive Bandagen, die aber ihren Zweck erfüllten. Selbstverständlich war der Notverband sofort wieder blutig, aber nach einer Weile hörte die Blutung auf. Denbow blieb weiterhin bewußtlos. Er atmete angestrengt und unregelmäßig.

Jodie wußte, daß Denbow unter einem schweren Schock litt. Er konnte überleben, wenn man ihn warm hielt und in Ruhe ließ. Die Luft in der Kanzel roch schlecht, doch die Ventilatoren säuberten sie langsam. Als Jodie überzeugt war, daß Denbow am Leben blieb, untersuchte sie die Konsole. Man brauchte kein Ingenieur zu sein, um zu sehen, daß die Zerstörung sehr weitreichend und ernsthaft war. Sie fürchtete, daß das Raumschiff sich nie mehr mit eigener Kraft bewegen könnte.

Sie hatte gesehen, wie Sanderson langsam in den Raum hinaustrieb. Sie fühlte irgendwie, daß Jarl den Big Bird anzurufen versuchte; sicher war irgendwo eine Notverständigung, aber sie wußte nicht, wo sie war und wie sie bedient werden mußte. Vom vorderen Fenster aus versuchte sie Jarl etwas zu signalisieren, aber das Licht fiel in einem ungünstigen Winkel ein, und er konnte sie nicht sehen.

Sie konnte nichts tun, als Denbow warm halten und hoffen, daß Gott Hentson wußte, was zu tun war.

Sie brauchte nicht lange zu warten. Die Gestalt im Raumanzug stieß sich von der Silbernase der Sonde ab und ließ sich mit den Füßen voran zum Big Bird treiben. Sie sah, daß er aus irgendeinem Grund den linken Handschuh ausgezogen hatte. Seine Berechnung stimmte, denn er landete direkt unterhalb des Fensters. Sie hörte seine Schritte, als er um die Kanzel marschierte und verschwand.

Knapp fünf Minuten später öffnete sich die innere Schleusentür, und Gott Hentson schwebte herein.

Der Rauch hatte sich inzwischen verzogen. Die Gestalt im Raumanzug schloß schnell und geschickt die innere Tür, öffnete die Helmverschlüsse – und Jodie sah sich dem Toten und Wiedergeborenen gegenüber, dem sagenhaften Jarl Hentson.

Vor ihr stand ein erwachsener, sehr junger Mann mit einem dichten blonden Haarschopf und einem leichten Flaumbart. Sie vermochte das, was sie erblickte, kaum zu glauben. Das war also der wiederauferstandene Jarl Hentson, der Gott der Technokraten und Ingenieure, der Vater von Jesus Hentson und vielleicht der berühmteste Mensch der ganzen Erde. Es war unglaublich.

Dann lächelte Jarl ein wenig ironisch. „Ich kenne Sie", sagte er. „Sie waren doch das Mädchen in Rot, die Anführerin der Demonstranten, die den Raketenstart verhindern wollten."

Plötzlich war alles sehr glaubhaft und real. Die Stimme klang kräftig und war die eines geschulten Redners. Sein Blick war durchdringend und sehr direkt. Er schien sich irgendwie auf sie zu konzentrieren, als wäre er in einem mit Menschen angefüllten Raum, die ihm aber nicht wichtig erschienen. Sie wußte, daß nur sehr wenige Menschen die Gabe einer so intensiven

Konzentration hatten. Irgendwie war dieser Mann/Junge überwältigend; seine Autorität ging weit über bloße Arroganz hinaus. Solche Männer konnten es sich leisten, Demokraten zu sein. Jarl Hentson war der geborene Führer.

„Ja, ich bin die Frau in Rot", gab Jodie zu. „Ich heiße . . . Sarcoma." Er hob lächelnd die Brauen, und sie beeilte sich zu sagen: „Wir können uns später miteinander bekannt machen. Jetzt möchte ich nur wissen, was mit Sanderson ist. Ich sah ihn wegtreiben. Können wir ihn zurückholen?"

Jarl schnallte sich im Pilotensitz fest, untersuchte die verbrannte Deckplatte der Konsole, hob sie ab und schaute hinein. Er schüttelte den Kopf. „Das sieht ja böse aus! Diese Frachtraketen sind billig gemacht und haben kein Hilfskontrollsystem. Sie sind schließlich nur für einmaligen Gebrauch gedacht."

„Können wir ihn dann nicht mit der Sonde hereinholen? Sie können sie doch fliegen."

„Ich fürchte, nein. Die Sonde ist für eine Langstreckennavigation gebaut, so daß jeder Kurswechsel Tage oder Wochen vorher eingeleitet werden muß. Sie läßt sich nicht manövrieren."

In diesem Moment fragte sich Jodie, weshalb sie mit Sanderson in dieses winzige Loch hinter der Wandplatte gekrochen war . . .

„Ich verlor den Kontakt mit ihm, als ich hereinkam", fuhr Jarl fort. „Vielleicht können wir ihn über das Notrufsystem erreichen."

Links vom Pilotensessel war ein viereckiger schwarzer Kasten, den Jarl öffnete. Jodie sah, daß Jarl am Boden des Kastens zwei Schalter umlegte, nachdem er die Kopfhörer aufgesetzt hatte. Er sprach in das Mikrofon und versuchte es immer wieder, ehe er die Kopfhörer abnahm und in den Kasten zurücklegte.

„Er antwortet nicht, obwohl dieses Gerät funktioniert. Also besteht das Problem am anderen Ende. Wahrscheinlich ist er ohne Bewußtsein. Es tut mir leid, aber ich fürchte, wir können da nichts mehr tun."

Jodie schnürte es die Kehle zu. Sie hatte schon genug

verletzte Demonstranten gesehen, aber dies war der erste Fall, daß jemand unter ihrer Führung gestorben war.

Jarl untersuchte inzwischen Denbow; er atmete leichter, und seine Gesichtsfarbe hatte sich verbessert. Der Anzug schien durch die Kugel nicht beschädigt worden zu sein. „Ich muß jetzt die Sauerstofftanks in die Sonde schaffen. Wenn wir dort drüben zu dritt sind, reichen die Vorräte nicht für die zwei Tage, die wir noch zur Erde haben."

Damit wurde Jodie sofort wieder in die Wirklichkeit zurückgeholt. Es schien selbstverständlich, daß die Hentsons überall die Führung übernahmen, aber sie hatte nicht all diese Mühen und Gefahren auf sich genommen, um sich nun einfach auf die Seite schieben zu lassen. Sie nahm ihre kleine Pistole aus der Tasche und sagte: „Mr. Präsident, wir gehen nicht zur Sonde. Diese Maschinen werden nicht wieder eingeschaltet. Wir reisen in diesem Schiff hier zurück!"

Jarl betrachtete erst die Pistole, dann sie selbst. „Das ist ausgeschlossen. Wir brauchten eine ganze Technikercrew, um die Konsole zu reparieren und die Energiezufuhr zu überprüfen. Wir reisen in der Sonde zurück – oder überhaupt nicht."

Jodie hielt die Pistole locker in der Hand, und der Lauf war auf Jarls Füße gerichtet. Als sich die jungenhafte Gestalt aufrichtete und auf sie zuging, hob sie die Waffe. Jarl blieb stehen.

„Sie scheinen aber kein Selbstmordtyp zu sein", meinte er kopfschüttelnd und sah ihr fest in die Augen. „Ihr Versuch, den Raketenstart zu verhindern, war nicht schlecht, und er wäre wahrscheinlich auch gelungen, wenn Harold Ihre Freunde nicht so geängstigt hätte, daß sie die Flucht ergriffen. Hier ist die Lage ein wenig anders. Entweder Sie legen Ihre Waffe weg und helfen mir, diesen Mann und die Sauerstofftanks in die Sonde zu bringen – oder wir bleiben hier und sterben alle."

„Aber wenn ich nicht gehe, fliegt die Sonde an der Erde vorbei. Viele Millionen hungriger Menschen werden wissen, was ich getan habe. Sie werden mir dafür dankbar sein, daß die Unsummen, die in die Analyse dieses Raumschiffes gesteckt werden sollten, nun für Nahrung, Unterkunft und ärztliche Versorgung zur Verfügung stehen, also Dinge, die diese armen Leute bitter nötig haben. Darum kann ich sie nicht betrügen."

Seine Augen ließen sie nicht los, und sie sah, daß das junge Gesicht plötzlich gealtert und traurig wirkte.

„Sarcoma", sagte er, „sind Sie so überzeugt von dem, was Sie sagen, daß Sie dafür sterben wollen? Ist Ihnen der Gedanke noch nie gekommen, daß Sie zur Erde zurückkehren und dann noch immer gegen diese Sonde und die Raumfahrt arbeiten können? Sie könnten doch die Weltregierung zwingen, ihre Ausgaben dafür zu kürzen. Warum können Sie sich nicht zu einer solchen Haltung durchringen? Das Leben ist nicht so wertlos, daß Sie sich selbst opfern dürfen, wenn es gar nicht nötig ist. Lebend können Sie viel mehr erreichen."

Sie fand diese Argumente logisch, glaubhaft – und letztlich doch falsch. Wenn diese Sonde zur Erde gebracht wurde, schickte der Mensch in zwanzig Jahren Kopien davon zu den Sternen, und Jodie glaubte nicht an einen Erfahrungsaustausch, der sich über die Tiefe des Raumes hinweg vollziehen ließe. Diese teuren Versuche spielten nur das Geld in die Taschen der Vertragsfirmen, und die Menschheit ging leer aus.

Eine FOE-Mitbegründerin hatte ihnen im College einmal gesagt, der wahre Zweck sozialer Programme – wie Wohnungsbau – sei doch der, den Baufirmen zu einer geschäftlichen Blüte zu verhelfen; für die Inhaber der politischen Macht sei es danach unwichtig, ob und wie diese Wohnungen genutzt wurden. Das Ergebnis sei bekannt: Innerhalb weniger Jahre wurden sie zu Slums, und noch ein paar Jahre später fielen sie den Mietern über den Köpfen zusammen. Wenn die Regierung Geld bereitstellte, mache immer jemand Profit damit.

Genauso, dachte Jodie, war es auch mit der Sonde. Die Raumfahrtindustrie konnte Unsummen ausgeben, und die Hentsons wurden noch reicher und mächtiger. Und vielleicht würde Jesus Hentson einmal Weltpräsident werden . . .

„Ich glaube Ihnen leider nicht", sagte sie. „Das Spiel wird hier gewonnen oder verloren, und ich glaube, Sie haben es schon verloren."

„Das ist kein Spiel, junge Dame, auch wenn Sie das etwa

denken sollten. Natürlich müssen wir unsere Differenzen hier austragen. Wissen Sie, was ich wirklich bin? Eine Persona, die auf das Gehirn eines hoffnungslos zurückgebliebenen jungen Mannes, meines Enkelsohnes, übertragen wurde."

Jodie nickte.

„Aber Sie wissen vielleicht nicht, daß ich langsam sterbe. Ja. Mein Zugriff auf dieses Gehirn läßt allmählich nach. Ich gebe mir selbst noch drei Tage Zeit, dann verliere ich die Kontrolle. Der ursprüngliche Geist dieses Körpers ist noch da, doch er ist schwachsinnig. Jarls Mutter würde ihn sehr vermissen; sein Vater ebenso. Aber wenn schon jemand sterben muß . . . Hal wollte den Versuch selbst unternehmen, doch er war nicht qualifiziert, und so schickte er die beiden Jarls. Wir sind entbehrlich."

„Was wollen Sie damit erreichen?" fragte sie scharf.

„Wenn Sie uns alle umbringen wollen, dann tun Sie's doch jetzt gleich. Erschießen Sie mich. Erschießen Sie den Piloten, solange er noch ohnmächtig ist, dann jagen Sie sich selbst eine Kugel in den Kopf; aber nicht die Waffe an die Schläfe setzen, das ist laienhaft. Am besten schieben Sie den Lauf in den Mund, drücken ihn an den Oberkiefer und schießen."

Jodie schüttelte sich vor Entsetzen. „Nein, vielen Dank. Dann warten wir lieber, bis die Luft zu Ende geht. Der Tod ist dann ruhiger."

„Tut mir leid, aber das werde ich nicht zulassen. Entweder müssen Sie schießen, oder Sie geben mir die Waffe. Ich ziehe mich jetzt an der Wand entlang zu Ihnen hinüber, und sobald ich Sie erreiche, geben Sie mir die Pistole. Dann werde ich versuchen, uns alle zu retten. Leicht wird das nicht sein, weil die Zeit recht knapp wird, und ich denke, ein Raumanzug fehlt uns auch."

Als Jarl sich ihr näherte, hob sie die Pistole und zielte. Aber dann fiel ihr ein, daß es ja gar nicht eilte. Ihr standen noch Stunden zur Verfügung, um auf den Abzug zu drücken . . . Und für die Entscheidung . . .

Nein, sterben wollte sie nicht. Sie hatte auf den Piloten geschossen, obwohl sie wußte, daß sie dafür ins Gefängnis kommen würde, aber da war ihr Leben nicht unmittelbar in Gefahr gewesen. Und jetzt . . . War sie denn überzeugt, daß ihre Sache auch ihren eigenen Tod rechtfertigte?

Jarl Hentson würde niemals nachgeben. Ruhig und mit der sicheren Überlegenheit des ehemaligen Präsidenten kam er ihr entgegen. Zwischen ihnen fand kein Machtkampf statt, denn sein Wille war unbeugsam.

Warum schoß sie nicht? Sie fühlte den glatten Stahl unter ihrem Finger; ein wenig Druck genügte . . . Aber Jarl griff langsam nach der Pistole und nahm sie ihr aus der Hand.

Jodie ließ es geschehen. Sie drehte sich zur Wand um. Am liebsten hätte sie wie ein Kind geweint. Aber sie tat es nicht.

Jarl kehrte auf die gleiche Art zur Sonde zurück, wie er sie verlassen hatte. Er hatte ein Stück Kabel, das dickste, das er hatte losreißen können, um seine Taille gewickelt und spannte es nun als eine Art Notleine zwischen der Sonde und der Schleuse des lahmgelegten Big Bird.

Jodie hatte inzwischen, wie er befriedigt feststellte, Denbow für den Transfer vorbereitet. Er selbst überprüfte die Luftzufuhr des noch immer Bewußtlosen, und dann befahl er ihr, in einen der vier Raumanzüge zu steigen, die sie auf der Ladeliste entdeckt hatten. Das war ein Zeichen dafür, wie gut sein Gehirn noch arbeitete.

Jarl gelang es, sich zusammen mit Denbow durch die Luftschleuse zu quetschen. Es war sehr schwierig, den Körper am Draht entlangzuziehen, doch die Entfernung war kurz. Als Denbow sicher im Innern der Sonde war, eilte Jarl zurück, um Jodie zu helfen und sich zu überzeugen, daß sie genug Sauerstoff bekam. Die Sauerstoffversorgung über den Rückenpack ihres Anzugs arbeitete einwandfrei.

Von den anderen drei Anzügen hatte er die Tanks abgenommen. Zum Glück waren sie gefüllt, denn Jarl hatte nicht die nötigen Geräte, um flüssigen Sauerstoff aus den großen Tanks in die kleinen umzufüllen. Und die großen Flaschen konnte er nicht transportieren.

„Wie lange dauert es, bis Sie die Sonde wieder abbremsen müssen?" fragte Jodie über Funk, als sie ihm folgte. Sie war jetzt entschlossen, am Leben zu bleiben.

„Das weiß ich nicht genau. Das ist eine Navigation ‚frei nach Schnauze', wie wir sagen. Wenn Sie das Funkgerät nicht demoliert hätten, wären von der Bodenstation Daten zu bekommen gewesen. Aber die Notverständigung reicht nicht so weit. Nehmen Sie jetzt den Draht, ziehen Sie sehr vorsichtig, und bleiben Sie in Bewegung, aber langsam."

Das tat Jodie, und kurz darauf war sie sicher in der Sonde. Jarl folgte ihr mit den drei Tanks unter dem einen Arm. Sie waren ziemlich voluminös; er verrechnete sich ein wenig mit der Schubleistung der Extramasse, so daß er mit den Füßen viel härter als beabsichtigt am Einstieg aufkam. Aber seine Tanks ließ er nicht los.

Dann eilte er den Schacht entlang und aktivierte an der merkwürdigen Konsole den Mechanismus, der die Luke schloß. Das andere Raumschiff beobachtete er durch die rechte Außenkamera. Es bewegte sich langsam auf sie zu. Ein Zusammenprall ließ sich kaum vermeiden.

Jodie kauerte neben dem noch immer bewußtlosen Denbow und beobachtete sein Gesicht. Erst hatte sie ihn zu töten versucht, jetzt bangte sie um sein Leben und seine Gesundheit. Es ging hier nicht einfach um eine Anklage wegen versuchten Mordes oder um bewaffnete Piraterie, und das wußte Jarl. Sie war ehrlich um Denbow besorgt.

„Bringen Sie ihn weiter nach hinten, und legen Sie ihn flach an die Wand", riet er ihr über das Helmfunkgerät. „Dieser Vogel beschleunigt zwar nur langsam, aber die Anstrengung können wir Denbow trotzdem ersparen."

Jodie nickte und zog ihren Patienten hinter sich her. Die Rückwand war nicht so mit Geräten vollgepackt wie die anderen Wände, und so fand sie ein freies Stück für Denbow, wo er während der Beschleunigung einigermaßen geschützt war.

Jarl schaute auf den Schirm. Die Nase des Big Bird stand riesig groß nur ein paar Meter entfernt vor dem Auge der Kamera. Eine Minute später gab es einen relativ leichten Aufprall, bei dem sich die Nase der Sonde leicht anhob. Die spitzere Nase der Erdrakete hatte die Sonde direkt unter der Luke getroffen, so wie Jarl kalkuliert hatte. Vielleicht würde die Rakete später unter dem Silberbauch der Sonde weggleiten.

So lange wartete Jarl jedoch nicht, denn sonst konnten die Antriebsraketen der Sonde beschädigt werden. Als sich der Neigungswinkel so weit verändert hatte, daß der Big Bird von der Außenkamera nicht mehr erfaßt werden konnte, drückte er auf den Starterstab.

Die Düsen der Sonde spien blaues Feuer, und sofort war im Innern eine gewisse Schwerkraft zu spüren. Die Rakete unter ihnen wurde von dem Brennstrahl in eine langsame Drehbewegung versetzt – Jarl konnte das beobachten, weil er die hintere Kamera so weit wie möglich schräg legte –, doch das spielte jetzt keine Rolle mehr. Die Sonde beschleunigte.

Wenn die Sonde Stabilisierungsraketen wie der Big Bird gehabt hätte, wäre dieses Manöver nicht nötig gewesen. Aber die Gnome hatten, wie er Jodie erzählt hatte, das Schiff für Langstreckennavigation eingerichtet, bei der es nicht auf leichte Manövrierbarkeit ankam. Er mußte erst noch lernen, die Sonde mit halber Maschinenkraft zu fliegen. Gesteuert werden konnte sie bis zu einem gewissen Grad, wenn man die Düsen etwas schräg legte.

Nach einigen Minuten stellte Jarl die Maschinen ab und suchte mit der rückwärts angebrachten Kamera die Erde. Es bedurfte einer leichten Kursänderung, um sie im richtigen Winkel anzusteuern. Dann folgten drei Stunden der Geschwindigkeitsreduzierung, wobei er alle Berechnungen im Kopf vorzunehmen hatte. Schließlich hatte er die Sonne vor und die Erde hinter sich und leicht von der Mitte aus gesehen nach links versetzt, und da war er dann zufrieden. Es war eine über den Daumen gepeilte Navigation, doch in den folgenden achtundvierzig Stunden ließ sich, falls nötig, der Kurs noch etwas verbessern.

Nun war es auch soweit, daß er die Ventile an dem letzten Sauerstofftank öffnen mußte, um einen Minimaldruck und gut atembare Luft zu bekommen. Wie lange würde sie für drei Personen reichen?

Nach einer Stunde war der Druck zufriedenstellend, und Jarl hatte begründete Hoffnung, daß der Sauerstoff der Rückenpacks sie am Leben zu erhalten vermochte.

Das hieß, falls sie nicht in weitem Abstand an der Erde

vorbeiflogen. Auch diese Möglichkeit mußte ins Auge gefaßt werden. Doch er weigerte sich, darüber nachzudenken. Nein, Sorgen machte er sich nicht.

XVI

DONNERSTAG, 30. Juni 2011. Harold ließ seinen Tischschirm zuklappen. Wie die meisten Menschen auf der Erde hatte er gerade miterlebt, wie eine Raumfähre die Sonde beim zweiten Erdumlauf in größter Erdnähe abfing. Die World Wide News hatten diese historische Begegnung live übertragen.

Nun befand sich ein sehr erfahrener Pilot der Space Benefits in der Sonde; er hatte Sauerstoff und Lebensmittel mitgebracht und eiligst ein Funkgerät installiert. Die Umlaufbahn sollte allmählich einen Kreis beschreiben und in größere Erdnähe verlegt werden, so daß die Raumstation angesteuert werden konnte. Danach sollte die Sonde den Wissenschaftlern und Technikern der Welt zum Studium ausgehändigt werden.

Das einzige Stück Papier auf Harolds Schreibtisch war eine gerichtliche Verfügung. Ihm und der RI als Firma wurde damit befohlen, die Sonde den dazu autorisierten Leuten der Space Benefits Agency zu übergeben. Dagegen konnte er nicht ankämpfen. Er wollte auch nicht. Die drei Tage im Gefängnis hatten Harold gelehrt, was er zu fürchten hatte – Eingesperrtsein und Hilflosigkeit. Nein, freiwillig würde er niemals hinter Gitter gehen. Natürlich hatte er damit gerechnet, daß ihm die Weltregierung die Sonde wegnehmen würde, sobald sie die Erde erreicht hatte. Jede andere Handlungsweise wäre untypisch gewesen. RIs Widerspruch lag schon beim Gericht, und er war sicher, daß man zu einer Verständigung kommen konnte, die seiner Firma eine führende Rolle in der Raumfahrtindustrie auch für die Zukunft garantierte.

Sorgen machte sich Harold Jarls wegen. Er hatte gesehen, wie er der TV-Kamera lässig zugewinkt hatte, aber sein Sohn/Vater hatte sich geweigert, mit den Reportern der Raumfähre zu sprechen. Seltsamerweise hatte er den an Bord befindlichen Arzt gebeten, ihn schlafen zu lassen und nicht aufzuwecken, bis er sicher zurück sei im Labor der RI, wo man ihn behandelt habe. Pepi meinte, jetzt sei die Zeit gekommen, da Jarl sen. als Persönlichkeit verblassen müsse. Die Bitte, ihn schlafen zu lassen, konnte so gedeutet werden. Vermutlich wollte der alte Herr nicht, daß seine geistige Verwirrung publik wurde.

Harold schoß ein Gedanke durch den Kopf, und er drückte auf seinen Visikomknopf. „Pat, schicken Sie jemanden in meine Wohnung, und lassen Sie Lily herholen. Und sagen Sie ihr, wir werden Jarl treffen, wenn er ankommt."

SB wollte für Jarl keine Verantwortung übernehmen und überließ ihn bereitwillig RI. Er sollte von Pepi betreut werden, wenn er sich von der Geistübertragung erholte.

Die Landung der Fähre wurde im Fernsehen nicht übertragen, auch nicht der Ausstieg der drei nun sehr berühmten Passagiere. Es dauerte noch fast zwei Stunden, bis Harold sein Büro verließ, um den Ambulanzluftwagen zu erwarten, der auf dem Dach landen sollte. Lily wartete schon ungeduldig.

Zu Harolds Überraschung sah er Jodie Carson aus dem Luftwagen steigen. Sie folgte der Trage mit dem schlafenden Jarl. Denbow, der dritte Passagier, war im Lazarett der Raumfahrer, wo seine Kopfwunde behandelt wurde.

Lily rannte ihrem bewußtlosen Sohn entgegen. Sie bemühte sich sehr, ihre Tränen zurückzuhalten. Als die beiden Pfleger ihren Patienten zum Lift rollten, folgte Jodie. Harold trat neben sie und ging mit. Ein Mann, den er nicht kannte, war ein paar Schritte hinter ihnen.

„Ich bin schon verhaftet", sagte Jodie statt eines Grußes und deutete auf den „Verfolger". „Aber der Regierungswachhund vom Landestreifen meinte, ich hätte ein paar medizinische Informationen über Jarl, so daß er mich mitkommen ließ."

„Und hast du sie?" fragte Harold.

„Ja, natürlich. Wenn Jarl schläft oder nicht aktiv ist, schwindet die Persona fast vollständig. Auch wenn er hellwach ist, erscheint sein Geist ziemlich labil, bis der Körper aktiv oder angeregt wird. Als er uns in eine Umlaufbahn brachte, mußte ich ihn ständig anschreien, anfluchen und beschimpfen, damit er zornig wurde."

Im Labor wurde Jarl von Pepi und dem Firmenarzt äußerst sorgfältig untersucht. Nachdem sie mit Jodie gesprochen hatten, beschlossen sie, ihn aufzuwecken, ohne jedoch ein Stimulans anzuwenden. Sie schüttelten ihn nur ein wenig. Da setzte sich Jarl auf der Trage auf und lächelte. Er gähnte, hob die Hände hoch über den Kopf und seufzte. Dann schaute er Lily an und sagte mit einer Stimme, die zärtliche Liebe ausdrückte: „Hallo, Mami!"

Harold wagte seinen Ohren nicht zu trauen. Der da sprach – nein, das war nicht sein Vater, aber ebensowenig war es sein idiotischer Sohn!

Lily hielt den Atem an. Der Schock war fast zu groß für sie, und nun strömten ihr Tränen über das Gesicht. Sie riß Jarl in die Arme, ehe Pepi und der Arzt sie daran hindern konnten. Pepi bedeutete ihnen, sie sollten sie in Ruhe lassen, und Lily begrub ihr Gesicht an der breiten Brust ihres Sohnes.

„Wie ich schon sagte", fuhr Jodie an Pepi gewandt fort, „erzählte mir Jarl – die Persona –, daß er den untergeordneten Geist zurückkommen fühle; er übernehme allmählich die Kontrolle und die körperlichen Funktionen. Aber er sagte auch, daß der Geist jetzt stärker sei, als habe sich eine Reihe neuraler Pfade geöffnet. Er dachte völlig logisch und zusammenhängend darüber nach, daß er eigentlich nicht er selbst sei und seine Erinnerungen zum Teil vom jungen Jarl stammten. Seine Meinungen würden nach einiger Zeit verblassen, aber der Geist würde nicht in den ursprünglichen Zustand zurückkehren. Ah, und daß ich's nicht vergesse: Er erzählte auch, daß er die Emotionen seines Enkelsohnes empfange, und wenn er an Harold und Lily denke, so überströmten ihn starke Gefühle, die aber nicht die seinen seien. Jarl hoffte, daß das Problem mit dem Geist seines Enkelsohnes durch die Geistübertragung gelöst sei und der junge Jarl jetzt ein normales Leben führen könne. Er meinte, Sie sollten grundlegende Intelligenztests durchführen lassen, sobald der übertragene Geist völlig verblaßt sei, weil sich dann zeigen würde, ob der junge Jarl bildungsfähig sei. Er war eigentlich restlos davon überzeugt, daß er's ist."

„Das glaube ich fast selbst", gab Pepi zu. Er war richtiggehend aufgeregt. „Vielleicht könnten wir mit einer leicht abgewandelten Übertragungstechnik auch andere Fälle von Entwicklungsstörungen günstig beeinflussen, wenn kein Körperschaden vorliegt. Das wäre ein ganz neues Gebiet für die Medizin!"

Harold hätte am liebsten laut gelacht, denn das war eine wunderbare Fachsimpelei, wenn diese Linie auch nicht direkt zum Geschäftsbereich von RI gehörte. Pepi würde wohl die Unterlagen zu seiner Arbeit einer Organisation zur Verfügung stellen müssen, die diesen vielversprechenden Anfang zu einem rauschenden Erfolg ausbauen konnte. Allerdings wollte er Pepi absolut nicht verlieren.

„Kann ich mal mit dieser Verbrecherin ein paar Worte unter vier Augen reden?" fragte Harold den Polizisten in Zivil, der Jodie nicht aus den Augen ließ.

Der Beamte zuckte die Achseln. „Mr. Hentson, ich glaube, Ihnen würde man im Moment auf der ganzen Welt keine Bitte abschlagen. Bringen Sie die Verbrecherin nur wieder zurück."

Jodie folgte Harold ein wenig erstaunt in Pepis Büro. Als sie allein waren, legte er ihr beide Hände auf die Schultern und schaute ihr in die großen, neugierig zu ihm aufgerichteten Augen.

„Ich habe mir überlegt . . ." Harold zögerte, denn er schien nicht sofort die richtigen Worte zu finden. „Ich möchte wissen, ob dieses Abenteuer deine Einstellung zum Raumprogramm verändert hat. Glaubst du immer noch, wir seien ein unverantwortlicher Luxus? Jetzt hast du doch gesehen, was Raumwissenschaft und -technologie vollbringen können. Wäre es möglich, daß wir . . . Freunde werden?"

Jodie schob ihn ein wenig von sich und lächelte amüsiert. „Du willst ja gar keine Freundschaft, Hal. Du brauchst eine Geliebte. Ein verführerischer Gedanke – aber es geht nicht. Zwei so starke Willen wie die unseren können sich höchstens im Bett vereinen, und das reicht nicht. Natürlich kämpfe ich auch in Zukunft gegen das Raumprogramm. Es ist auch jetzt nicht nützlicher als im vergangenen Jahr, vielleicht sogar noch weniger. Denn jetzt planen die Träumer viel größere und kostspieligere Projekte, um die ganze Galaxis zu erforschen.

Du und dein Vater – ihr habt ihnen einen ganzen Spielplatz gebaut."

Harold war enttäuscht. „Ich hätte mir denken können, was du sagen würdest. Tut mir leid, daß ich gefragt habe."

Jodies Gesichtszüge wurden sanft. „Hör mal, Hal. Wir hatten eine wundervolle Nacht zusammen, und das ist mehr, als die meisten Menschen ihr Leben lang haben. Begnüge dich damit. Und jetzt muß ich meinen Anwalt anrufen und mit ihm wegen der Kaution sprechen. Ich habe schon zu viele Gefängnisse von innen gesehen. Nein, du sollst mich nicht küssen. Wir wollen einen sauberen Schlußstrich ziehen. Wenn wir einander wieder begegnen, dann haben wir zwischen uns einen Zaun mit sehr scharfen Spitzen."

Und damit ging Jodie zur Tür hinaus.

Joseph (Lee) Green

Der 1931 in Compass Lake in Florida geborene Joseph Lee Green versuchte sich in so unterschiedlichen Berufen wie Labortechniker in einer Papierfabrik, Verkäufer und Angestellter beim Kennedy Space Center, ehe er sich schließlich dem Schreiben zuwandte. Heute ist er im Hauptberuf Wissenschaftsjournalist, widmet sich daneben aber immer wieder seiner Leidenschaft, der Science-fiction.

Im Alter von 31 Jahren hatte Green seine erste SF-Kurzgeschichte in der Zeitschrift *Worlds of If* veröffentlicht, der bis heute über sechzig weitere Erzählungen gefolgt sind. Auch als Romanschriftsteller versuchte er sich erstmals zu dieser Zeit. Sein erstes längeres Werk, „Welt der Chaoten", erschien von 1962 bis 1963 in Fortsetzungen im SF-Blatt *New Worlds*, ehe es 1965 als Buch veröffentlicht wurde. Bereits hier beschäftigt Green sich mit der Kontaktaufnahme von Erdbewohnern mit Außerirdischen, einem Thema, das in fast allen seinen Büchern eine wesentliche Rolle spielt. Bemerkenswert sind unter seinen folgenden Romanen insbesondere „Der schlafende Gigant" (1971), bei dem es um Übermenschen, Intelligenz und Außerirdische geht, sowie „Meine Freunde, die Aliens" (1972), ein Roman, der in Episodenform Erstkontakte mit Außerirdischen beschreibt.

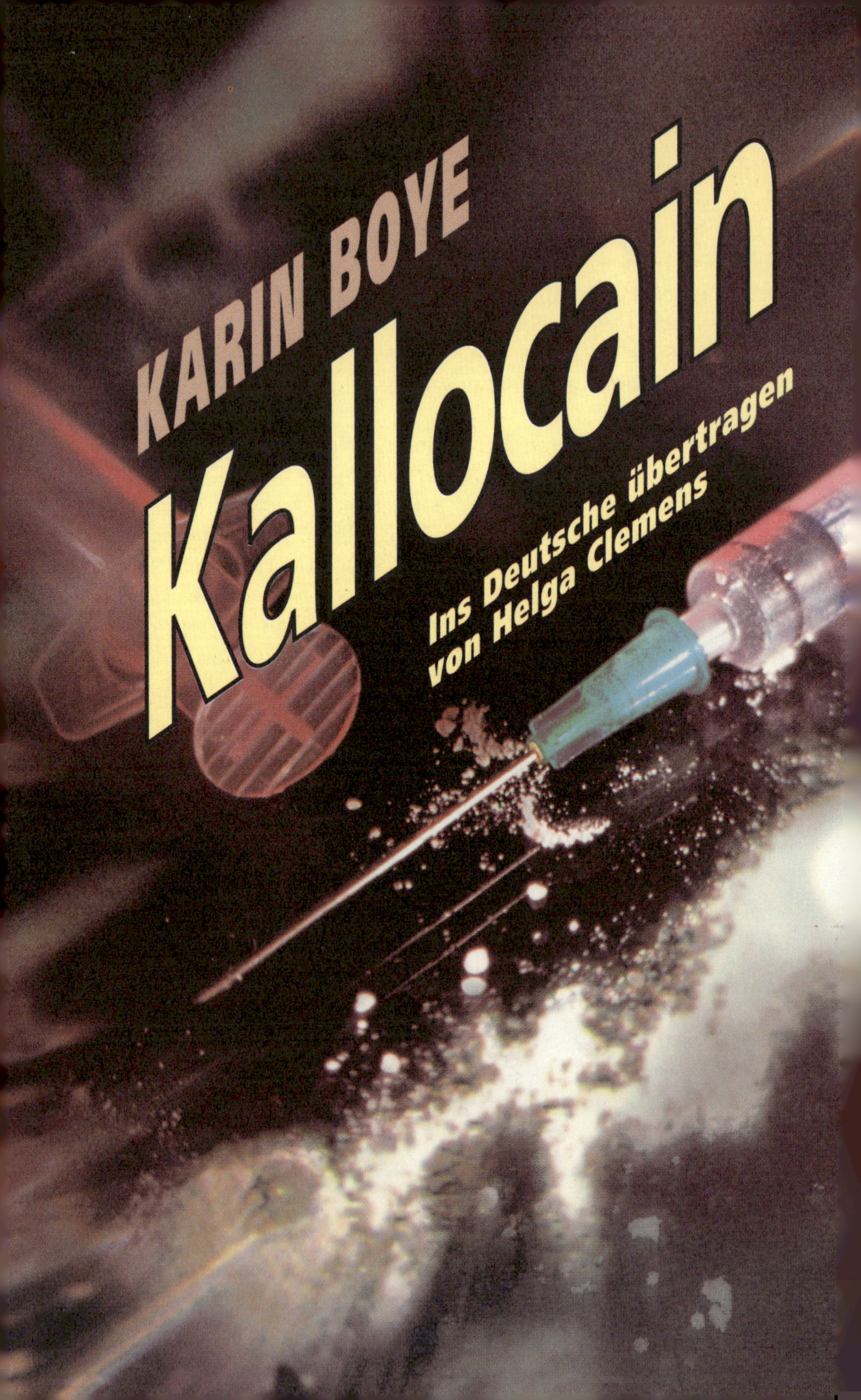
KARIN BOYE
Kallocain
Ins Deutsche übertragen
von Helga Clemens

1

DIESES Buch, das ich jetzt zu schreiben beginne, muß vielen sinnlos erscheinen – wenn ich überhaupt wage, mir vorzustellen, daß viele es lesen werden –, da ich ja völlig ungeheißen, ohne irgendwelchen Befehl, eine derartige Arbeit unternehme und mir selbst noch nicht recht über ihren Sinn im klaren bin. Ich will und ich muß – das ist alles. Immer unerbittlicher fragt man nach Absicht und Planmäßigkeit in allem, was getan und gesagt wird, so daß nach Möglichkeit kein Wort mehr aufs Geratewohl fallen sollte – nur der Verfasser dieses Buches ist gezwungen, den entgegengesetzten Weg, hinaus ins Ziellose, zu gehen. Denn obwohl meine Jahre hier als Gefangener und Chemiker – es müssen über zwanzig sein, denke ich – voller Arbeit und Hast gewesen sind, muß es etwas geben, das diese Arbeit als ungenügend ansieht, das gelächelt und eine andere Entwicklung in mir erfaßt hat, eine Entwicklung, die ich selbst nicht überblicken konnte und an der ich trotzdem tief, fast schmerzlich interessiert war. Sie wird abgeschlossen sein, sobald ich mein Buch niedergeschrieben habe. Ich sehe also ein, wie vernunftwidrig meine Aufzeichnungen sich vor allem rationalen und praktischen Denken ausnehmen müssen, aber ich schreibe trotzdem. Früher hätte ich es vielleicht nicht gewagt. Vielleicht ist es gerade die Gefangenschaft, die mich leichtsinnig gemacht hat. Meine jetzigen Lebensbedingungen unterscheiden sich wenig von denen, unter welchen ich als freier Mensch lebte. Die Kost erwies sich hier als kaum merklich schlechter – daran gewöhnte man sich. Die Pritsche war etwas härter als mein Bett daheim in der Chemiestadt Nr. 4 – daran gewöhnte man sich. Ich kam etwas seltener an die frische Luft hinaus – daran gewöhnte man sich auch. Am schlimmsten war die Trennung von meiner Frau und meinen Kindern, besonders da ich über ihr Schicksal nichts wußte oder weiß; das erfüllte meine ersten Jahre in der Gefangenschaft mit Unruhe und Angst. Aber mit der Zeit begann ich mich ruhiger zu fühlen als früher und begann sogar Gefallen an meinem Dasein zu finden. Hier brauchte ich mich um nichts zu ängstigen. Ich hatte weder Untergeordnete noch Vorgesetzte – ausgenommen die Gefängniswärter, die meine Arbeit selten störten und nur darum besorgt waren, daß ich mich an die Verordnungen hielt. Ich hatte weder Beschützer noch Rivalen. Die Wissenschaftler, mit denen ich manchmal in Berührung gebracht wurde, um den neuen Versuchen auf dem Gebiet der Chemie folgen zu können, behandelten mich höflich und sachlich, wenn auch meiner fremden Nationalität wegen etwas herablassend. Ich wußte, daß keiner Grund hatte, mich zu beneiden. Kurz: irgendwie konnte ich mich freier fühlen als in der Freiheit selbst. Aber gleichzeitig mit der Ruhe reifte in mir auch dieses wundersame, mit der Vergangenheit eng verkettete Erlebnis – ich sollte wohl sagen: Einsicht, und jetzt werde ich keine Ruhe finden, bevor ich die Erinnerungen an eine bestimmte, inhaltsreiche Zeit meines Lebens niedergeschrieben habe. Die Möglichkeit zum Schreiben ist mir aufgrund meiner wissenschaftlichen Arbeiten gegeben worden, und meine Kontrolle wird erst in dem Augenblick ausgeübt, wenn ich eine fertige Arbeit abliefere. Ich kann mir also dieses einzige Vergnügen leisten, selbst wenn es das letzte sein sollte, zu dem ich Gelegenheit habe.

Zu der Zeit, da meine Erzählung beginnt, näherte ich mich meinem vierzigsten Lebensjahr. Wenn ich mich noch weiter über mich äußern soll, kann ich vielleicht darüber sprechen, wie ich mir das Leben gedacht hatte. Es gibt wenige Dinge, die mehr über einen Menschen sagen als seine Vorstellung vom Leben: ob er es als einen Weg, einen Kampf, einen wachsenden Baum oder ein wogendes Meer ansieht. Was mich anbetrifft, so sah ich es mit den Augen eines braven Schuljungen an, als eine Treppe, die man mit keuchenden Atemzügen und Rivalen an den Fersen von Absatz zu Absatz hinaufeilt. Eigentlich hatte ich nicht viele hinter mir. Die meisten meiner Arbeitskameraden im Laboratorium hatten ihren ganzen Ehrgeiz auf das Militär verlegt und sahen die Tagesarbeit als eine langweilige, aber notwendige Unterbrechung des abendlichen Militärdienstes an. Ich hingegen hätte kaum einem von ihnen gestehen wollen, wieviel mehr mich meine Chemie als der Militärdienst interessierte, obwohl ich gewiß kein schlechter Soldat war. Jedenfalls jagte ich meine Treppe hinauf. Wie viele Stufen man eigentlich hinter sich bringen mußte, darüber hatte ich nie nachgedacht, auch nicht darüber, was für Herrlichkeiten wohl auf dem Dachboden meiner warten könnten. Vielleicht schwebte mir das Bild dieses Hauses unklar vor. Vielleicht als eines unserer gewöhnlichen Stadthäuser, wo man aus dem Innern der Erde immer höher stieg und endlich auf die Dachterrasse in die frische Luft hinaustrat, in Wind und Tageslicht. Was dem Wind und dem Tageslicht in meiner Lebenswanderung entsprechen sollte, war mir nicht klar. Aber sicher war, daß jeder neue Absatz von kurzen offiziellen Mitteilungen der höheren Instanzen bezeichnet war: ein bestandenes Examen, eine gutgeheißene Arbeit, die Versetzung in ein wichtigeres Betätigungsfeld. Ich hatte schon eine ganze Reihe solcher lebenswichtiger Schluß- und Anfangspunkte hinter mir, doch nicht so viele, daß ein neuer bedeutungslos gewesen wäre. Ich kam darum mit einem leichten Fieberschauer von dem kurzen Telefongespräch zurück, in dem mir mitgeteilt worden war, daß ich am darauffolgenden Tag meinen Kontrollchef erwarten und also mit Menschenmaterial zu experimentieren beginnen könne. Morgen sollte somit meine bisher größte Erfindung ihre letzte Feuerprobe bestehen.

Ich war so aufgeregt, daß es mir schwerfiel, in den zehn Minuten, die mir bis zum Arbeitsschluß blieben, noch etwas Neues anzufangen. Unschlüssig stand ich einen Moment herum – ich glaube fast zum erstenmal in meinem Leben – und begann dann langsam und vorsichtig die Apparate vor der Zeit wegzuräumen. Dabei schielte ich durch die Glaswände, um zu sehen, ob mich jemand beobachtete. Sobald das Signal verkündete, daß die Tagesarbeit beendet war, eilte ich durch die langen Gänge des Laboratoriums, einer der ersten im Strom. Hastig duschte ich mich, vertauschte die Arbeitskleider mit der Freizeituniform, sprang in den Paternoster und stand gleich darauf oben auf der Straße. Da unsere Wohnung in meinem

Arbeitsdistrikt lag, hatten wir dort eine Tageslichtlizenz, und ich genoß es immer, mich etwas im Freien zu bewegen.

Als ich an der Untergrundbahnstation vorbeikam, fiel mir ein, daß ich auf Linda warten könnte. Es war ja noch so früh, und sie war von ihrer Lebensmittelfabrik, die gute zwanzig Minuten Metrofahrt entfernt lag, sicher noch nicht nach Hause gekommen. Ein Zug war gerade eingefahren, und eine Flut von Menschen strömte aus der Erde hervor, preßte sich durch die Sperre, wo die Tageslichtlizenzen kontrolliert wurden, und verlief sich dann in die nächstliegenden Straßen. Über die jetzt leeren Dachterrassen hinweg, über all die zusammengerollten steingrauen und wiesengrünen Persenninge, welche in zehn Minuten die Stadt von der Luft aus unsichtbar machen konnten, betrachtete ich die ganze wimmelnde Schar von heimkehrenden Mitsoldaten in Freizeituniform, und plötzlich traf mich der Gedanke, daß sie alle denselben Traum in sich trugen wie ich: den Traum vom Weg nach oben.

Der Gedanke ergriff mich. Ich wußte, daß früher während der zivilisierten Epoche die Menschen durch Hoffnung auf geräumigere Wohnungen, besseres Essen und schönere Kleider zu Arbeit und Anstrengung verlockt werden mußten. Jetzt war derartiges nicht mehr nötig. Die Standardwohnung – ein Zimmer für Unverheiratete, zwei für Familien – reichte für den Geringsten wie für den Höchstgestellten gut aus. Die Mahlzeiten der Hausküche sättigten den General ebenso wie den Gemeinen. Die allgemeine Uniform – eine für die Arbeit, eine für die Freizeit und eine für den Militär- und Polizeidienst – war für alle, Mann und Frau, hoch und niedrig, bis auf die Gradbezeichnungen gleich. Nicht einmal diese unterschieden sich sehr voneinander. Das Erstrebenswerte eines höheren Grades lag einzig und allein im Symbol desselben. So hoch vergeistigt, dachte ich glücklich, ist tatsächlich jeder einzelne Mitsoldat im Weltstaat, daß das, worin er den höchsten Wert des Lebens wähnt, kaum eine greifbarere Form für ihn hat als drei schwarze Streifen auf dem Ärmel – drei schwarze Streifen, die ihm sowohl als Pfand für die Achtung vor sich selbst wie für die Achtung anderer gelten. Von materiellen Genüssen kann man sicher genug bekommen, sogar mehr als genug – gerade darum vermute ich, daß die Zwölfzimmerwohnungen der alten zivilisierten Kapitalisten auch kaum mehr waren als ein Symbol –, aber dieses Ungreifbarste von allem, dem man in Form von Gradbezeichnungen nachjagt, übersättigt keinen. Von Achtung und Selbstachtung kann niemand genug bekommen. Auf dieser Grundidee der Vergeistigung, der Abstraktion und der Unerreichbarkeit ruht unsere feste Gesellschaftsordnung – sicher und unanfechtbar für alle Zeiten.

So stand ich in Gedanken versunken beim Ausgang der Untergrundbahnstation, und wie im Traum sah ich den Wächter an den mit Stacheldraht gekrönten Mauern, die die einzelnen Distrikte trennen, auf und ab gehen. Vier Züge waren angekommen, viermal waren die Scharen ans Tageslicht hinaufgeströmt, bis Linda endlich durch die Sperre kam. Ich eilte auf sie zu, und wir gingen Seite an Seite weiter.

Sprechen konnten wir natürlich nicht, denn die Übungen der Luftflotte ließen weder tags noch nachts irgendwelches Gespräch im Freien zu. Auf alle Fälle las sie mir meine Freude vom Gesicht ab und nickte mir aufmunternd, wenn auch ernst wie immer, zu. Erst als wir im Wohngebäude und im Aufzug waren, umgab uns eine relative Stille – das Dröhnen der Untergrundbahn, welches die Wände erzittern ließ, hätte uns ungehindert reden lassen können – doch verschoben wir vorsichtigerweise jegliche Unterhaltung, bis wir unsere Wohnung erreicht hatten. Hätte uns jemand im Fahrstuhl beim Sprechen erwischt, wäre ja kein Verdacht natürlicher gewesen, als daß wir uns über etwas unterhielten, das die Kinder und das Dienstmädchen nicht hören sollten. Solche Fälle waren vorgekommen, als Staatsfeinde und andere Verbrecher Aufzüge als Treffpunkt für ihre Verschwörungen hatten benutzen wollen; das lag ja auch auf der Hand, da aus technischen Gründen weder Polizeiohr noch Polizeiauge in einem Fahrstuhl angebracht werden konnten und der Aufzugführer anderes zu tun hatte, als auf die Gespräche der Fahrgäste zu achten. Vorsichtig schwiegen wir also, bis wir in den Familienraum eingetreten waren, wo das Mädchen, welches diese Woche die Hausarbeiten zu besorgen hatte, den Abendbrottisch schon gedeckt und mit den Kindern, die sie unten aus der Kinderabteilung geholt hatte, wartete. Sie schien ein ordentliches und nettes Mädchen zu sein, und unser freundlicher Gruß beruhte also nicht ausschließlich auf der Gewißheit, daß sie, wie alle Hausgehilfinnen, am Ende der Woche über die Familie Bericht zu erstatten hatte – eine Reform, welche im allgemeinen den Ton in vielen Haushaltungen verbessert hatte. Eine freudige und harmonische Stimmung herrschte an unserem Tisch, besonders da unser ältester Sohn, Ossu, unter uns weilte. Es war Heimabend, und er war vom Kinderlager auf Besuch gekommen.

„Ich kann etwas Erfreuliches mitteilen", sagte ich über die Kartoffelsuppe hinweg zu Linda. „Meine Experimente sind so weit fortgeschritten, daß ich morgen unter Aufsicht eines Kontrollchefs mit Menschenmaterial beginnen kann."

„Was meinst du, wer wird es sein?" fragte Linda.

Äußerlich merkte man mir sicher nichts an, aber innerlich zuckte ich bei ihren Worten zusammen. Sie hatte es vielleicht nur so hingesagt. Was war natürlicher, als daß eine Frau fragte, wer der Kontrollchef ihres Mannes werden würde! Von der Launenhaftigkeit oder dem Entgegenkommen dieses Beamten hing es ab, wie lange sich die Experimente hinziehen würden. Es war sogar vorgekommen, daß ruhmsüchtige Kontrollchefs die Erfindungen anderer zu ihren eigenen gemacht hatten, und man hatte verhältnismäßig wenig Möglichkeiten, sich einem derartigen Vorgehen zu widersetzen. Es war also nicht verwunderlich, daß der Mensch, der einem am nächsten stand, danach fragte.

Ich aber lauschte auf einen Unterton in ihrer Stimme. Mein unmittelbarer Chef und also wahrscheinlich mein künftiger Kontrollbeamter war Edo Rissen. Und Edo Rissen war früher in der Lebensmittelfabrik angestellt gewesen, in der Linda gearbeitet hatte. Ich wußte, daß sie ziemlich viel miteinander zu tun gehabt hatten, und auf Grund verschiedener kleiner Anzeichen schloß ich, daß er einen gewissen Eindruck auf meine Frau gemacht hatte.

Ihre Frage weckte meine Eifersucht und mein Mißtrauen. Wie eng war eigentlich das Verhältnis zwischen ihr und Rissen? In einer großen Fabrik bestand für zwei Menschen oft die Möglichkeit, sich außer Sichtweite der anderen zu treffen, in

Lagerräumen zum Beispiel, wo Ballen und Kisten die Sicht durch die Glaswände verhinderten und wo vielleicht gerade niemand arbeitete . . . Und Linda hatte in der Fabrik ja auch Nachtwache gehabt. Rissen hätte sehr gut an demselben Abend Dienst haben können. Alles war möglich, und sogar das Schlimmste von allem: daß sie immer noch ihn und nicht mich liebte.

Damals grübelte ich selten über das, was ich dachte oder fühlte, oder darüber, was andere dachten oder fühlten, soweit es nicht unmittelbar praktische Bedeutung für mich hatte. Erst später, während meiner einsamen Zeit als Gefangener, kam der Augenblick, da ich mich zurückwenden mußte, kam der Moment, der mich zwang, nachzudenken, zu deuten und wieder zu deuten. Jetzt, so viel später, weiß ich, daß ich, als ich damals so glühend auf Klarheit über die Beziehungen zwischen Linda und Rissen hoffte, eigentlich die Bestätigung haben wollte, daß etwas zwischen ihnen bestand. Ich wollte sicher sein, daß sie sich zu einem anderen hingezogen fühlte, ich wollte eine Gewißheit haben, die meiner Ehe ein Ende bereiten könnte.

Aber damals hätte ich einen derartigen Gedanken mit Verachtung zurückgewiesen. Linda spiele in meinem Leben eine allzu wichtige Rolle, hätte ich gesagt. Und so war es auch. Kein Nachgrübeln und keine anderen Erklärungen haben das je ändern können. Ihre Bedeutung für mich kam der meiner Karriere gleich. Gegen meinen Willen hielt sie mich auf ganz unvernünftige Weise fest.

Man kann über „Liebe" als einen veralteten romantischen Begriff sprechen, aber ich fürchte, daß sie trotzdem besteht und von Anfang an ein unbeschreiblich qualvolles Moment enthält. Ein Mann fühlt sich zu einer Frau, eine Frau zu einem Mann hingezogen, aber mit jedem Schritt, mit dem sie sich einander nähern, geben sie etwas von sich selbst preis: eine Reihe von Niederlagen statt der erhofften Siege. Schon in meiner ersten Ehe – kinderlos und darum sinnlos, sie weiterzuführen – hatte ich einen Vorgeschmack davon bekommen. Linda steigerte diesen, bis er zu einem schrecklichen Traum wurde. Während der ersten Jahre unserer Ehe verspürte ich wirklich einen Alpdruck, obwohl ich ihn damals nicht mit ihr in Verbindung brachte: mitten in einem großen Dunkel stand ich im grellen Licht eines Scheinwerfers und spürte aus dem Dunkel Augen auf mich gerichtet. Ich krümmte mich wie ein Wurm, um wegzukommen, und konnte die unsägliche Scham über meine unanständigen Lumpen nicht überwinden. Erst später begriff ich, daß dies ein gutes Bild meines Verhältnisses zu Linda war, wo ich mich selbst erschreckend durchleuchtet fühlte, obwohl ich alles versuchte, davonzuschleichen und mich zu schützen. Dabei schien sie dasselbe Rätsel zu bleiben, wunderbar, stark, fast übermenschlich, aber ewig beunruhigend, weil ihre Rätselhaftigkeit ihr eine verhaßte Überlegenheit gab. Wenn sich ihr Mund zu einem schmalen roten Strich zusammenzog – o nein, es war weder ein höhnisches noch ein freudiges Lächeln, eher glich der Mund einem gespannten Bogen –, wirkten ihre Augen groß und unbeweglich. Immer wieder durchzuckte mich dasselbe Angstgefühl, und immer wieder fesselte sie mich, zog mich unbarmherzig an, obgleich ich ahnte, daß sie sich mir nie offenbaren würde. Ich glaube, daß man von Liebe sprechen muß, wenn man in der größten Hoffnungslosigkeit zueinander hält, als ob trotz allem ein Wunder geschehen könnte – wenn die Qual selbst eine Art eigenen Wert bekommen hat und davon zeugt, daß man wenigstens etwas gemeinsam hat: warten auf etwas, das es nicht gibt.

Um uns herum sahen wir, wie Eltern, sobald ihre Kinder groß genug für das Lager waren, sich scheiden ließen und neue Ehen eingingen, um wieder Kinder zu zeugen. Ossu, unser Ältester, war schon acht Jahre alt und also schon ein ganzes Jahr im Kinderlager gewesen. Laila, die Jüngste, war vier Jahre und konnte also noch drei Jahre lang zu Hause bleiben. Und dann? Sollten wir uns auch scheiden lassen und uns wieder verheiraten, in der kindlichen Einbildung, das Warten würde mit einem anderen weniger hoffnungslos? All meine Vernunft sagte mir, daß dies eine trügerische Illusion sei. Eine einzige, kleine, unvernünftige Hoffnung flüsterte: Nein, nein – daß es dir mit Linda mißglückt ist, beruht darauf, daß sie zu Rissen will! Sie gehört zu Rissen, nicht zu dir! Verschaffe dir die

Gewißheit, daß er es ist, an den sie denkt – dann ist alles klar, und du kannst noch auf eine neue, sinnvolle Liebe hoffen!

Solche sonderbaren Gedanken weckten bei Linda selbstverständlich eine Frage.

„Vermutlich Rissen", antwortete ich und lauschte eifrig in das Schweigen, das folgte.

„Bin ich indiskret, wenn ich frage, um was für ein Experiment es sich hier handelt?" fragte die Hausgehilfin.

Zu dieser Frage hatte sie ja ein begründetes Recht, und gewissermaßen war sie ja dazu da, die Vorkommnisse in der Familie zu kontrollieren. Falls sich das Gerücht über mein Experiment verbreiten sollte, konnte ich mir weder vorstellen, was daran verdreht oder gegen mich ausgelegt werden könnte, noch was für ein Schaden dem Staat dadurch zugefügt werden würde.

„Ich hoffe, daß es dem Staat zum Nutzen gereichen wird", sagte ich. „Es ist ein Mittel, welches jeden Menschen dazu bringen wird, seine Geheimnisse preiszugeben. Alle Geheimnisse, die bis heute jeder aus Scham oder Furcht verschwiegen hat. Sind Sie aus dieser Stadt, Mitsoldat-Hausgehilfin?"

Es kam vor, daß man manchmal auf Leute stieß, die in Zeiten von Menschenmangel von anderswo hergeholt wurden und die darum nicht über die Allgemeinbildung der Chemiestädte verfügten, sondern nur hin und wieder etwas aufgeschnappt hatten.

„Nein", sagte sie und errötete, „ich bin von draußen."

Es war streng verboten, nähere Angaben über seine Herkunft zu machen, da diese vom gegnerischen Spionagedienst hätten verwendet werden können. Darum war sie natürlich auch rot geworden.

„Dann werde ich auf die chemische Zusammensetzung oder Herstellung nicht näher eingehen", sagte ich. „Das muß man übrigens überhaupt vermeiden, denn diese Angaben dürfen ja unter keinen Umständen in private Hände gelangen. Vielleicht haben Sie aber davon gehört, wie früher Alkohol als Rauschmittel angewandt wurde und was für Wirkungen er hatte?"

„Ja", sagte sie, „ich weiß, daß er Heim und Gesundheit zerstörte und in den schlimmsten Fällen zum Erzittern des ganzen

Körpers und zu Halluzinationen von weißen Mäusen, Hühnern und dergleichen führte."

Ich erkannte die Worte aus den einfachsten Elementarbüchern wieder und lächelte leise. Anscheinend war sie noch nicht dazu gekommen, sich die Allgemeinbildung der Chemiestädte anzueignen.

„Ganz richtig", sagte ich, „so war es in den schlimmsten Fällen. Aber bis es soweit kam, geschah es oft, daß die unter dem Einfluß des Alkohols Stehenden nicht mehr wußten, was sie sagten, Geheimnisse verrieten und unvorsichtige Handlungen begingen, weil ihr Scham- und Angstgefühl gestört war. Das sind auch die Wirkungen meines Mittels – so denke ich wenigstens, da ich es ja noch nicht vollständig ausprobiert habe. Der Unterschied liegt aber darin, daß es nicht geschluckt, sondern direkt ins Blut eingespritzt wird, und überhaupt hat es eine ganz andere Zusammensetzung. Die unangenehmen Nachwirkungen, die Sie aufgezählt haben, fehlen ihm auch – auf alle Fälle braucht man keine so große Dosis zu nehmen. Ein leichter Kopfschmerz ist alles, was die Versuchsperson nachher verspürt, und es kommt nicht vor, wie es manchmal bei Alkoholberauschten der Fall war, daß sie hinterher vergessen, was sie gesagt haben. Sie verstehen wohl, daß es sich um eine wichtige Erfindung handelt. In Zukunft wird kein Verbrecher die Wahrheit ableugnen können. Sogar unsere innersten Gedanken sind nicht mehr unser Eigentum, wie wir so lange zu Unrecht geglaubt haben."

„Zu Unrecht?"

„Ja gewiß, zu Unrecht. Aus Gedanken und Gefühlen werden Worte und Handlungen geboren. Wie ist es dann möglich, daß Gedanken und Gefühle Privateigentum des einzelnen sein könnten? Gehört nicht der ganze Mitsoldat dem Staat? Wem sollten denn seine Gedanken und Gefühle gehören, wenn nicht dem Staat? Bis heute bestand nur keine Möglichkeit, sie zu kontrollieren – jetzt aber ist das Mittel erfunden."

Sie warf mir einen kurzen Blick zu, doch senkte sie die Augen sofort wieder. Sie verzog keine Miene, aber ich hatte den Eindruck, daß sie erblaßte.

„Sie brauchen nichts zu befürchten, Mitsoldat", ermunterte

ich sie, „es besteht nicht die Absicht, all die kleinen Liebesgeschichten oder Antipathien jedes einzelnen aufzudecken. Wenn meine Erfindung in private Hände fallen würde – ja, dann könnte man sich leicht vorstellen, was für ein Chaos daraus entstehen würde! Aber das darf natürlich nicht geschehen. Das Mittel soll unserer Sicherheit dienen, unser aller Sicherheit, der des Staates."

„Mir ist nicht bange, ich habe nichts zu verbergen", antwortete sie ziemlich kühl, obwohl ich es doch nur freundlich gemeint hatte.

Wir gingen zu einem anderen Thema über. Die Kinder erzählten, was sich im Laufe des Tages im Lager abgespielt hatte. Sie hatten sich in der Spielkiste vergnügt – einem riesigen, emaillierten Becken, wohl vier Meter im Quadrat und einen Meter tief, wo man nicht nur kleine Spielbomben abwerfen und Wälder und kleine Häuschen aus brennbarem Material anzünden konnte, sondern wo man auch ganze Miniaturseeschlachten ausfocht. Dann füllte man das Becken mit Wasser und lud die Kanonen der kleinen Schiffe mit demselben leichten Sprengstoff, der für die Bomben verwendet wurde; es gab sogar Torpedoboote. Auf diese Weise lernten die Kinder spielend Strategie, sie ging ihnen ins Blut über, wurde fast ein Instinkt, und gleichzeitig war es ein Vergnügen erster Ordnung. Manchmal beneidete ich meine eigenen Kinder, daß sie mit so vollendeten Spielsachen aufwachsen konnten – in meiner Kindheit war der leichte Sprengstoff noch nicht erfunden –, und ich verstand nicht recht, daß sie trotzdem mit ihrer ganzen Seele danach verlangten, sieben Jahre alt zu werden und ins Kinderlager zu kommen, wo die Übungen viel mehr wirklicher militärischer Ausbildung glichen und wo die Kinder ständig wohnten.

Oft kam es mir vor, als sei die neue Generation realistischer eingestellt, als wir es in unserer Kindheit waren. Gerade an dem Tag, von dem ich spreche, sollte ich einen neuen Beweis dafür erhalten. Da es ja Familienabend war und weder Linda noch ich Militär- oder Polizeidienst hatten und da Ossu, mein Ältester, auf Besuch zu Hause war – so kam das Familienleben zu seinem Recht –, hatte ich mir etwas ausgedacht, um die

Kinder zu belustigen. Vom Laboratorium hatte ich mir ein kleines Stück Natrium gekauft, das ich mit seiner leuchtendgelben Flamme auf dem Wasser herumfahren lassen wollte. Wir stellten eine volle Schüssel auf den Tisch, löschten das Licht und versammelten uns um mein kleines chemisches Wunder. Ich selbst war als Kind über dieses Phänomen sehr entzückt gewesen, als mein Vater es mir zeigte, aber auf meine Kinder machte es fast keinen Eindruck. Ossu, der schoß und mit kleinen Knallerbsen warf, die Handgranaten darstellen sollten, schätzte die kleine gelbe Flamme nicht, das war vielleicht ganz natürlich. Aber daß auch Laila, die Vierjährige, von einer Explosion, die nicht das Leben einiger Feinde kostete, unberührt blieb, verblüffte mich. Die einzige, die fasziniert zu sein schien, war Maryl, die Mittlere. Still und verträumt wie gewöhnlich, saß sie da und folgte dem hellen Flämmchen mit weit geöffneten Augen, die denen ihrer Mutter ähnlich sahen. Und obwohl mir ihre Aufmerksamkeit ein gewisser Trost war, beunruhigte sie mich auch gleichzeitig. Klar und deutlich begriff ich, daß Ossu und Laila Kinder des neuen Zeitalters waren. Ihre Einstellung war sachlich und richtig, während meine der Beweis veralteter Romantik war. Trotz des Trostes, den sie mir gab, wünschte ich plötzlich, daß Maryl den andern mehr gleichen möge. Es bedeutete nichts Gutes, daß sie so aus der gesunden Entwicklung der Generation fiel.

Der Abend verging, und es wurde Zeit für Ossu, wieder ins Kinderlager zurückzukehren. Ob er gern geblieben wäre oder den langen Weg in der Untergrundbahn fürchtete, ließ er sich auf alle Fälle nicht anmerken. Mit seinen acht Jahren war er schon ein disziplinierter Mitsoldat. Mich dagegen durchfuhr eine heiße Sehnsucht nach der Zeit, wo sie noch jeden Abend alle drei in ihre Bettchen krochen. Ein Sohn ist immerhin ein Sohn, dachte ich, und er steht seinem Vater näher als die Töchter. Trotzdem wagte ich nicht an den Tag zu denken, an dem auch Maryl und Laila fort sein würden und nur zwei Abende in der Woche zu Besuch nach Hause kommen konnten. Ich gab mir jedoch Mühe, niemanden meine Schwäche merken zu lassen. Die Kinder sollten später einmal nicht über mein schlechtes Beispiel klagen müssen, die Hausgehilfin sollte nicht über die Schlaffheit des Hausherrn zu berichten haben, und Linda – Linda am wenigsten von allen. Von niemandem hätte ich mich gern verachtet gewußt, am allerwenigsten aber von Linda, die doch selbst nie schwach wurde.

Dann wurden die Betten im Familienraum aufgeklappt und für die kleinen Mädchen zurechtgemacht. Linda legte sich schlafen. Das Dienstmädchen hatte die Reste des Abendessens und das Geschirr in den Speiseaufzug gestellt und machte sich gerade zum Gehen fertig, als ihr etwas einfiel.

„Ach ja", sagte sie, „es stimmt ja, ein Brief ist für Sie angekommen, mein Chef. Ich habe ihn in das Elternzimmer gelegt."

Etwas verwundert musterten Linda und ich den Brief. Es war ein Dienstbrief. Wäre ich der Polizeichef der Hausgehilfin gewesen, hätte ich sie hierfür verwarnt. Entweder hatte sie ihn wirklich ganz vergessen, oder es lag Absicht dahinter. Auf alle Fälle war es nachlässig von ihr, einen Dienstbrief nicht auf seinen Inhalt zu untersuchen – dazu hatte sie ja volles Recht. Aber im selben Moment durchzuckte mich eine Ahnung, daß dieser Brief einen Inhalt haben könnte, der mich für ihre Nachlässigkeit vielleicht dankbar machen sollte.

Der Brief war vom Siebenten Büro des Propagandaministeriums. Und um den Inhalt verständlich zu machen, muß ich noch weiter zurückgreifen.

2

Es war auf einem Fest zwei Monate zuvor geschehen. Eines der Versammlungslokale des Jugendlagers war in den Farben des Staates ausgeschmückt worden. Einakter wurden aufgeführt, Reden gehalten, mit Trommelbegleitung marschierte man durch den Saal und nahm eine gemeinsame Mahlzeit ein. Der Anlaß war die Versetzung einer Gruppe Mädchen aus dem Jugendlager. Man wußte nicht recht, wohin sie kommen sollten. Gewissen Gerüchten zufolge waren sie für eine der anderen Chemiestädte oder eine der Schuhstädte bestimmt, auf jeden Fall sollten sie an einen Ort kommen, wo sich ein Mangel an Arbeitskräften und Frauen bemerkbar gemacht hatte. Junge Frauen aus unserer Stadt und vermutlich auch aus anderen wurden also bestimmt und dorthin geschickt, um das einmal festgesetzte Verhältnis zwischen der weiblichen und der männlichen Bevölkerung wiederherzustellen. Und nun wurde das Abschiedsfest für die abkommandierten Mädchen gefeiert.

Solche Feiern hatten immer eine gewisse Ähnlichkeit mit jenen, die man einberufenen Soldaten bereitete. Aber es bestand ein großer Unterschied: Bei solchen Anlässen wußten alle, sowohl die Abreisenden wie die Zurückgebliebenen, daß den jungen Menschen, die ihre Heimatstadt verließen, kein Haar gekrümmt werden würde, daß im Gegenteil alles für sie getan würde, damit sie sich schnell und ohne Schwierigkeiten in ihrer neuen Umgebung einlebten und daß es ihnen dort recht bald gut gefallen möge. Die Ähnlichkeit bestand nur darin, daß beide Teile mit fast hundertprozentiger Sicherheit wußten, daß sie sich nie mehr wiedersehen würden. Um Spionage zu vermeiden, war ja zwischen den Städten keine andere Verbindung als die offizielle gestattet, die von vereidigten und streng kontrollierten Beamten besorgt wurde. Sollte wirklich der eine oder andere dieser jungen Leute im Verkehrsdienst landen – eine äußerst geringe Möglichkeit, da die Verkehrsbeamten fast immer von jung auf in besonderen Verkehrsschulstädten für ihren Beruf erzogen wurden –, so müßte außerdem der besondere Umstand eintreten, daß man ihn auf einer in seine Heimatstadt führenden Linie einsetzen würde und daß seine Freizeit mit der der Seinen zusammenfiele. Dies alles galt für den Überlandverkehr – das Fliegerpersonal lebte ja unter dauernder Bewachung und vollständig von der Familie getrennt. Kurz, es hätte einer ganzen Kette von Zufällen bedurft, um Eltern und Kinder zusammenzuführen, nachdem diese einmal an einen andern Ort versetzt worden waren. Aber davon abgesehen – ein solcher Tag war ein Freudenfest, ganz wie es sich gebührte, wenn etwas zum Wohl und Nutzen des Staates unternommen wurde, und man hatte ja kein Recht, dann düstere Gedanken zu wälzen.

Hätte ich der Feier selbst als fröhlicher Teilnehmer beigewohnt, wäre wohl alles ganz anders gekommen. Die Hoffnung auf eine gute Mahlzeit – bei solchen Gelegenheiten ist das Essen immer reichlich und gut zubereitet, und die Teilnehmer fallen wie hungrige Wölfe darüber her –, die Trommel, die Ansprachen, das festliche Gedränge, die gemeinsamen Hochrufe: all das versetzte den Saal in eine große, einheitliche Ekstase, wie es üblich und wünschenswert war. Ich gehörte jedoch weder zu den Eltern noch zu den Geschwistern oder Jugendleitern. Der Abend war einer der vier in der Woche, an denen ich Militär- und Polizeidienst zu verrichten hatte. Ich war nur in meiner Eigenschaft als Polizeisekretär dort. Das bedeutete nicht nur, daß ich meinen Platz auf einer der vier kleinen Eckerhöhungen innehatte und zusammen mit drei anderen Polizeisekretären in den anderen drei Ecken über die Veranstaltung Protokoll führen mußte, sondern es war auch meine Pflicht, einen klaren Kopf zu behalten, um allerlei Beobachtungen über die Vorgänge im Saale machen zu können. Für den Fall, daß Streit entstehen oder geheime Pläne ausgeführt werden sollten, wenn beispielsweise einer der Teilnehmer versuchen sollte, sich nach dem Appell zu entfernen – war es eine große Hilfe für den Vorsitzenden und die Türwächter, die oft durch die Vorgänge im Saal abgelenkt sein konnten, daß vier Polizeisekretäre die ganze Zeit den Saal bewachten. Dort saß ich also allein und ließ meine Blicke über die Menschenmenge streifen, und wenn ich einerseits selbst gern mitgemacht und die allgemeine Freude geteilt hätte, so glaube ich, daß anderseits mein Opfer voll und ganz durch das Bewußtsein meiner Wichtigkeit und Würde aufgewogen wurde. Im übrigen würde man im Laufe des Abends von einem anderen abgelöst, so daß man noch an der Mahlzeit teilnehmen und allen Kummer vergessen konnte.

Die abschiednehmenden Mädchen, kaum mehr als fünfzig an der Zahl, waren in der Menge leicht zu erkennen, da sie vergoldete Festkronen trugen, welche die Stadt für derartige Anlässe zur Verfügung stellte. Besonders eine von ihnen erweckte meine Aufmerksamkeit, vielleicht weil sie ungewöhnlich schön war, vielleicht auch, weil eine lebhafte Unruhe wie heimliches Feuer in ihren Blicken und Bewegungen lag. Mehrere Male ertappte ich sie dabei, wie sie suchende Blicke in

Richtung der jungen Männer warf – das war am Anfang des Festes gewesen, während die Einakter aufgeführt wurden und die jungen Männer und Mädchen noch nach ihren Lagern getrennt in Gruppen saßen –, bis sie endlich gefunden zu haben schien, was sie suchte, und das in ihren Gebärden sich spiegelnde Feuer in eine ruhige, klare Flamme überging. Ich glaubte auch das Gesicht, welches sie gesucht und gefunden hatte, erkannt zu haben: eines, so schmerzlich ernst unter all den erwartungsvollen und freudigen Gesichtern, daß es einem fast weh tat. Sobald die letzte Aufführung beendet war und sich die Gruppen auflösten, sah ich die beiden mit blinder Sicherheit durch die Menge auf die Mitte zueilen, wo sie zwischen den schreienden und singenden Menschen einsam und allein stehenblieben. Mitten im Lärm waren sie auf einer einsamen Insel, ohne zu wissen, in welchem Raum oder in welcher Zeit sie sich befanden.

Ich wachte auf und erschrak über mich selbst. Den beiden war es gelungen, mich in ihre asoziale Welt zu locken – eine Welt, losgerissen aus dem einzigen, großen Heiligtum für alle: der Gemeinschaft. Vielleicht war ich nur müde, weil mich ihr bloßer Anblick ausruhen ließ. Mitleid verdienten die beiden ja weniger als alles andere, dachte ich. Was kann eigentlich für die Charakterbildung eines Mitsoldaten nützlicher sein, als ihn frühzeitig an große Opfer für große Ziele zu gewöhnen! Wie viele sehnen sich nicht ihr ganzes Leben lang nach einem großen Opfer! Ich konnte sie nur beneiden, und Neid lag auch in dem Mißvergnügen, das ich auf den Gesichtern ihrer Kameraden zu bemerken glaubte – Neid und ein Funken von Verachtung darüber, daß soviel Zeit und Kraft auf einen einzigen Menschen vergeudet wurden. Ich selbst konnte sie jedoch nicht verachten. Es war das ewige Spiel, schön in seiner tragischen Unerbittlichkeit. Auf jeden Fall muß ich sehr müde gewesen sein, denn die ganze Zeit kreiste mein Interesse um die wenigen ernsten Momente, welche das muntere Fest bot. Nur wenige Minuten nachdem meine Blicke das junge Paar losgelassen hatten – übrigens waren sie von ungeduldigen Kameraden getrennt worden –, wurde ich auf eine magere Frau mittleren Alters aufmerksam, welche vermutlich die Mutter eines der abberufenen Mädchen war. Auch sie schien irgendwie aus der lärmenden Gemeinschaft ausgeschlossen zu sein. Ich weiß nicht recht, wie mir dies Abseitsstehen bewußt wurde, beweisen hätte ich es nie können, denn trotz allem nahm sie an dem Fest teil. Sie bewegte sich im Takt der Marschierenden, nickte den Sprechenden zu und stimmte in die Hochrufe ein. Trotzdem glaubte ich wahrnehmen zu können, daß alles nur ganz mechanisch geschah, daß sie nicht von der befreienden Woge der Kollektivität mitgerissen wurde, sondern irgendwie außerhalb stand, auch außerhalb ihrer eigenen Stimme und Bewegungen, genauso abgeschieden wie die beiden jungen Leute. Die Menschen um sie herum müssen dasselbe empfunden haben, denn von allen Seiten versuchten sie, an sie heranzukommen. Mehrere Male sah ich von meiner Erhöhung, wie jemand sie am Arm nahm und mit sich zog oder sie ansprach und ihr zunickte, aber bald zogen sie sich wieder enttäuscht zurück, obwohl an ihren Antworten und an ihrem Lächeln nichts auszusetzen gewesen war. Nur ein kleiner, lebhafter und häßlicher Mann ließ sich nicht so leicht abschrecken. Als sie ihn müde angelächelt hatte und dann wieder in ihren noch müderen Ernst zurückgefallen war, blieb er etwas abseits stehen und beobachtete sie mit sichtlicher Nachdenklichkeit.

Ohne daß ich wußte, warum, kam mir die müde, verschlossene Frau nahe. Verstandesmäßig sah ich ein, daß, wenn schon die beiden jungen Menschen Neid verdienten, dies in noch höherem Grad auf sie zutraf; ihr opferwilliger Heldenmut – und damit auch ihre Stärke und ihr Ehrgefühl – war dem des jungen Paares überlegen. Das Gefühl der jungen Leute würde trotz allem bald erlöschen und durch eine neue Flamme ersetzt werden; und sollten sie versuchen, die Erinnerung aufrechtzuerhalten, so würde sie dennoch aufhören zu schmerzen und nur die Eintönigkeit des Alltages verschönern und erhellen. Das Opfer der Mutter hingegen würde sich jeden Tag erneuern. Ich spürte ja selbst, wie mich die Abwesenheit Ossus, meines Ältesten, bedrückte, der doch noch zweimal wöchentlich nach Hause kam, obwohl es mir sicher gelingen würde, es eines Tages zu überwinden. Dabei hoffte ich wirklich, auch wenn er einmal erwachsen sein würde, ihn in der Chemiestadt Nr. 4 behalten zu können. Gewiß ahnte ich, daß dies eine allzu persönliche Einstellung den kleinen Mitsoldaten gegenüber war, die man dem Staat geschenkt hatte, und offen hätte ich sie nie zeigen wollen, aber heimlich beeinflußte sie in einem gewissen Grad mein Leben, vielleicht gerade darum, weil sie so vollkommen verborgen und unterdrückt werden mußte. Denselben Schmerz, dieselbe verschwiegene Beherrschung glaubte ich aus dem Benehmen der Frau herauszufühlen. Ich konnte es nicht unterlassen, mich in ihre Lage hineinzudenken: wie sie ihre Tochter nie mehr wiedersehen, ja kaum mehr von ihr hören sollte, da die Post Privatbriefe immer strenger durchsiebte, so daß jetzt nur noch wirklich wichtige Nachrichten, gebührend begründet und sachlich verfaßt, an den Empfänger weitergeleitet wurden. Und ein etwas vermessener und individual-romantischer Gedanke durchzuckte mich. Eine Art „Ersatz" war den Mitsoldaten zugedacht, welche die gefühlsbetonte Seite ihres Daseins dem Staat zuwandten, und dieser „Ersatz" sollte im Höchsten und Kostbarsten bestehen, das man erstreben konnte: in der Ehre. Wenn die Ehre verstümmelten Kriegern Trost, ja übergenug Trost spendete, warum sollte sie nicht dasselbe für jeden Mitsoldaten darstellen, der sich innerlich verstümmelt fühlte? Das war ein rührender und romantischer Gedanke, der im Laufe des Abends den Anlaß zu einer übereilten Handlung geben sollte.

Die Stunde der Ablösung schlug, ich überließ meinen Platz einem neuen Polizeisekretär, stieg in den Saal hinunter und versuchte in der allgemeinen Begeisterung aufzugehen. Ich war vielleicht zu müde und zu hungrig, als daß es mir vollauf gelingen konnte. Zum Glück fuhren gerade die gedeckten Abendbrottische aus den Küchenregionen auf gut geschmierten Schienen in den Saal, und alle rückten mit ihren Zeltstühlen an die Herrlichkeiten heran. Ob es reiner Zufall war oder ob sie mich absichtlich aufgesucht hatte, weiß ich nicht, aber merkwürdig genug war, daß gerade die Frau, welche mir aufgefallen war, mir nun gegenübersaß. Es ist nicht ausgeschlossen, daß sie mich gesehen und auf meinem Gesicht Sympathie gelesen hatte. Hingegen war es sicherlich kein Zufall, daß der kleine, lebhafte und häßliche Mann, welcher sie vorhin beobachtet hatte, auch herankam und ganz in der Nähe Platz nahm.

Nach seinem Benehmen zu urteilen, hatte er sich in den Kopf gesetzt, bei der Frau gerade das hervorzuzwingen, was sie verbergen wollte. An und für sich waren alle seine Äußerungen unverfänglich, aber immer wieder streifte er die Wunden, welche er bei seiner Tischnachbarin vermutete. Bedauernd sprach er über die Einsamkeit, welche die jungen Mädchen erwartete. Um die Bildung schädlicher Gruppen zu unterbinden, erzählte er, würden die versetzten Mitsoldaten immer in großer Entfernung voneinander plaziert. Dazu kämen Schwierigkeiten mit dem ungewohnten Klima und neuen Lebensgewohnheiten. Übrigens schienen Schuhstädte in Frage zu kommen – aber woher stammte dieses Gerücht? Das Ziel der Reise war und sollte ja ein Geheimnis bleiben, und die Vermutungen konnten ebenso begründet wie falsch sein! –, und unter diesen Schuhstädten gab es wohl einige wenige gleich südlich gelegene wie die Chemiestadt Nr. 4, aber die meisten lagen hoch im Norden und hatten ein rauhes Klima mit langen, harten und dunklen Wintern, die jeden Fremden trübsinnig stimmen konnten. Am schlimmsten war es wohl mit der Sprache. Die gemeinsame offizielle Sprache innerhalb des riesigen Weltstaates hatte sich leider noch nicht überall als allgemeine Umgangssprache durchsetzen können. An vielen Orten waren noch Volksidiome lebendig, die sich himmelweit voneinander unterschieden. Ihm selbst hatte jemand im Vertrauen erzählt, daß gerade in einer der Schuhstädte eine sehr schwere Sprache mit ganz anderen Stammformen und Deklinationen als die hier geläufige gesprochen würde. Man konnte zwar solchen Gerüchteverbreitern nie glauben, und die betreffende Person war vielleicht nie aus der Chemiestadt hinausgekommen!

Einen Augenblick lang hatte ich den Eindruck, daß das Benehmen des kleinen Mannes von einer Art Rachebegierde hervorgerufen sein mußte, aber bald gab ich den Gedanken auf. Aus den höflichen und leicht hingeworfenen Antworten der Frau ging hervor, daß sie erst kürzlich, vielleicht erst heute abend miteinander bekannt geworden waren. Allmählich ahnte ich, wie alles zusammenhing: Der Mann hatte zu seiner Handlungsweise nicht die geringste Ursache, seine ganze Unbarmherzigkeit wurde ihm einzig und allein aus dem Interesse am Wohl des Staates diktiert. Er hatte kein anderes Ziel vor Augen, als die privaten und asozialen Gefühle dieser Frau vor die Öffentlichkeit zu bringen, sie zum Weinen oder zu einer heftigen Antwort zu treiben und sie somit an den Schandpfahl zu stellen, damit er später auf sie zeigen und sagen könnte: Seht, was wir unter uns dulden müssen! Von diesem Gesichtspunkt aus wurde das Streben des Mannes nicht nur verständlich, sondern es verdiente sogar Achtung, und der Kampf zwischen ihm und der Angegriffenen erhielt einen neuen, prinzipiellen Inhalt. Ich beobachtete ihn aufmerksam, und wenn meine Sympathien auf ihrer Seite blieben, beruhte das nicht mehr auf weichlichem Mitgefühl, sondern auf etwas, dessen ich mich vor niemandem zu schämen brauchte: Es war die Bewunderung der fast männlichen Überlegenheit, welche sie mit der Abwehr seiner Vorstöße bewies. Kein Zucken in ihrem Gesicht verdrängte das höfliche Lächeln, kein Erzittern ihrer Stimme beeinträchtigte den kühlen, leichten Ton, wenn sie seine geschickten Angriffe mit einem Trostgrund nach dem andern erwiderte. Der Jugend falle es ja leicht zu lernen, ein nördliches Klima sei unvergleichlich gesünder als ein südliches, im Weltstaat brauche sich kein Mitsoldat einsam zu fühlen und warum er den Abschied beklage? Bei einer Versetzung sei ja nichts wünschenswerter als das Vergessen seiner Angehörigen.

Ich war direkt enttäuscht, als der geistreiche Streit von einem groben rothaarigen Mann, der in der Nähe stand, abgebrochen wurde. „Was ist denn das für eine Gefühlsduselei! Sie da, Mitsoldat, wie Sie auch heißen mögen, wie können Sie an einem Tag wie heute die Maßnahmen des Staates so schwarz ausmalen! Und dann noch vor einer der Mütter! Wenn irgendwo, dann ist wohl hier Freude und nicht Grämen und Seufzen am Platz."

Gerade in diesem Augenblick sollten die Ansprachen wieder beginnen, als mir der unglückselige Gedanke kam, dem kleinen Mann noch einen Hieb zu versetzen. Meine Dienstzeit für diesen Abend war nämlich noch nicht ganz abgelaufen. Ich war einer der offiziellen Redner. Und so kam es, daß meine sorgfältig ausgearbeitete Ansprache einen schwerwiegenden improvisierten Schluß erhielt: „Und, Mitsoldaten, eure Heldentaten werden nicht geringer, weil sie manchmal von Schmerz begleitet sind. Schmerz verspürt der Krieger durch seine Wunden, Schmerz empfindet die Witwe des gefallenen Soldaten, sogar wenn die Freude, dem Staate zu dienen, diesen Schmerz mannigfach aufwiegt. Schmerz muß wohl auch bei denjenigen anerkannt werden, die im Rahmen des Arbeitslebens, in den meisten Fällen für immer, voneinander scheiden. Und es ist unserer Huldigung wert, wenn Mutter und Tochter, Kamerad und Kameradin mit Freude in den Augen und Hochrufen auf den Lippen voneinander Abschied nehmen. Aber unsere Bewunderung ist wohl nicht geringer, wenn hinter Freude und Hochrufen Trauer liegt, beherrschte und unterdrückte Trauer. Vielleicht ist dies sogar noch mehr unserer Bewunderung wert, weil es den Wert des Opfers für den Staat steigert."

Angefeuert, wie die Menge schon war, brach sie sofort in einen Beifallssturm aus. Aber ich sah, daß hier und dort unter den Applaudierenden auch solche saßen, die trotzig ihre Hände stillhielten. Tausend klatschen vielleicht, und zwei verhalten sich ruhig – und es sind diese zwei, die noch wichtiger als die tausend sind; natürlich, da ja die beiden Denunzianten sein könnten, während nicht einer der tausend einen Finger erheben würde, um den Umjubelten zu verteidigen, wenn er einmal angezeigt worden ist – und wie sollten sie es übrigens auch tun können? Man kann sich also leicht vorstellen, daß es nicht angenehm war, ergriffen dort oben zu stehen und die ganze Zeit die Augen des kleinen, häßlichen Mannes wie Pfeile auf sich gerichtet zu fühlen. Wie zufällig warf ich rasch einen Blick in seine Richtung: Natürlich klatschte er nicht.

Was ich jetzt in der Hand hielt, war das Resultat jenes Abends. Wer mich angezeigt hatte, war nicht leicht zu sagen, es brauchte ja nicht gerade der Kleine gewesen zu sein. Immerhin – denunziert hatte man mich. Auf dem Papier stand:

Mitsoldat Leo Kall, Chemiestadt Nr. 4. – Das Siebente Büro des Propagandaministeriums hat Ihre Ansprache anläßlich des Abschiedsfestes für einberufene Arbeitskräfte im Jugendlager vom 19. April dieses Jahres geprüft und beschlossen, Ihnen folgendes mitzuteilen: Da ein begeisterter Kämpfer erfolgreicher ist als ein zweifelnder, muß einem freudigen Mitsoldaten, der weder vor sich selbst noch vor andern zugibt, daß er etwas opfert, größerer Wert zuerkannt werden als einem niedergeschlagenen, den seine sogenannten Opfer bedrücken, sogar wenn er seine Niedergeschlagenheit verbirgt. Folglich haben wir keinen Grund, Mitsoldaten, welche Zersplitterung, Mißmut und persönliche Sentimentalität unter einer Maske von Freude verbergen, zu loben, sondern nur diejenigen, die vorbehaltlos begeistert sind und dabei nichts zu verbergen haben. Die Überführung der Erstgenannten ist auf alle Fälle eine rühmliche Handlung zum Wohle des Staates.

Wir erwarten von Ihnen, daß Sie schnellstens Ihre Entschuldigung vor derselben Versammlung, die Sie damals anhörte, vorbringen, soweit es möglich ist, die damals Anwesenden wiederzufinden. Andernfalls muß diese Angelegenheit über den Lokalsender in Ordnung gebracht werden.

Siebentes Büro des Propagandaministeriums

3

MEINE Reaktion war so heftig, daß ich mich nachher vor Linda schämte. Daß dieser Brief aber auch mitten in die Siegesstimmung hineinplatzen mußte! Daß mich dieser Schlag mitten in meinen größten Hoffnungen traf! Fassungslos, wie ich war, sagte ich verschiedenes, an das ich mich heute trotz meines guten Gedächtnisses nur schwer erinnern kann: daß ich ein verlorener Mann sei, meine Karriere zerstört, meine Zukunft ehrlos, meine große Erfindung eine Kleinigkeit gegenüber dem, was auf meiner geheimen Karte in allen Polizeiabteilungen des ganzen Weltstaates stehen würde, und so weiter. Und als Linda mich zu trösten versuchte, glaubte ich zuerst wirklich, daß sie es nur aus Falschheit tat und daß sie nur darüber nachdachte, wie sie am besten das sinkende Schiff verlassen könnte.

„Bald werden alle wissen, was für staatsgefährdende Ansprachen ich halte", sagte ich bitter. „Verlange nur die Scheidung, tu es, kümmere dich nicht darum, daß die Kinder noch klein sind. Für sie ist es ja auf alle Fälle besser, vaterlos zu sein, als bei einem staatsgefährlichen Individuum, wie ich es bin, zu wohnen . . ."

„Du übertreibst", sagte Linda ruhig. (Ich erinnere mich noch genau an ihre Worte. Es war nicht die Ruhe, nicht die Mütterlichkeit in ihrer Stimme, die mich von ihrer Aufrichtigkeit überzeugte. Es war die schwere, beinahe gleichgültige Müdigkeit.) „Du übertreibst. Wie viele hervorragende Mitsoldaten, glaubst du, haben nicht einmal einen Verweis erhalten und sich nachher reingewaschen! Erinnerst du dich nicht an all die, welche an Freitagen zwischen zwanzig und einundzwanzig Uhr ihre Entschuldigungen im Radio vorbringen! Du mußt doch verstehen, daß es nicht Fehlerlosigkeit ist, die einen guten Mitsoldaten ausmacht, am allerwenigsten Fehlerlosigkeit in solchen Fragen, in denen die staatliche Ethik noch in Bildung begriffen ist! Vor allem ist es die Fähigkeit, seinen eigenen Standpunkt aufzugeben und sich den richtigen anzueignen."

Endlich beruhigte ich mich und begann zu verstehen, daß sie recht hatte. In meinem aufgewühlten Zustand versprach ich sowohl ihr wie mir selbst, so bald wie möglich von der Stunde der Entschuldigungen im Radio Gebrauch zu machen. Ich fing sogar gleich an, meine bevorstehende Rede zu entwerfen.

„Jetzt übertreibst du wieder", sagte Linda, die über meine Schulter gebeugt stand und las, was ich schrieb. „Man darf sich weder sofort geschlagen geben noch vorschnell einlenken. Glaube mir, Leo, so etwas darf man nicht schreiben, wenn man so aufgeregt ist, wie du es jetzt bist . . ."

Sie hatte recht, und ich war dankbar, daß sie da war. Klug war sie, klug und stark. Aber warum klang ihre Stimme so müde?

„Du bist doch wohl nicht krank, Linda?" fragte ich ängstlich.

„Warum sollte ich krank sein? Letzte Woche sind wir ärztlich untersucht worden. Mir ist etwas Freiluftbestrahlung verordnet worden. Sonst bin ich kerngesund."

Ich stand auf und umarmte sie. „Du darfst nicht sterben“, sagte ich, „ich brauche dich. Du mußt bei mir bleiben!“

Aber gleichzeitig mit meiner Angst vor dem Alleinsein tauchte ein kleiner Hoffnungsschimmer in mir auf: Ja, warum nicht – warum konnte sie nicht sterben –, vielleicht wäre das die Lösung des Problems? Aber an diesen Ausweg wollte ich nicht denken. Und so drückte ich sie in einer Art ohnmächtiger Raserei fest an mich.

Wir gingen schlafen und löschten das Licht. Meine monatliche Ration Schlafmittel war seit langem aufgebraucht. Selbst wenn Lindas Wärme und ihr zarter Duft, der an köstlichen Tee erinnerte, unter unserer gemeinsamen Decke nicht zu mir gedrungen wäre, hätte ich mich an diesem Abend nach ihr gesehnt. Die Jahre hatten mich verändert. In meiner Jugend waren meine Sinne eine Art notwendiges Übel gewesen, ein fordernder Begleiter, der befriedigt werden mußte, damit ich ihn los wurde und mich anderem zuwenden konnte. Sie waren auch ein stolzes Werkzeug der Lust, aber ernstlich betrachtete ich sie nicht als einen Teil meiner selbst. Jetzt war es nicht mehr so. Duft, Zartheit und Lust waren nicht mehr das einzige, was ich haben wollte. Das Ziel meiner aufflammenden Sinne war viel schwerer zu erreichen. Es war die Linda, welche ich in gewissen kurzen Minuten hinter den unbeweglichen weitgeöffneten Augen, hinter dem gespannten roten Mund wahrnahm, so wie sie mir heute abend in ihrem müden Tonfall, in ihren klugen, ruhigen Ratschlägen erschienen war. Und während das Blut schneller durch meine Adern zu rinnen begann, drehte ich mich auf die andere Seite und erstickte einen Seufzer. Ich sagte mir, daß das, was ich mir unter dem Zusammenleben von Mann und Frau vorstellte, Aberglauben und nichts anderes sei, genau derselbe Aberglaube, mit dem die Wilden des Altertums die Herzen ihrer mutigen Feinde verspeisten, um ihre eigene Kühnheit zu erhöhen. Es gab keine Magie, die mir den Schlüssel und das Besitzerrecht zu dem Lustgarten, den Linda mir vorenthielt, verschaffen konnte. Was nützte denn das alles!

In der Wand waren das Polizeiohr und daneben das Polizeiauge eingebaut, welche Tag und Nacht in Betrieb waren. Jedermann fand dies natürlich: Was für Spionage- und Verschwörungsherde konnten die Elternräume nicht werden, besonders wenn sie auch noch als Besuchsräume benutzt wurden! Später, als ich einen so tiefen Einblick in das Familienleben verschiedener Mitsoldaten gewann, mußte ich das Polizeiohr und -auge in engen Zusammenhang mit der enttäuschenden Geburtenkurve im Weltstaat bringen. Aber ich glaube kaum, daß diese beiden „Instrumente" mich in meiner Erregung so schnell wieder beruhigten. Früher wäre dies jedenfalls nie vorgekommen. Was die geschlechtlichen Beziehungen anbetraf, so hatte unser Weltstaat nicht die mindeste asketische Einstellung. Im Gegenteil, es war ja notwendig und ehrenhaft, neue Mitsoldaten zu zeugen, und alles wurde getan, um Männern und Frauen die Gelegenheit zu geben, in dieser Hinsicht ihre Pflicht zu erfüllen. Anfänglich hatte ich auch nichts dagegen gehabt, wenn höhere Instanzen ab und zu konstatierten, daß ich ein Mann sei. Es war eher ein Ansporn gewesen. Früher hatte über unseren Nächten der Schimmer einer festlichen Illusion gelegen. Damals waren wir beide nichts anderes als feierlich ergriffene und verantwortungsbewußte Vollbringer eines Rituals, das einzig dem Wohl des Staates galt. Aber im Lauf der Jahre war eine Veränderung eingetreten. Während ich mich früher auch in meinen intimsten Vorhaben meist fragte, wie ich von der Macht, die sich auch des Auges in der Wand bediente, eingeschätzt würde, stellte diese Macht jetzt mehr und mehr einen quälenden Druck dar, und das gerade in Augenblicken, in denen ich mich am heißesten nach Linda sehnte und dem nie erreichten und nie erreichbaren Wunder, welches mich zum Herrn über ihre innersten Rätsel machen sollte. Das Auge schaute mich noch an, doch war es Lindas. Ich begann zu ahnen, daß meine Liebe eine ungebührlich private Wendung genommen hatte, und dieser Gedanke quälte mein Gewissen. Der Zweck der Ehe waren ja Kinder, was aber hatte das mit abergläubischen Träumen von Schlüsseln und Gewalt zu tun! Vielleicht war diese gefährliche Wendung in meiner Ehe ein Grund mehr zur Scheidung. Im geheimen fragte ich mich, ob andere Ehescheidungen um uns herum dieselben Ursachen haben mochten . . .

Ich wollte schlafen, konnte aber nicht. Das Schreiben vom Siebenten Büro des Propagandaministeriums ließ mich nicht los, und ich konnte keine Ruhe finden.

Ein begeisterter Kämpfer ist erfolgreicher als ein zweifelnder, das stimmt natürlich, es ist logisch. Und was soll man mit den Zweiflern tun? Wie soll man sie zur vollen Begeisterung zwingen?

Eine unheimliche Entdeckung: hier lag ich und fühlte mich im Namen der Zweifelnden unruhig, als sei ich selbst einer von ihnen. So weit durfte es nicht kommen. Ich wollte nicht wankelmütig werden. Ich war ein ganz und gar überzeugter Mitsoldat, ohne einen Schuß Falschheit und Verrat. Die Unnützen sollten fort. Auch sie, die magere, beherrschte Mutter vom Fest. Erschießt die Zweifelnden! sollte von jetzt an mein Losungswort heißen. Und deine eigene Ehe? fragte leise eine böse Stimme. Darauf hatte ich eine Antwort: Wenn es nicht besser wird, lassen wir uns scheiden. Selbstverständlich werde ich mich scheiden lassen. Aber nicht bevor die Kinder das Heimalter überschritten haben.

Und plötzlich überkam mich ein Gedanke, der mir Klarheit und Erleichterung brachte: Meine eigene Erfindung war ja im Sinne des Schreibens vom Siebenten Büro. Hatte ich nicht selbst mit der Hausgehilfin im selben Geist gesprochen? Dank meiner Erfindung würde man mir glauben und verzeihen. In meiner Arbeit hatte ich mich als zuverlässig erwiesen, und das wog doch wohl schwerer als ein paar unbesonnen hingeworfene Worte anläßlich eines unbedeutenden Festes. Trotz allem war ich ein guter Mitsoldat und würde vielleicht ein noch besserer werden.

Bevor ich einschlief, mußte ich leise vor mich hin lachen. Wie einem manchmal gerade vor dem Einschlafen launische Bilder ins Bewußtsein gerufen werden, sah ich, wie der häßliche kleine Mann vom Fest mit Angstschweiß auf der Stirn und einer Warnung in der Hand dastand – der große Rothaarige hatte ihn angezeigt wegen seines Versuches, die Festfreude zu stören und die Maßnahmen des Staates pessimistisch zu beurteilen. Das war eigentlich noch schlimmer . . .

4

WEDER nach dem Morgenturnen noch sonst war es meine Gewohnheit zu trödeln, aber ich glaube, daß ich mich an jenem Morgen besonders eilig geduscht und die Arbeitsuniform übergestreift hatte, um meinen Kontrollchef fertig in Achtungstellung erwarten zu können. Als er endlich erschien, war es natürlich Rissen. Genau wie ich vermutet hatte.

Wenn ich enttäuscht war, hoffte ich, daß es mir wenigstens äußerlich nicht anzumerken war. Es hatte eine kleine Möglichkeit bestanden, daß es ein anderer sein würde, aber doch war es Rissen. Und wie er vor mir stand, unansehnlich und in seiner Haltung fast unsicher, wurde mir klar, daß ich ihn nicht verabscheute, weil es zwischen ihm und Linda vielleicht etwas zu entdecken gab, sondern daß ich den Gedanken an ein Liebesverhältnis zwischen den beiden nur mißbilligte, eben weil es sich um Rissen handelte. Irgend jemand anders, nur er nicht. Unnötige Hindernisse würde Rissen meiner wissenschaftlichen Arbeit sicher nicht in den Weg legen, dazu war er zu bescheiden. Ich allerdings hätte mir lieber einen weniger bescheidenen und hinterlistigen Kontrollchef gewünscht, jemanden, an dem ich meine eigene Stärke hätte messen können – dem ich aber gleichzeitig mehr Hochachtung hätte zollen können. Für Rissen konnte ich keine Achtung empfinden, er unterschied sich von den anderen zu sehr, er war lächerlich. Es war nicht so leicht auszudrücken, was dem Mann fehlte. Dachte man aber an das Wort „Marschtakt", bekam man einen gewissen Begriff von ihm. Die bestimmte Haltung, die klare und gemessene Art, sich auszudrücken, das einzig Natürliche und Würdevolle für einen erwachsenen Mitsoldaten, lagen Rissen nicht. Manchmal konnte er allzu eifrig werden, seine Worte überschlugen sich, er konnte sich sogar unabsichtlicher, komischer Handbewegungen schuldig machen. Dazwischen konnte er lange, unbegründete Pausen einlegen, in Gedanken versinken, und hin und wieder entschlüpfte ihm dann wohl ein unbedachtes Wort, das nur Eingeweihte verstanden. Im Beisein von

Untergeordneten konnten fast animalische, unbeherrschte Zuckungen über sein Gesicht huschen, besonders wenn von Dingen die Rede war, die ihn interessierten. Einerseits wußte ich, daß er sich als Wissenschaftler äußerst verdient gemacht hatte; andrerseits konnte ich, obwohl er mein Chef war, nicht darüber hinwegsehen, daß ein Mißverhältnis zwischen seinem Wert als Wissenschaftler und seinem Wert als Mitsoldat bestand.

„Tja", begann er langsam, als sei die Arbeitszeit sein Privateigentum. „Tja, ich habe ja einen sehr ausführlichen Bericht über die ganze Sache erhalten. Ich glaube, daß ich über alles unterrichtet bin." Und er fing an, meinen Bericht in den wichtigsten Punkten zu wiederholen.

„Mein Chef", warf ich ungeduldig ein, „ich habe mir schon erlaubt, fünf Personen vom Freiwilligen Opferdienst herzubestellen. Sie warten in der Korridorhalle." Mürrisch sah er mich mit seinen nachdenklichen Augen an. Ich hatte das Gefühl, daß er mich kaum sah. Er war wirklich merkwürdig.

„Ja, rufen Sie einen von ihnen herein", sagte er. Es hörte sich so an, als dächte er laut. Es klang nicht wie ein Befehl. Ich gab ein Klingelzeichen in die Wartehalle. Gleich darauf kam ein Mann herein, der einen Arm in der Schlinge trug. Er blieb bei der Tür stehen, grüßte und meldete sich als Nr. 135 vom Freiwilligen Opferdienst.

Leicht gereizt fragte ich, ob es denn wirklich ganz unmöglich sei, eine gesunde Versuchsperson zu schicken. Während meiner Arbeit als Assistent in einem der medizinischen Laboratorien war es geschehen, daß meinem damaligen Chef eine Frau zur Verfügung gestellt wurde, deren Drüsensystem noch von einem vorherigen Versuch angegriffen war, und ich erinnerte mich sehr gut daran, daß dieser Umstand das ganze Resultat der Untersuchungen verändert hatte. Etwas Ähnliches wollte ich nicht riskieren. Übrigens wußte ich, daß laut der Ordnungsvorschriften jeder streng auf seinem Recht bestehen sollte, frische Versuchspersonen zu erhalten: Die Gewohnheit, unaufhörlich dieselben zu schicken, ließ eine Art Günstlingssystem aufkommen, so daß tüchtige und willige Versuchsmitsoldaten nicht lange die Gelegenheit hatten, ihren Mut zu beweisen und sich ein kleines Extraeinkommen zu sichern. Die Arbeit im Freiwilligen Opferdienst war gewiß ehrenhafter als manche andere, und strenggenommen sollte diese Ehre allein schon als Belohnung genügen; das Gehalt war auf alle Fälle mit Rücksicht auf die vielen Schadenersatzprämien, die diese Arbeit mit sich brachte, niedrig angesetzt.

Der Mann richtete sich auf und bat im Namen seiner Abteilung um Verzeihung. Sie hätten wirklich keinen andern zur Verfügung gehabt. Gerade jetzt werde fieberhaft im Kriegslaboratorium gearbeitet, und der Freiwillige Opferdienst sei Tag und Nacht bis zum letzten Mann beschäftigt. Ihm selbst, bis auf einen Kriegsgasschaden mit Komplikationen an der linken Hand, gehe es ganz ausgezeichnet. Zur eigenen Entschuldigung wollte er sagen, daß dieser eigentlich schon lange hätte behoben sein sollen – nicht einmal der Chemiker, welcher ihn verursacht hatte, konnte eine Erklärung dafür finden. Er betrachte sich auf alle Fälle als gesund und hoffe, daß der kleine Gasschaden nicht stören werde.

Eigentlich störte er ja gar nicht, und so beruhigte ich mich. „Ihre Hände brauchen wir nicht, sondern Ihr Nervensystem", sagte ich, „und ich kann Ihnen schon im voraus sagen, daß das Experiment weder schmerzhaft ist noch irgendwelche Schäden – nicht einmal vorübergehende – nach sich ziehen wird!"

Nr. 135 richtete sich noch mehr auf, soweit dies überhaupt möglich war. Als er antwortete, glich seine Stimme beinahe einer Fanfare: „Ich bedauere, daß der Staat noch keine größeren Opfer von mir verlangt hat. Ich bin zu allem bereit."

„Natürlich, daran zweifle ich nicht", antwortete ich ernst. Ich war von seiner Aufrichtigkeit überzeugt. Die einzige Einwendung, die ich machen konnte, war, daß er seinen Heldenmut etwas zu stark betonte. Auch ein Wissenschaftler in seinem Laboratorium konnte mutig sein, obwohl er nicht die Gelegenheit gehabt haben mochte, es zu beweisen, dachte ich. Übrigens war es noch nicht zu spät: Was er über die fieberhafte Arbeit im Kriegslaboratorium gesagt hatte, deutete darauf hin, daß ein neuer Krieg im Anzug war. Ein anderes Zeichen, das ich beobachtet hatte, aber worüber ich nicht sprechen wollte, um nicht als Pessimist und Streitsüchtiger angesehen zu werden, war, daß die Verpflegung während der letzten Monate durchgehend schlechter geworden war.

Ich setzte den Mann auf einen bequemen Stuhl, der für meine Experimente ins Zimmer gebracht worden war, krempelte seinen Ärmel hoch, wusch seinen Oberarm und führte die kleine Spritze mit der blaßgrünen Flüssigkeit ein. Im selben Moment, als Nr. 135 den Stich der Spritze fühlte, spannte sich sein Gesicht, so daß es fast schön wurde. Ich mußte zugeben, daß ich beinahe glaubte, einen Helden vor mir auf dem Stuhl zu sehen. Gleichzeitig wurde er etwas bleicher, was kaum von der blaßgrünen Flüssigkeit, deren Wirkung unmöglich so schnell eintreten konnte, herrührte.

„Wie fühlen Sie sich?“ fragte ich aufmunternd, während der Inhalt in der Spritze abnahm. Aus den Ordnungsvorschriften wußte ich ja, daß man die Versuchspersonen selbst soviel wie möglich fragen sollte. Das gab ihnen ein Gefühl von Gleichgestellten, und sie vergaßen darüber etwas ihre Schmerzen.

„Danke – wie gewöhnlich!“ antwortete Nr. 135, aber er sprach auffallend langsam, als wollte er das Zittern seiner Lippen verbergen.

Während er sitzen blieb, um die Reaktionen abzuwarten, vertieften wir uns in seine Karte, die er auf den Tisch gelegt hatte. Geburtsjahr, Geschlecht, Rassentyp, Körpertyp, Bluttyp und so weiter, Eigentümlichkeiten in der Familie, überstandene Krankheiten (natürlich eine ganze Reihe, so gut wie alle durch Experimente zugezogen). Das Notwendige trug ich in meine eigene, neue und sorgfältig ausgearbeitete Kartothek ein. Einzig und allein sein Geburtsjahr verwunderte mich, aber es mußte wohl stimmen, und ich erinnerte mich, daß ich schon während meiner Assistentenzeit gehört und selbst beobachtet hatte, daß die Versuchspersonen im Freiwilligen Opferdienst in der Regel zehn Jahre älter aussahen, als sie in Wirklichkeit waren. Nachdem ich meine Eintragungen beendet hatte, wandte ich mich wieder Nr. 135 zu, der auf dem Stuhl unruhig wurde. „Na?“

Der Mann lachte kindlich und unbeholfen. „Mir geht es ganz gut. Es ist mir noch nie so gut gegangen. Aber ich hatte Angst . . .“

Der Augenblick war gekommen. Wir horchten gespannt auf. Mein Herz klopfte stark. Wenn der Mann jetzt überhaupt nichts sagte? Wenn er jetzt etwas verschwiege? Wenn das, was er jetzt sagen würde, vollkommen belanglos wäre? Wie könnte ich dann jemals meinen Chef von der Wirkung meiner Erfindung überzeugen? Und wie könnte ich selbst sicher sein? Die Wirkung einer Erfindung – wenn auch noch so gut begründet – ist und bleibt eine Theorie, solange sie nicht erprobt ist. Vielleicht hatte ich mich ja geirrt?

Dann trat etwas ein, auf das ich nicht vorbereitet gewesen war. Der große, grobe Mann begann heftig zu schluchzen, glitt halb vom Stuhl und hing kraftlos über der Stuhllehne. Er stöhnte. Ich kann diesen schmerzvollen Anblick nicht in Worte kleiden. Ich wußte nicht, wo ich hinschauen sollte. Rissens Beherrschung – das muß ich zugeben – ließ nichts zu wünschen übrig. Er war ebenso unangenehm berührt wie ich, doch verbarg er seine Gefühle besser.

Dieser Zustand dauerte einige Minuten. Ich schämte mich vor meinem Chef, als wäre ich dafür verantwortlich, daß er solchen Szenen beiwohnen mußte, und trotzdem konnte ich ja unmöglich im voraus wissen, wie die Versuchspersonen reagieren würden. Sie wurden von einer Zentrale im Laboratoriumsviertel geschickt, damit sie für alle umliegenden Versuchsanstalten zur Verfügung standen.

Endlich beruhigte er sich. Das Schluchzen verebbte, und er nahm wieder eine etwas würdigere Haltung an. Um diesem peinlichen Vorgang ein Ende zu setzen, richtete ich die erste Frage an ihn: „Was ist denn los?"

Er blickte zu uns auf. Man sah sehr wohl, daß er sich unserer Anwesenheit und meiner Frage bewußt war, wenn er vielleicht auch nicht ganz wußte, wer wir waren. Als er antwortete, schaute er uns voll an, wandte sich an uns aber nicht wie an seine Chefs, sondern wie an traumhafte, namenlose Zuhörer.

„Ich bin so unglücklich", sagte er stumpf, „ich weiß nicht, was ich anfangen soll. Ich weiß nicht, wie ich es schaffen soll."

„Was schaffen?" fragte ich.

„Alles. Ich fürchte mich so. Immer habe ich solche Angst. Nicht gerade jetzt, aber sonst fast ständig."

„Vor den Experimenten?“

„Ja gewiß – vor den Experimenten. In diesem Moment verstehe ich nicht recht, wovor ich Angst habe. Entweder tut es weh, oder es schmerzt nicht so schrecklich; entweder wird man ein Krüppel, oder man wird wieder gesund; entweder stirbt man, oder man lebt weiter – wovor hat man denn nun eigentlich Angst? Aber ich habe mich immer so schrecklich gefürchtet – lächerlich, warum eigentlich?“

Die erste Teilnahmslosigkeit hatte nun nachgelassen und einer fast berauschenden Unvorsichtigkeit Platz gemacht. „Und dann“, sagte er und machte beinahe den Eindruck eines Betrunkenen, „dann hat man vor allem noch mehr Angst vor dem, was die andern sagen. Du bist feige, würden sie sagen, und das ist schlimmer als alles andere. Du bist feige. Ich bin nicht feige. Ich will nicht feige sein. Übrigens, was würde es ausmachen, wenn ich feige wäre? Aber wenn ich meine Stelle verliere . . ., dann, dann würde ich wohl auch etwas anderes finden. Irgendwo werden sie einen immer gebrauchen können. Meiner Treu, sie werden gar nicht dazu kommen, mich hinauszuwerfen. Ich werde selbst gehen. Freiwillig aus dem Freiwilligen Opferdienst. Freiwillig, wie ich gekommen bin.“

Sein Gesicht verfinsterte sich von neuem. Aber es spiegelte nicht Unglück wider, sondern dumpfe Bitterkeit.

„Ich hasse sie“, stieß er plötzlich verbissen hervor. „Ich hasse sie, die da in den Laboratorien arbeiten, ohne vor Wunden und Schmerzen, ohne vor allen möglichen Folgen Angst haben zu müssen. Dann gehen sie nach Hause zu Frau und Kindern. Glauben Sie, daß so einer wie ich eine Familie haben kann? Ich habe es einmal versucht, mich zu verheiraten. Es ging aber nicht. Sie werden wohl auch verstehen, daß es nicht ging. So einer wie ich ist von sich selbst viel zu sehr in Anspruch genommen. Das erträgt keine Frau. Ich hasse alle Frauen. Sie locken einen, verstehen Sie, aber dann ertragen sie einen nicht. Sie sind falsch. Ich hasse sie alle, außer meinen Kameradinnen im Opferdienst natürlich. Diese Frauen sind keine richtigen Frauen mehr. Sie braucht man also nicht zu hassen. Wir im Opferdienst sind nicht so wie die andern. Wir werden auch als

Mitsoldaten bezeichnet, aber was für ein Leben haben wir? Wir müssen im Heim wohnen, wir sind ja Wracks . . ." Seine Stimme verlor sich in einem undeutlichen Murmeln. Er wiederholte: „Ich hasse . . ."

„Mein Chef", sagte ich, „wünschen Sie, daß ich ihm noch eine Spritze gebe?"

Ich hoffte, daß er nein sagen würde, denn der Mann war mir zutiefst unsympathisch. Rissen aber nickte, und ich konnte nichts anderes tun als gehorchen. Während ich langsam mehr von der blaßgrünen Flüssigkeit in das Blut von Nr. 135 einspritzte, sagte ich ziemlich scharf zu ihm: „Sie selber haben ja darauf hingewiesen, daß es *Freiwilliger* Opferdienst heißt. Worüber beklagen Sie sich dann? Es ist widerlich, einen erwachsenen Mann über seine eigenen Entschlüsse klagen zu hören. Sie, wie alle andern, haben sich ja einmal ohne jeglichen Zwang gemeldet."

Ich befürchtete, daß meine Worte eigentlich nicht direkt an den Betäubten gerichtet waren, sondern eher an Rissen, damit dieser wissen sollte, wie ich dachte.

„Gewiß ging ich von selbst", murmelte Nr. 135 schlaftrunken und verwirrt, „gewiß ging ich von selbst – aber ich konnte ja nicht wissen, daß der Dienst so sein würde. Ich hatte mir schon vorgestellt, daß man leiden müßte – aber auf eine andere Art, feierlicher – und daß man vielleicht sterben müßte, aber sofort und heldenhaft. Nicht Tag und Nacht, Zoll um Zoll. Ich dachte, es wäre schön zu sterben. Man könnte mit den Armen schlagen, man könnte röcheln. Ich habe einmal jemanden im Heim sterben sehen – er schlug mit den Armen um sich und röchelte. Es war schrecklich. Aber es war nicht nur schrecklich. Man kann es nicht nachmachen. Aber seither habe ich immer gedacht, daß es wohl schön wäre, sich ein einziges Mal so benehmen zu können. Man muß ja. Man kann es nicht zurückhalten. Wäre es freiwillig, würde man es als ungebührlich ansehen. Aber es ist nicht freiwillig. Kein anderer hat das Recht, einen daran zu hindern. Man tut es einfach. Wenn man stirbt, kann man sich benehmen, wie man will, ohne daß irgend jemand einen zurückhalten kann."

Ich stand da und spielte mit einem Glasstab. „Der Mann

muß irgendwie pervers sein", sagte ich leise zu Rissen. „So reagiert kein gesunder Mitsoldat."

Rissen antwortete nicht.

„Können Sie wirklich so unverschämt sein und die Verantwortung . . .", begann ich heftig die Versuchsperson zurechtzuweisen. Ich bemerkte, daß Rissen mir einen langen Blick zuwarf. Einen Blick, der gleichzeitig kalt und belustigt schien, und ich fühlte, wie ich bei dem Gedanken errötete, daß er jetzt glaubte, ich wolle mich vor ihm wichtig machen. (Ein sehr ungerechter Gedanke, fand ich.) Jedenfalls mußte ich den Satz beenden und fuhr in bedeutend ruhigerem Ton fort: „. . . auf andere abschieben, weil Sie einen Beruf gewählt haben, den Sie nachträglich als unpassend für sich erachten?"

Nr. 135 reagierte nicht auf den Ton der Stimme, sondern nur auf die Frage selbst. „Andere?" fragte er. „Ich selbst? Aber ich will ja gar nicht. Obwohl es wahr ist, daß ich wollte. Wir waren zehn von meiner Abteilung, die sich angemeldet hatten, mehr als von irgendeiner andern des ganzen Jugendlagers, als wenn ein Orkan über das Lager gegangen wäre – ich habe mich oft gewundert, wie es dazu kam. Alles, Vorträge, Filme, Gespräche, mündete in den Freiwilligen Opferdienst. Und in den ersten Jahren dachte ich noch: Es war dies alles wert. Wir gingen hin und meldeten uns an, verstehen Sie? Und wenn man seinen Nachbarn ansah, glaubte man kaum noch, einen Menschen vor sich zu haben. Die Gesichter, verstehen Sie? Wie Feuer. Nicht wie Fleisch und Blut. Heilig, göttlich. Die ersten Jahre dachte ich: Wir haben etwas anderes und mehr als gewöhnliche Sterbliche erleben dürfen, und jetzt müssen wir dafür bezahlen. Wir können es auch nach alldem, was wir schauen durften. Aber wir können es in der Tat nicht. Ich kann nicht. Ich kann die Erinnerung nicht mehr festhalten. Sie entgleitet mir mehr und mehr. Früher blitzte sie manchmal in mir auf, wenn ich gar nicht nach ihr suchte. Aber jedesmal, wenn ich suche – und ich muß es ja tun, um den Sinn meines Lebens wiederzufinden –, merke ich, daß sie nicht mehr kommen will; sie ist mir entglitten. Ich glaube, ich habe sie verbraucht, indem ich zuviel nach ihr gesucht habe. Manchmal liege ich wach und grüble darüber nach, wie alles geworden wäre, wenn mein Leben wie das der anderen verlaufen wäre. Ob ich dann vielleicht noch einmal einen ebenso großen Augenblick erlebt hätte – oder ob etwas gleich Großes trotzdem über dem Leben geschwebt und ihm einen Sinn gegeben hätte –, ich meine, ob dann vielleicht nicht alles so unwiederbringlich vorbei gewesen wäre. Man braucht jetzt, verstehen Sie, nicht nur einen entschwundenen Augenblick, von dem man den Rest seines Lebens zehren muß. Man schafft es nicht mehr, obwohl man einmal dabeigewesen war . . . Aber man schämt sich. Man schämt sich, den einzigen Augenblick im Leben, der etwas wert gewesen war, zu verraten. Verraten. Warum verrät man? Alles, was ich verlange, ist ja nur ein normales Leben, um den Sinn wiederzufinden. Ich habe mir zuviel vorgenommen. Ich schaffe es nicht. Morgen gehe ich hin, mich abzumelden." Eine Art Erschlaffung trat ein. Noch einmal brach er die Stille: „Glauben Sie, daß man einen solchen Augenblick noch einmal erlebt – wenn man stirbt? Ich habe viel darüber nachgedacht. Ich würde gern sterben. Wenn einem das Leben nichts anderes mehr geben kann, dann ist Sterben noch das Letzte. Wenn man sagt: Ich schaffe es nicht mehr, dann meint man: Ich kann nicht mehr weiterleben. Man meint nicht: Ich kann nicht sterben – denn das kann man. Sterben kann man immer, denn dabei braucht man sich nicht zu verstellen . . ."

Er schwieg und saß still an die Rückenlehne gestützt. Eine grünliche Blässe breitete sich langsam über sein Gesicht. Er schluckte. Sein Körper zuckte leicht. Die Hände glitten tastend über die Armstütze hinaus, und der Mann schien zu erwachen, voller Unruhe und Übelkeit. Das war übrigens nicht verwunderlich. Er hatte ja die doppelte Dosis bekommen. In einem Glas Wasser reichte ich ihm ein paar Tropfen zur Beruhigung.

„Es wird ihm gleich bessergehen", sagte ich. „Im Augenblick, da die Wirkung nachläßt, verspürt er Übelkeit. Nachher ist es vorbei. In gewisser Hinsicht steht ihm jedenfalls die unangenehmste Arbeit noch bevor: sich in das Furcht- und Schamgefühl wieder hineinfinden. Sehen Sie, mein Chef! Ich glaube, es würde sich lohnen, ihn zu beobachten."

Rissen sah Nr. 135 mit einem Ausdruck an, als wäre er es und nicht die Versuchsperson, die sich schämte. Der Mann vor uns bot wirklich keinen ermunternden Anblick. In den Adern an den Schläfen klopfte es, und die Muskeln um die Mundwinkel zitterten in unterdrücktem Entsetzen, das bedeutend schlimmer war als jenes, welches er bei seinem Eintreten verborgen hatte. Die Augen hielt er krampfhaft geschlossen, als hoffe er, daß er damit die allzu klare Erinnerung in einen bösen Traum verwandeln könne.

„Erinnert er sich an alles, was geschehen ist?" fragte Rissen leise.

„An alles, fürchte ich. Ich weiß übrigens nicht, ob man dies als einen Vor- oder Nachteil betrachten soll."

Mit äußerstem Unwillen entschloß sich die Versuchsperson endlich, die Augen so weit zu öffnen, daß sie sich vorwärts tasten konnte. Gebeugt und unsicher machte er ein paar Schritte gegen die Tür, ohne es zu wagen, einem von uns ins Gesicht zu blicken.

„Besten Dank für den Dienst", sagte ich und setzte mich an den Tisch. (Die Sitte erforderte, daß der Angesprochene in diesem Fall antwortete: „Ich habe nur meine Pflicht getan", aber nicht einmal ein solcher Formalist, wie ich damals war, hatte die Stirn, allzu streng auf Umgangsformen zu halten, wenn es sich um Versuchspersonen handelte, die gerade ein Experiment überstanden hatten.) „Ich fülle die Karte am besten sofort aus. Dann können Sie die Entschädigung an der Kasse holen, wann Sie wollen. Ich teile Sie der Kategorie VIII zu: mäßiges Unbehagen, ohne nachfolgenden Schaden. Die Schmerzen und Übelkeit sind ja wirklich unbedeutend, und eigentlich müßte ich Sie unter Kategorie III eintragen. Aber ich glaube zu verstehen, daß Sie sich – hm – wie soll ich mich ausdrücken – ein wenig schämen."

Wie abwesend ergriff er das Papier und stolperte weiter zur Tür. Dort blieb er unschlüssig ein paar Sekunden lang stehen, wandte sich plötzlich steif um und sagte: „Darf ich vielleicht nur sagen, daß ich nicht verstehe, was über mich gekommen ist. Ich war wie von Sinnen und sagte Dinge, die ich gar nicht meine. Keiner kann seinen Dienst mehr lieben als ich, und es fällt mir natürlich nicht ein, ihn aufzugeben. Ich hoffe aufrichtig, meinen guten Willen dadurch beweisen zu können, daß ich die schwierigsten Experimente für den Staat erleide."

„Wenigstens werden Sie noch bleiben müssen, bis die Hand geheilt ist", sagte ich leichthin. „Sonst dürfte es Ihnen schwerfallen, zu einer anderen Arbeit angenommen zu werden. Was haben Sie sonst gelernt? Soviel ich weiß, wird keine unnötige Extraausbildung auf irgendeinen Mitsoldaten verschwendet, und einen Mann in Ihrem Alter wird man wohl kaum auf einem neuen Gebiet einsetzen, besonders da Sie ja nicht durch ‚Invalidität' in der Ausübung Ihres selbstgewählten Berufes behindert sind . . ."

Ich weiß heute noch, daß ich hochmütig und überlegen sprach. Es lag daran, daß ich plötzlich eine bestimmte Abneigung gegen meine erste Versuchsperson gefaßt hatte. Ich glaubte genügend Grund für eine derartige Einstellung zu haben: die Feigheit und die egoistische Verantwortungslosigkeit, welche er unter einer Maske von Mut und Opferwillen verbarg, weil er wußte, daß seine Vorgesetzten es so haben wollten. Ja, die Richtlinien des Siebenten Büros waren mir ins Blut übergegangen! Wenn es sich um vertuschte Feigheit handelte, sah ich ja selbst, wie widerwärtig sie war, vertuschter Trauer gegenüber hatte ich diese Ablehnung zwar noch nicht beobachtet. Was ich dagegen nicht klar sah, war eine andere Ursache meiner Abneigung, eine Abneigung, die ich erst später entdeckte und verstand: wiederum Neid. Der Mann dort, minderwertig in mancher Hinsicht, sprach von einem Augenblick höchster Seligkeit, gewiß vergangen und fast vergessen, aber trotzdem einem Augenblick . . . Die kurze Ekstase auf dem Weg zum Propagandabüro des Jugendlagers an dem Tag, da er sich zum Freiwilligen Opferdienst anmeldete – ja, darum beneidete ich ihn. Hätte vielleicht ein einziger derartiger Augenblick meinen ewigen Durst, den ich vergebens bei Linda zu löschen suchte, gestillt? Obwohl ich diesen Gedanken nicht zu Ende dachte, hatte ich ein Gefühl, als wäre dieser Mann ein Begnadeter, aber undankbar, und das machte mich hart.

Rissens Benehmen hingegen versetzte mich in Erstaunen. Er

ging gerade auf Nr. 135 zu, legte seine Hand auf dessen Schulter und sagte in einem warmen Ton, der zwischen Erwachsenen nicht gebräuchlich war, am allerwenigsten zwischen Männern, einem Ton, den man höchstens bei empfindsamen Müttern hörte, wenn sie zu ihren kleinen Kindern sprachen: „Sie brauchen keine Angst zu haben. Bei diesen Experimenten wird nichts Persönliches weiterberichtet. Es ist, als hätten Sie kein Wort gesagt."

Der Mann sah scheu auf, drehte sich hastig um und verschwand durch die Tür. Ich glaubte seine Verlegenheit zu verstehen. Hätte er einen Funken mehr Stolz, dachte ich, würde er sicher einem Chef, der sich einem Untergeordneten gegenüber so familiär benahm, ins Gesicht spucken. Wie kann man einem solchen Chef gehorchen und ihn achten! Wen man nicht fürchten muß, der kann auch keinen Respekt verlangen, natürlich, denn Achtung schließt Kraft, Überlegenheit, Macht ein – und Kraft, Überlegenheit und Macht sind für die Umgebung immer gefährlich.

Rissen und ich waren allein. Stille erfüllte den Raum. Ich mochte Rissens Pausen nicht leiden. Sie bedeuteten weder Erholung noch Arbeit.

„Ich ahne, was Sie denken, mein Chef", sagte ich, um dem Schweigen ein Ende zu bereiten. „Sie denken, daß dies hier nichts beweist. Ich könnte den Mann vorher unterrichtet haben. Was er gesagt hat, war gewiß persönlich bloßstellend, aber nicht strafbar. Daran denken Sie doch wohl?"

„Nein", sagte Rissen und sah drein, als erwache er. „Nein, daran dachte ich nicht. Es war doch wohl deutlich genug, daß der Mann einiges gesagt hat, was er wirklich meinte und was er für sein Leben nicht hätte zugeben wollen. Es war ohne Zweifel echt, sowohl sein Bekenntnis wie seine Scham."

In meinem eigenen Interesse hätte ich mich eigentlich über seine Leichtgläubigkeit freuen sollen, aber in Wirklichkeit reizte sie mich, denn ich fand sie zu unvorsichtig. In unserem Weltstaat, in dem jeder Mitsoldat vom frühesten Alter an zu strenger Selbstbeherrschung erzogen wurde, wäre es gewiß nicht unmöglich gewesen, daß Nr. 135 in diesem Fall eine großartige schauspielerische Leistung vollbracht hätte, obwohl es jetzt zufällig nicht so geschehen war. Doch ich hielt meine Kritik zurück und antwortete nur: „Würden Sie es als undisziplinert betrachten, wenn ich vorschlüge fortzufahren?"

Der sonderbare Mann schien nicht zu bemerken, daß ich sprach. „Eine eigentümliche Erfindung", sagte er gedankenvoll, „wie sind Sie darauf gekommen?"

„Ich habe frühere Versuche ausgebaut", antwortete ich. „Eine Droge mit gleichen Wirkungen wurde vor ungefähr fünf Jahren erfunden. Aber die berauschenden Nebenwirkungen waren derartig, daß die Versuchspersonen fast ausnahmslos im Irrenhaus landeten – schon nach dem ersten Versuch. Der Erfinder brachte damit eine Menge Leute um, erhielt eine scharfe Warnung, und die Angelegenheit blieb liegen. Nun ist es mir gelungen, die gefährlichen Nebenwirkungen zu neutralisieren. Ich muß gestehen, daß ich gespannt auf die praktischen Experimente gewartet habe . . ." Und hastig, wie nebenbei, fügte ich hinzu: „Ich hoffe, daß meine Erfindung den Namen Kallocain nach mir selbst tragen wird."

„Natürlich, natürlich", sagte Rissen gleichgültig. „Ahnen Sie selbst, welch große Bedeutung Ihre Erfindung haben wird?"

„Ich ahne es wohl. Wenn die Not am größten ist, ist die Hilfe am nächsten, heißt es. Sie wissen, daß die falschen Zeugenaussagen die Gerichte zu überschwemmen beginnen. Kaum ein Prozeß verläuft, ohne daß die verschiedenen Aussagen sich widersprechen, und das kann unmöglich auf Irrtümern oder Nachlässigkeit beruhen. Worauf es zurückzuführen ist, kann niemand durchschauen, aber es ist so."

„Ist das so schwer?" fragte Rissen und trommelte auf die Tischplatte, was mich sehr reizte. „Ist es wirklich so schwer, das zu durchschauen? Erlauben Sie mir eine Frage – ja, Sie brauchen sie nicht zu beantworten, wenn Sie keine Lust dazu haben –, aber finden Sie Meineid unter allen Umständen verwerflich?"

„Natürlich nicht", antwortete ich etwas verärgert, „nicht wenn das Wohl des Staates ihn erfordert. Bei jeder Kleinigkeit rechtfertigt es sich selbstverständlich nicht, ihn anzuwenden."

„Ja, aber denken Sie nach", sagte Rissen und legte den Kopf verschlagen auf die Seite, „ist es nicht zum Besten des Staates, wenn ein Schurke verurteilt wird, auch wenn er einmal unschuldig büßen muß? Ist es nicht zum Besten des Staates, wenn ein untauglicher, schädlicher, höchst unsympathischer Feind verurteilt wird, auch wenn er von Rechts wegen nichts Strafbares getan hat? Er verlangt natürlich Rücksicht, aber was hat der einzelne für ein Recht auf Rücksicht . . ."

Ich wußte nicht recht, worauf er hinauswollte, und die Zeit verging. Ich läutete schnell nach der nächsten Versuchsperson, und während ich ihr die Spritze gab, antwortete ich: „Auf alle Fälle hat es sich gezeigt, daß dieser Unfug dem Staat mehr schadet als nützt. Doch meine Erfindung wird das Problem spielend lösen. Die Zeugen können nicht nur kontrolliert werden – sie werden nicht einmal mehr gebraucht, denn der Verbrecher wird nach einer kleinen Einspritzung freudig und vorbehaltlos alles gestehen. Die Nachteile des dritten Grades kennen wir ja – verstehen Sie mich recht, ich kritisiere gewiß nicht, daß er angewandt worden ist, solange nicht ein anderes Mittel zur Verfügung stand –, man kann sich ja nicht gut mit Verbrechern solidarisch fühlen, wenn man weiß, daß man nichts Schlechtes auf dem Gewissen hat . . ."

„Sie scheinen ein ungewöhnlich gutes Gewissen zu haben", sagte Rissen trocken, „oder geben Sie nur vor, eines zu haben? Meine Erfahrungen haben mir bisher gezeigt, daß kein Mitsoldat über dem vierzigsten Altersjahr ein wirklich reines Gewissen hat. In der Jugend ist es vielleicht der Fall, für manche, aber später . . ., aber vielleicht sind Sie noch gar nicht über Vierzig?"

Ich verneinte und gab mir Mühe, so ruhig wie möglich zu bleiben. Glücklicherweise stand ich der neuen Versuchsperson zugewandt und brauchte Rissen nicht anzuschauen. Ich war aufgebracht, und das nicht nur seines unverschämten Benehmens wegen. Was mich viel mehr reizte, war seine allgemeine Behauptung, der unerklärliche Ausspruch, den er getan hatte – daß alle Mitsoldaten im reifen Alter ein chronisch schlechtes Gewissen hätten! Obwohl er es nicht direkt ausgesprochen hatte, empfand ich seine Worte als einen Angriff auf die Werte, welche ich als die heiligsten betrachtete.

Er mußte das Abweisende in meinem Ton bemerkt und verstanden haben, daß er zu weit gegangen war. Wir arbeiteten weiter, und das Gespräch beschränkte sich auf die notwendigsten Bemerkungen, die ausschließlich die Versuche betrafen.

Wenn ich mich jetzt bemühe, mir die darauffolgenden Experimente wieder in Erinnerung zu rufen, zeigt es sich, daß sie bei weitem nicht so lebhaft vor mir stehen wie das erste. Dieses war natürlich das spannendste gewesen. Aber ich konnte ja immer noch nicht vollständig sicher sein, daß mein Mittel nie versagen würde, auch wenn es das erste Mal geglückt war. Ich vermute, daß mich meine Gereiztheit Rissen gegenüber ablenkte. Wie genau ich auch arbeitete, ich konnte mich nicht völlig konzentrieren. Und das ist vielleicht der Grund dafür, warum sich die folgenden Versuche nicht so tief in meine Erinnerung einprägten. Ich will darum auch nicht versuchen, alle Einzelheiten zu schildern. Es genügt, wenn ich den Haupteindruck wiedergeben kann.

Nachdem wir schon vor dem Mittagessen an fünf Versuchspersonen das Mittel erprobt hatten und außerdem an zwei weiteren, wovon immer einer elender als der andere war, fühlte ich mich ganz geschlagen und voll wachsender Verachtung und Entsetzen. Ist es wirklich nur Gesindel, das sich zum Freiwilligen Opferdienst meldete? fragte ich mich. Aber ich wußte ja, daß dies nicht der Fall war. Ich wußte, daß für diese Arbeit hochwertige Eigenschaften verlangt wurden, daß man Mut, Opferwillen, Selbstlosigkeit und Entschlossenheit beweisen mußte, bevor man sich zu solch einem Beruf melden durfte. Ich konnte mir auch nicht denken, daß diese Beschäftigung die Leute zerrüttete. Doch die Einblicke, welche ich in das Privatleben der Versuchspersonen gewann, waren niederschmetternd.

Nr. 135 war feige gewesen und hatte seine Feigheit verborgen. Er hatte aber wenigstens eine positive Seite gehabt: er hielt den großen Augenblick in seinem Leben heilig. Die anderen waren ebenso feige wie er, manche in bedeutend höherem Grad. Manche unter ihnen klagten nur, und zwar nicht ausschließlich über ihren Beruf, die Wunden, Krankheiten und die Furcht, welche ihr selbstgewähltes Los waren, sondern auch über eine Menge unwesentlicher Dinge: die Betten im Heim, das immer schlechter werdende Essen (sie hatten es also auch gemerkt!), Nachlässigkeit in der Krankenpflege. Man konnte sich wohl vorstellen, daß es auch in ihrem Leben einmal einen großen Augenblick gegeben hatte, aber der war schon in Vergessenheit geraten. Vielleicht hatten sie auch nicht soviel Willenskraft darauf verwendet, um ihn am Leben zu erhalten, wie Nr. 135. Um die Wahrheit zu sagen: Wie wenig heroisch Nr. 135 auch gewirkt hatte, als er in seinem Kallocainrausch vor mir saß – als ich ihn später mit den anderen verglich, erschien er mir tatsächlich beinahe wie ein Held. Aber es gab noch mehr, das mich bei den anderen Versuchspersonen, derer wir uns in der ersten Zeit bedienten, anekelte und erschreckte: mehr oder minder entwickelte Absonderlichkeiten, widerliche Phantasien, verborgene Laster. Dann gab es einige Verheiratete, die nicht im Heim wohnten und die von ihren ehelichen Schwierigkeiten in einer kläglichen und lächerlichen Art und Weise erzählten. Kurz gesagt, entweder mußte man über den Freiwilligen Opferdienst oder über alle Mitsoldaten des Weltstaates oder über die biologische Art Mensch überhaupt verzweifeln.

Und jedem versprach Rissen feierlich, daß die kostbaren Geheimnisse gut behütet würden. Das zu verwinden fiel mir besonders schwer.

Nach einem äußerst starken Fall – sogar noch am ersten Tag; es war der letzte Versuch vor dem Mittagessen, ein Mann, der von Lustmord phantasierte, obwohl er sicher nie etwas verbrochen hatte und wohl auch nie dazu kommen würde –, konnte ich es nicht unterlassen, meiner gequälten Stimmung Luft zu machen, indem ich mich bei Rissen ziemlich unbegründet für meine Versuchspersonen entschuldigte.

„Meinen Sie wirklich, daß alle so schreckliches Gesindel sind?" fragte Rissen leise.

„Alle sind gewiß keine künftigen Lustmörder", antwortete ich, „aber alle scheinen ungewöhnlich erbärmlich zu sein." Ich hatte Zustimmung erwartet. Es hätte mich erleichtert und irgendwie von alldem Peinlichen entfernt. Als ich merkte, daß er meine starke Abscheu nicht teilte, wurde alles noch qualvoller. Noch während wir in den Speisesaal hinaufgingen, setzten wir das Gespräch fort.

„Ungewöhnlich, ja, ungewöhnlich", sagte Rissen. Dann schlug er einen anderen Gedankengang ein und sagte mit veränderter Stimme: „Freuen Sie sich, daß wir nicht auf Heilige und Helden der gewöhnlichen Sorte gefallen sind – ich glaube, daß ich dann weniger überzeugt gewesen wäre. Übrigens haben wir keinen einzigen richtigen Verbrecher unter ihnen gefunden."

„Ja, aber dieser letzte, dieser letzte! Ich gebe zu, daß er nichts Böses verbrochen hat, und ich glaube auch nicht, daß er irgendeines der Verbrechen, von denen er phantasierte, begehen wird; zumal wenn wir sein Alter und die gute Überwachung im Heim in Betracht ziehen. Aber denken Sie, wenn er jung gewesen wäre und die Möglichkeit gehabt hätte, seine Wünsche in die Tat umzusetzen! In solchen Fällen wird mein Kallocain gute Dienste leisten. Man wird viele Unannehmlichkeiten voraussehen und ihnen vorbeugen können. Gefahren, von denen man heute nicht einmal weiß, daß sie sich nähern ..."

„Vorausgesetzt, daß man die richtigen Personen erfaßt, und das ist auch nicht so leicht. Denn Sie glauben doch wohl kaum, daß alle untersucht werden sollen."

„Warum nicht? Warum nicht alle? Ich weiß, daß es ein Zukunftstraum ist, aber trotzdem! Ich sehe eine Zeit voraus, in der jeder Neubesetzung eines Amtes eine Kallocainuntersuchung vorausgeht, ebenso selbstverständlich wie jetzt die gewöhnlichen psycho-technischen Untersuchungen vorgenommen werden. Auf diese Weise wird nicht nur die Berufseignung des Betreffenden, sondern auch sein oder ihr Wert als Mitsoldat öffentlich bekannt. Ich könnte mir sogar eine jährliche obligatorische Kallocainuntersuchung eines jeden Mitsoldaten vorstellen ..."

„Ihre Zukunftspläne sind aber gar nicht anspruchslos", schob Rissen ein, „das gäbe doch einen allzu großen Apparat."

„Sie haben ganz recht, mein Chef, es würde eine viel zu umfangreiche Aufgabe. Dazu wäre ein ganzer neuer, riesiger Beamtenstab mit Scharen von Angestellten notwendig, die alle von ihren jetzigen Produktions- und Militärorganisationen abgezogen werden müßten. Bevor eine derartige Neuordnung in Aussicht genommen werden kann, muß erst die Bevölkerungszahl erhöht werden, wie wir es jetzt so viele Jahre lang propagiert haben, wovon aber noch nicht das geringste zu spüren ist. Vielleicht können wir auf einen neuen, großen Eroberungskrieg hoffen, der uns reicher und produktiver machen wird."

Rissen schüttelte jedoch den Kopf. „Oh, gewiß nicht", sagte er, „wenn man nur entdeckt, daß ein Plan notwendiger als alles andere ist, das einzig Notwendige, das einzige, das unseren Übermächtigen beruhigen – ja, sagen wir, seine Besorgnisse vermindern kann, dann können Sie sicher sein, daß der Beamtenstab zur Verfügung gestellt wird. Er wird dasein, wir werden unsern Lebensstandard herabsetzen, wir werden unsern Arbeitstakt erhöhen, und das große, schöne Gefühl vollkommener Sicherheit wird ersetzen, was wir verlieren werden."

Ich war nicht sicher, ob diese Bemerkung ernst oder ironisch gemeint war. Einerseits seufzte ich bei der Aussicht auf einen noch weiter herabgesetzten Lebensstandard (man ist ja undankbar, dachte ich. Der Mensch ist genußsüchtig und egoistisch, wenn es sich um etwas Größeres handelt als um die Befriedigung des einzelnen), andererseits fühlte ich mich bei dem Gedanken, daß Kallocain einmal eine derartige Rolle spielen könnte, geschmeichelt. Aber bevor ich etwas antworten konnte, fügte er in einem anderen Ton hinzu: „Etwas ist ziemlich sicher, und zwar, daß jetzt der letzte Rest unseres Privatlebens verlorengeht."

„Na ja, das ist doch nicht so wichtig!" sagte ich freudig. „Die Gemeinschaft ist im Begriff, das letzte Gebiet, in das asoziale Tendenzen bisher ihre Zuflucht nehmen konnten, zu erobern. Wie ich die Lage sehe, bedeutet diese Erfindung ganz einfach, daß die große Gemeinschaft ihrer Vollendung nahesteht."

„Die Gemeinschaft", wiederholte er langsam, als zweifelte er daran.

Ich bekam nie Gelegenheit, darauf zu antworten. Wir standen vor der Tür des Speisesaals und mußten uns trennen, um unsere Plätze an verschiedenen Tischen einzunehmen. Stehenbleiben und unser Gespräch zu Ende führen konnten wir nicht, teils, weil es Mißtrauen erweckt hätte, teils, weil wir nicht dem heftigen Strom Menschen, die sich nach ihrem Mittagessen sehnten, im Wege stehen konnten. Aber während ich an meinen Platz ging und mich niedersetzte, dachte ich über seinen zweifelnden Ton nach und ärgerte mich.

Er muß ja doch begriffen haben, was ich meinte. Das mit der Gemeinschaft war ja keine freie Erfindung von mir. Jeder Mitsoldat mußte schon als Kind den Unterschied zwischen niedrigerem und höherem Leben lernen, das niedrigere: unkompliziert und undifferenziert – zum Beispiel einzellige Tiere und Pflanzen; das höhere: kompliziert und mannigfach differenziert – zum Beispiel der menschliche Körper als feine und gut funktionierende Einheit. Jeder Mitsoldat mußte auch lernen, daß es sich mit den Gesellschaftsreformen genau gleich verhielt: Von einer planlosen Horde hatte die Gesellschaft sich zu der höchstorganisierten und -differenzierten aller Formen entwickelt: zu unserem jetzigen Weltstaat. Vom Individualismus zum Kollektivismus – von der Einsamkeit zur Gemeinschaft. Das war der Weg dieses riesigen, heiligen Organismus, in welchem der einzelne nur eine Zelle war, der keine andere Bedeutung zukam, als der Ganzheit des Organismus zu dienen. So viel wußte jeder, der das Jugendlager hinter sich hatte, und so viel mußte Rissen also auch wissen. Außerdem sollte er begriffen haben, was nicht so schwer zu verstehen war: daß Kallocain ein notwendiges Glied in dieser ganzen Entwicklung darstellte, da es auch die Gedanken des einzelnen in der großen Gemeinschaft erfaßte, Gedanken, die man früher für sich behalten hatte. Verstand Rissen etwas so Logisches wirklich nicht, oder wollte er nicht verstehen?

Ich warf einen Blick in die Richtung seines Tisches. Dort saß er in seiner nachlässigen Haltung und rührte zerstreut in seiner Suppe. Dieser Mann beunruhigte mich auf eine unerklärliche Weise. Er war nicht nur merkwürdig, daß es manchmal schon lächerlich wirkte, sondern in seinem Benehmen ahnte ich auch noch dunkel eine Gefahr. Noch wußte ich nicht, worin diese Gefahr bestehen konnte, aber gegen meinen Willen zog er meine Aufmerksamkeit auf alles, was er sagte und tat.

Unsere Experimente sollten nach dem Essen fortgesetzt werden, und jetzt waren es kompliziertere Versuche. Ich hatte sie in Gedanken an einen skeptischeren Kontrollchef als Rissen geplant, aber auf alle Fälle war Genauigkeit eine Tugend. Das Resultat meiner Versuche würde ja weitergegeben werden. Wenn der Kontrollchef seine Zustimmung erteilte, würden sie in allen Chemiestädten, vielleicht auch von den Juristen der Hauptstadt diskutiert werden. Die Versuchspersonen, nach denen wir jetzt verlangten, konnten ruhig ein Gebrechen haben, sie mußten nur im vollen Besitz ihrer Sinne sein. Das genügte. Dagegen mußten sie eine andere Bedingung erfüllen, und zwar eine, die wohl höchst selten an eine Versuchsperson gestellt wurde: Sie mußten verheiratet sein.

Wir hatten uns mit dem Polizeichef telefonisch in Verbindung gesetzt, um die Erlaubnis für dieses Experiment einzuholen. Wenn wir auch über Körper und Seele der Angestellten beim Freiwilligen Opferdienst verfügten, ohne auf etwas anderes Rücksicht zu nehmen als auf das Wohl des Staates, so verfügten wir ja nicht ohne weiteres über deren Frauen und Männer, genausowenig wie über andere Mitsoldaten. Dazu mußten wir die besondere Erlaubnis des Polizeichefs besitzen. Anfangs war er etwas unwillig. Er fand es unnötig, sie zu erteilen, solange noch Leute vom Freiwilligen Opferdienst vorhanden waren. Er begriff sicher gar nicht, um was es sich handelte, aber als wir ihn so lange bearbeitet hatten, daß er schon ungeduldig wurde, und nachdem wir ihn überzeugt hatten, daß den Leuten nichts Schlimmeres geschehen würde als der Schreck und eine leichte Übelkeit, gab er endlich seine Einwilligung. Er befahl uns jedoch, am Abend bei ihm vorbeizukommen, um ihm in Ruhe nähere Auskunft über diese Angelegenheit zu geben.

Die zehn Verheirateten vom Opferdienst wurden zusammen hereingerufen. In meiner Kartothek mußte ich nicht nur ihre Nummern, sondern auch ihre Namen und Adressen, die gar nicht auf ihrer eigenen Karte standen, eintragen, und das erweckte auch ein gewisses Erstaunen und Unbehagen. Ich mußte sie beruhigen und sie von meinem Plan unterrichten. Sie sollten zu ihrem Mann oder ihrer Frau nach Hause kommen und sich beunruhigt und ängstlich zeigen oder, wenn es ihnen leichter fiele, einen gewissen rosenroten Optimismus in bezug auf die Zukunft zur Schau tragen. Von ihren Angehörigen bestürmt, sollten sie endlich im Vertrauen erzählen, daß sie in eine Spionageaffäre verwickelt seien. Es habe ihnen in der Untergrundbahn jemand zugeflüstert, daß sie viel Geld verdienen könnten, wenn sie nur eine Karte der Laboratorien und der Metrolinien zeichnen würden, die sich in der Nähe der Zentrale des Freiwilligen Opferdienstes befanden. Dann sollten sie abbrechen und mit keiner Miene verraten, daß es sich um ein Experiment handelte.

Am selben Abend fuhren wir zur Polizei, jeder mit einer Bescheinigung vom höchsten Chef unseres Laboratoriumsdistriktes versehen sowie mit einer Besuchslizenz von der Polizei, die uns per Eilboten geschickt worden war. Ich hatte mit knapper Not gegen einen späteren Doppeldienst von meinem Militär- und Polizeidienstabend befreit werden können. Wir waren jedoch froh, mit dem Polizeichef überhaupt in Berührung zu kommen; bei unserem Vorhaben brauchten wir seine Hilfe. Es war sehr schwierig, ihn zu überzeugen, nicht weil es ihm im allgemeinen schwerfiel, etwas zu begreifen – das Gegenteil war der Fall –, sondern weil er schlechter Laune und deutlich gegen jedermann mißtrauisch war. Ich muß bekennen, daß sein ganz natürliches Mißtrauen einen besseren Eindruck auf mich machte als Rissens Leichtgläubigkeit, auch wenn es sich zufällig auf mich bezog. Als wir ihn endlich gewonnen hatten, war ich wenigstens überzeugt, eine sehr wichtige Tür mit dem richtigen und erlaubten Schlüssel geöffnet zu haben, weder mit einem Dietrich noch mit einem Fußtritt. Es handelte sich ja darum, die Ehepartner zu unserer Verfügung zu haben, nachdem sie durch unsere Versuchspersonen „ins Vertrauen gezogen" worden waren. Sie konnten dann von Rechts wegen als Mitschuldige an der Verschwörung angezeigt und nachher nach allen Regeln der Kunst verhaftet werden, wenn sie uns nur auf irgendeine Weise zugeführt würden. Ob er seine Polizisten einweihen wollte oder nicht oder ob er es vorzog, den Plan für sich zu behalten, war Sache des Polizeichefs. Das einzig Wichtige war, daß die verhafteten

Ehepartner sich bei uns einer Kallocain-Untersuchung unterziehen mußten. Wenn er es wünschte, könnte er ja selbst kontrollieren, daß die Verhafteten bei uns keinen Schaden erlitten und also kein Menschenmaterial unnötig vergeudet würde – er könnte persönlich kommen oder einen Vertrauensmann schicken, in beiden Fällen würden wir uns geschmeichelt fühlen. Ich glaube übrigens, daß das „persönlich" ihn milder gestimmt hatte. Trotz seiner schlechten Laune war er auf meine Erfindung neugierig. Als wir endlich die schriftliche Bestätigung des vorausgegangenen telefonischen Versprechens mit der steilen, markanten Unterschrift „Vay Karrek" erhalten hatten, bereiteten wir ihn darauf vor, daß einige der nichtsahnenden Ehepartner Stellung nehmen und den angeblichen Verbrecher anzeigen könnten. Da alles nur ein Spiel war, sollte es natürlich nicht zu wirklichen Verhaftungen kommen – wir überreichten ihm die Liste mit den Namen der Versuchspersonen –, dagegen würden wir ihm sehr dankbar sein, wenn die Leute morgen vormittag so früh wie möglich festgenommen werden könnten.

Als ich nach Hause kam und in den Elternraum trat – Linda war schon ins Bett gegangen –, lag auf dem Nachttisch eine Mitteilung für mich. Sie betraf den Militär- und Polizeidienst: von vier Abenden in der Woche wurde er auf fünf erweitert. Bis auf weiteres sahen sich die Behörden also gezwungen, die zwei wöchentlichen Familienabende auf einen herabzusetzen, während der Fest- und Vortragsabend ungekürzt beibehalten wurde. (Der letztere war ja auch notwendig, und zwar nicht nur zur Erholung und Belehrung der Mitsoldaten, sondern auch für das Fortbestehen des Staates. Wo und wann sollten sich sonst die Mitsoldaten, die schon das Jugendlager verlassen hatten, treffen und sich verlieben? Auch Linda und ich hatten diesen Fest- und Vortragsabenden unsere Ehe zu verdanken.) Die Mitteilung war ganz im Sinn der Beobachtungen, die ich in letzter Zeit gemacht hatte, und ich sah, daß auf Lindas Nachttisch ein ähnliches Schreiben lag.

Wir wußten aus Erfahrung, daß allerlei Unvorhergesehenes die Familienabende beeinträchtigte. Es könnte also lange dauern, bis ich wieder einmal einen Abend für mich selbst hätte.

Da es noch nicht spät war und ich selbst noch nicht so müde wie gewöhnlich nach Dienstabenden, beschloß ich, noch die Entschuldigung abzufassen, die durch das Radio verbreitet werden sollte: „Ich, Leo Kall, beschäftigt in einem der größeren Laboratorien für organische Gifte und Betäubungsmittel, Versuchsabteilung in der Chemiestadt Nr. 4, habe eine Entschuldigung vorzubringen. Beim Abschiedsfest für die eingezogenen Arbeitskräfte aus dem Jugendlager, am 19. April d. J., beging ich einen schweren Fehler. Von falschem Mitleid ergriffen, das den einzelnen beklagt und falschen Heldenmut verkörpert, einem solchen Mitleid, das sich mit Vorliebe dem Tragischen und Düsteren anstatt dem Hellen und Freudigen des Lebens zuwendet, hielt ich folgende Ansprache. (Hier fügte ich die Rede ein, die in leicht ironischem Ton gelesen werden sollte.) Jetzt hat das Siebente Büro des Propagandaministeriums folgende Kritik darüber abgegeben: Wenn ein begeisterter ... (Die Kritik mußte auch wiederholt werden, da sie ja das wichtigste für die Zuhörer war, gewissermaßen eine Warnung für alle, die zu derselben Einstellung neigten.) Ich entschuldige mich hiermit für mein bedauerliches Vergehen. Ich sehe ein, wie tief begründet und berechtigt die Unzufriedenheit des Siebenten Büros des Propagandaministeriums war, und ich bin bis in die tiefste Seele bereit, mich von nun an nach dessen überzeugender Darstellung der Frage zu richten."

Am folgenden Morgen bat ich Linda, das Schreiben schnell durchzulesen, und sie war befriedigt. Es war in keiner Weise übertrieben, niemand konnte eine verborgene Ironie hineindeuten, auch konnte man mich nicht falschen Stolzes bezichtigen. Es brauchte also nur abgeschrieben und eingesandt zu werden, und dann mußte ich noch Schlange stehen, um in der Entschuldigungsstunde des Radios an die Reihe zu kommen.

5

Das Experiment nahm sofort eine ziemlich bedrohliche Wendung. Schon früh am Vormittag läuteten wir bei der Polizei an, um anzufragen, ob irgend etwas geschehen sei, und doch kamen wir mit unserem Anruf spät. In neun von zehn Fällen hatte der eine Ehepartner den anderen angezeigt, und ob sich der zehnte nicht auch schon auf dem Weg befand, war schwer zu sagen. Jedenfalls war der Haftbefehl erlassen worden, und wir konnten die betreffende Person in zwei bis drei Stunden in unserem Laboratorium erwarten. Nicht gerade vielversprechende Aussichten. Ich muß zugeben, daß ich ein wenig überrascht war zu sehen, wie aufrichtig und schnell diese Mitsoldaten gehandelt hatten – natürlich nur erfreulich, wenn es sich nicht um das Experiment gehandelt hätte. Sicher war, daß der Versuch wiederholt werden mußte. Mindestens einige sichere Fälle mußten wir aufbringen können, bevor der Staat die Erfindung anwenden würde.

Wir forderten also noch einmal zehn verheiratete Versuchspersonen an, und ich unterrichtete sie in derselben Weise wie die am Tag zuvor. Alles verlief genau gleich. Der einzige Unterschied bestand darin, daß alle in einem noch schlimmeren Zustand waren als die vom Tag zuvor. Einige kamen sogar auf Krücken angehumpelt und hatten den Kopf verbunden. Man muß ja zugeben, daß die wenigsten Versuchspersonen überhaupt verheiratet waren und daß gerade bei diesem Experiment Krücken plus minus Null bedeuteten – aber immerhin! In der letzten Zeit wurde der Mangel an Leuten aus dem Opferdienst immer spürbarer. Natürlich waren sie im Lauf der Jahre aufgebraucht worden, aber etwas mußte unternommen werden, damit die Versuche wie früher fortgesetzt werden konnten.

Sowie sich die Leute aus dem Raum entfernt hatten, platzte ich heraus: „Aber es ist ja ein Skandal! Bald wird ein eklatanter Mangel an Personal herrschen. Wir werden mit Todkranken und Geistesgestörten experimentieren müssen. Wäre es nicht an der Zeit für die Behörden, bald wieder einen Propagandafeldzug zu unternehmen wie den, von dem Nr. 135 gesprochen hat, um die sich lichtenden Reihen wieder aufzufüllen?"

„Nichts hindert Sie daran, sich zu beklagen", sagte Rissen und zuckte die Achseln.

Mir fiel etwas ein. Natürlich und mit Recht konnten die Behörden die Beschwerde eines einzelnen Mitsoldaten nicht in Erwägung ziehen. Dagegen konnte man sehr gut in allen Laboratorien der Stadt, wo Versuchspersonen gebraucht wurden und wo man also den Mangel bemerkt haben mußte, Unterschriften sammeln: Ich beschloß, am ersten Abend, an dem ich nicht zu müde sein würde, oder schlimmstenfalls an einem freien Abend, ein solches Schreiben abzufassen, das dann vervielfältigt an die verschiedenen Laboratorien versandt werden sollte. Unternehmungsgeist solcher Art kann ja unmöglich anders als anerkennend gewertet werden, dachte ich.

Während wir auf die Ankunft der Verhafteten warteten, erkundigte sich Rissen eingehend nach dem Kallocain und ihm verwandten Präparaten vom chemischen wie vom medizinischen Gesichtspunkt aus. Von seinem Fach verstand er etwas, das mußte ich ihm lassen. Ich glaubte, daß ich das Verhör ganz gut bestanden hatte, und war erstaunt darüber, daß er mich eines solchen Gespräches überhaupt für würdig erachtete. War es seine Absicht, mich für einen verantwortungsvolleren Posten vorzuschlagen? Rein objektiv gesehen, war ich ihm sicher gewachsen, aber dennoch . . . Mir schien indessen, daß er mein Mißtrauen hätte spüren und mir dementsprechend hätte antworten sollen. Mit großem innerem Vorbehalt nahm ich seine Freundlichkeit entgegen. Was er in Zukunft von mir erhoffte oder forderte, war unmöglich zu erraten. Auf jeden Fall wollte ich mich nicht in trügerischer Sicherheit wiegen.

Als sich der festgesetzte Zeitpunkt näherte, trat ein Mann in Polizeiuniform ein und meldete den Polizeichef Karrek an. So groß war sein Interesse also! Selbstverständlich war es eine Ehre für das ganze Laboratorium, aber in besonderem Maße für mich, daß sich ein solch mächtiger Mann zu meinen Versuchen einfand. Etwas ironisch – vermutlich fand er selbst, daß er seine Neugier zu offen zur Schau trug – setzte er sich auf den Stuhl, den wir für ihn bereitgestellt hatten. Kurz darauf wurde die Verhaftete, eine ziemlich junge, zarte und etwas abgezehrte kleine Frau, hereingeführt. Entweder muß sie von Natur eine ungewöhnlich weiße Haut gehabt haben, oder ihre weiße Gesichtsfarbe war auf ihre innere Anspannung zurückzuführen.

„Haben Sie der Polizei Anzeige erstattet?" fragte ich sicherheitshalber.

„Nein", sagte sie bestürzt und wurde noch um einen Grad durchsichtiger. (Bleicher konnte sie nicht mehr werden.)

„Und Sie haben auch nichts zu bekennen?" fragte Rissen.

„Nein!" (Jetzt klang die Stimme wieder fest und sicher.)

„Sie sind wegen Hochverrats angeklagt. Denken Sie gut nach: Hat niemand, der Ihnen nahesteht, etwas von einer Verschwörung erwähnt?"

„Nein!" antwortete sie sehr bestimmt.

Erleichtert atmete ich auf. Entweder hatte sie absichtlich oder aus Nachlässigkeit ihren Mann nicht sofort angezeigt – jetzt war sie auf alle Fälle nicht geneigt zu bekennen. Vermutlich hatte sie Angst. Ihre straffe Haltung und ihr beherrschter Gesichtsausdruck hätten unter normalen Verhältnissen einen tapferen und energischen Mitsoldaten vermuten lassen. Jetzt dagegen machte sie einen trotzigen und aufsässigen Eindruck. Ich mußte beinahe lächeln, als ich daran dachte, daß ihr teuer behütetes Geheimnis der Wirklichkeit gar nicht entsprach und daß wir es ihr entlocken würden – wir, die seinen Wert kannten . . ., noch mehr, wenn man berücksichtigte, was sie schon alles hatte durchmachen müssen: die Fahrt im Eiltempo im plombierten Wagen der untersten Metrolinie, der Polizei- und Militärlinie, geknebelt und gebunden und außerdem von zwei Polizisten bewacht – so wie es üblich war, wenn ein Hochverräter an irgendeinen Bestimmungsort geführt wurde. Aber ich ließ mir mein Lächeln nicht anmerken. Selbst wenn die ganze Geschichte erfunden war und die ganze Untersuchung eine Komödie – ihre Beteiligung war auf jeden Fall echt und ebenso verbrecherisch, ob sie nun auf Absicht oder Nachlässigkeit beruhte.

Als sie sich auf den Stuhl setzte, war sie nahe daran, bewußtlos zu werden. Wahrscheinlich hielt sie mein unschuldiges Laboratorium für eine Folterkammer, wo wir jetzt versuchen würden, aus ihr herauszupressen, was sie verschweigen wollte. Während ihr Rissen über ihren Ohnmachtsanfall hinweghalf, gab ich ihr eine Einspritzung, und schweigend warteten wir alle drei, der Polizeichef, Rissen und ich.

Von dieser zarten und erschreckten Versuchsperson, die ja nicht einmal berufsmäßig im Opferdienst tätig, sondern eine

Außenstehende war, wenn man diesen Ausdruck gebrauchen kann, konnte ja fast jeder einen ähnlichen Weinkrampf wie von Nr. 135, meinem ersten Opfer, erwarten. Aber das Gegenteil geschah. Die steifen, gespannten Züge lösten sich sanft, unendlich sanft, und machten einem kindlich-ehrlichen Ausdruck Platz. Die Falten auf der Stirn glätteten sich. Über die mageren Wangen und die vorstehenden Backenknochen glitt überraschenderweise ein fast glückliches Lächeln. Mit einem Ruck richtete sie sich im Stuhl auf, öffnete weit die Augen und atmete tief. Eine geraume Weile saß sie schweigend da. Ich befürchtete schon beinahe, daß mein Kallocain sich nun doch als unzuverlässig erweisen würde.

„Nein, es gibt ja nichts, vor dem man sich fürchten muß", sagte sie endlich in einem verwunderten und erleichterten Ton. „Das muß er ja auch wissen. Weder Schmerzen noch Tod. Nichts. Er weiß es. Warum sollte ich es dann nicht sagen? Warum sollte ich auch nicht darüber sprechen? Ja gewiß, er erzählte es mir. Gestern abend sprach er davon – und jetzt verstehe ich, daß er in jenem Moment schon wußte, was mir erst jetzt klargeworden ist: daß es nichts gibt, vor dem man Angst haben muß. Aber daß er es wußte, als er mit mir sprach! Das werde ich nie vergessen. Daß er es wagte! Ich hätte es nie gewagt. Aber es ist der Stolz meines Lebens, daß er es wagte, und ich werde mein ganzes Leben lang dankbar sein, und ich werde versuchen, dasselbe zu tun."

„Was hat er gewagt?" warf ich ein, eifrig bemüht, zur Sache zu kommen.

„Mit mir zu sprechen. Über etwas, das ich nicht gewagt hätte . . ."

„Und worüber sprach er?"

„Das spielt keine Rolle. Das ist unwesentlich. Etwas Dummes. Jemand wollte von ihm Auskünfte haben, Skizzen, und ihm Geld dafür bezahlen. Er hat noch nichts getan. Er sagte mir, daß er die Absicht habe, etwas zu tun, aber das verstehe ich nicht. Ich würde es nie tun. Aber daß er mit mir darüber sprach – ich will weiter mit ihm darüber reden. Entweder wird er mich verstehen oder ich ihn. Wir werden einander verstehen und zusammen handeln, wenn wir etwas unternehmen. Ich werde ihm zur Seite stehen. Bei ihm brauche ich mich vor nichts mehr zu fürchten. Er hat ja vor mir auch keine Angst gehabt."

„Kartenskizzen? Aber wissen Sie denn nicht, daß alle Versuche, auf irgendeine Art Karten nachzumachen, streng verboten sind und als Hochverrat betrachtet werden?"

„Ja – ja, natürlich weiß ich das –, ich sage ja, daß ich ihn nicht verstehe", antwortete sie ungeduldig, „aber wir werden einander verstehen, ich ihn oder er mich. Nachher werden wir zusammen handeln. Begreifen Sie das nicht? Ich habe mich vor ihm gefürchtet. Und er sich nicht vor mir, da er mit mir ja darüber gesprochen hat. Und er hat auch keinerlei Grund. Er wird nie Grund dazu haben. Nie. Ich verstand, daß es das war, was ich . . ."

„Also", unterbrach ich sie mit einer Heftigkeit, die eigentlich gar nicht angemessen war, „also: Er hatte mit jemandem verabredet, Skizzen zu verkaufen. Was für Skizzen?"

„Von den Laboratorien", antwortete sie gleichgültig. „Aber ich verstand, daß es das war, was ich . . ."

„Und Sie wußten, daß es Hochverrat war? Und daß Sie ihn wegen Beteiligung an Hochverrat nicht anzeigten?"

„Ja, ja. Aber das andere war wichtiger . . ."

„Wissen Sie etwas über den Mann, der die Skizzen haben wollte?"

„Ich habe ihn ja gefragt, aber er wußte selbst nicht viel. Er hatte neben ihm in der Untergrundbahn gesessen und gesagt, daß er wieder auftauchen würde. Er wollte aber nicht sagen, wo und wann. Er hatte nur versprochen, daß er bezahlen würde, wenn er die Skizzen bekäme. Aber bis dahin mußten wir uns erst einmal einig sein . . ."

„Das genügt", sagte ich, halb zu Rissen und halb zum Polizeichef. „Wir haben ja alles aus ihr herausbekommen, was der Mann ihr hatte sagen sollen. Der Rest ist unwesentlich."

„Das ist interessant", sagte der Polizeichef. „Äußerst interessant. Sollte man die Leute wirklich mit einem so einfachen Mittel zur Offenherzigkeit bringen können? Aber Sie müssen mir verzeihen, daß ich eine skeptische Natur bin. Selbstverständlich verlasse ich mich vollkommen auf Ihre Ehrenhaftigkeit und

Genauigkeit, natürlich vollständig. Und trotzdem möchte ich noch einigen Versuchen beiwohnen. Mißverstehen Sie das nicht, Mitsoldaten. Daß sich die Polizei für solch eine Entdeckung interessiert, ist ja verständlich."

Mit größter Freude lud ich ihn ein, uns, wann immer er es wünschte, einen Besuch abzustatten, und gleichzeitig ergriff ich die Gelegenheit, ihm das Verzeichnis der neuen Versuchspersonen zu übergeben. Möge es mit dieser Gruppe nur nicht auch so wie mit der ersten gehen, dachte ich. Kaum war mir der Gedanke bewußt geworden, als mich ein Schreck durchzuckte: Hier stand ich nun also und wünschte, daß eine gewisse Anzahl Mitsoldaten verräterisch gesinnt sein mochte ... Rissens gestrige Worte fielen mir wieder ein: Kein Mitsoldat über vierzig hat ein reines Gewissen. Und sofort stieg ein heftiger Unwille gegen Rissen in mir auf, als wäre er es gewesen, der einen staatsfeindlichen Wunsch in mir erzeugt hätte. Irgendwie hatte ich vielleicht recht – nicht so, daß mein Wunsch sein Werk war, aber so, daß ich ohne seine Worte vielleicht nie an den Gegensatz gedacht hätte.

Die Frau bewegte sich auf dem Stuhl und wimmerte leise. Rissen reichte ihr ein Beruhigungsmittel.

Plötzlich sprang sie mit einem Schrei auf. Sie krümmte sich vor Schreck, hielt sich die Hände vor den Mund und begann laut zu jammern. Der Moment war gekommen, in dem sie wieder zum vollen Gebrauch ihrer Sinne gelangte und sich ihrer Worte bewußt wurde.

Der Anblick war schrecklich und beklagenswert, erfüllte mich aber doch mit einer gewissen Befriedigung. Vorhin, als sie noch in kindlicher Sorglosigkeit dasaß, hatte ich gegen meinen Willen tiefer und ruhiger als gewöhnlich geatmet. Sie hatte eine Ruhe ausgestrahlt, die an Schlaf erinnerte. Ich weiß übrigens nicht einmal, ob ich mich ausruhe, wenn ich schlafe. Bin ich wach, so gibt es erst recht keine Entspannung für mich. Als sie dort saß und sich bei einem anderen, ihrem Mann, geborgen fühlte – da hatte er sie schon enttäuscht, er hatte sie von Anfang an getäuscht –, und jetzt hatte auch sie ihn enttäuscht, ohne es zu wollen. Genauso unwirklich wie sein Verbrechen gewesen war und ihr Gefühl der Geborgenheit von vorhin, ebenso unwirklich war jetzt ihr Schreck. Ich mußte an die Fata Morgana denken, in welcher der Wanderer über die Salzwüste hinwegschaut: Palmen, Oasen, Quellen – schlimmstenfalls beugt er sich nieder, trinkt aus den Salztümpeln und verendet. Sie hat dasselbe getan, dachte ich, denn so ist es immer mit dem Trunk, den wir aus asozialen, individual-sentimentalen Quellen schlürfen. Eine Illusion, eine gefährliche Illusion.

Ich überlegte: Sie sollte die volle Wahrheit wissen, nicht um ihr die Reue zu erleichtern, sondern damit sie sich der ganzen Nichtigkeit ihres kurzen Gefühls der Geborgenheit bewußt wurde.

„Beruhigen Sie sich", sagte ich. „Sie haben keine Ursache zu klagen, wenigstens nicht über Ihren Mann. Geben Sie genau acht auf das, was ich Ihnen jetzt sage: Ihr Mann hat den Kerl in der Metro nie getroffen. Er ist vollkommen unschuldig. Die ganze Geschichte hat er Ihnen in unserem Auftrag erzählt. Es war ein Experiment – mit Ihnen!"

Sie starrte mich an und schien es nicht zu fassen.

„Die ganze Spionagegeschichte ist Lüge", wiederholte ich und konnte ein kleines Lächeln nicht unterdrücken, obgleich ich eigentlich nichts Lächerliches dabei fand. „Das Vertrauen Ihres Mannes gestern war gar kein Vertrauen. Er handelte auf Befehl."

Einen Augenblick schien es, als fiele sie wieder in Ohnmacht, aber dann richtete sie sich steif auf. Jetzt stand sie mitten im Zimmer, wie versteinert. Ich hatte ihr nichts mehr zu sagen, konnte aber den Blick nicht von ihr lassen. So wie sie jetzt dastand, verschlossen und steif wie ein totes Ding, ohne einen Schimmer der glücklichen Geborgenheit von vorhin, erweckte sie heftiges Mitleid in mir. Es war eine Schwäche, deren ich mich schämte, aber die Frau vor mir machte einen zu starken Eindruck auf mich. Ich vergaß den Polizeichef, ich vergaß Rissen, und ein undeutlicher Wunsch stieg in mir auf, ihr klarzumachen, daß es mir genauso ging wie ihr . . . Aus dieser schmerzvollen Sekunde rissen mich die Worte des Polizeichefs: „Ich bin der Meinung, daß die Frau noch in Haft bleiben muß. Die ganze Spionageaffäre war zwar erfunden, aber die Beteiligung bestimmt ernst gemeint. Andererseits können wir ja nicht so einfach Urteile fällen, denn dies muß auf eine etwas gesetzlichere Weise geschehen."

„Unmöglich!" rief Rissen verwirrt. „Denken Sie daran, daß dies ein Experiment ist, daß es sich um unsere Angestellten handelt oder besser um deren Ehegatten . . ."

„Wie sollte ich darauf Rücksicht nehmen können?" fragte Karrek lachend.

Für dieses eine Mal stand ich ganz und gar auf Rissens Seite. „Eine derartige Verhaftung muß bekanntwerden", sagte ich, „sogar wenn wir ihren Mann entlassen und ihn anderswo anstellen – was übrigens mit Leuten vom Opferdienst, ihrer angegriffenen Gesundheit wegen, schon schwer genug ist. Aber auch dann wird die Geschichte herauskommen, und die schwierige Propagandakampagne für den Opferdienst wird vermutlich ganz fehlschlagen. Im Hinblick darauf bitte ich Sie: Unterlassen Sie diese Verhaftung!"

„Sie übertreiben", antwortete Karrek, „die Geschichte muß gar nicht bekanntwerden. Wozu sollte man ihren Mann anderswo anstellen? Auf dem Heimweg könnte ihm sehr gut ein Unfall passieren."

„Es kann doch nicht Ihr Ernst sein, unseren bereits so klein gewordenen Bestand an Versuchspersonen noch zu verringern", antwortete ich beschwörend. „Die Frau ist nicht mehr gefährlich: Ein anderes Mal wird sie nicht wieder so leichtsinnig Vertrauen haben. Übrigens", fügte ich, einem plötzlichen Einfall folgend, hinzu, „die Verhaftung unserer Versuchsperson bedeutet, daß Sie Kallocain schon als rechtliches Untersuchungsmittel anerkannt haben, und den Zeitpunkt, mein Chef, sahen Sie doch selbst noch für verfrüht an . . ."

Der Polizeichef kniff die Augen zu zwei schmalen Schlitzen zusammen, lächelte spitz, jedoch nicht unfreundlich und sagte in einem Ton, als spräche er zu Kindern: „Sieh mal einer an, Sie besitzen Rednergabe und Logik! Um des Laboratoriums willen sehe ich also von einer Verhaftung ab. Persönlich bin ich ja nicht daran interessiert. Jetzt muß ich gehen (er sah auf seine Uhr), aber zu neuen Experimenten komme ich wieder."

Er ging. Die Frau wurde von ihren Handschellen befreit und entlassen. Sowohl um des Laboratoriums wie um ihrer selbst willen atmete ich erleichtert auf. Als sie hinausgeführt wurde, ging sie steif wie eine Nachtwandlerin, und zum zweitenmal jagte sie mir einen Schrecken in die Glieder: Wenn ich mich jetzt doch verrechnet hätte, wenn es sich herausstellte, daß mein Kallocain dieselben üblen Nachwirkungen wie seine Vorgänger aufweisen würde? Vielleicht nicht immer, aber für empfindliche Nervensysteme? Doch ich beruhigte mich wieder, und keine meiner schlimmen Ahnungen traf ein. Durch ihren Mann erfuhr ich später, daß die Frau ganz normal zu sein schien, wenn auch noch etwas verschlossener als gewöhnlich. Verschlossen sei sie jedoch schon immer gewesen, hatte er hinzugefügt.

Als wir wieder allein waren, sagte Rissen: „Dort haben Sie den Keim zu einer anderen Art Gemeinschaft gesehen."

„Gemeinschaft?" fragte ich verwundert. „Wie meinen Sie das?"

„Bei ihr, der Frau."

„Oh!" sagte ich mit wachsender Verwunderung. „Aber diese Art von Gemeinschaft – ja, Sie haben recht, mein Chef, einen Keim zur Gemeinschaft kann man es vielleicht nennen, aber mehr auch nicht! Diese Art von Gemeinschaft existierte ja schon während der Steinzeit! In unserem Zeitalter ist sie ein Fossil, und dazu ein schädliches. Ist es nicht so?"

„Hm", sagte er nur.

„Aber dieser Fall war gerade ein Schulbeispiel dafür, wohin wir kommen, wenn die einzelnen zu sehr aneinander hängen!" sagte ich eindringlich. „Dabei zerbricht leicht das Wichtigste, die Verbundenheit mit dem Staat!"

„Hm", sagte er wieder. Und einen Augenblick später: „Vielleicht wäre es gar nicht so dumm, in der Steinzeit zu leben."

„Das ist natürlich Geschmackssache. Wenn man dem gut organisierten Staat, der auf gegenseitiger Hilfe aufgebaut ist, den Kampf aller gegen alle vorzieht, dann wäre es vielleicht sehr schön, in der Steinzeit zu leben. Komisch, daran zu denken, daß mitten unter uns Neandertaler leben . . ."

Ich hatte dabei schon an Rissen gedacht, bekam aber einen Schreck, als ich es ausgesprochen hatte, und fügte hinzu: „Ich meine natürlich die Frau."

Es schien mir, als wendete er sich ab, um mich sein Lächeln nicht merken zu lassen. Ärgerlich, was einem doch alles auch ohne Kallocainspritze entschlüpfen kann!

6

ALS ICH nach Arbeitsschluß heimkam, sagte mir der Hauswart, daß jemand um eine Freiluftlizenz für den Distrikt nachgesucht hatte, um mich persönlich treffen zu können. Ich starrte auf den Namen. Kadidja Kappori. Unbekannt. Ich konnte mich wenigstens nicht daran erinnern, den Namen früher schon einmal gehört zu haben. Ihr Anliegen hatte der Hauswart am Telefon nicht recht begriffen. Er glaubte aber, verstanden zu haben, daß es sich um eine Ehescheidung handle. Äußerst geheimnisvoll. Mit der Zeit wurde ich so neugierig, daß ich, alle Vorsicht außer acht lassend, das Papier unterschrieb, mich bereit erklärte, sie zu empfangen, und den Treffpunkt festsetzte. Ich sorgte dafür, daß auch der Hauswart unterschrieb, daß er von der Einladung wußte und die Zeitdauer des Besuches kontrollieren werde. Dann mußte nur noch alles dem Distriktkontrolleur vorgelegt werden, der die Besuchsliste aufstellte und sie an die betreffenden Personen weitersandte.

So aßen Linda und ich schnell unsere Mahlzeit und begaben uns, jeder in einer anderen Richtung, zum Militärdienst, der immer strenger wurde. Während der darauffolgenden Tage war meine Arbeitszeit im Laboratorium die am wenigsten anstrengende, viel verantwortungsvoller dagegen mein Abend- und Nachtdienst, der oft in bewaffneten Übungen bestand. Ein Glück, daß meine Erfindung abgeschlossen war. Hätte ich ein wenig langsamer gearbeitet, wäre sie wohl nie vollendet worden, bestimmt nicht, wenn meine Abende immer so mit anderen Arbeiten ausgefüllt gewesen wären. Nach so anstrengenden Stunden hätte ich nicht mehr die Kraft gehabt, mich auf meine Arbeit voll zu konzentrieren. Jetzt galt es glücklicherweise, nur noch die letzte, praktische Anwendung zu erproben, und das ging von selbst, besonders da mich Rissens Gegenwart wach hielt. Auch ihm merkte man Müdigkeit an.

Weil er aber um einiges älter war, wurde er nicht ganz so streng gedrillt, und jedenfalls konnte ich ihm nie eine Nachlässigkeit bei der Arbeit nachweisen.

Infolge der vielen Anzeigen schienen die Experimente jedoch nicht recht vorwärtszukommen. Wir mußten immer wieder neue Gruppen bilden und inzwischen mit Versuchen wie jenen vom ersten Tag fortfahren.

Als wir das Gruppenexperiment zum dritten Male wiederholt hatten, ohne daß ein einziger Mann oder eine einzige Frau mit ihrer Anzeige lange genug gewartet hätte, um verhaftet zu werden – und es läßt sich nicht beschreiben, wie beschwerlich es war, verheiratete Versuchspersonen ausfindig zu machen; das letzte Mal mußten wir drei Tage warten, bevor wir eine ausreichende Anzahl zusammenbekamen –, hatte ich endlich meinen wöchentlichen freien Abend. Keine Vorstellung hätte mich mehr locken können als die, mich ein paar Stunden früher als gewöhnlich ins Bett zu legen. Die Kinder waren schon eingeschlafen, das Hausmädchen war gegangen, ich hatte den Wecker gestellt und streckte mich ein letztes Mal, bevor ich mich ausziehen wollte, als die Türglocke schrillte.

Kadidja Kappori! dachte ich sofort und verfluchte mein Entgegenkommen, das mich dazu veranlaßt hatte, die unnötige Besuchseingabe zu unterschreiben. Das schlimmste war, daß ich mich obendrein noch allein zu Hause befand. Linda hatte ihren freien Abend der Zusammenkunft eines Komitees opfern müssen, das ein Fest zu Ehren des jetzt pensionsberechtigten Chefs aller Lebensmittelfabriken der Stadt und gleichzeitig für den neueintretenden vorzubereiten hatte. Als ich die Tür öffnete, stand eine ältere Frau draußen, groß und kräftig, mit einem nicht allzu intelligenten Gesicht.

„Mitsoldat Leo Kall?“ fragte sie. „Ich bin Kadidja Kappori. Sie haben die Güte gehabt, mir eine Unterredung zu gewähren!“

„Es tut mir sehr leid, aber ich bin zufällig gerade allein zu Hause“, sagte ich, „und kann Ihnen deshalb nicht zu Diensten stehen. Es ist mir unangenehm, daß Sie heute abend vielleicht einen langen Weg haben zurücklegen müssen, aber Sie wissen, daß es Angeklagten in vielen Fällen äußerst schwer gefallen ist, ihre Unschuld zu beweisen, weil keine Zeugen zugegen waren und die Polizei den betreffenden Raum zufällig gerade nicht überwacht hatte . . ."

„Aber von einer Herausforderung kann keine Rede sein", sagte sie bittend, „ich versichere Ihnen, daß ich mit den ehrlichsten Absichten komme."

„Ich mißtraue Ihnen natürlich nicht persönlich", antwortete ich, „aber Sie müssen selber zugeben, daß jedermann das behaupten kann. Am sichersten ist für mich jedenfalls, Sie nicht hereinzulassen. Ich kenne Sie nicht, und niemand weiß, was Sie nachher über mich erzählen könnten." Ich hatte die ganze Zeit ziemlich laut gesprochen, um vor den Nachbarn meine Unschuld zu bezeugen. Das brachte sie wohl auf eine Idee.

„Wäre es nicht möglich, einen Nachbarn als Zeugen herbeizubitten?" fragte sie. „Obwohl ich zugeben muß, daß ich am liebsten mit Ihnen allein gesprochen hätte."

Das war allerdings eine Lösung. Ich klingelte an der nächsten Tür. Dort wohnte ein Personalarzt, welcher den Speiseräumen der Versuchslaboratorien zugeteilt war; ich wußte von ihm nur, wie er aussah und daß er sich mit seiner Frau oft etwas zu laut in Anbetracht der dünnen Zwischenwände des Hauses zankte. Als ich klingelte, öffnete er selbst mit finster zusammengezogenen Augenbrauen. Ich brachte mein Anliegen vor. Die Falten glätteten sich, er schien neugierig zu werden und willigte endlich ein. Auch er war allein zu Hause. Einen Augenblick bereute ich mein Vorgehen und fragte mich, ob ich wohl richtig gehandelt hatte. Aber eigentlich war kein Grund anzunehmen, daß er in eine Art Verschwörung mit Kadidja Kappori verwickelt sein könnte.

Wir gingen alle zusammen in den Elternraum, wo ich schnell die aufgeklappten Betten wieder zurückschob, um mehr Platz zu machen und um dem Raum ein wohnlicheres Aussehen zu geben.

„Sie wissen natürlich nicht, wer ich bin", begann sie, „die Sache ist so: Ich bin mit Togo Bahara vom Freiwilligen Opferdienst verheiratet."

Unwille stieg in mir auf. Ich gab mir jedoch Mühe, ihn zu

verbergen. Sie gehörte also zu den rechtschaffenen Mitsoldaten, die meine Experimente aufhielten. Sie war wohl hergekommen, um ihren Mann anzuzeigen. Warum sie sich jedoch an mich und nicht direkt an die Polizei wandte, war mir nicht klar. Vielleicht ahnte sie etwas. Oder vielleicht fand sie es weniger brutal, ihren Mann bei seinem Chef anzuzeigen. Was sie auch zu diesem Schritt bewogen haben mochte, jetzt war es mir unmöglich, ihr Einhalt zu gebieten, da ich sie einmal hereingelassen hatte und der Arzt als Zeuge zugegen war.

„Etwas sehr Trauriges hat sich bei uns zu Hause zugetragen", fuhr sie mit niedergeschlagenen Augen fort. „Neulich kam mein Mann nach Hause und erzählte mir von einer wirklich sehr unangenehmen Sache. Es handelte sich um das Schlimmste von allem: Hochverrat. Ich traute meinen Ohren nicht. Über zwanzig Jahre haben wir zusammengehalten, mehrere Kinder in die Welt gesetzt, und ich dachte, ihn gut zu kennen. Ja, zeitweilig war er schon nervös, gereizt und niedergeschlagen, aber dies gehört ja mit zum Beruf. Ich selbst bin Waschfrau bei der Zentralwäscherei des Distriktes, und dort wohnen wir auch. Aber das gehört ja eigentlich nicht hierher. Doch werden Sie verstehen, daß ich glaubte, ihn zu kennen. Nicht etwa, weil wir besonders viel miteinander geredet hätten. Wenn man ein paar Jahre verheiratet ist, weiß man ja so ungefähr, was der andere zu sagen hat, und dann kann man es geradesogut unausgesprochen lassen. Aber es ist doch, als fühlte man, was der andere sagt und meint, wenn man über zwanzig Jahre in zwei Zimmern zusammengelebt hat. Man denkt ja eigentlich nicht an den anderen, nicht mehr als an seine eigene Hand, aber es wäre doch ganz eigentümlich, wenn plötzlich die Hand zum Fuß würde oder auf einmal wegliefe . . . Und dann kommt so etwas! Zuerst dachte ich: Dummes Zeug! Das kann Togo nicht getan haben. Aber dann sagte ich zu mir selbst: Niemand darf allzu sicher sein. Und haben wir nicht ständig sowohl im Radio wie in Vorträgen, auf Plakaten in der Untergrundbahn und auf den Straßen gehört und gelesen: ‚Niemand darf sich in Sicherheit wiegen: Jeder, sogar dein nächster Angehöriger, kann ein Verräter sein!' Früher hatte ich nicht darauf geachtet. Mich berührt das nicht, dachte ich. Aber was ich in nur einer Nacht durchgemacht habe, kann ich nicht beschreiben. Wäre mein Haar früher nicht schon grau gewesen, hätte diese eine Nacht genügt, um es ergrauen zu lassen. Ich konnte mir nicht denken, daß Togo, mein Togo, ein Verräter sein sollte. Aber wie sehen denn Verräter aus? Anders als gewöhnliche Menschen? Nein, nur innerlich sind sie anders. Sonst wäre die Sache ja sehr einfach. Sie täuschen natürlich vor, so zu sein wie alle andern, aber das zeigt ja gerade, wie heimtückisch sie sind. Ja, da lag ich also und begann Togo mit anderen Augen zu sehen. Und als ich am Morgen erwachte, erschien er mir gewissermaßen nicht mehr als Mensch. Niemand darf sich in Sicherheit wiegen! Jeder, sogar dein nächster Angehöriger, kann ein Verräter sein! Er war kein Mensch mehr, er war schlimmer als ein wildes Tier. Eine Weile glaubte ich, alles sei ein entsetzlicher Traum – dort stand er ja und rasierte sich wie gewöhnlich –, und ich dachte, daß, wenn ich ihn auf bessere Gedanken bringen könnte, alles wieder wie früher werden würde. Aber dann kam mir in den Sinn, daß man es mit Verrätern nicht so machen konnte, denn sie bessern sich ja nicht, und so einen Menschen nur anzuhören kann schon gefährlich sein. Er ist ja innerlich verdorben. So benachrichtigte ich die Polizei sofort, nachdem ich auf meinen Arbeitsplatz kam, denn dies war das einzige, was ich tun konnte. Ich glaubte natürlich, daß sie ihn sofort verhaften würden, und als er am Abend wie gewöhnlich nach Hause kam, erwartete ich jeden Augenblick die Polizei. Er bemerkte es und sagte zu mir: ‚Du hast mich bei der Polizei angezeigt. Das hättest du nicht tun sollen. Es handelte sich um ein Experiment, und jetzt hast du alles verdorben.‘ Aber, sagen Sie jetzt selber: Wie konnte ich ihm das glauben? Wie konnte ich ihm glauben, daß er wieder ein Mensch geworden sei? Als ich endlich begriff, daß er die Wahrheit gesagt hatte, wollte ich ihm vor Freude um den Hals fallen, aber denken Sie, da wurde er böse und erklärte, er lasse sich scheiden.“

„Das ist aber wirklich merkwürdig“ war alles, was ich sagen konnte.

Sie schluckte und schluckte, um ein Weinen zu unterdrücken, das ihr peinlich gewesen wäre. „Ja, sehen Sie, ich will ihn behalten", fuhr sie fort, „und ich finde es unrecht, daß er sich scheiden lassen will, wenn ich doch gar nichts Schlechtes getan habe."

So war es ja auch. Sie hatte recht. Sie sollte nicht dafür gestraft werden, daß sie wie ein guter und zuverlässiger Mitsoldat gehandelt hatte, sondern sie sollte belohnt werden. Sie sollte ihren Togo behalten dürfen.

„Er fand, daß er sich nicht mehr auf mich verlassen könne", sagte sie unter heftigem Schluchzen. „Aber es ist doch klar, daß er sich auf mich verlassen kann, wenn er ein Mensch ist. Und ebenso klar ist es doch wohl, daß sich ein Verräter auf mich, Kadidja Kappori, nicht verlassen kann."

Das Bild der mageren Frau mit dem verklärten Gesicht tauchte in meiner Erinnerung auf und erfüllte mich mit wehmütiger Hoffnungslosigkeit. Welch unreife und sinnlose Forderung, einen Menschen für sich zu wollen, auf den man sich in jedem Fall, was immer er auch tun möge, verlassen kann! Ehrlich gesagt, ich mußte zugeben, daß darin eine gewisse Verlockung lag. Der Säugling und der Wilde der Steinzeit leben vielleicht nicht nur in einigen weiter, dachte ich, sondern in uns allen, obwohl in einem höheren oder niedrigeren Grad, und das ist ein wesentlicher Unterschied. Und ebenso wie ich es als eine Pflicht empfunden hatte, den Traum der bleichen Frau zu zerstören, so setzte ich mir jetzt zum Ziel, dieselbe Illusion bei Kadidja Kapporis Mann zu vernichten, selbst wenn es unter Aufopferung eines weiteren freien Abends geschehen sollte.

„Kommt beide zu einer dieser angegebenen Stunden wieder", sagte ich und schrieb meine freien Stunden auf ein Stück Papier, „wenn er sich nicht ändern sollte, werde ich mit ihm sprechen."

Sie bedankte sich vielmals und verabschiedete sich. Ich geleitete den Arzt und die Frau zur Tür. Den Arzt schien diese Angelegenheit sehr belustigt zu haben. Die ganze Zeit hatte er dagesessen und leise vor sich hingelacht, was wirklich sehr störend gewesen war. Und als er in seiner Wohnung verschwand, lachte er immer noch. Das konnte ich wiederum nicht verstehen. Ich begriff die Tragweite der Sache viel zu gut, als daß ich mich für die lächerlichen Personen, die darin verwickelt waren, wirklich hätte interessieren können.

Im Laboratorium konnte ich es nicht unterlassen, Rissen die Geschichte zu erzählen. Eigentlich gehörte sie ja nicht zur Arbeit, aber sie hatte doch eine allgemeine Bedeutung. Ich vermute auch stark, daß ich von einer gewissen Lust, mich interessant und selbständig zu zeigen, getrieben wurde, mich als Mann fühlte, den andere in ihren Schwierigkeiten aufsuchen und der ihnen leicht und spielend wieder auf den rechten Weg verhalf. Es war nämlich so, daß, obwohl ich Rissen stark kritisierte und ihm tief mißtraute, sein Urteil für mich wichtig war. Jedesmal, wenn ich mich bei dem Versuch ertappte, ihm zu imponieren, schämte ich mich vor mir selbst und gab mir Mühe, meine Schwäche zu überwinden. Aber bald kam sie wieder, und ich tat mein möglichstes, mir von diesem komischen Mann, den niemand respektieren konnte, Achtung zu erzwingen. Wenn ich ahnte, daß es mir mißglückt war, versuchte ich ihn wenigstens zu reizen und bildete mir selbstgefällig ein, daß meinen kleinen Sticheleien ein bewußter Plan zugrunde lag: Könnte ich ihn einmal ordentlich in Wut bringen, dann würde ich wenigstens wissen, woran ich mit ihm war, redete ich mir selbst ein.

Unter anderem unterhielten wir uns über Kadidja Kapporis Ausspruch: „Er war ja kein Mensch mehr."

„Mensch", sagte ich, „mit wieviel Mystik die Leute dieses Wort umgeben haben. Als wäre es etwas Großartiges, Mensch zu sein! Mensch! Das ist doch ein biologischer Begriff. Wo er anders verstanden wird, sollte man das so schnell wie möglich ändern."

Rissen sah mich nur mit einer schwer zu deutenden Miene an.

„Zum Beispiel diese Kadidja Kappori", fuhr ich fort. „Um richtig zu handeln, mußte sie sich erst von den Hemmungen befreien, die in der abergläubischen Vorstellung lagen, daß ihr Mann ein ‚Mensch' sei, denn rein biologisch gesehen, hatte er nie etwas anderes werden können. Diese gefährliche Vorstellung überwand sie in einer Nacht, aber wie vielen gelingt das? Weil es ihr gelang, wurde sie nicht um dieses dummen Aberglaubens willen als Hochverräterin behandelt. Ich glaube, man muß damit beginnen, den Leuten überhaupt abzugewöhnen, im Mitsoldaten einen ‚Menschen' zu erblikken."

„Ich glaube nicht, daß viele dieser Art von Mystik zum Opfer gefallen sind", sagte Rissen langsam und hob ein Meßglas, das er gerade gefüllt hatte, gegen das Licht.

Dieser Satz war weder auffallend, noch war etwas daran auszusetzen. Aber er hatte eine Art, seine Worte so eindringlich auszusprechen, daß ich meinte, es liege etwas dahinter. Darum wunderte man sich immer über seine Aussprüche. Seine Worte, Stimme und der Tonfall beunruhigten mich immer wieder.

Übrigens war gerade jene Woche so voller spannender Ereignisse, daß ich über ihnen alles andere vergaß. Sie waren so wichtig, daß sie der Anfang vom Siegeszug des Kallocains durch den Weltstaat wurden. Aber ich werde sie vorerst beiseite lassen, um die Geschichte des Ehepaares Bahara-Kappori zu Ende zu erzählen. Sie kamen eine Woche nach Kadidja Kapporis erstem Besuch zu mir. Linda war wieder in ihrem Komitee beschäftigt, aber da mir jetzt die Absichten der beiden bekannt waren und ich wußte, daß ich ihn mindestens in Schach halten konnte, unterließ ich es, Zeugen hinzuzubitten. Beide sahen verbittert und niedergeschlagen drein, augenscheinlich hatten sie sich noch nicht versöhnt.

„Aha", sagte ich, um sie zu ermuntern (es war ja am besten, sich die gute Laune nicht verderben zu lassen), „es scheint, als hätte sich diesmal der Extraverdienst gar nicht gelohnt, Mitsoldat Bahara. Eine Scheidung kann man doch fast einen dauernden Schaden nennen. Ist Ihre Krücke übrigens die Folge eines Unfalles bei der Arbeit, oder ist sie – hm – Ausdruck Ihrer ehelichen Situation?"

Er antwortete nicht, saß nur da und machte ein saures Gesicht.

Die Frau stieß ihn an. „Du mußt deinem Chef doch wenigstens antworten, mein lieber Togo! Überleg dir doch einmal, zwanzig Jahre sind wir verheiratet, und sich wegen so etwas scheiden zu lassen! Es ist schon unrecht, erst führst du mich mit einem Experiment hinters Licht, und nachher wirst du böse, wenn ich aus deinem Experiment die Konsequenzen gezogen habe."

„Wenn du es übers Herz gebracht hast, mich ins Gefängnis zu bringen, dann kannst du mich wohl auch loswerden, ohne daß ich dabei meine Freiheit verliere", antwortete er mürrisch.

„Das ist doch wohl nicht dasselbe!" wandte sie ein. „Wärst du wirklich derjenige, den du versucht hast, mir vorzutäuschen, hätte ich dich nie in meinem Haus haben wollen. Aber wenn du kein Verräter bist, sondern tatsächlich der Mann, den ich seit zwanzig Jahren kenne, dann ist doch wohl klar, daß ich dich weiter bei mir haben will! Und ich habe nichts Böses getan, das dir Grund geben könnte, mich zu verlassen."

„Wollen Sie mir antworten, Mitsoldat Bahara", sagte ich diesmal in weniger scherzhaftem Ton, „finden Sie wirklich, daß Ihre Frau etwas Böses verbrochen hat, als sie Sie anzeigte?"

„Böses – das weiß ich nicht genau . . ."

„Was würden Sie selbst tun, wenn jemand zu Ihnen sagte, daß er ein Spion sei . . .? Da würden Sie doch wohl nicht lange zögern, hoffe ich. Soll ich Ihnen sagen, was Sie tun würden? Sie würden geradewegs zum nächsten Briefkasten gehen oder das nächste Telefon benutzen, um ihn so schnell als möglich anzuzeigen. Nicht wahr? Würden Sie nicht so handeln?"

„Ja – ja, natürlich –, aber das ist doch wohl nicht so ganz dasselbe."

„Es freut mich, daß Sie das tun würden – denn sonst begingen Sie eine strafbare Handlung. Nun, Ihre Frau hat ebendas getan, nämlich Anzeige erstattet. Was meinen Sie damit, daß es nicht so ganz dasselbe sei?"

Eine Erklärung dafür zu finden fiel ihm schwer. Er machte ein paar unsichere Versuche: „Daß sie das wirklich von mir glauben konnte, nach zwanzig Jahren! Von einem Tag auf den andern! Und übrigens: Denken Sie sich, wenn ich eines Tages wirklich zu ihr kommen würde und eine Dummheit begangen hätte und mir überhaupt keinen Rat mehr wüßte . . ."

„Dann wäre es zur Reue ja doch zu spät. Und was Sie vom Glauben sagen – wissen Sie nicht, daß es unsere Pflicht ist, mißtrauisch zu sein? Das Wohl des Staates erfordert es. Zwanzig Jahre sind eine lange Zeit, das stimmt, aber man kann sich auch in zwanzig Jahren irren. Nein, Sie haben sich über nichts zu beklagen."

„Nein – aber wenn sie jetzt – ich würde nicht . . ."

„Geben Sie auf Ihre Worte acht, bester Mitsoldat, ich könnte leicht an Ihrer Ehrenhaftigkeit zweifeln. Ihre Frau hat einen Spion angezeigt, war das recht oder unrecht?"

„Ja – ja –, das war wohl schon recht."

„Also, es war recht. Sie hat einen Spion angezeigt, aber Sie waren keiner. Und jetzt wollen Sie sich von ihr scheiden lassen, weil Ihre Frau in bezug auf jemanden, der Sie nicht waren, recht gehandelt hatte. Wo bleibt da die Vernunft?"

„Aber ich habe so ein Gefühl der Unsicherheit, wenn ich sie ansehe und nicht weiß, was sie von mir denkt."

„Wenn ich Sie wäre, würde ich mich davor in acht nehmen, mich aus diesem ungerechtfertigten Grund scheiden zu lassen. Ganz abgesehen davon, daß Ihr Beruf Frauen nicht gerade anzieht – Ihr Zustand übrigens auch nicht. Keine ehrliche Frau wird sich mit Ihnen abgeben wollen, wenn sie diese Geschichte erfährt – und daß sie bekanntwerden wird, steht fest, dafür kann ich meine Hand ins Feuer legen. Sie werden Ihr Leben lang gebrandmarkt sein."

„Aber so fühle ich mich nicht wohl", murmelte der Mann immer verwirrter. „Ich will nicht, daß es so weitergeht."

„Sie erstaunen mich wirklich", sagte ich mit kühler Stimme. „Muß ich nicht fast glauben, daß Sie ein asozialer Typus sind? Sie können mir glauben, daß wir im Laboratorium an diese Geschichte denken werden. Und das kann für Sie unangenehm werden."

Das wirkte. Zu seiner Verwirrung gesellte sich Angst. Hilflos wandte er seinen starren Blick von seiner Frau zu mir und wieder zurück. Nach einer kleinen Pause fuhr ich fort: „Aber ich bin überzeugt, daß Sie es nicht so schlimm meinten. Sie wollten sicher sein, daß auch Ihre Frau ihr Mißtrauen allen Ernstes aufgegeben hat, und das hat sie. Das haben Sie jetzt wohl gemerkt. Es gibt also keinen Grund mehr zur Scheidung? Habe ich recht?"

„J-ja“, stotterte er, durch meine Freundlichkeit beruhigt, selbst wenn er meinem Gedankengang nicht recht hatte folgen können. „Natürlich, dann gibt es keine Ursache mehr – zur Scheidung.“ Das Gesicht der Frau dagegen, die sofort begriffen hatte, daß die Gefahr jetzt behoben und alles beim alten war, strahlte in großer Erleichterung auf.

Ihre Dankbarkeit war meine einzige Belohnung für meine geopferte Freizeit. Gewiß störte mich Togo Baharas verdrießliche Miene, aber die würde sich mit der Zeit wohl wieder aufhellen. Um ihn aufzumuntern, rief ich ihnen nach: „Nachher müssen Sie wiederkommen und mir Bericht erstatten, ob Ihr Mann wirklich meint, was er gesagt hat, oder ob er tatsächlich ein asozialer Typus ist!“

Bahara wußte, daß ich sein Chef war. Kadidja Kapporis Ehe war gerettet.

7

In jener Woche waren unsere Experimente ungewöhnlich günstig ausgefallen. Nicht weniger als drei aus der Zehnmanngruppe fehlten unter den Anzeigen, und glücklicherweise hatte die Polizei schnell und prompt die Verhaftungen vorgenommen. Wir hatten also drei außenstehende und nichtsahnende Personen zu unserer Verfügung.

Der Polizeichef Karrek fand sich wieder persönlich zur Untersuchung ein. Groß und hager, ließ er sich auf einen Stuhl nieder, streckte seine langen Beine von sich, faltete die Hände über der schmalen Brust und wartete mit einem geheimnisvollen Feuer in den zusammengekniffenen Augen. Er war eine merkwürdige Persönlichkeit. Er schien dazu geboren, es weit zu bringen. Seine Haltung konnte ebenso schlaff oder noch schlaffer als die Rissens sein, und doch wirkte er nie unmilitärisch. Während Rissen nur von seinen eigenen Impulsen geleitet wurde und er selbst mehr zu treiben als zu steuern schien, wirkte Karreks zusammengesunkene Haltung wie ein Ansatz zum Sprung, und in dem verschlossenen Gesicht, aus dem Glanz seiner halb geschlossenen Augen konnte man lesen, daß es der Sprung eines wilden Tieres sein würde, das sein Ziel nicht verfehlt. Ich hatte nicht nur Respekt vor seiner Stärke, ich setzte auch meine Hoffnungen in seine Macht. Es sollte sich bald zeigen, daß ich auf die richtige Karte gesetzt hatte.

Die drei Verhafteten wurden nacheinander zur Untersuchung hereingeführt. Zwei von ihnen gehörten zu einer Sorte, mit der wir bisher nichts zu tun gehabt hatten, gewöhnliche Verbrechertypen. Die Summen, welche ihnen der Spion versprochen hatte, waren einfach eine unwiderstehliche Verlockung für sie gewesen. Eine von ihnen, eine Frau, erheiterte sowohl uns wie den Polizeichef mit ihren intimen, vertraulichen Mitteilungen über den Charakter und die Gewohnheiten ihres Mannes. Eine intelligente und witzige Frau, aber kein wünschenswerter Mitsoldat mit ihrem so ausgeprägten Individualegoismus.

Der dritte hingegen gab uns zu denken.

Warum er seine Frau nicht angezeigt hatte, lag – allem Anschein nach auch für ihn selbst – in Dunkel gehüllt. Einerseits zeigte er keine so ekstatische Dankbarkeit für das Vertrauen seiner Frau wie die kleine bleiche Frau, die wir als erste untersucht hatten, andererseits hatte er auch kein Interesse für die versprochenen Summen. Selbst wenn er nicht alle Möglichkeiten, daß seine Frau eine Spionin sein könnte, direkt verneinte, war er augenscheinlich nicht überzeugt davon, daß sich wirklich alles so verhielt, wie sie es erzählt hatte. Alles in allem konnte man vielleicht sagen, daß eine gewisse Gleichgültigkeit ihn gehindert hatte – eine Gleichgültigkeit, die er vielleicht in ein paar Tagen überwunden hätte, aber das konnte man ja unmöglich sicher wissen. Hätte Karrek nicht schon im voraus beschlossen gehabt, Gnade vor Recht walten zu lassen, wäre diese Gleichgültigkeit vielleicht als staatsfeindlich bezeichnet worden. Bis ein so nachlässiger Mann sich zum Handeln entschließt, könnte die Verschwörung schon angezettelt und der Schaden entstanden sein. Aber nicht nur das: Seine ganze Unschlüssigkeit zeugte vor allem von einer unglaublich geringen Begeisterung für den Staat. Es überraschte uns also nicht sehr, als ihm entschlüpfte:

„All das ist ja so unwichtig, wenn man es mit unserer Sache vergleicht."

Ich spitzte die Ohren und sah, daß der Polizeichef das gleiche tat. „Ihre Sache?" fragte ich. „Wer sind denn *wir?*"

Er schüttelte den Kopf und lächelte unbeholfen. „Fragen Sie nicht", sagte er, „wir haben keine Namen, keine Organisation. Wir sind einfach da."

„Wie seid ihr da? Wie könnt ihr euch ‚wir' nennen, wenn ihr weder einen Namen noch eine Organisation habt? Wie viele seid ihr denn?"

„Viele, viele. Aber ich kenne nur wenige. Ich habe viele gesehen, aber ich weiß nicht einmal, wie die meisten heißen. Wozu sollten wir übrigens ihre Namen kennen? Wir wissen, daß *wir* es sind."

Da sich schon Zeichen bemerkbar machten, daß er bald erwachen werde, sah ich zuerst fragend auf Rissen und dann auf den Polizeichef.

„Um alles in der Welt, machen Sie weiter", murmelte Karrek zwischen zusammengebissenen Zähnen. Rissen machte auch eine bejahende Bewegung. Ich gab dem Mann also noch eine Spritze.

„Also weiter: die Namen derjenigen, die Sie kennen."

Bereitwillig und freudig, ohne im geringsten zu zögern, zählte er fünf Namen auf. Das wären alle, behauptete er. Mehr kenne er nicht. Karrek gab Rissen ein Zeichen, die Namen genau aufzuschreiben.

„Und was für einen Umsturz wollen Sie herbeiführen?" Trotz der Injektion gab er keine Antwort. Er wand sich bei der Frage und strengte sich sichtlich an, konnte jedoch kein Wort hervorbringen. Einen Augenblick lang glaubte ich wieder, daß das Kallocain unter gewissen Umständen ohne Wirkung sein könnte, und ich fühlte, wie mir kalter Schweiß auf die Stirn trat. Vielleicht war meine Frage auch unklar gestellt, zu verwickelt – in Wirklichkeit schien sie zwar einfach –, so daß die Versuchsperson sie auch im normalen Zustand schwer hätte beantworten können.

„Sie haben bestimmte Pläne, nicht wahr?" fragte ich vorsichtig.

„Ja, ja, gewiß, natürlich haben wir Pläne . . ."

„Und welche?"

Wieder Schweigen. Zögernd und mit Anstrengung brachte er hervor: „Wir wollen sein – wir wollen werden – etwas anderes . . ."

„So? Und was wollt ihr werden?"

Schweigen. Ein tiefer Seufzer.

„Wollt ihr einige bestimmte Posten besetzen?"

„Nein, nein. Nicht so."

„Wollt ihr etwas anderes als Mitsoldaten im Weltstaat werden?"

„N-nein – das heißt – nein, nicht so . . ."

Ich war verwirrt. In diesem Moment zog Karrek mit einer lautlosen Bewegung die Beine an, beugte sich vor, blinzelte und fragte mit leiser, durchdringender Stimme: „Wo haben Sie die anderen getroffen?"

„In einem Haus."

„Wo? Und wann?"

„Im Distrikt RQ – Mittwoch vor zwei Wochen . . ."

„Viele dort gewesen?"

„Fünfzehn, zwanzig."

„In diesem Fall ist es ja nicht so schwer herauszufinden, wo es war", wandte sich Karrek an Rissen und mich, „der Hauswart muß davon wissen."

Und das Verhör ging weiter: „Sie hatten natürlich Lizenzen? Unter falschen Namen?"

„Nicht unter falschen Namen. Meine Lizenz war wenigstens echt."

„Um so leichter also. Also weiter. Über was habt ihr verhandelt?"

Aber hier kam sogar Karrek nicht mehr weiter. Die Antwort des Verhörten wurde verwirrt und unsicher.

Wir mußten den verrückten Kerl in Ruhe lassen, um so mehr, da die zweite Spritze nachzulassen begann. Er erwachte und wurde von einer starken Übelkeit ergriffen. Seelisch schien er nicht allzu erschüttert zu sein. Er war unruhig, aber nicht verzweifelt, eher erstaunt als beschämt.

Als er den Raum verlassen hatte, sprang der Polizeichef in

seiner ganzen elastischen Länge auf, atmete tief und sagte: „Hier gibt es Arbeit. Der Mann wußte nichts, das ist sicher. Seine Kumpane werden mehr wissen. Wir können uns von Namen zu Namen bis in die innersten Kreise hineintasten. Vielleicht ist es eine regelrechte, großangelegte Verschwörung, wer weiß?"

Er schloß die Augen, und eine zufriedene Miene glättete die verkrampften Züge. Ich erriet seine Gedanken: Das wird meinen Namen in den ganzen Weltstaat hinaustragen. Vielleicht irrte ich mich auch. Der Polizeichef und ich waren zwei vollkommen verschiedene Naturen.

„Übrigens", fuhr der Polizeichef langsam fort und sah prüfend von einem zum andern, „übrigens werde ich für eine kurze Zeit verreisen. Es ist nicht ausgeschlossen, daß auch Sie bald an einen anderen Ort berufen werden. Machen Sie sich auf alle Fälle reisefertig. Der Befehl kann entweder nach Hause oder direkt ins Laboratorium gesandt werden. Lassen Sie zur Sicherheit einen gepackten Koffer hier stehen, damit Sie keine Zeit verlieren müssen, um ihn zu holen. Nur eine kleine Tasche mit dem Notwendigsten, damit Sie einige Tage wegbleiben können. Und stellen Sie Ihre Apparate bereit, damit Sie sie mitnehmen und zeigen können, wie Ihr Kallocain wirkt."

„Und der Militärdienst?" fragte Rissen.

„Wenn etwas aus Ihrer Reise wird, regle ich selbstverständlich alles. Gelingt es mir nicht, na, dann wird eben nichts daraus. Ich verspreche nichts. Und was werden Sie in den nächsten Tagen unternehmen?"

„Immer wieder neue Versuche."

„Hindert Sie etwas, diese Spur aufzunehmen? Ich meine damit die Aussagen der letzten Versuchsperson. Anstatt sich des Freiwilligen Opferdienstes zu bedienen, können Sie nach und nach die fünf untersuchen, alles genau aufschreiben und auf weitere Befehle warten. Was sagen Sie dazu?"

Rissen zauderte einen Moment. „In den Ordnungsvorschriften des Laboratoriums steht nichts über einen derartigen Fall."

Der Polizeichef brach in ein unbeschreiblich spöttisches Lachen aus. „Wir dürfen nicht bürokratisch sein", sagte er. „Wenn jetzt ein Befehl vom obersten Laboratoriumschef – es ist doch wohl Muili, nicht wahr – kommt, dann halten Sie sich nicht mehr so streng an die Vorschriften, denke ich. Ich werde jetzt sofort selbst zu Muili gehen. Nachher brauchen Sie also nur alle Namen bei der Polizei zu melden. Es geht vielleicht um das Wohl und Wehe des Weltstaates – und Sie fragen nach Ordnungsvorschriften."

Er ging, und wir sahen einander an. Ich vermute, daß meine Miene siegesgewiß und voller Bewunderung war. Einem Mann wie Karrek konnte man ruhig sein Geschick in die Hände legen. Er bestand nur aus Willenskraft. Für ihn gab es keine Schwierigkeiten.

Aber Rissen zog resigniert die Augenbrauen hoch. „Wir werden eine Unterabteilung der Polizei", sagte er, „adieu, Wissenschaft."

Ich erschrak. Ich liebte meine wissenschaftlichen Arbeiten und würde sie sehr vermissen, wenn sie mir verlorengingen. Aber Rissen ist von Natur ein Pessimist, versuchte ich mir einzureden. Meinerseits sah ich nur eine Treppe vor mir, und das einzig Wichtige war, daß sie nach oben führte. Eine Stunde später kam wirklich vom obersten Laboratoriumschef der Befehl, daß wir unsere Arbeit nach den Richtlinien, welche der Polizeichef angedeutet hatte, weiterführen sollten. Bei der Polizei war man schon unterrichtet, und wir mußten nur anläuten, um die Personen, die wir verhaftet haben wollten, zu bestimmen, dann würden sie innerhalb von vierundzwanzig Stunden zu unserer Verfügung stehen.

Der erste, welcher uns auf diesem Wege zugeführt wurde, war ein junger Mann, der vor noch nicht allzulanger Zeit das Jugendlager verlassen hatte und der dem Gemeinschaftsleben mit einer komischen Mischung von Unsicherheit und hochmütiger Angriffslust gegenüberstand und der sich noch nicht ganz darin zurechtfinden konnte. Unter dem Einfluß des Kallocains konnte sich sein Selbstgefühl auf eine Art und Weise ausbreiten, die auf uns erwachsene Männer etwas belustigend wirkte. Er begann uns mit hochfliegenden und recht unbestimmten Zukunftsplänen zu unterhalten. Gleichzeitig gab er zu, daß die Menschen in seiner Umgebung ihn quälten. Sie wollten ihm Böses zufügen, behauptete er. Gewiß hatte ich selbst vorgeschlagen, unsere Versuchspersonen soviel wie möglich über sich selbst aussagen zu lassen, da es so schwierig gewesen war, den vorhergehenden Fall zu verhören, aber diesmal kam bei dieser Methode etwas zuviel allgemeine Jugendpsychologie heraus, als daß es hätte Karrek interessieren können. So ging ich endlich doch wieder zum Verhör über und fragte den jungen Mann, ob er unseren vorher Verhafteten kenne.

„Ja. Wir sind Arbeitskameraden."

„Haben Sie sich je außerhalb der Arbeit getroffen?"

„Ja. Er hat mich zu einer Versammlung eingeladen."

„Im Distrikt RQ? Am Mittwoch vor vierzehn Tagen?"

Der junge Mann begann leise vor sich hin zu lachen und schien sehr interessiert zu sein. „Ja. Und eine so lustige Veranstaltung. Aber es hat mir gefallen. Irgendwie fühlte ich mich dort wohl . . ."

„Können Sie erzählen, woran Sie sich noch erinnern?"

„Gewiß, es war so komisch. Ich trat ein, und da waren nur Leute, die ich nicht kannte. Na, das war ja nicht verwunderlich. Wenn man dem Gesellschaftsleben einen freien Abend opfert, dann ist es gewöhnlich, um irgendeine Angelegenheit zu diskutieren, die Arbeit oder etwas anderes, ein geplantes Fest oder ein Schreiben an die Behörden oder etwas Ähnliches. In dem Fall ist es klar, daß man nicht alle Eingeladenen kennt. Aber es war ganz anders! Sie diskutierten überhaupt nicht. Sie saßen da und sprachen über alles mögliche, und manchmal schwiegen sie auch. Daß sie soviel schwiegen, beunruhigte mich und übrigens schon die Art, wie sie sich begrüßten! Sie gaben einander die Hand. So etwas! Ganz unhygienisch und so intim, daß man sich außerdem schämte. Sich so anzufassen, und dann noch mit Absicht! Sie behaupteten, es sei ein uralter Gruß, den sie wieder ins Leben gerufen hätten. Aber wenn man es nicht wolle, brauche man ihn nicht mitzumachen. Man wurde zu überhaupt nichts gezwungen. Aber anfangs hatte ich Angst vor ihnen. Nichts ist so schrecklich, als dazusitzen und zu schweigen. Man hat ein Gefühl, durchschaut zu werden. Als wäre man nackt oder noch schlimmer als das. Geistig nackt. Besonders, wenn ältere Leute dabei sind, denn die haben gelernt, durch einen hindurchzusehen. Und die Angst bleibt übrigens auch, wenn sie sprechen, denn sie haben es gelernt, sich so beherrscht auszudrücken, daß man nie weiß, was sie wirklich denken. Manchmal ist mir das auch schon gelungen, und dann freut man sich immer hinterher, als wäre man einer Gefahr entgangen. Aber dort konnte ich es nicht. Keiner schien gefährlich zu sein. Wenn sie sprachen, unterhielten sie sich leise, und es schien, als dächten sie an nichts anderes. Sonst finde ich es immer besser, laut zu sprechen, denn dann fesselt man die Aufmerksamkeit der andern. Man spricht laut, hat aber seine Gedanken anderswo. Aber dort waren die Leute so komisch. Zum Schluß fand ich es sehr schön, und es begann mir zu gefallen. Irgendwie war es so beruhigend."

Seine Ausführungen waren ja nicht sehr aufschlußreich. Der Jugendliche war wohl ein Neuling der Bewegung und in deren Geheimnisse noch nicht eingeweiht. Zur Sicherheit fragte ich ihn aber trotzdem: „Haben Sie einen Gruppenchef gesehen? Oder irgendwelche Gradbezeichnungen?"

„Nein – nicht daß mir etwas aufgefallen wäre. Auch nicht, daß jemand etwas davon gesagt hätte."

„Und was taten sie sonst noch? Sprachen sie von Dingen, die sie getan hatten oder noch tun würden?"

„Nicht daß ich wüßte. Aber ich bin etwas früher fortgegangen mit einigen anderen, die auch zum erstenmal dort waren, glaube ich. Was sie nachher gemacht haben, weiß ich nicht. Aber als wir gingen, sagte jemand: Wenn wir uns draußen in der Welt wiedertreffen, werden wir uns wiedererkennen. Ich kann es nicht erklären, aber es war richtig feierlich, und ich glaube wirklich, ich würde sie wiedererkennen – nicht gerade diejenigen, welche ich dort gesehen hatte, sondern irgend jemanden, der zu ihnen gehörte. Sie hatten irgend etwas Besonderes, aber ich kann es nicht beschreiben. Als ich in diesen Raum trat, wußte ich ganz bestimmt, daß Sie nicht dorthin gehören (er nickte mir zu), aber bei Ihnen (er warf Rissen einen abwägenden Blick zu) bin ich nicht so sicher. Vielleicht gehören Sie zu ihnen, vielleicht auch nicht. Ich weiß nur, daß ich mich bei Ihnen ruhiger als bei den andern fühlte. Ich hatte nicht dieses deutliche Gefühl, daß Sie mir Böses antun wollten."

Ich sah Rissen scharf an. So verblüfft, wie er dreinschaute, hielt ich es für wahrscheinlich, daß er unschuldig war, wenn man als unschuldig bezeichnete, daß er an solchen heimlichen Versammlungen, wie sie der junge Mann beschrieb, noch nie teilgenommen hatte. Aber doch lag in dieser Andeutung etwas. Auch bei Rissen gab es diese verborgene asoziale Ader.

Der Jugendliche erwachte mit einem Reuegefühl, das in keinem Verhältnis zu den ziemlich harmlosen Dingen stand, die er offenbart hatte. So wie ich die Angelegenheit auffaßte, galt seine Angst nicht dem Bericht der Zusammenkunft, sondern den rein persönlichen Bekenntnissen, die uns so gelangweilt hatten, daß wir sie vorzeitig abbrachen.

„Ich glaube, ich muß einiges zurücknehmen", murmelte er, als er taumelnd aufstand. „Als ich sagte, daß mich die anderen unsicher machen, entsprach das eigentlich nicht der Wahrheit. Ich frage mich nur, was sie von mir denken. Ich meine nicht, daß sie mir unbedingt etwas Böses antun wollen. Und alles, was ich von meinen Zukunftsplänen phantasiert habe, ist nur dummes Zeug. Übrigens war es auch übertrieben, daß ich mich bei den komischen Leuten wohler fühlte als bei den normalen. Wenn ich es mir gut überlege, fühle ich mich eigentlich bei den normalen viel wohler . . ."

„Davon sind wir auch überzeugt", sagte Rissen freundlich, „in Zukunft sollten Sie sich lieber an die andern, die Normalen halten. Wir hegen stark den Verdacht, daß diese Zusammenkünfte – an einer haben Sie ja unverhofft teilgenommen – staatsfeindlich sind. Noch scheinen Sie nicht von ihnen angesteckt zu sein, aber nehmen Sie sich in acht! Bevor Sie es bemerkt haben, könnten Sie in die Fänge dieser Leute geraten." Als der Jugendliche durch die Tür verschwand, sah er ganz erschrocken drein.

Ich weiß nicht, welche fürchterlichen Pläne wir eigentlich aufzudecken hofften. Einer der Verhafteten mußte aber doch vom Geist dieser Zusammenkünfte angesteckt worden sein. Die übrigen vier Verhafteten fragten wir gründlich und systematisch aus, notierten gewissenhaft ihre Aussagen, aber es dauerte lange, bis wir uns nur ein einigermaßen klares Bild der heimlichen Liga machen konnten. Oft mußten wir einander ansehen und den Kopf schütteln. Hatten wir es mit einem Haufen Geisteskranker zu tun? Von so etwas Phantastischem hatte ich selten sprechen hören.

In erster Linie wollten wir etwas über die eigentliche Organisation, die Namen der Anführer und ihre Verbreitung wissen. Aber immer wieder bekamen wir zu hören, daß es keine Chefs und keine Organisation gebe. Nun ist es ja oft in heimlichen Verschwörungen so, daß Mitglieder niedrigeren Grades von den wesentlichen Geheimnissen nichts erfahren; alles, was sie wissen, sind die Namen zweier oder dreier Mitglieder, die ebenso bedeutungslos wie sie selbst sind. Wir nahmen an, daß wir nur so unwichtige Mitglieder erfaßt hatten. Immerhin würden wir von den schon Verhörten die Namen derer erfahren, die der eigentlichen Organisation näherstanden und mehr auszusagen wußten. Wir konnten unsere Untersuchungen also nur fortsetzen.

Was war geschehen, nachdem die Neulinge das Haus verlassen hatten? fragten wir uns weiter. Eine Frau gab uns eine erstaunliche Beschreibung: „Man nimmt ein Messer heraus", sagte sie. „Einer von uns übergibt es einem anderen, legt sich auf ein Bett und tut so, als schliefe er."

„Na, und dann?"

„Dann – nichts weiter. Will noch einer mitmachen und ist genug Platz da, so kann er auch so tun, als schliefe er. Man kann sich auch irgendwo hinsetzen und den Kopf an die Bettkante, an den Tisch oder an sonst etwas stützen."

Ich befürchtete, daß ich ein Lachen nicht unterdrücken konnte. Die Szene, die ich mir vorstellte, war unbeschreiblich. Jemand sitzt mit einem großen Küchenmesser in der Hand da (natürlich war es ein Küchenmesser, denn das konnte man sich am leichtesten verschaffen, man vergaß einfach, es zum Abwaschen abzugeben), mitten in einer ebenso ernsten Gesellschaft. Einer hat sich auf dem Bett ausgestreckt, schläft krampfhaft und versucht sogar zu schnarchen. Einer nach dem andern nimmt ein Kissen, setzt sich in die Nähe, lehnt seinen Kopf in einer mehr oder weniger unbequemen

Stellung an irgend etwas und schnarcht leise vor sich hin. Mag sein, daß einer etwas von der Bettkante heruntergleitet, die Beine von sich streckt, mit dem Kopf an den Holzrahmen stößt und gähnt – sonst Todesstille.

Nicht einmal Rissen konnte ein Lächeln unterdrücken. „Und was hat das für einen Sinn?" fragte er.

„Einen symbolischen Sinn. Durch das Messer ist man in der Gewalt des andern, und es geschieht einem doch nichts."

(Und es geschieht einem doch nichts! Wenn eine Menge Leute da herumsitzen, die, obwohl sie ganz wach sind, schnarchen und jeden Augenblick mit dem linken Auge blinzeln können! Es geschieht einem nichts, wenn einer der Gäste, vom Hauswart gesetzlich registriert, ein Küchenmesser in der Hand hält – ein Messer übrigens, mit welchem man sich beim Abendessen vergeblich anstrengte, Meerrettich zu schneiden – und obendrein schnarcht . . .)

„Und was soll das alles bedeuten?"

„Wir wollen einen neuen Geist erwecken", antwortete die Frau ganz ernst.

Rissen strich sich nachdenklich über das Kinn. Bei staatshistorischen Vorträgen hatte ich gehört und Rissen sicher auch, daß die Wilden der Urzeit gewisse Beschwörungsformeln ausgesprochen und sogenannte magische Handlungen begangen hatten, um imaginäre Wesen, die sie Geister nannten, herbeizuzaubern. Und so etwas geschah also immer noch in unseren Tagen?

Dieselbe Frau machte uns auch einige Andeutungen über einen vollständigen Toren, der eine gewisse Heldenrolle in ihrem Kreise zu spielen schien. Es gehörte wahrscheinlich nicht viel dazu, in mancher Leute Augen ein Held zu werden.

„Kennen Sie Reor nicht?" fragte sie. „Nein, kaum, denn er ist lange tot. Er lebte vor ungefähr fünfzig Jahren. Manche sagen, in einer der Mühlenstädte, andere, in einer der Textilstädte. So etwas, daß Sie nie von Reor gehört haben. Ich würde gern einmal einen Vortrag über ihn halten. Obwohl es wahr ist, daß ihn nur die Eingeweihten verstehen würden. Wenn man von Reor erzählen will, muß man sich an die Eingeweihten wenden. Damals reiste er immer herum, denn zu jener Zeit war es mit den Lizenzen noch anders. Manche nahmen ihn aus Angst auf, da sie glaubten, er gehöre zur Polizei, andere jagten ihn fort, weil sie glaubten, er sei ein Verbrecher. Aber diejenigen, welche ihn aufnahmen, merkten natürlich nicht alle, was er in Wirklichkeit war. Manche fanden ihn komisch, aber andere spürten, daß sie sich bei ihm ruhig und geborgen fühlen konnten wie ein kleines Kind bei seiner Mutter. Manche vergaßen ihn, aber andere vergaßen ihn nie. Und so gut sie konnten, erzählten sie von ihm. Aber das verstehen nur die Eingeweihten. Er schloß nie seine Tür ab. Er bemühte sich nie, Zeugen oder Beweise für seine Gespräche oder Handlungen aufzubringen. Er schützte sich nicht gegen Diebe, nicht einmal gegen Raubmörder, und so fiel er auch wirklich einem solchen zum Opfer. Der Mörder vermutete, daß Reor einen Laib Brot in seinem Rucksack habe. Damals herrschte Hungersnot. Doch Reor besaß kein Brot. Mit einigen andern, denen er auf dem Weg begegnet war, hatte er alles aufgegessen . . . Der Mörder dachte aber, er habe es noch aufgehoben, und schlug ihn tot."

„Und trotzdem meinen Sie, daß er ein bedeutender Mann gewesen ist?" fragte ich.

„Er war ein großer Mann. Reor war ein großer Mann. Er war einer der Unsrigen. Es leben noch einige, die ihn gesehen haben."

Rissen sah mich bedeutungsvoll an und schüttelte den Kopf.

„Die köstlichste Logik, die ich je in meinem Leben gehört habe", sagte ich. „Laßt uns sein wie er, denn er fiel einem Raubmörder zum Opfer! Ich begreife überhaupt nichts von diesem ganzen Gefasel."

„Sie sprachen von den Eingeweihten", sagte Rissen zu der Frau, ohne meinen Einwand zu beachten. „Wie wird man eingeweiht?"

„Das weiß ich nicht. Man wird es einfach. Man ist eben, wie man ist. Die andern merken es schon, die andern, die auch eingeweiht sind."

„Da kann also jeder kommen und behaupten, eingeweiht zu sein? Es muß doch irgendeine Zeremonie stattfinden – Geheimnisse, die mitgeteilt werden."

„Nein, nichts Derartiges. Ich sage ja, man merkt es. Entweder wird man aufgenommen, verstehen Sie, oder man wird es nicht – manche werden es nie."

„Wie merkt man es denn?"

„Ja – man merkt es an allem. Es ist der Geist. Die Geschichte mit dem Messer und dem Schlaf wird einem auf einmal verständlich und heilig – und noch vieles andere."

Wir waren ebenso klug wie vorher.

Ob nur die Frau verrückt war oder ob auch all die andern ihren Irrsinn teilten, war schwer zu sagen. Es war jedoch sicher, daß die magischen Sitzungen mit dem Messer und dem vorgetäuschten Schlaf stattgefunden hatten. Andere bestätigten diese Aussage. Was wir jedoch nicht herausfinden konnten, war, ob die Sitzungen regelmäßig oder nur zu bestimmten Anlässen stattfanden. Auch konnten wir nicht bei allen, wohl aber bei einigen, Spuren des Reor-Mythos entdecken. Welches war also das Band zwischen all diesen Leuten, außer daß sie alle miteinander eigentümlich wirkten? Oder wenigstens einen sehr sonderbaren Eindruck erweckten?

Eine andere Frau konnte uns noch ein paar Namen angeben. Wir fanden es deshalb angemessen, sie besonders beharrlich in bezug auf die Organisation auszufragen. Ihre Antworten waren ebenso verwirrend wie diejenigen der anderen.

„Organisation?" wiederholte sie. „Wir streben keine Organisation an. Was an sich schon organisch ist, braucht nicht organisiert zu werden. Ihr baut mit euch selbst wie mit Steinen und fallt äußerlich und innerlich zusammen. Wir aber wachsen von innen heraus wie Bäume. Wir sind keine leblose Materie, und bei uns gibt es keinen toten Zwang. Wir vertreten das Lebendige und ihr das Tote."

All dies schien mir ein sinnloses Wortspiel, und trotzdem beeindruckte es mich. Vielleicht war es die Eindringlichkeit ihrer Stimme, die mich erschauern ließ. Es war nicht ausgeschlossen, daß sie mich an Linda erinnerte, die auch so eine tiefe und eindringliche Stimme besaß, besonders manchmal, wenn sie nicht so müde war. Ich mußte mir vorstellen, wie es gewesen wäre, wenn Linda an Stelle dieser fremden Frau vor mir gesessen hätte und mir ihr Innerstes in so flehendem und eindringlichem Ton offenbart hätte. Auf alle Fälle wiederholte ich die einzelnen Worte noch lange in meiner Erinnerung, ganz einfach, weil sie in ihrer Sinnlosigkeit schön klangen. Viel, viel später begann ich langsam, einen Sinn darin zu erkennen. Jedenfalls gab es mir schon einen Stoß, als ich zum erstenmal ahnte, was sie unter „wir" verstanden – es hieß für sie, einander wiedererkennen, einen Kreis von Eingeweihten ohne jegliche Organisation bilden, ohne äußere Kennzeichen und scheinbar auch ohne allgemein gefaßte Lehren und Doktrinen.

Als sie entlassen war, sagte ich zu Rissen: „Mir ist etwas eingefallen. Wir haben das mit dem ‚Geist' vielleicht falsch aufgefaßt. Darunter kann man auch eine innere Form, eine Lebenseinstellung verstehen. Oder glauben Sie, daß dies eine zu subtile Deutung ist, als daß sie auf solche Toren angewandt werden könnte?"

Als er mich ansah, bekam ich Angst. Daß er mich vollständig verstanden hatte, konnte ich ihm ansehen, aber in seinem Blick lag noch mehr. Ich begriff, daß er auch von dem warmen und intensiven Wesen der Frau beeindruckt war. Ich begriff, daß er noch empfänglicher war als ich. Und mir wurde bewußt, daß sein Blick und sein Schweigen mich in eine Richtung zogen, in welche zu gehen mir all mein Pflicht- und Ehrgefühl verbot. Irgendwie war er in die Fänge der Toren geraten, und sogar ich hatte einen Augenblick lang diese süße und übermächtige Anziehung gespürt.

Hatte heute der erste junge Mann nicht gesagt, daß Rissen dorthin gehören könnte – zu den Toren, zu der heimlichen Sekte? Hatte dieser Jugendliche nicht selbst die ganze Zeit gefühlt, daß von Rissen eine Drohung und Gefahr ausgingen? Von diesem Augenblick an wußte ich, daß wir zutiefst Feinde waren.

Es war nur noch einer der Verhafteten übrig, ein älterer Mann mit intelligentem Aussehen, und plötzlich hatte ich Angst vor ihm. Niemand konnte wissen, ob er nicht auch wie die Frau vorhin dieselbe suggestive Kraft besaß. Andererseits erwartete ich große Dinge von ihm. Wenn irgend jemand, dann mußte er etwas über die innersten Kreise wissen, und wenn wir Glück hätten, könnten wir dort so schlagende Beweise finden, daß die ganze Sekte, zur Erleichterung und Rettung meiner selbst und vieler anderer, ausgehoben und verurteilt werden könnte. Aber als er schon hereingeführt worden war und wir ihn gerade in den Stuhl gesetzt hatten, läutete das Lokaltelefon, und sowohl Rissen wie ich wurden zu Muili, dem ersten Laboratoriumschef, beordert.

8

MUILIS Empfangszimmer befand sich nicht in unserem Laboratoriumsgebäude. Es war aber nicht nötig, ans Tageslicht hinaufzufahren, um sein Büro zu erreichen: Durch einen Gang drei Stockwerke tiefer kam man direkt zu der Verwaltungsabteilung der Laboratorien, und nachdem man seine Identitätskarte vorgewiesen und ein Sekretär sich telefonisch vergewissert hatte, daß man angemeldet war, wurde man weitergeführt. In fünfundzwanzig Minuten standen wir vor Muili, einem sehr mageren ergrauten Mann mit kränklichem Aussehen. Er sah uns kaum an. Seine Stimme war leise, und das Sprechen schien ihm Mühe zu bereiten, und trotzdem war jedes seiner Worte ein Befehl. Der Mann war nicht daran gewöhnt, auf andere zu hören, wenn es sich nicht um Antworten auf direkte Fragen handelte.

„Mitsoldaten Edo Rissen und Leo Kall, Sie sind an einen anderen Ort versetzt. Ihre jetzige Arbeit legen Sie nieder. In einer Stunde erwartet Sie eine Polizeiwache, die Sie weiterführen wird. Ihre vorübergehende Befreiung vom Militär- und Polizeidienst ist geregelt, verstanden?"

„Ja, mein Chef", antworteten Rissen und ich gleichzeitig. Schweigend kehrten wir ins Laboratorium zurück, um an unseren Arbeitsplätzen Ordnung zu machen, uns zu duschen und die Freizeituniform anzuziehen. Unsere beiden Reisetaschen standen schon bereit, außerdem eine Kiste mit Kallocain und der dazugehörenden Apparatur, wie Karrek es befohlen hatte. Zur festgesetzten Zeit wurden wir von zwei schweigenden Polizisten abgeholt und mit der Untergrundbahn an unseren Bestimmungsort gebracht.

Meine Bewunderung für Karrek stieg noch mehr. Wirklich

prompte Arbeit. Kaum mehr als vierundzwanzig Stunden waren seit seiner Abreise vergangen, und schon hatte er erreicht, was er wollte. Der Mann war eine Macht und anscheinend nicht nur in der Chemiestadt Nr. 4.

Als wir aus der Untergrundbahn stiegen, zeigte es sich, daß unser Ziel ein Hangar war. Ein Gefühl von berauschender Abenteuerlust fuhr durch alle meine Glieder. Wie weit sollten wir eigentlich reisen? Bis zur Hauptstadt? Ich, der ich nie aus der Chemiestadt Nr. 4 herausgekommen war, wurde von einer wilden Spannung ergriffen.

Zusammen mit einer Schar anderer Fahrgäste stiegen wir in das hell erleuchtete Flugzeug. Die Polizisten verschlossen und plombierten die Tür, und das Surren der Motoren verriet, daß wir uns von der Erde erhoben. Ich zog die letzte Nummer der *Chemischen Zeitschrift* aus der Tasche, und Rissen tat das gleiche. Aber ich merkte, daß er sich ebenso oft wie ich zurücklehnte und seine Gedanken sich mit etwas anderem als den Aufsätzen und Mitteilungen des Blattes beschäftigten. Jedesmal, wenn mich die Neugier zu sehr packte, versuchte ich sie zu unterdrücken. Im Film hatte ich natürlich goldene Äcker, grüne Wiesen, Wälder, weidende Schafe und Kühe gesehen, ja sogar aus der Vogelschau. Strenggenommen war meine Neugierde also vollkommen ungerechtfertigt, und trotzdem hatte ich mit dem lächerlichen und kindlichen Wunsch zu kämpfen, die Maschine möge doch ein einziges Guckloch haben, aus dem man heimlich hätte hinausschauen können, nicht weil ich Spionage treiben wollte, sondern ganz einfach aus einer kindlichen Neugierde heraus. Aber wenigstens wußte ich auch, daß dies eine gefährliche Tendenz war. Gewiß hätte ich es in der Wissenschaft nie so weit gebracht, wenn mich eine gewisse Neugierde nicht getrieben hätte, die Geheimnisse der Materie zu erforschen – andererseits wirkten hier Triebkräfte, die einen ebensogut in Gefahr und Verbrechen, zu Gutem wie zu Bösem locken konnten. Ich fragte mich, ob Rissen gegen dieselben Neigungen und Wünsche anzukämpfen hatte – ob er überhaupt je kämpfte! Er gehörte wohl nicht zu denjenigen, die kämpften, er mit seinem Mangel an Disziplin. Ich hatte den Eindruck, daß er dasaß – ganz ohne Kampf oder Scham und einfach wünschte, das Flugzeug möge aus Glas gebaut sein ... Ein äußerst treffendes Bild, dachte ich. Ja, so war der Mann. Wenn ich das Kallocain zu meinem Privatvergnügen anwenden könnte ...

Ich mußte eingeschlafen sein, denn jemand stieß mich leicht am Ellbogen an und weckte mich. Ein Bediensteter stand vor mir und servierte das Abendessen – auch dafür war gesorgt. Ich sah auf meine Armbanduhr: Wir waren schon fünf Stunden lang geflogen und anscheinend noch ein gutes Stück von unserem Ziel entfernt, da wir sonst mit dem Essen bis zu unserer Ankunft gewartet hätten. Ich hatte mich nicht verrechnet: Wir mußten noch drei weitere Stunden fliegen. Hätte man nicht nur die Zeit, sondern auch die Geschwindigkeit des Flugzeuges gewußt, wäre es leicht gewesen, die Entfernung zwischen der Chemiestadt Nr. 4 und dem Bestimmungsort auszurechnen. Glücklicherweise wurde die Geschwindigkeit streng geheimgehalten, so daß keine Spione irgendwelche geographischen Schlußfolgerungen ziehen konnten. Wir ahnten nur, daß die Geschwindigkeit äußerst hoch und die Entfernung also sehr groß sein mußte. Die Richtung konnten wir natürlich auch nicht vermuten: Daß es kühl, ja sogar kalt im Verhältnis zur Chemiestadt war, bedeutete ja nichts anderes, als daß wir uns in großer Höhe befanden.

Als wir endlich landeten und die Motoren stillstanden, wurde die Tür von einer kleinen Gruppe Polizisten geöffnet, die sich dann verteilten und die verschiedenen Fahrgäste in Obhut nahmen. Es war anzunehmen, daß alle in einem wichtigen Auftrag handelten, erwartet und angemeldet oder vielleicht wie wir selbst hierherbeordert waren.

Rissen und ich wurden zur Militär- und Polizeiuntergrundbahnstation geführt, von wo aus unser Wagen mit unglaublicher Schnelligkeit zu einer Station raste, die den Namen Polizeipalast trug. Wir ahnten, daß wir uns in der Hauptstadt befanden. Durch ein unterirdisches Portal kamen wir in einen Vorraum, wo wir einer Leibesvisitation unterzogen wurden und wo man unser Gepäck durchsuchte. Dann ging der Weg weiter, zu kleinen, einfachen, aber bequemen Räumen, wo wir schlafen sollten.

9

AM FOLGENDEN Morgen wurden wir in einen der Speisesäle geführt. Wir waren nicht die einzigen gewesen, die im Polizeipalast übernachtet hatten – in dem großen Saal drängten sich schon ungefähr siebzig andere Mitsoldaten jeder Altersstufe um die Tische, sowohl Männer wie Frauen. Jemand winkte uns von seinem Platz aus zu. Es war Karrek selbst, der sich mit seiner Maisgrütze zwischen lauter Unbekannten niedergelassen hatte. Wie hoch er im Rang auch über uns stand, waren wir doch sehr erfreut, ein bekanntes Gesicht zu sehen, und er schien auch nichts gegen unsere Gesellschaft zu haben.

„Ich bin um eine Audienz für alle drei beim Polizeiminister eingekommen", sagte er, „und ich habe Grund anzunehmen, daß sie uns schnell bewilligt wird. Sie müssen die Apparate so schnell wie möglich holen."

Selbstverständlich beeilte ich mich mit dem Frühstück und rannte nach meinem Kallocain. Meine Eile erwies sich als etwas übertrieben. Nachdem wir alle drei in den Warteraum des Polizeiministers geleitet worden waren, mußten wir eine gute Stunde warten, bevor sich die Tür zum nächsten Raum öffnete. Vor uns waren außerdem drei andere Personen gekommen, so daß wir annahmen, daß wir noch einige Zeit warten müßten.

Doch wurden wir als erste vorgelassen. Ein kleiner, wendiger Beamter trat zu Karrek und flüsterte ihm etwas ins Ohr. Karrek deutete auf uns beide, und wir wurden alle drei in einen neuen Warteraum geführt, wo wir wiederum eine Leibesvisitation über uns ergehen lassen mußten. Hier war im allgemeinen für die Sicherheit viel gründlicher gesorgt als in unserer Chemiestadt, natürlich, weil die Personen, welche hier beschützt werden mußten, so unendlich viel wertvoller waren als in den übrigen Teilen des Weltstaates. Schon draußen im Warteraum und noch mehr hier im inneren Vorraum sowie beim Polizeiminister selbst standen Wachen mit erhobenen Pistolen. Endlich traten wir bei dem Mächtigen ein. Eine breitschultrige

Gestalt drehte sich auf dem Stuhl herum und hob grüßend die buschigen Augenbrauen. Offensichtlich befriedigte ihn Karreks Anblick. Ich erkannte den Polizeiminister Tuareg nach einem Bild aus dem Album eines Mitsoldaten wieder, seine kleinen schwarzen Bärenaugen, seinen willensstarken Unterkiefer, seinen vollen Mund. Er machte einen viel überwältigenderen Eindruck, als ich je erwartet hatte. Vielleicht war es auch das Gefühl, vor der Konzentration der Macht zu stehen, das mich erzittern ließ. Tuareg war das Gehirn für die Millionen von Augen und Ohren, welche die intimsten Handlungen und Gespräche der Mitsoldaten Tag und Nacht sahen und hörten. Er war der Wille hinter den Millionen von Armen, die ständig oder zu gewissen Stunden des Tages die innere Sicherheit des Staates schützten – er war auch der Wille hinter meinen Armen, insoweit ich meine Abende dem Polizeidienst opferte. Und trotzdem zitterte ich, als wäre es nicht mein höchster Wunsch gewesen, diesem Mann einmal gegenüberzustehen – als wäre ich einer der Verbrecher, denen er nachjagte. Und ich hatte ja doch gar nichts Böses getan. Woher kam dann die unglückselige Zersplitterung in meinem Wesen? Die Antwort lag auf der Hand: Alles beruhte auf der Wahnvorstellung, die mit den Worten: „Kein Mitsoldat über vierzig Jahren hat ein reines Gewissen" ausgedrückt werden konnte. Und es war Rissen, der diese Worte ausgesprochen hatte. „So, hier haben wir also unsere neuen Bundesgenossen", sagte der Polizeiminister zu Karrek. „Wären Sie bereit, in zwei Stunden einige kleine Probeexperimente vorzuführen? Im dritten Stockwerk steht Ihnen ein Raum als Laboratorium zur Verfügung – er ist vielleicht primitiv, aber ich glaube, daß Sie dort alles finden werden, was Sie brauchen. Sollte Ihnen etwas fehlen, brauchen Sie es nur vom Personal zu verlangen. Versuchspersonen stellen wir zur Verfügung."

Wir erklärten uns bereit und waren glücklich. Die Audienz war beendet, und wir wurden auf einem anderen Weg in das provisorische Laboratorium geführt, von dem Tuareg gesprochen hatte. Die Einrichtung war vollkommen ausreichend, solange es sich nicht darum handelte, das Kallocain in größeren Mengen herzustellen.

Karrek hatte uns mit hinaufbegleitet. Er setzte sich auf eine Tischkante. Seine Haltung war so gelassen, daß sie bei jedem anderen Mann schlaff und abstoßend gewirkt hätte. „Na, Mitsoldaten", sagte er, als wir die Arbeitsmöglichkeiten im Raum untersucht hatten, „was ist bei der geheimen Verschwörung daheim in der Chemiestadt herausgekommen?"

Rissen war ja mein Chef und hatte das Recht und die Pflicht, als erster zu antworten. Das tat er auch, obwohl erst nach langem Schweigen. „Für meinen Teil", sagte er, „kann ich nicht finden, daß wir auf etwas ausgesprochen Verbrecherisches gestoßen sind. Leicht verrückt wirkten sie alle, aber verbrecherisch – nein. Bis jetzt wenigstens", fuhr er nach einer neuen Pause fort, „haben wir keinen einzigen verhört, der sich nach den Ordnungsvorschriften einer gesetzwidrigen Handlung schuldig gemacht, die er im Kallocainrausch gestanden hätte. Ich sehe von dem einen Mann ab, der es unterlassen hatte, seine Frau wegen Hochverrats anzuzeigen, aber den Fall kennen Sie ja, mein Chef, und wir waren damals übereingekommen, Gnade vor Recht ergehen zu lassen, da es sich um Personen des Freiwilligen Opferdienstes handelt. Was die anderen Menschen anbetrifft, würde ich sie eine Sekte von Toren nennen, aber keine politische Organisation. Vielleicht kann man sie nicht einmal eine Sekte nennen. Soweit wir herausfinden konnten, haben sie keine Organisation, keine Führer, keine Mitgliederlisten, ja nicht einmal einen Namen, und so fallen sie also kaum unter das Gesetz gegen Vereinsbildung außerhalb der Kontrolle des Staates."

„Sie sind ein großer Formalist, Mitsoldat Rissen", sagte Karrek und blinzelte ironisch, „Sie sprechen von ‚Ordnungsvorschriften' und ‚unter das Gesetz fallen', als wäre Druckerschwärze ein unüberwindliches Hindernis. Das glauben Sie doch wohl selbst nicht?"

„Die Gesetze und Verordnungen bestehen zu unserem Schutz . . .", wandte Rissen verdrießlich ein.

„Zu wessen Schutz?" griff Karrek an. „Auf alle Fälle nicht zum Schutz des Staates. Der Staat bedarf klarer Köpfe, die, wenn es nötig ist, auf die Druckerschwärze spucken können . . . "

Rissen schwieg mutwillig, nahm dann das Gespräch aber

wieder auf. „Auf alle Fälle wirken sie ungefährlich für den Staat. Wir können die bisher Verhafteten ruhig wieder freilassen und nachher die ganze Gesellschaft ihrem Schicksal überlassen. Die Polizei hat sowieso schon genug mit Mördern, Dieben und Einbrechern zu tun . . ."

Meine Stunde war gekommen. Ich spürte es. Ich mußte einen ernsthaften Angriff gegen Rissen unternehmen. „Mein Chef Karrek", sagte ich langsam und mit starker Betonung, „erlauben Sie mir, einige Einwände zu machen, obwohl ich nur ein Untergeordneter bin. Mir erscheint die geheimnisvolle Sekte alles andere als unschuldig."

„Ihre Meinung interessiert mich auch", sagte Karrek. „Sie sehen sie also als eine regelrechte Vereinigung an?"

„Die Paragraphen will ich im Augenblick beiseite lassen", sagte ich. „Meine Meinung ist, daß alle diese Leute, jeder einzeln und alle zusammengenommen, eine Gefahr für den Staat bedeuten. In erster Linie will ich fragen: Sind Sie der Ansicht, daß unser Weltstaat eine ganz neue Haltung, eine vollständig veränderte Weltanschauung brauchen könnte? Ja, mißverstehen Sie mich nicht. Ich bin mir bewußt, daß an vielen Orten die Leute zu einem größeren Verantwortungsbewußtsein und größeren Anstrengungen angespornt werden sollten – aber eine neue Lebenseinstellung, anders als die bisherige? Ist das nicht schon eine Beleidigung des Weltstaates und der Mitsoldaten im Weltstaat? Und trotzdem war dies der Inhalt der Aussagen eines der Verhafteten: Wir wollen einen neuen Geist erwecken. Zuerst nahmen wir diesen Ausspruch konkret, jedoch als Ausdruck eines Aberglaubens, und das wäre ja schon schlimm genug gewesen – aber sein wahrer Sinn ist viel gefährlicher."

„Sie nehmen das alles zu tragisch", sagte Karrek, „meine Erfahrungen haben mich gelehrt, daß die Wirkungen um so ungefährlicher sind, je abstrakter etwas ist."

„Aber die Lebenseinstellung ist nichts Abstraktes", erwiderte ich energisch, „ich würde sogar im Gegenteil behaupten, daß dies das einzig Konkrete ist. Und die Lebenseinstellung dieser Toren ist staatsfeindlich. Am besten und klarsten ist dies aus ihrem eigenen Mythos um einen gewissen Reor ersichtlich.

Dieser Reor scheint noch einen Grad verrückter gewesen zu sein als die anderen und ist darum ihr Hauptheld geworden. Nachsichtig sein gegen Verbrecher, fahrlässig in bezug auf die eigene Sicherheit (man ist ja doch ein wertvolles und kostbares Werkzeug, das darf man nicht vergessen!), persönliche Gefühlsbindungen schaffen, die stärker sind als die Bande zum Staat – dazu wollen sie uns bringen. Oberflächlich betrachtet, scheint ihr Ritual reiner Blödsinn zu sein. Wenn man aber darüber nachdenkt, beginnen sie unangenehm zu werden. Sie sind der Ausdruck übertriebenen Vertrauens unter den Menschen oder jedenfalls unter gewissen Menschen, und schon das sehe ich als staatsfeindlich an. Dem allzu Leichtgläubigen wird es früher oder später so gehen wie ihrem Helden Reor – früher oder später wird er ermordet. Und ist der Staat auf diesen Grundlagen aufgebaut? Wäre Grund zum Vertrauen zwischen den Menschen vorhanden, wäre nie ein Staat entstanden. Die heilige und notwendige Grundlage zum Bestehen des Staates ist unser gegenseitiges wohlbegründetes Mißtrauen. Wer dies nicht anerkennt, verneint den Staat."

„Pah", sagte Rissen mit einer gewissen Heftigkeit, „Sie vergessen, daß der Staat als wirtschaftliches und kulturelles Zentrum trotzdem entstehen muß . . ."

„Das vergesse ich nicht", antwortete ich. „Und glauben Sie vor allen Dingen nicht, daß ich von einer Art zivilistischem Aberglauben ausgehe, daß der Staat für uns dasein sollte, anstatt wir für den Staat, wie es sich ja in Wirklichkeit verhält. Ich meine nur, daß das Wesentliche im Verhältnis der einzelnen Zellen zum Staatsorganismus im Hunger nach Sicherheit liegt. Und wenn wir eines Tages merken sollten, daß unsere Erbsensuppe dünner wird, unsere Seife kaum mehr anwendbar, unsere Wohnungen baufällig und alles vernachlässigt würde, würden wir uns dann beklagen? Nein. Wir wissen, daß das Wohlleben in sich selbst keinen Wert hat und daß unsere Opfer einem höheren Ziel dienen. Und wenn wir Stacheldraht über unsere Wege gespannt sehen, finden wir uns dann nicht mit allen Einschränkungen der Bewegungsfreiheit ab? Ja. Wir wissen, daß dies alles für den Staat geschieht, um ihn vor Schaden zu bewahren. Und wenn eines Tages alle unsere Freizeitbeschäftigungen zugunsten der notwendigen militärischen Übungen eingeschränkt, wenn die unzähligen Luxusbetätigungen, die zu unserer Erziehung gehören, beiseite gelassen würden, um die unumgängliche Spezialausbildung des einzelnen für die unbedingt notwendige Industrie zu ermöglichen? Haben wir Grund, dann zu klagen? Nein, nein und noch einmal nein. Wir sehen ein und billigen es, daß der Staat alles, der einzelne nichts ist. Das sehen wir ein und beugen uns vor der Tatsache, daß der größte Teil der sogenannten ‚Kultur' – ich sehe dabei von den technischen Wissenschaften ab – als Luxus Zeiten vorbehalten bleibt, in denen keine Gefahr droht (Zeiten, die vielleicht nie wiederkommen werden). Was übrigbleibt, ist der nackte Lebensunterhalt und das immer stärker entwickelte Militär- und Polizeiwesen. Sie sind der Kern des Staatslebens. Alles andere ist nur Äußerlichkeit."

Rissen schwieg, finster und gedankenvoll. Es fiel ihm wohl schwer, etwas gegen meine nicht allzu originellen Ausführungen einzuwenden, aber ich war davon überzeugt – und befriedigt –, daß sich seine zivilistische Seele vor Ärger aufbäumte.

Karrek war aufgesprungen und lief auf und ab. Ich hatte den Eindruck, daß er meinen Argumenten nicht allzuviel Aufmerksamkeit schenkte, und das schmerzte mich. Als ich fertig gesprochen hatte, sagte er etwas ungeduldig: „Ja, ja, das ist alles sehr gut. Die Tatsache ist jedoch, daß wir bisher, soweit es mir bekannt ist, nie einen Kampf gegen ‚Geister' geführt haben. Die haben wir immer in den unwirklichen Sphären, in die sie gehören, spuken lassen. Wenn Leute beim Abendessen dummes Zeug reden oder ein offizielles Fest schwänzen, dann kann man sie wenigstens dafür belangen, aber ‚Geister' – nein, danke . . ."

„Bisher haben wir nie ein Mittel gehabt, gegen sie vorzugehen", wandte ich ein. „Kallocain gibt uns die Möglichkeit zu kontrollieren, was in ihren Gedanken vorgeht."

Auch jetzt schien er meine Behauptungen nur mit halbem Ohr anzuhören. „Jeder könnte auf Grund von Kallocain verurteilt werden", sagte er in einem mürrischen Ton. Plötzlich blieb er unbeweglich stehen, scheinbar vom Inhalt seiner eigenen Worte geschlagen. „Jeder könnte auf Grund von Kallocain verurteilt werden", wiederholte er, aber diesmal unendlich langsam, leise und sanft. „Aber vielleicht haben Sie schließlich doch nicht ganz unrecht – vielleicht – doch nicht so ganz unrecht . . ."

„Aber wenn Sie selbst sagen, mein Chef", rief Rissen entsetzt, „daß jeder . . .!"

Aber ihn hörte Karrek auch nicht. Mit langen Schritten hatte er seine Wanderung wiederaufgenommen, und sein eigentümlicher, mongolischer Kopf mit den zusammengekniffenen Augen war nach vorn gestreckt.

Wie ich gesagt hatte, wollte ich ihm gern zu Diensten stehen, obwohl mit einem gewissen Schamgefühl wegen der Zurechtweisung, die ich vom Siebenten Büro des Propagandaministeriums erhalten hatte. Das fesselte ihn endlich.

„Vom Siebenten Büro des Propagandaministeriums, sagen Sie?" wiederholte er nachdenklich. „Das ist interessant. Das ist sehr interessant." Eine geraume Weile verging, und seine schwach knarrenden Sohlen waren der einzige Laut, den man hörte, außer dem entfernten Brausen der Untergrundbahn und dem Stimmengemurmel sowie anderen Geräuschen aus angrenzenden Räumen. Endlich stützte er sich mit der Hand an die Wand, schloß die Augen und sagte sachte, als wäge er jedes Wort sorgsam ab: „Lassen Sie mich vollkommen aufrichtig sein. Es steht in unserer Macht, ein Gesetz über die Anlage zu verbrecherischen Gedanken durchzudrücken, wenn wir ausreichende Verbindung mit dem Siebenten Büro haben."

Gerade in diesem Augenblick glaube ich nichts anderes als Dienstwilligkeit empfunden zu haben, aber es ist möglich, daß ich auch von einem Hauch von Karreks Machtträumen angesteckt wurde, von Plänen und Visionen, die ich selbst nicht überblicken konnte. Jedenfalls rang ich nach Atem, als er fortfuhr: „Ich schicke einen von Ihnen, am besten einen, der gut und überzeugend sprechen kann, zum Siebenten Büro. Selbst kann ich aus gewissen Gründen nicht gehen . . . Wie ist es, Mitsoldat Kall, glauben Sie diese Aufgabe übernehmen zu können? Aber ich frage lieber zuerst Ihren Chef. Kann er es?"

Erst nach einem Augenblick des Zögerns antwortete Rissen fast unwillig: „Kall kann es übernehmen. Er ist dieser Aufgabe im höchsten Grad gewachsen."

In diesem Moment merkte ich zum erstenmal einen offenen Unwillen von seiten Rissens.

„Dann möchte ich mit Ihnen allein sprechen, Mitsoldat Kall."

Wir zogen uns in meinen Schlafraum zurück. Ungezwungen verstopfte Karrek das Polizeiohr mit einem Kissen, und als ich ein wenig verwundert dreinschaute, sagte er lachend: „Ich bin ja Polizeichef, und sollte dies gegen alle Erwartung entdeckt werden, dann weiß ich, wo Tuareg zu finden ist . . ."

Ich konnte nicht umhin, seine Frechheit zu bewundern, aber es beunruhigte mich etwas, daß er so vollständig auf persönliche Linien und nicht auf prinzipielle eingestellt war.

„Na also", sagte er. „Sie müssen etwas erfinden, um mit Lavris vom Siebenten Büro sprechen zu können. Ich würde vorschlagen, daß Sie die Zurechtweisung, die Sie da einmal erhalten haben, als Anlaß nehmen und sie dann irgendwie mit Ihrer Erfindung in Zusammenhang bringen. Und dann im Vorbeigehen – merken Sie sich, so ganz nebenbei, da Gesetzgebung an und für sich nicht zu den Aufgaben des Siebenten Büros gehört – erwähnen Sie, welche Bedeutung unser neues Gesetz, dieses hier, Ihres und meines, erlangen würde . . . Ich muß Ihnen das erklären: Lavris hat auf den gesetzgebenden Minister Tatjo Einfluß . . ."

„Aber wäre es nicht praktischer, direkt zum gesetzgebenden Minister Tatjo zu gehen?"

„Im Gegenteil, das wäre unglaublich unpraktisch. Selbst wenn Sie ein bestimmtes Anliegen, ein handfestes und richtiges Anliegen, neben diesem Gesetzentwurf hätten, würde es Wochen dauern, bevor Sie zu ihm vorgelassen würden, und so lange können wir Sie in der Chemiestadt Nr. 4 nicht entbehren. Haben Sie dagegen nur einen Gesetzentwurf, so ist es höchst unwahrscheinlich, daß Sie überhaupt vorgelassen werden. Wer sind Sie, würde man Sie fragen, daß Sie überhaupt Gesetze vorschlagen können? Der einzelne gehorcht den Gesetzen, macht sie aber nicht. Wenn Lavris sich jedoch um die Sache kümmert . . ., aber es kommt darauf an, diese Frau zu interessieren. Glauben Sie, daß Ihnen das gelingen wird?"

„Es kann mir ja nichts Schlimmeres passieren, als daß es mir mißglückt", sagte ich. „Ich setze mich keiner Gefahr aus."

Innerlich war ich davon überzeugt, daß es mir glücken würde; gerade bei einem solchen Auftrag konnte ich meine beste Seite zeigen. Karrek mußte es mir auch angesehen haben, als er mich mit seinen halb zugekniffenen Augen ansah.

„Gehen Sie dann also", sagte er, „die Lizenz wird morgen hier sein, und die Empfehlungen werde ich Ihnen beschaffen. Jetzt können Sie wieder zu Ihrer Arbeit zurückkehren."

10

WIR MUSSTEN auf Tuareg warten. Wenn man daran gewöhnt ist, daß jede einzelne Minute, sowohl nachts wie am Tage, genau eingeteilt ist, wirkt eine solche Wartezeit unglaublich quälend. Aber alles, auch das Schlimmste, geht vorüber, und so fand sich der Polizeiminister endlich ein, und wir bekamen Gelegenheit, die Tauglichkeit des Kallocains zu beweisen. Ich hatte kaum geglaubt, daß ich mich so bemühen müßte, nicht mit der Hand zu zittern, als vor mir im Stuhl der Ärmel eines unrasierten Verbrechertyps hochgekrempelt wurde; aber Tuaregs kleine Bärenaugen stachen einen so in den Nacken, daß man fast meinte, selbst eine Spritze zu erhalten. Alles verlief aber gut. Außer einer Reihe ekelhafter Unanständigkeiten, die den vollen Mund des Polizeiministers zu einem Lächeln verzogen und damit die Stimmung etwas auflockerten, legte der Untersuchte nicht nur ein vollständiges Bekenntnis über den ihm zur Last gelegten Einbruch ab – für den er noch nicht hatte überführt werden können –, sondern auch noch über eine Reihe weiterer Verbrechen, die er allein oder zusammen mit anderen ausgeführt hatte. Alle Namen und näheren Umstände gab er, ohne mit den Augen zu zucken, an. Tuaregs Nasenflügel weiteten sich voller Wohlbehagen.

Andere Versuchspersonen folgten. Rissen und ich nahmen abwechselnd die Injektionen vor. Der Sekretär des Polizeiministers setzte das Protokoll auf, und um uns noch weiter zu prüfen, hatte man auch einige unschuldige Mitsoldaten zur Untersuchung beordert – das heißt unschuldig in bezug auf gesetzwidrige Handlungen; im allgemeinen erwies sich das Wort „unschuldig“ – zum deutlichen Entzücken des Polizeiministers – nur selten als zutreffend. Als wir in erstaunlich kurzer Zeit sechs Personen untersucht hatten, erhob sich Tuareg und erklärte, daß er vollkommen überzeugt sei. Das Kallocain werde in kürzester Zeit alle anderen Untersuchungsmethoden im ganzen Weltstaat ersetzen, erklärte er. Uns wollte er noch ein paar Tage hierbehalten, um einige Experten für die Hauptstadt anzulernen; außerdem wollte er, daß unsere Aufgabe nach unserer Rückkehr in die Chemiestadt Nr. 4 darin bestehen sollte, Fachleute für die Kallocainuntersuchungen auszubilden und natürlich auch Kallocainhersteller in großer Zahl. Er verließ uns in guter Laune, und kurz darauf wurden uns ungefähr zwanzig Personen geschickt, die wir nun also ausbilden sollten. Versuchspersonen standen in einer langen Reihe vor der Tür und warteten. Es waren alles Verbrecher, welche aus dem Untersuchungsgefängnis direkt hierhergeführt worden waren.

Schon am darauffolgenden Tag wurde ich zu Karrek gerufen und erhielt den Befehl, im Moment alle Arbeit Rissen zu überlassen. Mir selbst gab er einen recht ansehnlichen Stoß Papiere: Lizenzen, Empfehlungen und Ausweise.

Ich habe gewiß vergessen zu berichten, daß die Anregung zu einem neuen Propagandafeldzug für den Freiwilligen Opferdienst, die ich ausgearbeitet und den verschiedenen Versuchsanstalten in der Chemiestadt vorgelegt hatte, in ein paar Tagen voll unterzeichnet worden war und daß ich alle diese Unterschriften mitgenommen hatte, um sie im Propagandaministerium selbst abzugeben. Sicherheitshalber fragte ich Karrek um Rat, wohin ich mich wenden sollte, und er gab mir viele gute Hinweise. Meine ausgezeichneten Empfehlungen würden mir sicher auch Eingang ins Dritte Büro verschaffen, von dem diese Propaganda organisiert wurde. Bald saß ich in der Untergrundbahn und stieg bei dem stattlichen unterirdischen Portal des Propagandaministeriums aus.

Schon am Morgen hatte ich mich nicht ganz wohl gefühlt,

und der Personalarzt des Polizeiministeriums hatte mir verschiedene Arzneien eingegeben. Ich befand mich also in etwas erregtem Zustand. Hierin lag wohl der Grund zu meiner ungewöhnlichen Nervosität, als ich eine Unterredung mit dem Chef des Siebenten Büros, Lavris, begehrte. Eigentlich war es ja Karreks Angelegenheit. Um sie handelte es sich in viel höherem Maße als um meine eigene, da er – aus mir unerklärlichen Gründen – an dem Zustandekommen des neuen Gesetzes besonders interessiert zu sein schien. Aber in meinem überreizten Zustand hatte ich den Eindruck, nicht in Karreks, nicht einmal in meinem eigenen Interesse zu handeln, sondern nur als Glied in der riesenhaften Entwicklung des Staates zu wirken, vielleicht eines der letzten Glieder, bevor die Vollendung erreicht war. Ich, eine unbedeutende Zelle in dem großen Staatsorganismus – noch dazu, wenn auch nur vorübergehend, von vielen Pulvern und Tropfen ordentlich vergiftet –, war damit beschäftigt, eine Säuberungsaktion ins Leben zu rufen, welche den Staatskörper von all den kranken Giften, die die Gedankenverbrecher ihm eingeimpft hatten, befreien sollte. Als ich mich endlich – nach vielen Formalitäten, Leibesvisitationen, langem Warten – erhob, um in Lavris' Empfangszimmer geführt zu werden, war mir, als ginge ich in mein eigenes Säuberungsbad; es würde mich vollkommen befreien von allem asozialen Schmutz, von dem ich nichts wissen und nichts fühlen wollte, der nicht zu mir gehörte, der sich aber heimtückisch in meinen verborgenen Winkeln festgesetzt hatte und den ich unter dem Namen Rissen zusammenfassen konnte.

Der Raum von Lavris hätte sich in keiner Weise von Tausenden von andern Arbeitsräumen unterschieden, wenn nicht die Wachen mit den erhobenen Pistolen bewiesen hätten, daß die hier Arbeitenden zu den seltenen und teuren Werkzeugen des Staates gehörten. Ich schöpfte tief Atem, und die Schläfen klopften. Die hochgewachsene Frau hinter dem Schreibtisch mit dem schmalen Hals, der gespannten Haut und dem zu einem ewig ironischen Lächeln verzogenen Mund war Kalipso Lavris.

Selbst wenn ihr Alter nicht feststellbar gewesen wäre und ihre Haltung nicht der eines Götterbildes aus dem Altertum geglichen hätte, wäre sie mir trotz allem wie ein Halbgott vorgekommen. Nicht einmal der große Pickel auf ihrem linken Nasenflügel konnte sie in meinen Augen menschlicher erscheinen lassen. War sie nicht die höchste moralische Instanz des Weltstaates oder wenigstens die leitende Kraft in der höchsten moralischen Instanz unseres Weltstaates, dem Siebenten Büro des Propagandaministeriums? In ihrem Gesicht waren keine persönlichen Affekte wie bei Tuareg wahrzunehmen. Ihre Unbeweglichkeit glich nicht derjenigen Karreks. Von seiner verhaltenen Sprungbereitschaft war bei ihr nichts zu merken. Mir erschien sie als die kristallklare Logik selbst, gegen alle Zufälligkeiten der Individualität gefeit. Mein Eindruck war vielleicht eine Fieberphantasie, aber trotz meiner Überspanntheit glaube ich, das Bild von Kalipso Lavris ziemlich treffend eingefangen zu haben.

Schon im voraus hatte ich gewußt, daß die Gesetzesänderung nicht offen besprochen werden durfte, da das Siebente Büro offiziell nichts damit zu tun hatte. Die Wachen mit ihren erhobenen Pistolen erinnerten mich noch deutlicher daran. Sie störten mich aber nicht. Mein Anliegen war eine Notwendigkeit, um den Untergang des Staates und damit meinen eigenen zu verhindern.

Ich weiß kaum mehr, wie ich über den unwichtigen Verweis zu sprechen begann. Während man meine geheime Polizeikarte suchte, mußte ich fast zwei Stunden in einem kleinen anliegenden Raum warten. Man muß es lernen, dachte ich, man muß warten lernen. Und es ging. Immerhin muß ich zugeben, daß dies keine lange Zeit war, gemessen an dem riesigen Umfang, den eine derartige Kartothek über alle Mitsoldaten des Weltstaates einnehmen muß. Obwohl ich sie nie gesehen hatte, konnte ich mir sehr gut vorstellen, daß es mindestens eine Stunde dauerte, die riesigen Säle zu durchqueren, bis man in den Raum kam, wo sich eine bestimmte Karte befand – auf alle Fälle mußte alles so genau eingeteilt sein, daß man nicht mehr lange zu suchen brauchte, wenn man den richtigen Saal einmal erreicht hatte. Dann mußte freilich derselbe Weg wieder zurückgelegt werden. Wenn man außerdem bedenkt, daß sich die Kartothek kaum im Propagandaministerium, sondern auf der Polizei befand, konnte man mit der Wartezeit von zwei Stunden ganz zufrieden sein.

Als ich wieder vorgelassen wurde, saß Lavris über meine Karte gebeugt da. „Karte" ist übrigens nicht das richtige Wort, eher ist es ein kleines, zusammengeheftetes Buch – und daneben lagen einige Papiere, die vermutlich nähere Angaben über meinen Verweis enthielten. Es war ja begreiflich, daß sie den ganzen Fall vergessen hatte, wenn man bedachte, wie beschäftigt das Siebente Büro mit allen möglichen merkwürdigen Anzeigen und Fragen aus allen Teilen des Weltstaates war.

„Ja", sagte Kalipso Lavris in ihrer tonlosen, hohen Stimme, „hier haben wir Ihren Fall. Auf Ihrer Polizeikarte steht, daß Sie sich schon darum bemüht haben, Ihre Entschuldigung im Radio zu verbreiten, obwohl Sie dazu noch keine Gelegenheit gehabt haben. Was wollen Sie eigentlich?"

„Ich beziehe mich auf folgende Worte: ‚. . . wohingegen die Überführung der Erstgenannten – der Zweifelnden – eine rühmliche Handlung zum Wohle des Staates ist'", sagte ich, „ich habe sogar eine Erfindung gemacht, die es ermöglicht, diese Zweifelnden gründlicher und systematischer als früher zu überführen." Und ich berichtete, so fesselnd ich konnte, vom Kallocain. „Jetzt", schloß ich, „braucht man nur noch auf ein Gesetz zu warten, das durchgreifender ist, als man je eines in der Weltgeschichte gekannt hat: das Gesetz gegen staatsfeindliche Gedanken und Gefühle. Dieses Gesetz wird vielleicht auf sich warten lassen – aber früher oder später wird es sicher kommen."

Sie schien auf meine Andeutung nicht zu reagieren. Ich beschloß, dieselben Worte zu gebrauchen, die schon Karrek so erschüttert hatten.

„Jeder kann aufgrund dieses Gesetzes verurteilt werden", stellte ich vielsagend fest, und erst nach einer langen Pause fügte ich hinzu: „Ich meine natürlich – jeder, der nicht bis ins Innerste hinein loyal ist."

Kalipso Lavris saß schweigend und gedankenvoll da. Die Haut über den Backenknochen spannte sich noch etwas straffer, und plötzlich streckte sie eine lange, wohlgeformte Hand aus und nahm behutsam einen Bleistift zwischen Zeigefinger und Daumen und griff so fest zu, daß die Knöchel weiß wurden. Ohne loszulassen, sah sie wieder auf und fragte: „War das Ihr ganzes Anliegen, Mitsoldat?"

„Mein ganzes Anliegen bestand nur darin", antwortete ich, „die Aufmerksamkeit des Siebenten Büros auf eine Erfindung zu richten, die es ermöglicht, die unausgesprochenen, verdammenswerten Zweifel nachzuweisen, auch wenn derartige Zweifel vor dem Gesetz noch nicht zum Verbrechen geworden sind. Wenn ich die Zeit des Büros unnötig in Anspruch genommen habe, bin ich bereit, um Entschuldigung zu bitten."

„Das Siebente Büro dankt für Ihre gute Absicht", antwortete sie mit eiskalter Undurchdringlichkeit.

Ich grüßte und entfernte mich voller Zweifel und immer noch glühend vor Fieber.

Als ich mit meinen Namenlisten in das Dritte Büro taumelte, zeigte das Rasseln der Kontrolluhr den Arbeitsschluß an, und ich wurde von Hinauseilenden fast umgerannt. Ein älterer Mann mit saurer Miene war noch sitzen geblieben, um einige Rechnungen abzuschließen. Ich wußte mir keinen anderen Rat, als mich an ihn zu wenden. Er rümpfte die Nase, hielt seine schlechte Laune vor den vielen Empfehlungen im Zaum, sortierte die Listen und sagte: „Tausendzweihundert Namen, sagen Sie? Alles Leute, die sich um die Wissenschaft verdient gemacht haben? Schade, daß Sie zu spät kommen. Ihr Begehren ist zufällig schon erfüllt, bevor Sie nur dazu gekommen sind, das Gesuch vorzulegen. Von nicht weniger als sieben anderen Chemiestädten ist uns dasselbe Begehren gestellt worden, und einige sind schon vor acht Monaten darum eingekommen. Eine Propaganda, wie Sie sie wünschen, wird in diesem Moment schon mit Hochdruck vorbereitet."

„Nichts kann mich mehr freuen", sagte ich ein klein wenig enttäuscht darüber, daß ich selbst nicht an der verdienstvollen Aktion teilnehmen durfte.

„Sie haben hier also nichts mehr zu suchen", sagte der Mann und beugte sich wieder über seine Zahlenkolonnen.

„Aber wäre es nicht möglich, daß ich irgendwo mithelfen könnte?" rief ich, von einem Übermut ergriffen, den das Fieber hervorgerufen haben mußte. „Da ich nachweislich an der

Sache so interessiert bin, warum sollte es mir da nicht vergönnt sein, bei den Vorarbeiten mithelfen zu dürfen? Ich habe eine Menge Empfehlungen . . ., sehen Sie hier – und hier – und hier . . . "

Abwechselnd schielte er auf meine eindrucksvollen Papiere und auf seine Zahlen. Der letzte seiner Bürokameraden verschwand durch die Tür, und er starrte ihm mit einem Seufzer nach. Mich abzuweisen wagte er nicht. Endlich fand er den Ausweg, der für ihn am wenigsten zeitraubend war.

„Ich werde Ihnen eine Bescheinigung ausstellen", sagte er, schrieb einige Zeilen auf der Maschine, ergriff hastig einen großen Stempel – den des Dritten Büros –, drückte ihn unter das Schreiben und reichte mir den Bogen. „Filmstudiopalast, zwanzig Uhr", sagte er. „Ich weiß nicht, was heute abend dort vor sich geht, aber irgendeine Veranstaltung wird wohl stattfinden. Es wird schon gehen. Kein Mensch weiß, wer ich bin, aber den Stempel werden sie wiedererkennen. So, sind Sie jetzt zufrieden? Ich hoffe nur, daß ich keine Dummheit gemacht habe . . ."

11

ICH BIN fast sicher, daß er einen Fehler begangen hatte. Erst ein paar Tage später wurde mir klar, daß ich rechtlich niemals Zutritt zum Filmstudiopalast erhalten hätte. Ohne Zweifel hätte ich einer anderen Vorbereitung, vielleicht einer ganz andersartigen Bildung bedurft, um dem Schock zu entgehen, der mich jetzt durchfuhr. Dieser überzeugte mich auch davon, daß mir die leitenden Stellen den Eintritt hätten verweigern sollen. Gewiß wurde die Reaktion durch meinen Fieberzustand beeinflußt; doch derartige Verzerrungen gehen gewöhnlich schnell vorüber. Aber die Erschütterung, die ich an jenem Abend im Filmstudiopalast erlebte, hinterließ noch wochenlang ihre Spuren.

Meine Entschlossenheit zu einem höheren Dasein in der Welt der Prinzipien geriet ins Wanken. Kalipso Lavris' undurchdringliche Kälte hatte meine Zuversicht und vielleicht vor allem mein Selbstvertrauen zerstört. Wer war ich schon, daß ich es wagte, Pläne zur Errettung des Staates vorzulegen? Ein kranker und müder Mensch, allzu krank und zu müde, um meine Zuflucht bei tadellos funktionierenden moralischen Prinzipien, mit hoher, tonloser Stimme vorgetragen, zu suchen. Kalipso Lavris hätte eine tiefe, mütterliche Stimme wie die Frau von der Sekte der Toren haben sollen, sie hätte so tröstlich klingen sollen wie die Lindas, sie hätte eine ganz gewöhnliche und liebenswürdige Frau sein sollen . . . Als ich in meinen Gedanken so weit gekommen war, wurde ich aus meinem müden Halbschlummer aufgeschreckt und raste eben noch an der richtigen Station aus der Untergrundbahn. Die Bescheinigung des mürrischen Beamten mit dem Stempel des Dritten Büros diente mir als Lizenz, und ohne richtig zu wissen, wie, stand ich vor dem unterirdischen Portal des Filmstudiopalastes. In der Hauptstadt hatten alle wichtigen Gebäude ihren unterirdischen Eingang, und so kam es, daß ich während meines ganzen Aufenthaltes in der Hauptstadt nicht ein einziges Mal an die Erdoberfläche kam.

Als ich meinem Einfall nachgegeben und gebeten hatte, auch irgendwo mitmachen zu dürfen, hatte ich mir vorgestellt, daß ich einer Filmaufnahme beiwohnen würde. Das wäre sehr interessant gewesen, aber in meinem Zustand fürchtete ich die Anstrengung, als Zuschauer an der Schaffung einer Filmszene teilzunehmen. Ich hatte mich jedoch verrechnet. Der Raum, in den ich eingelassen wurde, war ein gewöhnlicher Vortragssaal, keine Scheinwerfer, keine Kulissen, keine Kostüme waren zu sehen. Ungefähr hundert Zuhörer in gewöhnlicher Freizeituniform füllten die Bänke, das war alles. Ich wurde genau verhört, wer ich sei. Alle meine Papiere wurden untersucht, und endlich bekam ich einen Platz in der letzten Reihe zugewiesen.

Die Begrüßungsansprache wurde gehalten. Von allem, was hier vorging, verstand ich nur, daß eine ganze Sammlung von Filmmanuskripten einer ersten Prüfung unterzogen, die wichtigsten Richtlinien für eine wünschenswerte Arbeit festgelegt und die erste grobe Auslese getroffen werden sollte. An dieser Versammlung waren unter anderem auch vertreten:

verschiedene Abteilungen des Propagandaministeriums, der wegweisende Ausschuß der Künstler und des Gesundheitsministeriums. Der Freiwillige Opferdienst selbst war dagegen nicht vertreten, was ja keiner besser verstehen konnte als ich. Zunächst wurde der Sprecher des Abends, ein Psychologe, wie es schien, Spezialist in der Frage der Filmauswahl, willkommen geheißen. Als er die Rednertribüne bestieg, verschlang ich ihn mit meinen neugierigen Blicken. Psychologen kannte man in der Chemiestadt Nr. 4 kaum, wenn man von den wenigen Beratern der Kinder- und Jugendlager absah und von den Psychotechnikern, welche die nötigen Prüfungen abnahmen, wenn die jungen Leute für die verschiedenen Berufe ausgesucht werden sollten. Djin Kakumita war von kleiner und schmächtiger Gestalt, mit glänzendem schwarzem Haar und wohlüberlegten Handbewegungen. Wenn ich versuche, seine einleitenden Worte zur Diskussion genau wiederzugeben, weiß ich sehr wohl, daß dies unmöglich ist und daß lange Abschnitte in meiner Erinnerung fehlen. Und doch glaube ich, die Veranstaltung noch so klar im Kopf zu haben, daß ich die wichtigsten Punkte wiedergeben kann.

„Mitsoldaten“, begann er, „vor mir habe ich einen großen Stoß Manuskripte, die von nicht weniger als dreihundertzweiundsiebzig Filmschriftstellern verfaßt worden sind. Es ist undenkbar, daß wir jedes dieser dreihundertzweiundsiebzig Manuskripte in der Diskussion behandeln können. Zufällig anwesende Verfasser müssen entschuldigen.“ (Gelächter unter den Zuhörern: Natürlich war keiner dieser mittelmäßigen Verfasser, die sozusagen das Material für die Kontroverse lieferten, zu diesem Abend eingeladen.) „Dagegen werde ich in Kürze eine allgemeine Kritik abgeben, die gleichzeitig als Richtlinie zur Arbeit dienen soll. Erstens einmal habe ich mir erlaubt, diese Geschichten hier in zwei große Hauptgruppen einzuteilen: solche mit einem ‚glücklichen‘ und solche mit einem ‚unglücklichen‘ Ende. Hier geht es ja darum, zu locken und anzufeuern, und so sollte man glauben, daß eine Geschichte mit glücklichem Ausklang zweckentsprechend sei. Das ist jedoch nicht der Fall – wie ich es jetzt darlegen werde. Für wen ist ein glücklicher Ausgang ein wirksames Lockmittel? Für die Schwachen, für die, welche – wenn es wirklich ernst wird – die Schmerzen und den Tod doch fürchten, und an diese wenden wir uns nicht. Psychologische Untersuchungen haben ergeben, daß sich der Freiwillige Opferdienst nur zu einem verschwindend kleinen Teil aus ihnen rekrutiert. Wenn solche Leute das glückliche Ende sehen, vergessen sie gern den eigentlichen Inhalt des Films. Sie gehen nach Hause und schlafen entzückt ein mit der Gewißheit, daß es jetzt dem Helden und der Heldin gutgeht. Sie gehen nicht zum Propagandabüro, um sich anzumelden. Opferdienstfilme mit glücklichem Ausgang sind für die Zeit zwischen den Propagandafeldzügen, aber nicht während der Werbungen empfehlenswert. Sie sind dazu da, Angehörige und die übrigen Mitsoldaten zu beruhigen und aufzumuntern, wenn sie – einmal zufällig – an ihre Kinder, Geschwister oder Kameraden, die im Freiwilligen Opferdienst verschwunden sind, denken sollten. Solche Filme brauchen nur selten gedreht zu werden. Soll ihre Wirkung stark sein, so müssen sie nicht nur einen glücklichen Ausgang haben, sondern auch einen starken Einschlag von guter Laune, lustigen Streichen – meinetwegen können in ihnen auch rührende, nie aber heroische Momente vorkommen. Eine Reihe von Drehbuchschreibern sind sich über diesen Punkt nicht im klaren: Ihre Arbeiten weisen Unklarheiten in bezug auf die wünschenswerte geistige Einstellung zwischen und während der Werbeperioden auf. Die Filme, welche sich als die erfolgreichsten erwiesen haben, sind immer diejenigen mit einem sogenannten tragischen Ende gewesen. Ich sage ‚sogenannt', da es immer dem einzelnen überlassen wird, was er unter seinem höchsten Glück versteht. Das jeweilige Ende ist also willkürlich und sogar gleichgültig, da strenggenommen nichts vom Gesichtspunkt des einzelnen betrachtet werden soll. Auf alle Fälle meine ich Filme, in denen der Held umkommt. Jedenfalls können wir damit rechnen, daß ein gewisser Prozentsatz Mitsoldaten den Tod als höchstes Glück betrachtet, besonders dann, wenn das Leben dem Staat geopfert wird. Aus diesem Prozentsatz rekrutiert sich hauptsächlich der Freiwillige

Opferdienst, und ich habe Grund zu glauben – einen Grund, auf den ich später zurückkommen werde –, daß diese Zahl heute ganz besonders hoch ist. Es handelt sich also nur darum, die schon vorhandenen Tendenzen zu wecken und anzufeuern und sie in die gewünschte Richtung zu leiten. In der Regel jedoch sind die künftigen Helden in der Wahl ihres Unterganges ziemlich anspruchsvoll. Es gilt also, einen Untergang darzustellen, der begeistert. Vor allem muß man alle Krankheiten und Todesarten, die etwas Lächerliches an sich haben, streng vermeiden. Situationen, in denen die Versuchsperson auch nur im geringsten die Möglichkeit verlöre, ihre Würde zu wahren, sich zu beherrschen, sich selbst in bezug auf die einfachsten biologischen Bedürfnisse zu helfen, sind zu vermeiden, wenn es sich um Filme dieser Art handelt. Für Filme zwischen den Werbefeldzügen – ja gewiß! – und dann mit einem glücklichen Ende und einem stark betonten komischen Einschlag. Aber die Leidenden, welche zukünftige Helden begeistern sollen, müssen a) ein würdiges Aussehen haben und b) ‚zweckentsprechend' sein. Die Sehnsucht, sich ausschließlich als Werkzeug für ein höheres Ziel zu fühlen, ist eine Triebkraft, mit der wir in weiten Kreisen, nicht nur bei heroisch Veranlagten, rechnen können. Niemand kann doch wohl ernstlich glauben, daß sein Leben an sich Wert habe, und wenn man überhaupt vom Wert eines Lebens spricht, so liegt dieser außerhalb des Individuums. Welchem Tag, welcher Stunde unseres Lebens wagen wir einen eigenen Wert beizumessen? Keiner. Und ich behaupte, daß diese Erkenntnis der Nichtigkeit des individuellen Lebens ihr Gegenstück in stärkerem Bewußtwerden der alles überschattenden Forderung des höheren Ziels findet, mit andern Worten: in der sich entwickelnden Verbundenheit der Mitsoldaten mit dem Staat. Das vom Film glorifizierte Leiden muß also einem nachweisbar überindividuellen Ideal entspringen. Nicht eine Person darf durch den Untergang des Helden gerettet werden – dann hätte er ja ebensogut sich selbst retten können! –, nicht einmal eine kleinere Anzahl, sondern Tausende, Millionen, am liebsten alle Mitsoldaten des Weltstaates sollen gerettet werden. Eine Unterabteilung dieser ‚Zweckmäßigkeit' ist c) das

‚Ehrenvolle' des gezeigten Untergangs. Damit meine ich nicht, daß der Held positive Ehre ernten soll; damit würde das Niveau des Films gesenkt und auf die ausgesprochen heroischen Naturen sofort schwächer wirken. Dagegen muß er vor tiefer innerer Schmach gerettet werden. Der Gegenspieler des Helden ist nämlich der asoziale Schurke, der aus selbstsüchtigen Beweggründen handelt, der Mann, welcher der Versuchung zum Opfer fällt und der sich schmählich Schmerz und Tod entzieht. Derb, häßlich oder unsympathisch-schmierig, schlaff und undiszipliniert, feige und liederlich muß er die ganze Zeit wie eine Warnung in der Handlung erscheinen, doch nie darf er so übertrieben dargestellt werden, daß er seine Wirkung als Stachel für das empfindsame Gemüt verlöre: Du kannst doch wohl nicht so sein? Die Furcht, feige, ehrlos und innerlich verkommen zu sein, ist nämlich oft eine starke, treibende Kraft bei dem heroischen Typ, den ich beschrieben habe und den wir bei unserem Propagandafeldzug hauptsächlich im Auge haben. Sehr wenige von den Manuskripten, die vor mir liegen, erfüllen all die strengen Forderungen, die ich gestellt habe. Unsere bevorstehende Arbeit wird lehrreich sein: Das Material wird auf eine Anzahl Studienkommissionen verteilt; nach den Richtlinien, die ich gegeben habe, wird es gelesen und kritisiert, und was zu gebrauchen ist, wird ausgesucht, verbessert und zurechtgefeilt, bis eine verhältnismäßig kleine Anzahl Vorschläge vorliegt. Wenige, aber vollkommen zufriedenstellende. In vierzehn Tagen muß diese Arbeit beendet sein, und dann werden wir von neuem zusammentreten und das Resultat noch einmal gemeinsam prüfen. Ich danke Ihnen, daß Sie mir die Gelegenheit gegeben haben, das Wort zu ergreifen, und ich hoffe, daß eine lebhafte Diskussion folgen wird."

Er verließ die Rednertribüne. Ich fühlte mich niedergeschlagen, obwohl ich nicht recht sagen konnte, warum. Ich war sicher, daß es alle um mich herum Sitzenden als Beruhigung empfanden, daß er von Mitsoldaten sprach wie ein geschickter Techniker von einem sinnvoll funktionierenden Mechanismus. Ich war sicher, daß sie von seiner Überlegenheit mitgerissen waren und den Eindruck hatten, selbst auf seinem Platz über der Maschine zu stehen und die verschiedenen Hebel zu bedienen. Aber ob es nun auf das Fieber zurückzuführen war oder nicht – ich hatte eine allzu lebhafte Erinnerung an meine erste Versuchsperson, Nr. 135, und den einzigen, großen Moment in seinem Leben, um den ich ihn beneidete. Ich konnte Nr. 135 verachten, sosehr ich wollte, ihn in Gedanken oder Wirklichkeit noch so schlecht behandeln, solange ich ihn beneidete, war es mir nicht möglich, ihn zu betrachten wie der Ingenieur seine Maschine.

Die Diskussion begann. Einer der Anwesenden unterstrich, daß in der Mehrzahl der Filme junge Helden mitwirken sollten, um besonders die Jugend für den Opferdienst zu begeistern. Nicht daß es soviel wünschenswerter sei, junge Leute dafür zu gewinnen als ältere. Die Statistiken zeigten, daß ein Mann im Opferdienst soundso viele Jahre aushielt, ohne Rücksicht auf das Alter, in welchem er in den Dienst getreten ist. Man könne also sogar sagen, daß es von Vorteil sei, wenn der Staat zuerst die Leute auf anderen Gebieten einsetzte und sie dann dem Opferdienst zuteilen würde. Auf diese Weise würde die Leistungsfähigkeit der Mitsoldaten besser ausgenützt, als wenn sie früh in den Freiwilligen Opferdienst kämen, dessen Ansprüche nur wenige Jahre lang erfüllt werden können. Aber es gab noch einen wichtigeren Punkt. Es war unvergleichlich leichter, die Jugend zu beeinflussen. Ehe und Beruf setzten später die Möglichkeit herab. Gewiß gab es in allen Altersstufen und in allen Schichten Einsame, die nach etwas hungerten, und wenn sie das sogenannte Glück enttäuscht hatte, waren sie geneigt, etwas Gegensätzliches zu suchen, um vielleicht da ihr Glück zu finden. Und diese Leute durfte man nicht außer acht lassen. Aber das jugendliche Alter, vor allem bei guter Vorbereitung, war trotzdem vor allem anderen das Alter des Alleinseins und der Enttäuschung – oder war vielleicht nur das Alter der Wagemutigen Einsamkeit und Enttäuschung? –, und man sollte sich in erster Linie dafür interessieren.

Ein anderer knüpfte an die letzte Äußerung des Sprechers an und fügte hinzu, daß die Jugend noch einen anderen Vorteil habe: Da bisher nach jeder gut durchgeführten Propagandakampagne Mengen von Anmeldungen aus den Jugendlagern eintrafen, konnte man sich erlauben zu wählen. Es war vollkommen sinnlos, restlos alle anzunehmen. Viele von ihnen waren so begabt, daß der Staat mehr Nutzen aus ihren Gehirnen als aus ihren Körpern ziehen konnte. Daraus folgte, daß das Mindestalter nicht zu tief angesetzt werden durfte, denn vor dem fünfzehnten oder sechzehnten Lebensjahr war es oft schwierig, ihre allgemeine und besondere Verwendungsfähigkeit zu beurteilen.

Ein anderer erhob Einspruch dagegen und erklärte, daß man schon beim achtjährigen Kind feststellen könne, ob es eine besondere Begabung habe oder nicht, daß man also das Mindestalter sehr gut auf acht Jahre herabsetzen könne. Warum sollte man eigentlich nicht ein paar Filme herstellen, die besonders auf dieses Alter Eindruck machten? Andere widersprachen ihm, teils weil man Beispiele von großen und nützlichen Begabungen hatte, die erst einige Jahre nach dem genannten Alter zutage getreten waren, teils weil eine Werbeaktion für das Kindesalter von zu geringer Bedeutung sei, um die zusätzlichen Kosten zu rechtfertigen. Etwas würde gewiß eingespart, wenn man die Kinder nähme, die sich möglicherweise anmelden würden und für die nie Ausbildungskosten ausgegeben werden müßten. Aber heroische Neigungen dieser Art machten sich eben nie vor dem Pubertätsalter ernstlich bemerkbar.

Ein anderer sprach davon, wie wichtig es sei, die Filme in nicht allzu langen Abständen erscheinen zu lassen. Es schien unnötig, einen starken Druck auszuüben. Eine gewisse Überrumpelung genüge, um eine fast ebenso starke Wirkung zu erzielen wie durch Gewaltmaßnahmen, und auf die Dauer sei eine solche Überrumpelung bedeutend ungefährlicher. Man könne wohl eine übereilte Entscheidung erzwingen in dem Sinne: jetzt oder nie – wenn du dich innerhalb der gegebenen Zeit nicht entscheidest, ist es zu spät! Die Angst, welche in bestimmten kritischen Momenten des Lebens erwacht, wird vor der schnellen Wahl verschärft und in die gewünschte Richtung gelenkt, wenn die Propaganda geschickt ist.

Jemand dankte für diese letzten Ausführungen und betonte,

daß diese Angst, die von Zeit zu Zeit jeden Mitsoldaten beunruhigte, zu einem unermeßlichen Gewinn für den Staat werden könnte, wenn erfahrene Psychologen sie auswerteten. Wenn diese Angst zu einem Entschluß triebe, dann wäre es unwesentlich, wenn er dem Individuum schicksalsschwere Folgen verursache. Die gesteigerte Erleichterung, wenn er einmal gefaßt war, und die ekstatische Freude bei den ersten Angemeldeten würden auch andere dazu bringen, sich zu melden.

Der Anmeldung einen unwiderruflichen Charakter zu geben sei unangebracht. Sogar die jetzt obligatorischen zehn Jahre sah der Sprecher als zuviel an. Genau dasselbe Resultat würde mit weniger Schwierigkeiten erreicht, wenn die Anmeldung für fünf Jahre verpflichte. Schon nach dieser Zeitspanne hatten die Leute vom Opferdienst selten noch die Jugend, Kraft und Möglichkeiten, eine neue Laufbahn einzuschlagen. Dank einer gut geleiteten Propaganda könne man also alle Gewalt und folglich allen Widerstand vermeiden.

Vergessen Sie nicht, daß ich krank war. Dies muß wohl der Grund gewesen sein, daß ich mich erhob und das Wort begehrte. Es war eigentümlich, aber Nr. 135 hatte immer noch nicht aufgehört, in meinem heißen Kopf herumzuspuken. Während er vor mir saß, hatte ich alles getan, um ihn zu demütigen, aber jetzt hatte ich das Gefühl, in seinem Interesse sprechen zu müssen: „Ich muß zu Ihrer Art, die Mitsoldaten wie Maschinen zu behandeln, etwas bemerken", sagte ich langsam und tastend. „Ich empfinde dies als einen Ausdruck von – Mangel an Achtung – an Respekt . . ."

Die Stimme versagte mir, und ich merkte, daß mein Kopf nicht klar genug war, um die richtigen Worte zu finden. „Keineswegs!" rief einer der vorhergehenden Sprecher scharf und ungeduldig. „Was sind das für Andeutungen! Niemand kann den heroischen Typus höher schätzen als ich. Wüßte ich nicht, wie notwendig er für den Staat ist, ich, der ich viele Jahre meines Lebens darauf verwandt habe, gerade diesen Typus und seine Voraussetzungen zu studieren! Glauben Sie vielleicht, daß ich dies getan habe, weil ich ihn als wertlos erachte? Und da kommen Sie auf einmal und reden von Mangel an Achtung!"

„Ja, ja!" rief ich verwirrt. „Achtung vor dem Ergebnis – aber, aber . . ."

„Aber was?" fragte mein Gegner, als ich verstummte. „Wovor habe ich keine Achtung?"

„Nichts", antwortete ich matt und setzte mich nieder. „Sie haben recht. Ich habe mich geirrt und bitte um Entschuldigung."

Ich hatte mich im rechten Moment zurückgehalten, stellte ich mit Schweißperlen auf der Stirn fest. Was hatte ich eigentlich sagen wollen? Sie haben vor Nr. 135 persönlich keine Achtung? Schöne Gesichtspunkte. Heimliche individualistische Tendenzen unter der Oberfläche. Ich hatte vor mir selbst Angst.

Nein, nicht vor mir selbst. Nicht ich war es, den ich verabscheute und bekämpfte. Nicht ich, Rissen war es.

Eine geraume Weile sah und hörte ich nichts von dem, was sich um mich herum abspielte. So erschüttert war ich von der Gefahr, der ich eben entgangen war. Als es mir endlich gelang, mich wieder zu konzentrieren, stand Djin Kakumita hinter dem Rednerpult. Er mußte schon eine Zeitlang gesprochen haben.

„Die Nachfrage für den passiv-heroischen Typus", sagte er, „wird im Staatsleben von Tag zu Tag größer. Er ist nicht nur im Freiwilligen Opferdienst notwendig, sondern auch als Gemeiner im Räderwerk des Staates, als Beamter in untergeordneter Stellung, als Erzeuger und Gebärerin von Kindern für den Staat und in tausend anderen Stellen. In Kriegszeiten wird er ganz besonders gebraucht. Da sollte jeder zweite Mitsoldat zu dieser Gruppe gehören. Dagegen leuchtet es ja jedem ein, daß er in leitender Stellung nicht erwünscht ist. Auf solchen Posten sind kalter und sachlicher Blick, schnelles Handeln und rücksichtslose Stärke erforderlich. Jetzt kann man das Problem so stellen: Wie soll man im Bedarfsfall das Vorkommen dieses edelsten aller Typen erhöhen, dieser hoffnungslosen und einsamen Heldenseele, vom Leben enttäuscht und auf Schmerzen und Tod gerichtet. Ja . . ."

Ich fühlte mich wirklich sehr elend und beschloß, den Saal zu verlassen. Da ich ein Fremder war und also keiner der Studienkommissionen angehörte, konnte das strenggenommen ja nichts ausmachen. Mit langsamen, leisen Schritten, um die anderen so wenig wie möglich zu stören, schlich ich zur Tür, wo ich der Wache meine Papiere vorzeigte und flüsternd mein Benehmen zu erklären begann. Mitten in meiner Erklärung wurde ich von einem großen dunkelhäutigen Mann in Polizei- und Militäruniform mit ziemlich hohen Gradbezeichnungen unterbrochen. Es war sonderbar, aber er kam von draußen und wollte zu dieser späten Stunde noch in den Saal hinein. Er zeigte der Wache einen Ausweis und wurde nicht nur sofort hereingelassen, sondern sogar hereinbegleitet, so daß ich ohne weiteres in den Korridor hinausgehen konnte. Aus dem Versammlungssaal hörte ich eine leise, bestimmte Stimme, konnte die Worte aber nicht verstehen. Als die Stimme schwieg, erhob sich ein allgemeines Gemurmel im Saal.

Als der Türhüter an seinen Platz zurückkam, konnte ich es nicht unterlassen, ihn zu fragen, was los war.

„Pst", flüsterte er und sah sich um, „da Sie ja auch hierher gehören, Mitsoldat, werde ich es Ihnen sagen. Die Herstellung von Propagandafilmen für den Freiwilligen Opferdienst ist eingestellt worden. Alle Kräfte werden anderswo gebraucht. Sie wissen, was das bedeutet, und ich weiß es auch, aber niemand von uns hat das Recht, es auszusprechen . . ."

Es anzudeuten hieß ja schon, es auszusprechen. Aber ich wollte keinen Streit anfangen, sondern müde, wie ich war, hatte ich nur einen Wunsch, den Aufzug so schnell als möglich zu erreichen. Aber er hatte recht. Ich verstand sehr wohl, was der Abbruch bedeutete. Der Weltstaat stand im Schatten eines neuen Krieges.

12

MEINE Abenteuerlust war befriedigt. Was ich in der Hauptstadt erlebt hatte, war so abwechslungsreich und belehrend gewesen, daß ich es nie vergessen werde. Die Feuerprobe des Kallocains vor Tuareg, mein Besuch auf dem Siebenten Büro und meine Beteiligung an der psychologischen Filmdiskussion, für die ich nicht reif war. Nein, wahrlich, ich war nicht reif dafür.

Die Gedanken daran nagten in meinem Innern. Und trotzdem hatte ich gegen keine einzige Äußerung etwas einzuwenden – die rein psychologischen Behauptungen mußte ich ja den Fachleuten zur Beurteilung überlassen –, und jedesmal, wenn ich an meine unbefugte und dumme Einwendung dachte, schämte ich mich schrecklich. Aber wenn ich einen klaren Standpunkt erreicht hatte, warum sollte er mich denn immer weiter plagen? Niemals zuvor hatte ich wohl so klar und sachlich feststellen hören, wie objektiv der Wert des Einsatzes eines jeden Mitsoldaten betrachtet werden kann. Das Dasein war so beschwerlich geworden und sein ganzer Sinn so verschwindend klein. Ich wußte, daß dies ein falscher und ungesunder Standpunkt war, und ich versuchte mich selbst mit allen möglichen Argumenten zu überzeugen. Doch für die öde Leere, die sich in mir ausbreitete, gab es keine andere Bezeichnung als Sinnlosigkeit.

Es würde etwas Schönes herauskommen, dachte ich mit Entsetzen, wenn irgendein Spaßvogel von Polizist oder vielleicht Rissen mir die Spritze aus der Hand nähme und sie in meinen eigenen Arm stäche. Was das Siebente Büro über meine Sinnesverfassung gesagt hätte, konnte man sich leicht vorstellen. Hätte Rissen nur dazu das Recht gehabt, würde er mich vermutlich mit Vergnügen bloßstellen und Belege für seinen alten Satz: „Kein Mitsoldat über Vierzig hat ein reines Gewissen" finden. War es nicht das, was er die ganze Zeit gewünscht hatte? War er es nicht, der mich so weit gebracht hatte, verräterische Andeutungen zu machen? Der Mann war für mich und für uns alle eine Gefahr. Das schrecklichste von allem war, nicht zu wissen, wie weit er Linda mit ins Verderben gezogen hatte und ob die beiden im Bund gegen mich standen. All dies lag unter der Oberfläche und keimte.

Äußerlich hatte ich viel zuviel zu tun, um meine Zeit mit Grübeleien totzuschlagen. Tuareg hatte schon Befehl gegeben, daß das gewöhnliche Gerichtsverfahren durch Kallocain-Vernehmungen ersetzt werden solle. Und Leute aus allen Teilen des Weltstaates drängten sich schon, um an den Kursen, die wir befehlsmäßig eingerichtet hatten, teilzunehmen. Wir wurden – bis auf weiteres, hieß es – in den Dienst der Polizei gestellt.

Arbeitsräume wurden uns auf dem Polizeiamt eingerichtet. Karrek ließ alle Verhafteten direkt in unsere Lehrsäle wandern, damit sie sofort untersucht würden und gleichzeitig als Übungsmaterial dienten; darum war immer ein höherer Offizier als Richter zugegen, und das Protokoll wurde sowohl vom Polizeisekretär wie von Sekretären, die vom Kurs bestimmt waren, geführt.

Es zeigte sich bald, daß uns die Arbeit über den Kopf wuchs. Wir mußten mehr Leute an den Kursen teilnehmen lassen, als es angemessen gewesen wäre, und trotzdem mußten noch viele warten. Wir hatten auch nicht genügend Zeit für die einzelnen Häftlinge. Wir mußten von Fall zu Fall hetzen und sogar unsere Mittagspause um eine halbe Stunde kürzen.

Die Arbeit der Gerichte war ja seit Menschengedenken geheim gewesen, und ich hatte darum keine Vergleichsbasis. Aber es erstaunte mich, daß so viele Anzeigen falsch oder mindestens unnötig waren. Fast jeder Untersuchte taumelte erschüttert und gebrochen hinaus – ohne Ursache, sollte man beinahe meinen –, nachdem ihm von mehr oder weniger belanglosen Mitsoldaten unendlich viele Fragen gestellt worden waren, obwohl die Überführung von so lächerlich-unwichtiger Art war, vom gesetzlichen Standpunkt aus betrachtet, daß man sich zu fragen begann, ob sich dieser ganze große Aufwand überhaupt lohne. Überdies entstanden Schwierigkeiten mit dem Kallocain, das immer noch in nur sehr kleinen Mengen in den Laboratorien hergestellt wurde.

Einmal besprachen wir diese Frage am Mittagstisch. (Wir, das heißt, Rissen, ich und alle Kursteilnehmer hatten in dem großen Speisesaal einige lange Tische zugewiesen bekommen, an denen auch das Hilfspersonal des Polizeiamtes aß.) Wie gewöhnlich, hatten wir den ganzen Vormittag furchtbar hetzen müssen, die Luft war noch feuchter und heißer als gewöhnlich gewesen, und zu allem Überfluß hatten ein paar Ventilatoren in unserem Stockwerk gestreikt. Jemand brummte laut über die vielen Anzeigen für nichts und wieder nichts.

„Die Anzeigen sind in den letzten zwanzig Jahren ununterbrochen gestiegen", sagte Rissen, „der Polizeichef selbst hat es mir gesagt."

„Aber das braucht nicht zu bedeuten, daß das Verbrechertum auch gestiegen ist", sagte ich, „es kann ebensogut mit dem wachsenden Pflichtbewußtsein dem Staat gegenüber zusammenhängen . . ."

„Es bedeutet, daß die Angst gewachsen ist", sagte Rissen mit unerwarteter Energie.

„Die Angst?"

„Ja, die Angst. Die Überwachung ist immer strenger geworden – und das hat uns nicht sicherer gemacht, wie wir gehofft hatten, sondern ängstlicher. Mit unserer Angst wächst auch unser Impuls, um uns zu schlagen. Ist es nicht so: Wenn ein wildes Tier sich bedroht fühlt und keinen Ausweg sieht, geht es zum Angriff über. Wenn die Angst über uns kriecht, kann man nichts anderes tun, als zuzuschlagen . . . ‚Angriff ist besser als Verteidigung', heißt die alte Regel nicht so? Wenn man oft genug und geschickt genug zuschlägt, kann man sich vielleicht retten. Es gibt ein altes Märchen von einem Fechter, der so geschickt war, daß er im Regen trocken blieb: Er schwang seinen Degen gegen die fallenden Tropfen so schnell, daß keiner ihn treffen konnte. So ungefähr müssen wir auch fechten, wenn die große Angst uns packt."

„Sie sprechen, als hätten wir alle etwas zu verbergen", sagte ich, aber ich hörte selbst, wie matt und wenig überzeugt meine Worte klangen. Obwohl ich ihm nicht glauben wollte, hatte ich gegen meinen Willen eine Vision, die mich erschreckte. Wenn er doch recht haben sollte und wenn mein Anliegen, das ich Kalipso Lavris vorgetragen hatte, Gesetz werden sollte, wenn nicht nur Worte und Handlungen, sondern auch Gedanken und Gefühle geprüft und verurteilt würden – dann, dann . . . Wie geschäftige Ameisen in ihrem Haufen würden dann alle Mitsoldaten in Bewegung geraten, aber nicht, um wie die Ameisen zusammenzuarbeiten, sondern um einander zuvorzukommen. Ich sah sie wimmeln: Arbeitskameraden, die sich gegenseitig anzeigten, Männer, die ihre Frauen anzeigten, und Frauen, die ihre Männer anzeigten, Untergeordnete, die ihre Vorgesetzten anzeigten, und Chefs, die ihre Untergebenen anzeigten . . . Rissen durfte nicht recht haben. Ich haßte ihn, weil er die Macht besaß, mir seine Gedanken aufzuzwingen.

Aber ich beruhigte mich wieder, wenn ich daran dachte, wer der erste Angezeigte wäre, wenn das neue Gesetz Wirklichkeit würde.

Ein paar Tage später kam ein Befehl von Karrek, daß der Kurs geteilt werden solle. Die rechtlichen Untersuchungen mit dazugehörendem Unterricht sollten von Rissen mit Hilfe der am meisten fortgeschrittenen Kursteilnehmer geleitet werden. Ich hingegen sollte dazu übergehen, einen speziellen Chemiekurs zu leiten, um die Kallocainherstellung im größeren Maße zu ermöglichen.

Diese Änderung war dem ungeheuren Verbrauch zuzuschreiben. Ich begriff es sehr wohl. Übrigens hätte ich froh sein sollen, wieder in der Chemie beschäftigt zu werden. Trotzdem ärgerte und enttäuschte mich der Befehl. Und das hatte folgenden Grund: In der Liste der Untersuchungspersonen hatten wir die ganze Zeit den älteren Mann vom Bund der Toren gehabt, von dem ich schon vor unserer Reise in die Hauptstadt gesprochen hatte. Durch verschiedene Umstände war sein Fall verschoben worden – er war erkrankt und erst jetzt wieder gesund geworden – und stand nun für den folgenden Morgen auf der Tagesordnung, an dem ich gerade mit meinem neuen Chemiekurs beginnen sollte. Es erstaunte und ängstigte mich beinahe selbst, daß ich so enttäuscht darüber war, am Verhör nicht teilnehmen zu können. Ich mußte mich fragen, ob ich etwas Ähnliches wie die Aussagen der Frau erwartete, die damals einen so starken Eindruck auf mich gemacht hatten – ob es mich drängte, mich den gleichen gefährlichen Einflüssen auszusetzen. Aber ich brauchte eigentlich nicht gleich so erniedrigende Beweggründe anzunehmen. Sicher galt mein Interesse vor allem dem ganzen Knäuel, das wir auf Karreks Befehl entwirren sollten. Ich wollte wissen, was für ein Kern in all diesem Wahnsinn steckte. Das intelligente Aussehen des Mannes deutete darauf hin, daß er einen tieferen Einblick in die innersten Geheimnisse der Junta hatte als irgendein anderer der vor ihm Verhörten. Ich wäre gern bei seiner Überführung anwesend gewesen, besonders da ich Rissen verborgener Sympathien verdächtigte. Es gibt sicher auch ein negatives Interesse, sagte ich mir, das mit einem positiven gar nichts zu tun hat. Und solcher Art war mein Interesse für die Sekte der Toren, genauso wie mein Interesse für Rissen.

Wenn ich auch gezwungen war, dem Befehl zu gehorchen, so nahm ich mir doch vor, den Fall nicht ganz und gar aus den Augen zu verlieren.

„Ist die Frage erlaubt, ob der kranke Mann heute verhört worden ist?" fragte ich am folgenden Tag beim Mittagessen.

„Ja, er ist heute untersucht worden", antwortete Rissen kurz angebunden.

„Und was ist dabei herausgekommen? Etwas Verbrecherisches?"

„Er wurde zu Zwangsarbeit verurteilt."

„Wofür?"

„Er wurde als staatsfeindliches Element betrachtet."

Es war unmöglich, aus meinem Kontrollchef etwas Bestimmtes und Handgreifliches herauszubekommen. Ich sah keinen anderen Ausweg, als um Einsicht in das Protokoll zu bitten.

„Ich bin nicht befugt, Ihnen das zu erlauben oder zu verbieten", sagte Rissen, „das ist Sache des Polizeichefs."

Karrek machte keine Einwände, als ich ihn telefonisch darum bat. An meinem ersten freien Abend ging ich also ins Polizeiamt hinauf, wo Rissen mich erwartete, um das Archiv aufzuschließen und mir das Papier auszuhändigen. Ich bekam das Protokoll des Kurses (das Protokoll der Polizei befand sich an einem anderen Ort, ich weiß nicht, wo). Es war ziemlich ausführlich. Ich mußte es an Ort und Stelle lesen, und anfänglich war es mir unangenehm, daß Rissen gerade an diesem Abend dort zu tun hatte. Ich verstand, daß er Erklärungen und nähere Angaben machen wollte, die mich nicht interessierten. Aber als ich begonnen hatte, mich in das Schriftstück zu vertiefen, änderte ich meine Ansicht. Da Rissen ja doch in Reichweite war, konnte ich ihn ja ebensogut nach diesem oder jenem fragen.

„Über dies hier möchte ich gern nähere Auskunft", sagte ich. „‚Der Untersuchte begann, sonderbare Lieder zu singen.' Was bedeutet das? Warum waren sie sonderbar?"

Rissen zuckte die Achseln. „Sie waren es ganz einfach", antwortete er, „sie glichen keinen, die ich je gehört habe. Unklare

Worte, nur Gleichnisse und Bilder, glaube ich – und Melodien. Ich kann nicht begreifen, wie irgendein Soldat in der Welt danach marschieren könnte . . . Aber sie haben einen derartigen Eindruck auf mich gemacht, daß ich wie nie vorher ergriffen war."

Seine Stimme zitterte merklich, und seine Erregung sprang auf mich über. Ich hätte nie dorthin gehen sollen. Die warme Frauenstimme, die vom Organischen gesprochen hatte und die mir seither immer als Symbol tiefster Ruhe vorgeschwebt war, hätte mich warnen sollen. Plötzlich wurde sie wieder lebendig in mir, und wie etwas beinahe Ungerechtes, Heimtückisches und Dämonisches traf mich die Erkenntnis, daß eine innere Krankheit sich nicht nur direkt, sondern auch indirekt fortpflanzen kann – in diesem Fall drang das Echo von dem fremden Mann, den ich nicht singen gehört hatte, als Rissens Stimme bis zu mir. „Können Sie mir einen Begriff von seinen Liedern geben?" fragte ich unsicher. „Können Sie sie wiederholen?"

Er schüttelte den Kopf. „Sie waren zu fremdartig. Sie betäubten mich nur."

Ich las weiter und strengte mich an, diesem Einfluß, den ich haßte, zu entgehen. „Sie müssen selbst zugeben, daß diese Angaben verbrecherisch sind", sagte ich. „Soviel ich weiß, sind alle geographischen Auskünfte und Gerüchte strafbar. Und dazu gehört auch das Gerücht von einer Ruinenstadt in der Wüste an einem unzugänglichen Ort! Eine unbekannte und unerreichbare Wüstenstadt! Nach meinem Dafürhalten konnte er die Lage nicht genau angeben, sondern nur Andeutungen verbreiten!"

„Wer kann wissen, ob diese Wüstenstadt überhaupt existiert!" antwortete Rissen zögernd. „Der Mann selbst behauptete, daß sie nur einigen wenigen Auserwählten bekannt sei und daß einige von ihnen in den Ruinen wohnen. Was könnte das anderes als eine Sage sein?"

„In diesem Fall dennoch eine verbrecherische Sage, da sie trotz allem ein geographisches Gerücht darstellt. Wenn es jetzt eine solche Wüstenstadt gäbe und wenn sie, wie er sagt, aus der Zeit vor dem Großkrieg und dem Weltstaat stammte und wenn sie wirklich mit Bomben, Gas und Bakterien zerstört worden war – niemand würde dann wagen, sich dort aufzuhalten, nicht einmal ein Verrückter! Bestünde eine Möglichkeit, dort zu leben, hätte der Staat die Wüstenstadt schon seit langem in Besitz genommen."

„Wenn Sie etwas weiter unten im Protokoll nachsehen", antwortete Rissen, „werden Sie die Behauptung finden, daß sie immer noch voller Gefahren ist. Hier und dort scheint sogar das Gestein und der Sand mit giftigen Dünsten vermengt zu sein. In Klüften und Quellen haben sich die Bakterienherde am Leben erhalten, überhaupt ist jeder Schritt gefährlich. Aber wie Sie auch sehen werden, erzählt er, daß es frische Wasseradern im Boden gibt, daß man unvergifteten Humus vorfindet, in dem man genießbare Gewächse anpflanzen kann, daß die Einwohner die ungefährlichen Wege und die Unterschlüpfe kennen und in Freundschaft leben und sich gegenseitig helfen."

„Ich verstehe. Ein elendes und unsicheres Leben voller Angst. Aber es ist eine lehrreiche Sage. So muß das Leben werden, eine ständige Angst und Gefahr, wenn man dem großen Zusammenhang namens Staat entflieht." Er schwieg.

Ich las weiter und konnte nicht unterlassen, zu seufzen und den Kopf zu schütteln. „Eine Sage!" sagte ich. „Eine Sage über etwas, das nicht besteht! Die Überreste einer ausgestorbenen Kultur! In dieser gasvergifteten Wüstenhöhle bewahren sie angeblich die Reste einer toten Kultur aus der Zeit vor den großen Kriegen! Eine derartige Kultur hat es nie gegeben."

Rissen widersprach mir heftig. „Wie können Sie dessen sicher sein?" fragte er.

Ich starrte ihn verwundert an. „Aber das haben wir doch schon als Kinder gelernt", sagte ich, „etwas, das des Namens Kultur würdig wäre, kann man sich in der zivilistisch-individualistischen Epoche nicht vorstellen. Mensch kämpfte gegen Mensch, Gruppe gegen Gruppe. Wertvolle Kräfte, starke Arme, intelligente Köpfe konnten von einem Gegner willkürlich beiseite geschoben werden. Langsam siechten sie dahin, unausgenützt und sinnlos . . . So etwas nenne ich einen Dschungel, aber nicht Kultur."

„Ich auch", stimmte Rissen ernst zu. „Und dennoch, dennoch ... kann man sich keine Wasserader vorstellen, eine unterirdische, versickernde, übersehene, die einmal an den Tag bricht, und sei es im Dschungel?"

„Kultur ist Staatsleben", antwortete ich knapp. Aber seine Worte setzten meine Phantasie in Bewegung. Wie ich über das Protokoll gebeugt dasaß, bildete ich mir ein, eine Art Kontrolleur und verurteilender Kritiker zu sein. In Wirklichkeit suchte meine gierige Phantasie in weitester Ferne, im Unbekannten, nach etwas, das mich vom Gegenwärtigen erlösen oder mir einen Schlüssel zu diesem Rätsel verschaffen könnte. Aber damals begriff ich das nicht.

Eine Stelle im Protokoll ließ mich wirklich zusammenfahren. Der Mann hatte behauptet, daß Stämme jenseits der Grenzen früher einmal mit gewissen Grenzvölkern des Weltstaates zusammengehört haben sollen. Das Gebiet sei während der großen Kriege zerrissen worden und ebenso das Volk.

Ich sah auf. „Das ist zuviel, das mit der Grenzbevölkerung", sagte ich mit einer Stimme, die vor ehrlicher Entrüstung zitterte. „Das ist sowohl unmoralisch wie unwissenschaftlich."

„Unwissenschaftlich?" wiederholte er beinah abwesend.

„Ja, unwissenschaftlich! Mein Chef, wissen Sie nicht, daß unsere Biologen es jetzt als voll erwiesen ansehen, daß wir hier im Weltstaat und diejenigen Wesen jenseits der Grenze von vollständig ungleicher Herkunft sind? Unser Ursprung ist so verschieden wie Tag und Nacht, ja, so verschieden, daß man sich sehr wohl fragen kann, ob die Bewohner des Nachbarstaates überhaupt als Menschen bezeichnet werden können."

„Ich bin kein Biologe", antwortete er ausweichend, „davon habe ich nichts gehört."

„Ich freue mich, daß ich Gelegenheit habe, es Ihnen zu sagen. So verhält es sich nämlich. Und daß es unmoralisch ist, brauche ich nicht näher zu erklären. Sie können sich ja selbst die Folgen eines Grenzkrieges vorstellen. Es fragt sich, ob nicht alle Mitglieder dieser Sekte mit ihren Lehren, Gebräuchen und ihrer Lebenseinstellung im Dienst des Nachbarstaates stehen und versuchen, unsere Sicherheit zu unterminieren – also ein

Glied des riesigen Spionageapparates bilden, über den er zu verfügen scheint."

Rissen schwieg lange und sagte dann endlich: „Hauptsächlich wurde er wegen dieser Aussage verurteilt."

„Es wundert mich nur, daß er nicht zum Tode verurteilt worden ist."

„Er war ein geschickter Facharbeiter in einem Zweig der Farbenindustrie, und dort haben sie gerade wenig Leute."

Ich antwortete nicht. Ich fühlte, daß seine Sympathien auf seiten des Verbrechers lagen. Aber ich konnte es nicht unterlassen, ihm einen kleinen Hieb zu versetzen. „Na, mein Chef, freuen Sie sich nicht, daß wir der Sache endlich auf den Grund gekommen sind und wissen, wo wir diese nette Sekte von Toren unterbringen sollen?"

„Ich vermute, daß es die Pflicht eines rechtschaffenen Mitsoldaten ist, sich darüber zu freuen", sagte er mit einer Ironie, die ich vielleicht nicht hätte merken sollen. „Und darf ich Ihnen bei dieser Gelegenheit eine Gegenfrage stellen, Mitsoldat Kall: Sind Sie ganz sicher, daß Sie diese Leute im Grunde um ihre vergaste Wüstenstadt nicht beneiden?"

„Die Wüstenstadt, die nicht existiert, ja", antwortete ich lachend. Wußte Rissen eigentlich, was er sagte? Wenn es scherzhaft gemeint war, dann war es jedenfalls ein schlechter Witz.

Und trotzdem plagte mich seine Frage noch lange, so, wie so viele seiner Worte mich plagten, wie das ergriffene Beben seiner Stimme mich plagte, wie der ganze Rissen, der lächerliche, hinterlistige und zivilistische Mann, mich plagte. Mit aller Macht verwarf ich den Gedanken an die Wüstenstadt; vielleicht nicht so sehr, weil sie unmöglich war, sondern weil sie mich abstieß. Sie stieß mich ab und lockte mich dennoch. Es ging gegen meine Überzeugung, an eine Stadt zu glauben, selbst wenn sie in Ruinen lag, selbst wenn sie vergast und voller gefährlicher Bakterien war, an asoziale Individuen zu glauben, die dort Zuflucht suchten, die sich zwischen den Steinen hindurchschlichen, von Angst und Entsetzen gejagt, und die hier und dort dem lauernden Tod zum Opfer fielen – aber dennoch eine Stadt, wohin die Macht des Staates nicht reichte, ein

Gebiet außerhalb der Gemeinschaft. Wer konnte sagen, worin das Lockende dieses Gedankens bestand? Aberglauben ist oft lockend, dachte ich voller Hohn. Aberglauben ist ein Schrein, in dem man seine lauernden Versuchungen wie Kleinode verwahrt: diese tiefe Frauenstimme, das Beben einer Männerstimme, eine Weile vollkommener Hingebung, die man nie erlebt hat, ein verwerflicher Traum von grenzenlosem persönlichem Vertrauen, eine Hoffnung auf gelöschten Durst und tiefe Ruhe.

Meiner Neugierde konnte ich mich jedenfalls nicht erwehren. Rissen wagte ich kaum um das weitere Schicksal der wunderlichen Sekte zu fragen. Ich befürchtete, daß er ein anderes und positiveres Interesse aus meinen Fragen heraushören würde, als ich in Wirklichkeit hatte. Ich wagte nur, kurze, ironische Bemerkungen darüber zu machen. Darauf gab er auch kurze, mürrische Antworten. Ich sagte zum Beispiel: „Jene höchst zweifelhafte Wüstenstadt – die liegt wohl immer noch auf dem Mond? Irgendwelches irdisches Dasein hat sie wohl nicht angenommen?"

Und er antwortete: „Bisher hat sie noch niemand lokalisieren können."

Als ich schnell aufsah, trafen sich eine Sekunde lang unsere Blicke. Er schlug die Augen gleich wieder nieder, aber ich hatte eine Frage in ihnen gelesen und spürte, wie sie in mir bohrte: Sind Sie ganz sicher, daß Sie diese Leute im Grunde um ihre vergaste Wüstenstadt nicht beneiden? Das hätte ihm wohl gepaßt! Obwohl er mich zur Initiative zwang, war doch er der Angreifer und versuchte mich zu hetzen, bis ich mich unterwarf. Ich verfluchte meine krankhafte Neugierde.

Es gelang mir, noch eine Einzelheit über die Sekte zu erfahren, diesmal nicht von Rissen, sondern von einem weiblichen Kursteilnehmer und sogar, ohne danach gefragt zu haben. Sie erzählte etwas von Schriftensammlungen, von denen einer der Verhafteten gesprochen hatte – dicken Papiersammlungen mit Zeichen, die Töne darstellen sollten, welche unseren Buchstabenbezeichnungen aber nicht im geringsten glichen. Am ehesten erinnerten sie an Vogelkörper hinter einem Quergitter. Keiner konnte sie deuten, nicht einmal die herumschleichenden Einwohner in der Wüstenstadt, obwohl sie über ungeheure Sammlungen aus längst vergangenen Zeiten verfügten. Ich war überzeugt davon, daß, wenn diese Zeichen überhaupt Musik darstellten – es konnte ja ebenso alles nur Bluff sein –, daß es dann primitive und barbarische Musik sein mußte. Und doch empfand ich eine unbeschreibliche Sehnsucht, sie in Tönen zu hören – ein dummer Traum, der wohl nie in Erfüllung gehen würde, weder für mich noch für irgendeinen anderen. Und selbst wenn man die Zeichen in Musik umsetzen konnte – in einer Sammlung von Märschen kann ja unmöglich ein Sinn liegen. Wie sollte die Musik zur Lösung des Problems beitragen?

Inzwischen war mein Leben zu Hause dumpf und leer geworden. Linda und ich waren so weit auseinandergekommen, daß es sich nicht mehr lohnte, die Nähe des anderen zu suchen. Glücklicherweise waren wir beide so beschäftigt, daß wir uns nur selten sahen.

13

EINIGE Zeit später wurde ich an meinem freien Abend zu Karrek gerufen. Ich atmete auf, als ich mit meiner Besuchslizenz in der Untergrundbahn saß. Karrek war und blieb einer der ruhenden Pole in meinem Dasein. Bei ihm gab es nichts krankhaft Ansteckendes, nichts Erschreckendes, das einen ewig hetzte wie bei Rissen.

Karrek empfing mich im Elternraum, während seine Frau bei einer kleinen Nachtlampe im Familienraum las. (Kinder hatten sie keine.) Auch bei uns war die Beleuchtung ziemlich schwach – diese Sparmaßnahme war jetzt allgemeine Pflicht geworden. So konnte ich die Züge des Polizeichefs nicht genau beobachten. Aber in seinen Bewegungen bemerkte ich etwas Ungewöhnliches, das mich beunruhigte, ohne daß ich hätte sagen können, warum. Kaum eine Sekunde verhielt er sich ruhig, er setzte sich, dann stand er wieder auf und durchmaß das Zimmer mit Schritten, die viel zu lang für den kleinen Raum waren. Wenn er von der Wand aufgehalten wurde, schlug er ungeduldig mit den Fäusten dagegen, als wollte er das Hindernis niederreißen. Als er zu sprechen begann, bemerkte ich die gleiche ungewöhnliche Lebhaftigkeit in der Stimme; sie war aufgeregt, fast ausgelassen, und er gab sich keine Mühe, seine Stimmung zu verbergen.

„Na, was sagen Sie jetzt", begann er, „es ist uns gelungen, Ihnen und mir: Kalipso Lavris hat Tatjo bewegen können, ein Gesetz gegen staatsfeindliche Gedanken zu schaffen. Morgen tritt es in Kraft. Dann – ja, dann können wir beginnen."

Einen Augenblick lang war ich wie gelähmt. Es war Wirklichkeit geworden, und der schicksalsschwere Tag war so nahe. Ihn schien das nur munter zu stimmen. Meine Lippen jedoch zitterten, und ich konnte mich nur mit viel Mühe beherrschen, als ich antwortete: „Möge dies nur wohlbedacht sein, mein Chef. Manchmal wünsche ich fast, wir hätten es nicht getan. Mißverstehen Sie mich nicht, ich meine aus rein praktischen Gründen. Mir jedenfalls kommt es so vor, als gäbe es schon genug Unreines auszurotten, mehr, als der Staat ertragen kann. Wir arbeiten schon auf höchsten Touren. Na, das wird ja anders, sobald wir Helfer ausgebildet haben werden. Aber was soll mit all den neuen Anzeigen geschehen? Wir können doch nicht zwei Drittel der ganzen Bevölkerung zu Zwangsarbeit verurteilen!"

„Warum nicht?" sagte er eifrig. „Der Unterschied ist nicht so groß, und das Budget für die Löhne wird kleiner. Aber jetzt im Ernst, vom Finanzchef der Stadt sind Klagen eingegangen, und es scheint überall so zu sein. Dies bedeutet, daß wir aus finanziellen Gründen die Anzeigen sieben müssen. Keiner wird mehr verhaftet, ohne daß der Denunziant einen ausführlichen schriftlichen Bericht über den Grund seines Verdachtes der Anzeige beilegt. Schon das wird die Fälle lichten. Auch werden wir uns nur mit höhergestellten Mitsoldaten beschäftigen. Wir müssen unsere ganze Aufmerksamkeit auf die Sicherheit des Staates richten, verstehen Sie? Leute in untergeordneten Stellen können später einmal untersucht werden, und Plünderungen, Diebstähle und harmlose Privatmorde kommen zuletzt an die Reihe. Wir müssen lichten, lichten, lichten, aber das macht nichts, obwohl es viel Arbeit geben wird.“ Er nahm seine Wanderung wieder auf und brach in Gelächter aus, das kurze, schrille Wiehern, das für Karrek so charakteristisch war. „Keinem wird es leichtfallen, uns zu entgehen.“

In diesem Augenblick stand er gerade über der Lampe, und der Lichtschein funkelte in seinen Augen. Von unten beleuchtet, sieht ein Gesicht oft gespenstisch aus, und ich war in einem überspannten Zustand. Eiskalt lief es mir den Rücken hinunter, als ich den Schimmer in seinen Jaguaraugen sah – sie waren so schaurig nahe und gleichzeitig so schaurig weit weg, in unerreichbarer Weite. Mehr um mich selbst zu beruhigen, wandte ich zaghaft ein: „Gehören Sie auch zu jenen, die glauben, daß alle ein schlechtes Gewissen haben?“

„Schlechtes Gewissen“, wiederholte er und lachte wiehernd. „Was macht es, ob sie ein gutes oder schlechtes Gewissen haben. Keinem darf es leichtfallen, uns zu entgehen!“

„Meinen Sie, der Anzeige entgehen?“

„Anzeige und Urteil meine ich. Verstehen Sie – setzen Sie sich, aber natürlich, setzen Sie sich doch, Mitsoldat –, verstehen Sie“ (er kam wieder näher und beugte sich über mich, und ich war nur zu froh, auf einen Stuhl sinken zu können, denn meine Knie zitterten), „wenn man nämlich entsprechende Berater und den entsprechenden Richter hat. Wir bekommen Ratgeber aus allen Teilen des Landes, Spezialisten der verschiedenen Gebiete. Sie begreifen ja auch, daß man keine dummen Strafen auferlegen kann: Es lohnt sich nicht, einen Unverbesserlichen ins Erziehungslager zu schicken, einen kleinen Dummkopf mit etwas veralteten Ansichten braucht man dem Staat nicht als Arbeitskraft wegzunehmen in Zeiten nachlassender Geburten. Aber wie gesagt, da ist das Feld frei für denjenigen, der weiß, was er will. Alles läßt sich ordnen, wenn man den gewünschten Richter hat.“

Ich muß zugeben, daß ich nicht recht begriff, worauf er hinauswollte. Aber das wollte ich ihm natürlich nicht gern gestehen. So nickte ich nur ernst und folgte seiner Wanderung mit etwas erschrockenen Blicken.

Die Stille im Zimmer war beklemmend. Ich bildete mir ein, daß der Polizeichef eine Antwort von mir erwartete. Seine

Worte über die verschiedenen Strafen riefen mir etwas in Erinnerung, was ich ihm wirklich hatte sagen wollen.

„Mein Chef", sagte ich, „eine Sache hat mich immer etwas verwundert. Bei der Untersuchung hatten Sie neulich einen Mann, ein Mitglied der gefährlichen Sekte der Toren. Er verbreitete nicht nur geographische Gerüchte äußerst gefährlicher Natur, sondern auch eine unerquickliche Sage, daß die Wesen jenseits der Grenzen dieselbe Abstammung wie einige unserer Grenzvölker haben sollen. Außerdem sang er asoziale Lieder. Er wurde zu Zwangsarbeit verurteilt. Jetzt wundere ich mich. Vielleicht war das Urteil in seinem speziellen Fall richtig – übrigens ist der Fall abgeschlossen, und ich kritisiere ihn gewiß nicht. Aber ist dies, prinzipiell gesehen, überlegt gehandelt? Wie man sich ja leicht ausrechnen kann, kommt ein Gefangener während seiner Zwangsarbeit mit einer ganzen Reihe von Leuten in Berührung, sowohl mit den Gefängniswärtern wie mit anderen Gefangenen. Von den Gefangenen sind einige vielleicht nur kurze Zeit in der Strafanstalt, andere länger, auf jeden Fall aber werden viele mit der Zeit wieder freigelassen. Muß man nicht daran denken, daß der Einfluß einer solchen Person auf sie geistig vergiftend wirken kann? Er wird vielleicht nicht viel sprechen können, das ist wahr. Aber ich habe eine Entdeckung gemacht. Ich bitte Sie, mein Chef, lachen Sie mich nicht aus – aber ich habe bemerkt, daß manche Personen ihre eigene Lebenseinstellung so überzeugend ausströmen, daß sie sogar gefährlich sind, wenn sie schweigen. Ein Blick, eine Bewegung eines solchen Individuums sind schon Gift und Pest. Nun frage ich: Ist es wohlbedacht, ein solches Individuum leben zu lassen? Selbst wenn dieser Mann nützliche Arbeit leistet und selbst wenn unsere Volkszahl im Abnehmen begriffen ist, muß man nicht fürchten, daß er mit einem Atemzug dem Staat mehr schadet, als er ihm mit all seiner Arbeit nützt?"

Karrek lachte nicht. Er hörte aufmerksam zu und verriet kein Erstaunen. Als ich geendet hatte, breitete sich der Schimmer eines verschlagenen Lächelns über sein Gesicht. Er hielt in seiner Wanderung inne und sank auf den Stuhl mir gegenüber. Dort saß er in seiner gespannten Unbeweglichkeit sprungbereit.

„Bester Mitsoldat, Sie brauchen nicht so viele Umschweife zu machen", sagte er leise und gedehnt. „Niemand ist mehr willens als ich, die bedauerliche Tatsache zu beklagen, daß einer großen Anzahl von Mitsoldaten ein ungebührlich hoher Wert beigemessen wird, nur weil die Geburtenkurve nicht genügend steigt. Die ganze tägliche Propaganda, die wir auf das Volk loslassen, reicht nicht aus, um unsere Leistungen im Ehebett in wünschenswertem Grad in die Höhe zu schrauben. Aber was sollen Sie oder ich dazu tun? Kümmern Sie sich nicht um das Allgemeine und Prinzipielle. Hinter dem Allgemeinen und Prinzipiellen liegt doch immer der einzelne Fall. Wen wollen Sie also zum Tode verurteilt haben?"

Ich hätte im Boden versinken wollen. Sein Zynismus erschreckte mich. Ich hatte gewiß nicht nur von Rissen gesprochen, sondern wirklich an den allgemeinen Fall gedacht. Was dachte er eigentlich von mir?

„Sie haben mir einen großen Dienst erwiesen, als Sie Kalipso Lavris überzeugten", fuhr er fort. „Dienst gegen Dienst, dann weiß man wenigstens, wen man zu seinen Freunden rechnen kann. Sie scheinen eine gewisse Art von Intelligenz zu besitzen, die sich auf alle Fälle von der meinen unterscheidet" (da wieherte er wieder auf). „Darum können wir einander von Nutzen sein. Sie können mir ruhig antworten: Wen wollen Sie zum Tode verurteilt haben?"

Aber ich konnte nicht antworten. Bisher waren meine Wünsche nur Wünsche gewesen, unwirklich und undurchführbar. Ich fühlte, daß ich dies noch einmal in Ruhe und nüchterner Überlegung zu Hause überdenken mußte, bevor ich handeln konnte.

„Nein", antwortete ich, „meine Bedenken sind wirklich nur prinzipieller Natur. Ich habe mit solchen Pestträgern Erfahrung." Ich hielt mich zurück. Hatte ich zuviel gesagt? Er saß ein paar Sekunden lang unbeweglich da, und ich wand mich unter seinen grünen Augen. Dann stand er auf und trommelte an die Wand.

„Sie wollen nicht. Sie haben Angst vor mir. Und dagegen habe ich nichts einzuwenden. Aber ich werde trotzdem für Sie tun, was ich kann. Wenn Sie Ihre Anzeige oder Ihre Anzeigen, was weiß ich, einreichen, dann gut begründet – denken Sie daran, gut begründet! Das wird von jetzt an die erste Bedingung sein, denn ich bin es nicht, der die erste Auslese vornimmt. Setzen Sie ein Zeichen in die eine Ecke. So" (er machte es auf ein Stück Papier und reichte es mir), „dann werde ich tun, was ich kann. Aber wie gesagt, es ist gar nicht so schwer, wenn man den entsprechenden Richter hat, und dafür werden wir schon sorgen: den entsprechenden Richter und die entsprechenden Berater. Ich gedenke Sie nicht aus den Augen zu lassen, und ich kann Ihnen nützlich sein – auch wenn Sie Angst vor mir haben."

14

MEIN Schlaf war nie besonders gut gewesen, aber in der letzten Zeit war er ausgesprochen schlecht geworden. Meine Monatsration an Schlafmitteln war immer lange vor Mitte des Monats aufgebraucht, und was von Lindas übrigblieb, reichte auch nie bis zur neuen Zuteilung aus. An einen Arzt wollte ich mich nicht wenden. Ich befürchtete, daß man auf meiner geheimen Karte „nervöse Konstitution" vermerken würde. Und das wollte ich unter allen Umständen vermeiden. Niemand konnte normaler sein als ich. Meine Schlaflosigkeit war nur allzu natürlich und erklärlich, ja, ich hätte es sogar eher als unnatürlich und krankhaft angesehen, wenn ich unter solchen Verhältnissen gut geschlafen hätte . . .

Meine Schreckensträume wiesen jedoch deutlich darauf hin, daß ich mich nicht gerade danach sehnte, selbst mit meinem Kallocain untersucht zu werden. Es kam vor, daß ich in Schweiß gebadet aus entsetzlichen Träumen aufschreckte, in denen ich als Angeklagter auf meine Spritze wartete und auf die fürchterliche Scham, die folgen würde. Rissen, Karrek und sogar ein paar der anderen Kursteilnehmer, aber vor allem Linda, geisterten als Schreckensgestalten durch meine Träume. Linda erschien immer als mein Ankläger und Richter zugleich. Sie war immer diejenige, welche sich mit der Kallocainspritze über mich beugte. Anfänglich war ich erleichtert, die wirkliche

Linda aus Fleisch und Blut neben mir im Bett zu sehen, aber bald begannen die nächtlichen Gesichte die Wirklichkeit zu überschatten, so daß die Erleichterung jedesmal geringer wurde und die wahre Linda immer mehr der Schreckensgestalt meiner Träume glich. Einmal war ich nahe daran, ihr meine nächtliche Pein zu erzählen, aber im letzten Augenblick hielt ich mich bei der Erinnerung an ihren kalten Blick im Traum zurück. Nachher war ich froh, nichts gesagt zu haben. Der Verdacht, daß sie heimlich auf Rissens Seite stand, ließ mir keine Ruhe. Wenn sie erfuhr, wie ich über ihn dachte, konnte sie augenblicklich zu meinem Feind werden, und so stark, wie sie war, zu einem schonungslosen Feind. Vielleicht war sie schon mein Feind und wartete nur auf den gegebenen Moment, um zuzuschlagen. Nein, es wäre mein Unglück gewesen, wenn ich ihr meine Pein anvertraut hätte.

Noch weniger hätte ich ihr einen anderen Traum erzählen wollen, der wohl kaum als gewöhnlicher Alpdruck angesehen werden kann. Es war ein Traum von der Wüstenstadt.

Ich stand am Anfang einer Straße und wußte, daß ich sie gehen mußte; warum, war mir ein Rätsel. Obwohl ich schreckliche Angst vor dem Weg hatte, war ich überzeugt, daß mein Wohl oder Wehe von diesem Gang abhing. Die Häuser auf beiden Seiten der Straße waren Ruinen, manche ragten hoch in den Himmel hinein, andere wieder waren schon im Boden versunken und mit Sand und Schrott überdeckt. An einzelnen Stellen hatten Schlingpflanzen Wurzel gefaßt und krochen an den Mauerresten empor. Zwischen ihnen lagen lange Strecken kahl und leblos in der brennenden Mittagssonne. Ich glaubte da und dort auf den kahlen Flächen wahrnehmen zu können, daß von den Steinen ein schwacher gelblicher Rauch emporstieg. An anderen Stellen zitterte das Licht bläulich über dem Sand, und das erschreckte mich ebenso. Ich machte einen Schritt vorwärts, um mich zwischen den giftigen Dämpfen hindurchzuwinden, aber im selben Augenblick trieb ein Windstoß eine kleine gelbe Rauchwolke auf mich zu, und ich mußte zurückweichen, um von ihr nicht eingehüllt zu werden. Dahinter sah ich, daß die bläuliche Luft in einer Flamme aufstieg und fast die ganze

Straße versperrte. Ich forschte ängstlich, ob eine ähnliche Explosion mir nicht den Rückweg abschnitt, so daß ich weder vorwärts noch rückwärts könnte. Aber noch waren keine Anzeichen dafür zu sehen. Wieder machte ich einen Schritt vorwärts. Nichts geschah. Noch einen. Aber in diesem Moment hörte ich einen kleinen, scharfen Knall hinter mir, und als ich mich umdrehte, sah ich, daß sich der Stein, auf den ich getreten war, verwandelte. Von innen heraus lockerte er sich, wurde porös und zerfiel unmittelbar darauf. Ich hatte das Gefühl, einen schwachen, unangenehmen Geruch wahrzunehmen. Ich verspürte weder Lust weiterzugehen noch stehenzubleiben oder umzukehren. Da hörte ich in einiger Entfernung wunderliche Stimmen. Im selben Augenblick sah ich dort einen überwucherten Kellereingang, von grünen Schlingpflanzen halb verdeckt. Ich hatte ihn vorher nicht bemerkt, aber jetzt atmete ich in meiner Angst auf, nur weil in so unmittelbarer Nähe etwas Grünes lebte. Aus den verfallenen Steintreppen stieg jemand empor und winkte mich heran. Ich erinnere mich nicht mehr, wie ich zu dem Eingang gelangte, vielleicht machte ich einen großen Satz über die gefährlichen Steine. Auf alle Fälle kam ich in einen baufälligen Raum aus rohen Steinen, ohne Dach. Die Sonne schien herein, und Gras und Blumen wehten über meinem Kopf. Nie war mir ein überdachter Raum mit starken Wänden als so sicherer Zufluchtsort erschienen. Von den Rasenhügeln ging ein Duft von Sonne, Erde und warmer Sorglosigkeit aus. Die Stimmen sangen immer noch, obwohl jetzt aus weiter Ferne. Die Frau, welche mir gewinkt hatte, stand dort, und wir umarmten uns. Ich war gerettet und hätte vor Müdigkeit und Erleichterung schlafen können. Plötzlich war es ganz unnötig geworden, die Straße weiterzugehen.

Sie fragte: „Bleibst du bei mir?"

„Ja, laß mich bleiben!" antwortete ich und fühlte mich wie ein Kind, frei von allen Sorgen. Als ich mich niederbeugte, um zu sehen, was sich an meinem Fuß so feucht anfühlte, sah ich, daß quer über den Sandboden ein kleines Bächlein lief. Diese Entdeckung erfüllte mich mit unbeschreiblicher Dankbarkeit.

„Weißt du nicht, daß hier das Leben rinnt?" fragte die Frau. In diesem Moment wußte ich, daß alles ein Traum war, aus dem ich erwachen würde, und suchte in meinen Gedanken nach einem Mittel, ihn festzuhalten – so eifrig, daß mein Herz stark zu pochen begann und ich erwachte.

Der Traum, so schön er gewesen war, konnte vielleicht für noch bedenklicher angesehen werden als all die Schreckensbilder, die mich bisher geplagt hatten, und ich wollte ihn weder Linda noch irgend jemand anderem erzählen. Nicht daß Linda auf die Frau in meinem Traum eifersüchtig gewesen wäre – die Traumgestalt ähnelte in einigen Zügen der Verhafteten mit der warmen, tiefen Stimme, von der ich schon einige Male gesprochen habe, aber sie hatte Lindas Augen –, sondern weil es eine so deutliche Antwort auf Rissens Frage (Sind Sie sicher, daß Sie diese Leute nicht um ihre vergaste Wüstenstadt beneiden?) war. So tief hatte mich Rissens Ausdruck beeindruckt, daß sogar mein Traumleben unter seinem Einfluß stand. Was half es, daß ich mich damit verteidigte, dies sei nicht ich selbst, sondern Rissen! Kein Richter der Welt hätte solch eine Verteidigung anerkannt.

Das war geschehen, bevor ich zu Karrek gerufen wurde, also bevor das neue Gesetz beschlossen worden war und bevor ich andere Abwehrmittel hatte als eine unbestimmte Hoffnung auf Rache in einer ungewissen Zukunft. Als ich von Karrek kam und wußte, daß ich schon morgen meine Rachegedanken in die Tat umsetzen könnte, war ich heftig erregt. Das Ziel, das vor kurzem noch so weit entfernt lag, war plötzlich in Reichweite gerückt. Aber alle Einzelheiten, um es zu erreichen, schienen auf einmal undurchführbar. Wenn Linda Rissen wirklich liebte, würde sie dann nicht zu ergründen versuchen, ob ich ihn angezeigt hatte? Wie sie es anstellen würde, wußte ich nicht, aber ich war vollkommen überzeugt, daß es ihr gelingen würde. Es würde ihr gelingen, und sie würde sich rächen. Ich zitterte vor ihrer Rache. Was immer auch geschehen mochte, meine eigene Kallocainspritze wollte ich nicht gesetzt bekommen.

In jener Nacht schlief ich fast überhaupt nicht.

Am darauffolgenden Morgen stand ein Artikel in der Zeitung,

der die Überschrift trug: „Gedanken können verurteilt werden."

Es war ein Bericht über das neue Gesetz mit einem Hinweis auf mein Kallocain, das dieses Gesetz ins Leben gerufen hatte. Nichts konnte übrigens vernünftiger als die neuen Strafbestimmungen lauten: Von jetzt an würde man nicht mehr nach festgesetzten Paragraphen eine bestimmte Handlung bestrafen. Der Mitsoldat selbst würde im Mittelpunkt des Rechtsverfahrens stehen und nicht seine zufällige Handlung. Seine Gesinnung würde untersucht werden, nicht um die alte, sinnlose Frage nach der Zurechnungsfähigkeit festzustellen, sondern um brauchbares von unbrauchbarem Material zu trennen. Die Strafe würde nicht mehr in mechanisch festgesetzten Jahren von Zwangsarbeit bestehen, sondern nach den Berechnungen der berühmtesten Psychologen und Wirtschaftsexperten genau bestimmt werden. Ein körperliches und geistiges Wrack, das dem Staat wohl kaum je zu wirklichem Nutzen gereichen konnte, brauchte nicht damit zu rechnen, leben zu dürfen, nur weil es anderen keinen Schaden zufügte. Andererseits war man gezwungen, auf die Bevölkerungsknappheit Rücksicht zu nehmen und im schlimmsten Fall auch weniger wünschenswertes Material zu schonen, wenn es trotz allem als Arbeitskraft Verwendung finden konnte. Das neue Gesetz gegen staatsfeindliche Gesinnung trete schon heute in Kraft, aber gleichzeitig werde darauf hingewiesen, daß alle Anzeigen ausführlich begründet und außerdem mit kontrollierbaren Namen unterzeichnet sein müßten. Sie durften also nicht wie früher anonym eingesandt werden. Diese Maßnahme sei getroffen worden, um eine Überschwemmung mit belanglosen Anzeigen zu verhindern, die dem Staat zu große Ausgaben für Kallocain und Gerichtspersonal verursachen würde.

Daß man mit seinem Namen unterzeichnen mußte, hatte Karrek mir nicht gesagt. Das würde Linda ihre Aufgabe erleichtern, wenn sie den Mann, der Rissen angezeigt hatte, aufspüren wollte.

Der Tag verlief im großen und ganzen ereignislos, aber ich kann nicht sagen, in Ruhe. Nicht ein Wort wechselten Rissen und ich beim Mittagessen. Ich wagte kaum, ihn anzusehen.

Ich hatte eine schreckliche Ahnung, daß er meine Gedanken und Absichten spürte und mir jeden Moment zuvorkommen könnte. Gleichzeitig wußte ich, daß ich es nicht wagen würde, etwas zu unternehmen, weil ich Lindas nicht sicher war. Jede Stunde Aufschub war gefährlich, aber ich mußte noch warten.

Als ich später zu Hause mein Abendbrot einnahm, kam es mir wie eine Wiederholung des peinlichen Mittagessens vor. Dieselbe Angst, Lindas Blick zu begegnen wie am Mittag Rissens, dasselbe Gefühl, daß sie alles wußte, dieselbe Feindschaft, welche die Atmosphäre mit Spannung lud. Die Sekunden krochen dahin, und ich glaubte, das Hausmädchen würde nie gehen und die Kinder würden nie einschlafen.

Endlich war ich mit Linda allein, und um Zuhörer auszuschalten, stellte ich das Radio auf volle Lautstärke, und wir setzten uns beide so, daß der Lautsprecher zwischen uns und das Polizeiohr zu stehen kam. Ich erinnere mich nicht mehr daran, was für einen Vortrag wir über uns ergehen lassen mußten. Ich war mit meiner inneren Unruhe zu sehr beschäftigt, das Gerede überhaupt zu bemerken. Linda verriet mit keiner Miene, was sie einerseits über den Vortrag und andererseits über mein merkwürdiges Benehmen dachte – wahrscheinlich begriff sie, daß etwas in der Luft lag, und hörte genausowenig zu wie ich. Erst als ich meinen Stuhl ganz dicht an den ihren heranrückte, sah sie mich erstaunt an.

„Linda", sagte ich, „ich muß dich etwas fragen."

„Ja", sagte sie nur, ohne im geringsten Verwunderung zu zeigen. Ich hatte immer gewußt, daß sie sich vollkommen beherrschen konnte. Und ich hatte immer gewußt, daß, wenn es einmal zum Äußersten kommen sollte, zu einem Kampf auf Leben und Tod, sie mein schrecklichster Gegner werden würde. War es eigentlich darum, daß ich mich nicht von ihr trennen konnte? Zu meiner Liebe gehörte diese große Angst, das wußte ich sehr wohl. Aber zu ihr gehörte auch ein Traum von grenzenloser Sicherheit, ein Traum, daß gerade meine hartnäckige Liebe sie einmal zwingen würde, mein Verbündeter zu werden. Wie das geschehen sollte und wie ich es wissen würde, daß sich diese Wandlung vollzogen hatte, ahnte ich nicht – es war ein Traum, genauso unbestimmt und von der Wirklichkeit entfernt wie der Traum von einem kommenden Leben. Aber etwas war sicher, und zwar, daß ich im nächsten Augenblick diese erträumte Sicherheit verspielt haben könnte. Von unsicheren Verbündeten könnten wir in einer Minute zu bitteren Feinden werden, sogar ohne daß ich es je erfahren würde, ohne daß eine Miene in ihrem Gesicht oder ein Zittern in ihrer Stimme sie verraten würde. Und trotzdem mußte ich fortfahren.

„Es ist natürlich aus rein formellen Gründen, daß ich dir diese Frage stelle", sagte ich und versuchte zu lächeln. „Ich kenne ja schon deine Antwort und habe es nie einen Augenblick lang geglaubt, aber sollte es trotzdem wahr sein, weißt du natürlich, daß ich mir überhaupt nichts daraus machen würde. So gut kennst du mich doch, hoffe ich – und so gut kenne ich dich!" Mit dem Taschentuch trocknete ich mir die Stirn.

„Ja?" Linda sah mich forschend an. Ihre großen Augen leuchteten.

„Nun, es ist nur dies", sagte ich (und jetzt lächelte ich wirklich ganz munter). „Hattest du eine Liebesverbindung mit Rissen?"

„Nein."

„Aber du liebst ihn?"

„Nein, Leo, ich liebe ihn nicht."

Hier stockte unsere Unterhaltung. Hätte sie ja gesagt, würde ich ihr ohne weiteres geglaubt haben – vermute ich. Jetzt, als sie nein sagte, wagte ich nicht, ihr auch nur einen Augenblick zu trauen. Was hatte es also für einen Sinn gehabt, sie zu fragen? Sie hatte gesehen, daß ich log. Sie verstand, daß ich mir sehr viel aus ihrer Antwort machte. Morgen oder übermorgen würde sie verstehen, warum ich sie gefragt hatte – vielleicht wußte sie es jetzt schon, vielleicht hatte Rissen ihr von der ihm drohenden Gefahr etwas angedeutet. Ich spähte unablässig in ihr Gesicht, daß ich sogar zu atmen vergaß und plötzlich seufzen mußte. Mein Herz stand fast still, als ich eine schwache, kaum merkbare Bewegung wahrzunehmen glaubte, eine Art verborgener Unruhe – aber doch ein Zeichen. Diesem Zeichen glaubte ich mehr als all ihren Worten.

„Du glaubst mir nicht?" fragte sie ernst.

„Natürlich glaube ich dir“, antwortete ich in überschwenglichem Ton. Wenn sie mir jetzt nur auch glaubte! Könnte ich sie nur in Sicherheit wiegen, dann würde alles wenigstens nicht noch schlimmer. Aber ich spürte, daß sie sich nicht täuschen ließ.

Weiter kamen wir nicht. Schon dieses Gespräch hatte mich soviel Selbstüberwindung gekostet, daß ich ganz matt war – und doch war nichts gewonnen. Nie zuvor hatte ich die klaffende Spalte zwischen uns so deutlich und unüberbrückbar gefühlt. Meine Beherrschung reichte nicht aus, den Rest des Abends mit Scherzen und alltäglichen Gesprächen zu beenden, obwohl es sich doch nur um eine Stunde handelte, da wir beide Nachtdienst hatten. Linda schwieg auch, und zwischen uns lag eine stille Unruhe, die einem das Mark aus den Knochen sog.

Endlich verging auch diese Stunde. Spät in der Nacht kamen wir beide übermüdet nach Hause. Linda schlief, ich hörte ihre gleichmäßigen Atemzüge. Ich aber lag wach. Ab und zu verfiel ich in einen Halbschlaf, doch kurze Zeit darauf schreckte ich wieder auf, als ob ich mich bedroht fühlte. Es mußte Einbildung gewesen sein, es herrschte Stille im Raum, und Linda schlief ebenso tief wie zuvor. Ich aber war nahe daran zu verzweifeln. Hatte sich bisher wirklich noch niemand überlegt, welch ein gewagtes Spiel es war, Seite an Seite mit einem anderen zu schlafen: zwei Menschen, die ganze Nacht allein, ohne andere Zeugen als Polizeiohr und Polizeiauge in der Wand – und sogar diese waren ja keine Sicherheit. Erstens waren sie gewiß nicht immer in Betrieb, und zweitens konnten sie wohl kontrollieren und Vergeltung üben, aber sie konnten nicht verhindern, was geschah. Zwei Menschen allein, Nacht um Nacht, Jahr um Jahr, und vielleicht hassen sie einander, und wenn die Frau erwacht, was kann sie dann dem Mann nicht alles zufügen . . . Wenn Linda im Besitz von Kallocain gewesen wäre . . . Der Gedanke überwältigte mich. Ich hatte keine Wahl mehr, ich mußte es tun. Aus reiner Selbstverteidigung, um das Leben zu retten. Irgendwie mußte es gehen. Unter irgendeinem Vorwand könnte ich die kleine Menge Kallocain, die notwendig war, herausschmuggeln. Linda würde gezwungen werden, ihre Geheimnisse preiszugeben.

Dann würde sie in meiner Gewalt sein, wie ich nie in ihrer gewesen war. Dann würde sie in Zukunft nie wagen, mir Schaden zuzufügen. Dann würde ich auch weitergehen können und Rissen anzeigen.

Dann würde ich frei sein.

15

VIEL schlief ich in jener Nacht nicht, aber als ich am Morgen meine Arbeit begann, hatte ich die Angst und Unentschlossenheit, welche die vorangehenden Tage so unerträglich gemacht hatten, abgeschüttelt. Ich war auf dem Weg zu handeln, schon das war eine Befreiung.

Nichts war einfacher, als die nötige Menge Kallocain für eine Spritze verschwinden zu lassen. Etwas ging bei den Experimenten immer verloren, und Kontrollwägungen wurden verhältnismäßig selten durchgeführt, besonders jetzt, da die Eile die normale Arbeitsordnung beeinträchtigt hatte. Und vor allem: Rissen nahm die Kontrolle vor. Wenn er nicht heute oder morgen auf den unglückseligen Gedanken verfiel, sich mit einer Kontrollwägung über mich zu stürzen, würde sich ihm nie wieder die Gelegenheit bieten, eine durchzuführen. Sein Zeuge oder Mithelfer würde in dem allgemeinen Durcheinander sicher nicht an eine solche Einzelheit denken. Wenn nur einmal der morgige Tag vorbei wäre, würde ich sicher sein. Ich mußte mich auf mein Glück und Rissens Eile verlassen.

An dem Abend kam ich mit einer Spritze in der Tasche und einer kleinen Flasche voll unschuldig blaßgrüner Flüssigkeit nach Hause. Und die Erleichterung, daß ich den ersten Schritt unternommen hatte, gab mir neue Kräfte, so daß es mir sogar gelang, mit der Hausgehilfin und den Kindern beim Abendessen zu scherzen. Linda nickte ich nur zu, jedoch ohne ihren Blicken aus dem Weg zu gehen. Ihre Augen waren wie große Lichter, die wohl sehr durchdringend waren, aber doch nicht sehen konnten, was ich in meiner Tasche versteckt hatte. Wir hatten am Abend Dienst und kamen erst spät ins Bett.

Lange hatte ich still dagelegen und darauf gewartet, daß sie einschlafen sollte. Als ich endlich sicher war, schlich ich beim Licht der kleinen Nachtlampe zum Polizeiauge und verhängte es. Vor das Polizeiohr stopfte ich ein Kissen, so wie ich es einmal bei Karrek gesehen hatte. Natürlich war es verboten, aber ich befand mich am Rande der Verzweiflung. Und was auch geschehen mochte, ich wollte die Polizei mein Vorhaben nicht verfolgen lassen. Linda lag in der schwachen Beleuchtung schöner als je da. Mit ihrem nackten, golden schimmernden Arm hatte sie die Decke bis unter das Kinn hinaufgezogen, als fröre sie, obwohl es im Raum sehr warm war. Den Kopf hatte sie auf die andere Seite gedreht, so daß sich das regelmäßige Profil gegen das Kissen abzeichnete. Der gespannte Bogen des Mundes war im Schlaf weich geworden und sah wie der eines Mädchens aus. Im wachen Zustand hatte ich sie nie so jung gesehen. Nicht einmal, als wir uns kennenlernten. Und nie war sie so rührend gewesen. Ich, der sie so fürchtete, weil sie so stark war, wurde beim Anblick ihrer hilflosen, kindlichen Schwäche fast von Mitleid ergriffen. Der Linda, die jetzt vor mir lag, hätte ich mich auf andere Art nähern wollen, zart und behutsam, als wäre es das erste Mal. Aber ich wußte, daß, wenn ich sie jetzt weckte, der rote Bogen ihres Mundes sich spannen und die Augen wieder durchdringend blicken würden. Kerzengerade würde sie sich im Bett aufrichten und mit zusammengezogenen Augenbrauen das Tuch und das Kissen an der Wand entdecken. Und wenn ich mich ihr trotzdem liebevoll näherte, um damit mein Mißtrauen zu verbergen, was hätte es für einen Sinn? Es würde uns einen Augenblick lang die Illusion der Zusammengehörigkeit geben, einen Rausch, der morgen zu Ende sein würde, und ich wüßte trotz allem nichts über ihre Einstellung zu Rissen.

Ich begann damit, ihr ein Taschentuch um den Mund zu binden, daß sie beim Kampf nicht schreien konnte. Natürlich erwachte sie und versuchte sich frei zu machen, aber abgesehen davon, daß ich viel stärker war als sie, hatte ich alle Vorteile auf meiner Seite. Es war nicht schwer, sie festzuhalten, während ich ihr die Hände und Füße zusammenband, damit sie nicht fortlaufen konnte. Ich mußte ja beide Hände frei haben. Als ich die Spritze einführte, zuckte sie zusammen, rührte sich dann aber nicht mehr. Sie hatte wohl eingesehen, daß es aussichtslos war, Widerstand zu leisten.

Ich hatte acht Minuten berechnet, bis die Flüssigkeit wirken würde. Als die Zeit verstrichen war, löste ich das Taschentuch. An ihrem Gesichtsausdruck erkannte ich, daß die Spritze ihre Wirkung nicht verfehlt hatte. Fast derselbe kindliche Zug von vorhin zeigte sich wieder in ihren Zügen.

„Ich weiß, was du tust", sagte sie gedankenvoll, und sogar in der Stimme lag etwas von dem kindlichen Ausdruck des Gesichts. „Du willst etwas wissen. Was willst du wissen? Zuviel solltest du wissen. Ich habe zuviel zu sagen. Ich weiß nicht, wo ich beginnen soll. Ich will es ja selbst, warum mußt du mich zwingen? Aber vielleicht hätte ich es anders gar nicht gekonnt. So ist es all diese Jahre gewesen. Ich will etwas sagen oder tun, und ich weiß nicht, was es ist. Vielleicht waren es eine Menge Kleinigkeiten, vielleicht Freundlichkeit, Wohlbefinden und Zärtlichkeit, und wenn sie unmöglich waren, dann war das Große und Wichtige auch unmöglich. Nur etwas weiß ich, und das weiß ich sicher: Ich möchte dich töten. Wenn ich nur wüßte, daß es nie entdeckt würde, täte ich es. Was macht es übrigens aus, ob es entdeckt wird? Ich tue es trotzdem. Das ist immer noch besser als unser jetziges Leben. Ich hasse dich, weil du mich aus all diesem nicht retten kannst. Hätte ich keine Angst, würde ich dich schon umgebracht haben. Jetzt wage ich es. Nur nicht so lange, wie ich mit dir sprechen kann. Ich habe nie mit dir sprechen können. Du hast Angst, und ich habe Angst, und alle haben Angst. Einsam, völlig einsam sind wir und doch nicht so wunderbar einsam wie damals, als man jung war. Das ist entsetzlich. Ich habe nicht über die Kinder mit dir sprechen können, nicht darüber, wie es mich betrübt, daß Ossu fort ist, und wie ich mich vor dem Tag fürchte, an dem Maryl und Laila fortkommen. Ich glaubte, du würdest mich verachten. Jetzt kannst du mich verachten. Ich mache mir nichts daraus. Ich wünsche mir oft, ich wäre wieder ein junges Mädchen und unglücklich verliebt anstatt glücklich. Weißt du, daß es beneidenswert ist, ein junges Mädchen und unglücklich verliebt zu sein, obwohl man es in jener Zeit nicht versteht? Wenn man ein junges Mädchen ist, glaubt man, es gebe etwas anderes, eine Freiheit, die mit der Liebe kommen werde, eine Art Zuflucht, die man bei dem finden werde, den man liebt, eine Art Wärme und eine Art Ruhe – lauter Dinge, die nicht existieren. Unglücklich verliebt geht man bereuen und ist himmlisch verzweifelt, daß gerade ‚ich' das große Glück nicht mit dem ‚Du' erleben durfte – und dann glaubt man, daß die andern es vielleicht erleben durften und daß das große Glück existiere und daß es nur einem selbst nicht vergönnt war. Du mußt verstehen, wenn es so viel Freude auf der Welt gibt und alles Sehnen ein Ziel hat, dann ist es nicht einmal hoffnungslos, unglücklich zu sein. Nicht verzweifelt. Aber glücklich verliebt sein, das führt in die Leere. Es gibt ja kein Ziel, es gibt ja nur Einsamkeit. Aber warum sollte es nichts anderes geben, warum sollte es für uns einzelne keinen Sinn geben? Ich habe dich zu sehr geliebt, Leo, und dann warst du immer fern von mir. Ich glaube wohl, daß ich dich jetzt töten könnte."

„Und Rissen?" fragte ich heiser, ängstlich, daß die teuren Minuten verrinnen könnten, ohne daß ich erfahren würde, was ich wissen wollte. „Was hältst du von Rissen?"

„Rissen?" wiederholte sie verwundert. „Ja, Rissen . . ., mit Rissen war es etwas Besonderes. Was war es eigentlich? Er, er war nicht so weit weg wie all die andern. Seine Nähe machte nicht angst, er hatte selbst keine Angst."

„Hast du ihn geliebt? Liebst du ihn noch?"

„Rissen? Ob ich ihn geliebt habe? Nein – nein – nein. Und doch, hätte ich es nur gekonnt. Er war ganz anders als die andern. Nahe. Ruhig. Bei ihm fühlte man sich geborgen. Anders als du und anders als ich. Wäre einer von uns so gewesen wie er – oder beide, beide, Leo . . ., aber du hättest es sein müssen. Darum will ich dich töten, nur um von dir wegzukommen. Denn es wird für mich nie einen andern geben als dich, und doch bist du es nicht."

Sie begann unruhig zu werden und zog die Augenbrauen

zusammen. Ich hatte nicht gewagt, mehr Kallocain mitzunehmen, als für eine Spritze nötig war, das wäre gefährlich gewesen. Und jetzt wußte ich nicht, was ich sie fragen sollte.

„Wie kann das nur so sein?" flüsterte sie angsterfüllt. „Wie kann es so sein, daß man etwas sucht, das es nicht gibt? Wie ist es möglich, daß man todkrank ist, wenn man kerngesund ist, wenn alles so ist, wie es sein soll . . ."

Die Stimme wurde zum Gemurmel, und aus der grünlichen Farbe ihrer Wangen schloß ich, daß sie bald erwachen würde. Ich stützte ihren Kopf und führte das Glas an ihre Lippen. Sie lag immer noch gebunden – in der Betäubung hatte sie es wohl nicht bemerkt. Jetzt machte ich sie los, obwohl ich mich mit einem gewissen Beben fragte, was sie wohl tun würde, wenn sie wieder frei war. Die ganze Zeit hatte ich mich in einer Mischung von Angst und Triumph auf den Augenblick gefreut, da sie von Reue und Scham über ihre unfreiwillige Offenherzigkeit ergriffen würde. Ich merkte, wie meine Hand zitterte, so daß ich ihren Kopf nicht ruhig halten konnte. Ich ließ ihn wieder auf das Kissen zurücksinken und starrte unverwandt und ängstlich auf ihre schlaffen Züge.

Aber die Reaktion, die ich erwartet hatte, schien auszubleiben. Als sie die Augen aufschlug, waren sie sehr nachdenklich, aber ebenso ruhig, weit geöffnet wie sonst, und sie trafen mich, ohne sich abzuwenden. Ihr Mund erschreckte mich. Der rote Bogen wollte sich nicht straffen wie gewöhnlich, immer noch war er ruhig und entspannt, so daß das Gesicht seinen kindlichen Ausdruck vom Schlaf und Rausch behielt. Ich wußte nicht, daß in einem solchen Mangel an Beherrschung eine Feierlichkeit liegen konnte, die erschreckte. Die Lippen bewegten sich schwach, als würde sie ihre Worte für sich selbst wiederholen. Ich hatte ihr nichts zu sagen, konnte sie nicht stören, saß nur ganz still da und schaute in ihr Gesicht.

Endlich schlief sie ein, aber ich blieb sitzen und wachte bei ihr. Sie schlief, und ich entkleidete mich leise und versuchte auch einzuschlafen, konnte aber nicht. Ein dumpfes Gefühl von Angst und Scham überwältigte mich. Man hätte glauben können, daß ich der Untersuchte und Überführte wäre und nicht sie. Die ganze Zeit war ich davon überzeugt gewesen, daß ihre Worte sie in meine Gewalt brächten, was sie auch immer sagen würde. Bis zum Erwachen würde sie Geheimnisse preisgegeben haben, die nicht ausgesprochen werden durften, und ich hätte drohen können, sie zu verraten, wenn sie einen einzigen feindseligen Schritt gegen mich unternehmen sollte. Ihre Drohung, mich umzubringen – so etwas hatte ich während meiner Arbeit oft gehört und wußte, daß es selten ausgeführt wurde –, war vielleicht gefährlich für sie, warum nicht. Es bestand die Möglichkeit, daß ich sie durch das Bekenntnis in die Hand bekommen, daß alles nach Berechnung gehen würde.

Die Rechnung ging auf, außer in einem Punkt: Ich würde sie nie in meiner Gewalt haben. Alles, was sie gesagt hatte, war wie aus mir selbst gesprochen. Ich war krank, bis ins Innerste zermürbt. Sie hatte sich selbst wie einen Spiegel vor mich gehalten. Ich hatte nicht geahnt, daß sie mit ihren gespannten Lippen, mit ihrem Schweigen und ihren durchdringenden Augen aus demselben schwachen Stoff gemacht war wie ich. Wie konnte ich ihr drohen, wie konnte ich sie zwingen, da es sich so verhielt?

Nach kurzem Schlaf erwachte ich einige Stunden zu früh. Linda schlief. Im Augenblick, als ich erwachte, standen die Erlebnisse der Nacht klar vor mir, das angstvolle Gefühl vor etwas Unvollbrachtem lag in der Luft. Gleich darauf wußte ich, was es war: Rissen. Heute.

Jetzt wäre ich bereit gewesen, die ganze Angelegenheit wieder aufzuschieben, konnte aber keinen Grund für meine Unentschlossenheit finden. War nicht wenigstens dieses Problem heute das gleiche wie gestern? Rissen war ja derselbe geblieben. Daß er eventuell mein Rivale sein könnte, war nie der Grund gewesen, der mich getrieben hatte, ihn zu beseitigen. Meine Abscheu lag tiefer. Heute war sie nur nicht so peinigend, der Grund war mir allerdings unklar. Aber würde ich jetzt nicht handeln, müßte ich mich verachten. Gerade jetzt bis zum Aufwachen Lindas hatte ich zufällig Zeit, meine Anzeige aufzusetzen. Und etwas Gutes hatten die Ereignisse der Nacht wenigstens mit sich gebracht: Ich wußte, daß sie nicht zu Rissen, sondern zu mir gehörte.

Im schwachen Schein der Nachtlampe entwarf ich die Anzeige. Die wohlausgearbeitete Begründung war sehr einfach, da ich sie schon oft in Gedanken formuliert hatte. Alles, was ich zu Karrek im allgemeinen gesagt hatte, wiederholte ich in beredter und überzeugender Weise. Ich hatte noch gut Zeit, und so saß ich im Bett und schrieb das Aktenstück ins reine. Meinen Namen und meine Adresse setzte ich entschlossen darunter, da es so verlangt wurde, schrieb noch den Umschlag mit der Adresse des Polizeiamtes dazu. Dreiviertel Stunden vergingen noch damit, daß ich immer und immer wieder mein Schreiben durchlas und über meine Unlust und Unschlüssigkeit nachgrübelte. Nicht bevor der Wecker beim Nachbarn läutete und mich daran erinnerte, daß die Frist bald abgelaufen war, setzte ich Karreks geheimes Zeichen in die eine Ecke, so wie ich es schon viele Male in meinen Gedanken getan hatte, steckte das Schreiben in den Umschlag und legte alles in die *Chemische Zeitschrift*, die auf meinem Nachttisch lag.

Linda erwachte, als unser Wecker surrte. Wir sahen einander an, als wäre die Nacht ein Traum gewesen. Bevor diese ganzen Ereignisse eingetroffen waren, hatte ich mir diesen Morgen ganz anders vorgestellt. Ich hatte mich selbst als Sieger und Richter vor einer bloßgestellten und gebrochenen Linda gesehen, der die Bedingungen des Siegers, dem sie auf Gnade und Ungnade ausgeliefert war, vorschrieb. Aber es wurde anders.

Wir standen auf und kleideten uns schweigend an, nahmen zusammen den Aufzug nach oben und trennten uns vor der Untergrundbahnstation. Als ich mich umdrehte, um zu sehen, ob sie verschwunden sei, merkte ich, daß auch sie zurücksah – und nickte. Ich erschrak. Dachte sie vielleicht, mich in Sicherheit zu wiegen, um sich später zu rächen? Aber aus einem anderen Grund, aller Vernunft zuwider, glaubte ich das nicht. Als sie gleich darauf im Eingang der Metrostation verschwand, machte ich ein paar Schritte zurück und steckte den Brief in den Kasten. Sonderbar, das kleine Zeichen in der Ecke. Ich kannte Karrek gut genug, um zu wissen, daß dieses Zeichen Rissen das Leben kosten würde. Mitten auf der Straße, im Gewimmel der Mitsoldaten, die zur Morgengymnastik und zur

Arbeit eilten, stand ich plötzlich einen Augenblick still, von dem schrecklichen Bewußtsein der Macht ergriffen. Wann immer ich wollte, könnte ich dieses Manöver wiederholen. Solange ich nicht Karreks eigenen Interessen zuwiderhandelte, würde er mir gern ein Dutzend Leben für den Dienst, den ich ihm erwiesen hatte, opfern. Ich besaß Macht.

Anfangs sprach ich schon von der Treppe, die ich als Sinnbild des Lebens ansah. Ein ziemlich unverfängliches Bild, sogar etwas lächerlich. Die Wanderung eines gehorsamen Schuljungen von Klasse zu Klasse, eines korrekten Beamten von Grad zu Grad. Mit einem Gefühl von Ekel sah ich mich plötzlich auf dem obersten Absatz angelangt. Nicht daß es mir an Phantasie gefehlt hätte, mir andere höhere Grade der Macht vorzustellen als diesen, bei dem Polizeichef der Chemiestadt Nr. 4 in Gunsten zu stehen. Ich hatte Phantasie, ich hatte Material, mit dem ich bauen konnte, es gab noch andere Gipfelpunkte und weitere Aussichten: die militärische Rangordnung, die Ministerien der Hauptstadt – Tuareg, Lavris. Aber das winzige Stück Macht, das ich vor mir sah, reichte gerade als Symbol für alles andere aus. Und das ekelte mich an.

Gewiß war es richtig, gewiß war es wünschenswert, daß ein so schädliches Tier wie Rissen ausgerottet wurde. Aber ich kämpfte mit dem Zweifel, daß man mit einem solchen Ausrottungskampf Erfolg haben könnte. Vor einigen Tagen war mir das alles sehr leicht vorgekommen: Man beseitigte Rissen, dann war Rissen fort, auch der Rissen in mir selbst, da er von dem anderen, dem Lebenden, eingeimpft worden war. Man brachte Rissen um, und dann war man wieder ein wirklicher Mitsoldat, eine glückliche, gesunde Zelle im Organismus des Staates. Seitdem war etwas eingetroffen, das mich unsicher machte: das Ereignis der Nacht – mein Mißerfolg bei Linda.

Daß es ein Fehlschlag gewesen war, mußte ich mir eingestehen. Gewiß, ich hatte erfahren, was ich wissen wollte – daß sie meinem Beschluß in bezug auf Rissen nicht im Wege stand. Gewiß, ich brauchte mich vor einer Rache ihrerseits nicht zu fürchten, da sie im Grunde doch ebenso unlösbar und verzweifelt an mich gebunden war wie ich an sie. Gewiß besaß ich Gewalt über sie und kannte ihre Geheimnisse, die sie nicht hatte preisgeben wollen. All dies stimmte. Es war also kein Fehlschlag, wenn ich nur an das dumme, begrenzte Ziel dachte, das ich mir gestellt hatte. Und trotzdem war es ein gründlicher und erschütternder Fehlschlag in einem anderen, weiteren Sinn.

Ihre Worte von der beneidenswerten unglücklichen Liebe klangen mädchenhaft-romantisch, aber sie enthielten dennoch eine Art Wahrheit, die sehr gut auf mein eigenes Verhältnis zu Linda paßte. Eine unglückliche Liebe war meine Ehe irgendwie gewesen, gewiß war meine Neigung beantwortet worden, aber dennoch blieb sie unerfüllt. In ein ernstes Gesicht, in einen geschwungenen roten Mund, in zwei streng blickende, weitgeöffnete Augen hatte ich eine geheimnisvolle Welt hineingeträumt, die meinen Durst und meine Unruhe lindern und mir endlich volle Geborgenheit gewähren sollte. Wenn ich nur ein Mittel wüßte, dies zu erreichen! Und jetzt – jetzt war ich mit Gewalt so weit eingedrungen, wie es möglich war, hatte mir erzwungen, was sie mir nicht geben wollte, und dennoch war mein Durst nicht gelöscht, meine Unruhe und Unsicherheit waren größer als je zuvor. Wenn es überhaupt etwas gab, das meiner Traumwelt entsprach, so war es all meinen Kraftanstrengungen unzugänglich, und ich war wie Linda so weit, mich zu meiner beneidenswerten Illusion zurückzuwünschen, da ich noch glaubte, das Paradies hinter den Mauern könne erobert werden.

In welchem Zusammenhang dies alles mit meinem Ekel vor der Macht stand, war mir nicht klar, aber ich ahnte, daß ein Zusammenhang bestand. Ich ahnte auch, daß Rissens Beseitigung ein Schlag in die Luft sein würde. So, wie mir das Experiment mit Linda geglückt war und ich erfahren hatte, was ich wissen wollte, und es mir trotzdem so gründlich mißlungen war, daß ich ohne Übertreibung von Verzweiflung sprechen konnte, so konnte auch mein Anschlag auf Rissen gelingen – eine Verurteilung, eine Hinrichtung –, und trotzdem würde ich meinem erstrebten Ziel keinen Zoll näher gekommen sein.

Zum erstenmal in meinem Leben ahnte ich, was Macht bedeutete, fühlte sie in meiner Hand wie eine Waffe – und verzweifelte.

16

Ein Flüstern ging durch das Polizeipräsidium. Keiner wußte etwas Genaues, keiner hatte etwas Bestimmtes gesagt, aber alle hatten es wie einen leichten Atemzug wahrgenommen. Wo man sich auf den Treppen und Korridoren ohne Zeugen in Hörweite traf, flüsterte man es sich zu: „Der Polizeiminister selbst – Tuareg – haben Sie es gehört – verhaftet – nur ein Gerücht – verhaftet wegen staatsfeindlicher Gesinnung. Pst . . ."

Was mochte Karrek davon halten, fragte ich mich. Er, der Tuareg so nahestand und der selbst so eifrig an dem neuen Gesetz interessiert war? Wußte er etwas davon? Vielleicht war sogar er es . . .

Ich hatte mit dem Gerücht ja nichts zu schaffen. Ich stürzte mich in meine Arbeit.

Beim Mittagstisch vermied ich es nicht länger, Rissens Blicken zu begegnen. Wenn er mich jetzt durchschaute, wäre es auf alle Fälle zu spät für ihn, den Schlag abzuwehren. Übrigens hatte ich das eigentümliche Gefühl, daß er nicht mehr recht in die Wirklichkeit gehörte. Das, was dort am Tisch saß und herzhaft in sein Taschentuch nieste, verkörperte ein verhältnismäßig ungefährliches Spiegelbild eines bösen Prinzips, dem ich zu Leibe rücken wollte. Ich hatte zugeschlagen, und im nächsten Augenblick würde es – das Spiegelbild treffen. Dennoch versuchte ich mir selbst einzureden, daß dies keinen Unterschied machen würde. Erst auf dem Heimweg ließ mich diese einschläfernde Traumvorstellung los. Wenn ich daran dachte, daß ich Linda wiedersehen mußte, wurden meine Schritte schwer. Ich hatte einen freien Abend vor mir, und sehr bald würden wir allein sein, wir beide – allein. Ich wußte nicht, wie ich es ertragen würde.

Und so kam die Stunde. Sie mußte darauf gewartet haben. Heute war sie es, die die Stühle zusammenrückte und das Radio anstellte – aber das Programm hörte niemand, genausowenig wie neulich.

Lange saßen wir schweigend da. Verstohlen versuchte ich ihre Züge zu erforschen – hinter der unbeweglichen Miene schien es zu arbeiten. Aber sie schwieg. Wenn ich mich doch geirrt haben sollte – wenn meine Besorgnisse von heute früh sich doch als wahr erwiesen!

„Hast du mich angezeigt?" fragte ich mit erstickter Stimme.

Sie schüttelte den Kopf.

„Aber du hast die Absicht, es zu tun?"

„Nein, Leo, nein, nein!"

Dann schwieg sie wieder, und es gab keine Frage mehr, die ich ihr noch hätte stellen können. Ich wußte nicht, wie ich es aushalten sollte. Schließlich schloß ich die Augen und lehnte mich in den Stuhl zurück, in etwas Unbekanntes, aber Unabänderliches ergeben. In meiner Erinnerung tauchte der junge Mann auf, welcher bei der Kallocainuntersuchung zum erstenmal von den geheimen Zusammenkünften der Sekte der Toren gesprochen hatte. Er sagte etwas von dem bedrückenden Gefühl, schweigen zu müssen, sagte etwas davon, wie hilflos entblößt ein Schweigender war, und jetzt verstand ich ihn.

„Ich will mit dir sprechen", sagte sie endlich mühsam. „Lange. Du mußt mir zuhören. Willst du das?"

„Ja, ja", sagte ich. „Linda, ich habe dir weh getan."

Sie lächelte schwach. „Mit Gewalt hast du mich aufgebrochen wie eine Konservenbüchse", sagte sie, „aber das genügt nicht. Hinterher ist mir klargeworden, daß ich entweder vor Scham sterben oder freiwillig weitermachen muß. Darf ich weitermachen? Willst du mich noch haben, Leo?"

Ich konnte nicht antworten, und von diesem Moment an kann ich nicht mehr berichten, was in mir geschah, da ich mit allen Fasern meines Wesens gespannt zuhörte. Ich habe den deutlichen Eindruck, daß ich bis dahin in meinem ganzen Leben nie richtig zugehört hatte. Was ich früher Zuhören genannt hatte, war von meinem jetzigen Zustand wesensverschieden. Bis jetzt hatten meine Ohren an ihrem Platz ihren Dienst geleistet, meine Gedanken an ihrem Platz, mein Gedächtnis hatte alles mustergültig aufgenommen, und mein Interesse war doch mit etwas anderem beschäftigt gewesen, ich weiß nicht, womit. Aber jetzt: ich wußte nur, was sie mir erzählte, ich ging darin auf, ich war sie selbst.

„Du weißt schon etwas über mich, Leo. Du weißt, daß ich davon geträumt habe, dich zu töten. Heute nacht, als alle Scham und Angst verschwunden waren, glaubte ich, es tun zu können, aber jetzt weiß ich, daß ich es nicht kann. Ich kann nur verzweifelte Träume träumen. Und trotzdem glaube ich nicht, daß es Angst vor Strafe ist, die mich zurückhält. Vielleicht kann ich es später erklären. Ich will über die Kinder sprechen und was mir durch sie klargeworden ist. Das ist eine lange Geschichte. Ich habe nie gewagt, etwas davon zu sagen. Ich werde mit Ossu beginnen. Erinnerst du dich an die Zeit, als ich ihn trug? Erinnerst du dich, daß wir uns die ganze Zeit klar darüber waren, daß es ein Junge werden müßte. Ich weiß nicht, ob du nur auf meine Traumphantasien eingegangen bist, aber jedenfalls warst auch du überzeugt, daß es ein Junge werden würde. Weißt du, ich glaube, ich wäre schrecklich beleidigt gewesen über ein Mädchen – ich hätte es als eine persönliche Kränkung aufgefaßt. Ich, die ein so loyaler Mitsoldat war, daß ich selbst freudig gestorben wäre, wenn man ein Mittel erfunden haben würde, das Frauen überflüssig gemacht hätte. Ja, denn ich faßte sie als ein notwendiges Übel auf – aber vorläufig noch notwendig. Gewiß wußte ich, daß wir offiziell als ebenso wertvoll oder fast ebenso wertvoll wie Männer betrachtet werden – aber erst in zweiter Linie, nur darum, weil wir neue Männer gebären konnten und neue Frauen natürlich auch, die ihrerseits wieder neue Männer auf die Welt bringen konnten. Und wie es auch meine Eitelkeit verletzte – man will ja so gern einen kleinen, kleinen Wert haben, nein, man will einen großen, großen Wert haben –, wie es mich auch verletzte, so gab ich doch zu, daß ich nicht soviel wert war. Frauen sind nicht so brauchbar wie Männer, sagte ich zu mir selbst, sie haben nicht so große Körperkräfte, können nicht so schwer heben, widerstehen einem Bombenhagel nicht so gut, ihre Nerven sind in einer Schlacht schneller zermürbt, sie sind überhaupt schlechtere Krieger, schlechtere Mitsoldaten als die Männer. Sie sind nur ein Mittel, Krieger zu liefern. Daß man sie offiziell auf gleiche Höhe mit den Männern stellt, ist eine Höflichkeit. Das wissen alle, und man tut es nur, um sie fröhlich und zugänglich zu machen. Es kommt vielleicht eine Zeit, dachte ich, in der sich die Frauen als überflüssig erweisen, eine Zeit, in der man ihre Eierstöcke konservieren kann und den Rest in die Kloake werfen. Wenn der ganze Staat mit Männern gefüllt werden kann, hat man keine Unkosten für den Unterhalt und die Erziehung der Mädchen. Gewiß, es war manchmal ein sonderbares, leeres Gefühl zu wissen, daß man bis auf weiteres ein notwendiger, aber zu teurer Konservierungsraum war. Na, aber wenn ich nun so ehrlich war, dies anzuerkennen – wäre es da nicht eine allzu große Enttäuschung gewesen, wenn mein erstes Kind nun auch solch ein Konservierungsraum gewesen wäre? Aber es kam anders. Ossu war glücklicherweise ein werdender Mann; ich hatte fast eine Daseinsberechtigung erhalten. So loyal war ich damals, Leo. Ja, dann sah ich ihn wachsen, er fing an zu gehen, und ich erwartete Maryl. Nachdem ich aufgehört hatte, ihn zu stillen, sah ich ihn ja nur noch morgens und abends, bevor ich am Morgen zu meiner Arbeit ging und wenn ich am Abend heimkam – aber das war so sonderbar. Ich wußte mit meiner ganzen Überzeugung, daß er dem Staat gehörte, daß er schon jetzt Tag für Tag im Kindergarten zu einem werdenden Mitsoldaten erzogen wurde und daß dieselbe Erziehung im Kinder- und Jugendlager fortgesetzt werden würde. Von der Erbmasse abgesehen, deren Wichtigkeit ich kannte – und die in unserem Fall, soweit man sie kontrollieren kann, ganz in Ordnung war und die ja übrigens auch nicht ‚unser' Eigentum ist, da wir sie von anderen Mitsoldaten, die vor uns lebten, geerbt haben –, so war mir ganz klar, daß die Entwicklung seines Wesens von den Erziehungsvorschriften und dem Beispiel seiner Leiter im Kindergarten, Kinderlager und Jugendlager abhing. Aber ich konnte nicht unterlassen, eine Reihe lustiger, kleiner Züge, die von dir und mir stammten, bei ihm wiederzuerkennen. Ich sah, wie er die kleine Nase rümpfte, und ich dachte: Wie lustig, das tat ich selbst auch, als ich klein war! So kam ich wieder zu meinem Sohn zurück. Das war ein stolzes Gefühl: In ihm wuchs ich fast zu einem Mann heran! Und ich bemerkte sein Lachen, das so an deines erinnerte. Auf diese Weise nahm ich fast an deiner Jugend teil. Und wie er den Kopf drehte, weißt du, und etwas im Schnitt seiner Augen – es war gar nicht verwunderlich, aber es gab mir ein verbrecherisches Gefühl von Besitzrecht. Man merkt, daß er unser ist, dachte ich. Sohn, fügte ich schuldbewußt hinzu, denn ich wußte, daß dies keine loyale Einstellung war. Und doch konnte ich sie nicht loswerden. Das schlimmste war, daß sie immer stärker wurde, und dem noch ungeborenen Kind gegenüber war sie am stärksten. Du erinnerst dich vielleicht daran, daß Maryls Geburt schwer war und lange dauerte. Es ist sicher Aberglaube, aber ich bildete mir damals schon ein, und ich habe den Gedanken nicht loswerden können, daß die Schwere der Geburt darauf zurückzuführen war, daß ich Maryl so ungern hergab. Als Ossu geboren wurde, war ich noch eine Mutter ganz im Geiste des Staates, eine, die nur für den Staat gebar. Als Maryl geboren wurde, war ich eine selbstsüchtige, besitzgierige Frau, die für sich selbst gebar und fand, daß sie ein Recht auf ihr Kind habe. Mein Gewissen sagte mir, daß ich unrecht hatte, daß man solche Gedanken nicht hegen dürfe, aber kein Schuld- und Schamgefühl konnte die Gier, die in mir erwacht war, vertreiben. Wenn ich irgendwelche Anlagen zur Herrschsucht habe – sie sind nicht groß, das mußt du zugeben, Leo, aber sie sind vorhanden –, dann sind sie in der Zeit nach Maryls Geburt aufgebrochen. In den kurzen Stunden, welche Ossu zu Hause war, bestimmte ich über ihn, beherrschte ihn, soweit ich konnte, nur um zu fühlen, daß er noch mein war. Und er gehorchte – denn wenn man etwas im Kindergarten lernt, dann ist es vor allem, Befehlen zu gehorchen, und ich wußte, daß ich dazu noch befugt war. Meine Befehle gab ich im Sinne des Staates und zur Erziehung der Mitsoldaten. Aber das waren ja alles nur Vorwände. Eigentlich wuchs mein Verhalten Ossu gegenüber nicht aus dem Gefühl, dem Staat zu dienen. Es war ganz einfach ein Versuch, in der kurzen Zeit, die er noch bei uns verbringen würde, so weit wie möglich mein Besitzrecht geltend zu machen. Als Maryl geboren wurde, wunderte ich mich selbst über meine Gelassenheit, daß sie ein Mädchen war. Vielleicht war ich nicht nur gelassen, sondern sogar befriedigt. Sie gehörte dem Staat nicht so vollständig wie ein Junge, sie gehörte mehr mir, sie war als Mädchen mir wesensgleich. Wie soll ich beschreiben, was nachher kam? Du weißt, Maryl ist ein sonderbares Kind. Sie ist weder wie du noch wie ich. Es ist möglich, daß Eigenschaften ihrer Groß- oder Urgroßeltern in ihrem Wesen hervortreten – aber das wußte ich nicht, und das lag ja auch so weit zurück. Sie war ganz einfach Maryl. Das klingt so einfach, war aber doch so merkwürdig. Sie muß alles auf eine eigene Art gesehen haben, schon bevor sie sprechen konnte, und dann – ja, du weißt es ja selbst, sie hat so eine besondere Art. Ich merkte, daß mein gieriger Griff nachgelassen hatte. Maryl gehörte nicht mir. Lange konnte ich dasitzen und ihr zuhören, wenn sie vor sich hin sang oder las. Und dann ihre phantastischen Traumgeschichten, die sie nie im Kindergarten gelernt haben konnte. Wo hatte sie diese Geschichten gelernt? Traumgebilde können doch nicht mit der Erbmasse zusammenhängen und in einem späteren Glied wieder zum Vorschein kommen. Sie hatte ihre eigene Melodie, und die hatte sie weder von uns noch vom Kindergarten. Verstehst du, daß mich dieser Gedanke verwirrte und erschreckte? Sie war Maryl. Niemandem glich sie. Sie war keine formlose Masse, die du oder ich oder der Staat nur nach irgendeinem Muster formen konnte. Sie war weder mein Eigentum noch meine Schöpfung. Ich war von meinem eigenen Kind auf eine neue, scheue und befremdende Art fasziniert. Wenn sie in meiner Nähe war, verhielt ich mich still und abwartend. Ich begriff, daß Ossu auch einen eigenen Charakter besaß, obwohl er sich schon darauf verstand, ihn zu verbergen. Ich bereute, daß ich so herrschsüchtig mit ihm gewesen war, und ließ ihn endlich in Ruhe. Jene Zeit war voller Wunder, Spannung und Leben. In dieser Zeit erwartete ich ein drittes Kind. Nichts war eigentlich natürlicher – für mich war es jedoch etwas Überwältigendes. Man konnte nicht sagen, daß ich mich fürchtete. Ich fürchtete nicht, daß mir bei der Geburt etwas geschehen könnte. Ich war nur zu Tode erschrocken, da mir schien, daß sich mir das Unfaßbare zum erstenmal offenbarte. Es sollte mein drittes Kind werden, und trotzdem hatte ich den Eindruck, nie gewußt zu haben, was es bedeutet zu gebären. Ich dachte nicht mehr daran, daß ich eine zu kostspielige Produktionsmaschine sei, und ich war auch nicht mehr versessen auf Besitz. Was war ich dann? Ich weiß es nicht. Ein Mensch, der selbst die Ereignisse nicht aufhalten konnte – und ich war bis zur Ekstase ergriffen, daß es durch mich geschehen mußte. In mir wuchs ein Wesen heran – und es hatte schon Züge, besaß schon Eigenart –, und ich konnte es nicht mehr wandeln . . . Ich war ein Zweig, der blühte, und wußte nichts von meiner Wurzel und meinem Stamm, aber ich spürte, wie der Saft aus unbekannten Tiefen heraufströmte . . . So lange habe ich nun sprechen müssen, und doch weiß ich nicht, ob du mich verstehst. Ich meine, ob du begreifst, daß es unter uns und hinter uns etwas gibt. Daß es in uns schafft. Ich weiß, daß man davon nicht sprechen darf, denn es gehört nur dem Staat. Aber dir sage ich es doch. Sonst ist alles andere sinnlos."

Sie schwieg, und ich saß stumm daneben, obwohl ich am liebsten hätte schreien wollen. Hier ist alles, gegen das ich angekämpft habe, dachte ich wie im Traum. Alles, gegen das ich angekämpft habe, das ich fürchtete und nach dem ich mich gesehnt habe.

Sie wußte nichts von den Toren und deren Wüstenstadt, und trotzdem würde sie ebenso unwiderruflich unter das Gesetz fallen wie jene, sie, Linda, die von einer anderen Bindung als derjenigen an den Staat träumte. Außerdem: mir selbst ging es nicht besser. Fühlte ich nicht schon diese andere Bindung, gesetzlos und doch fesselnd, zwischen ihr und mir!

Ich zitterte am ganzen Körper. Ich wollte sagen: ja, ja, ja! Das wäre eine Erleichterung gewesen wie für einen übermüdeten Menschen, der in Schlaf sinken kann. Ich war aus einem Zusammenhang gelöst worden, der mich fast erstickte, und in einen neuen, selbstverständlichen, einfachen gerettet worden, einen Zusammenhang, der trug, aber nicht band.

Ich suchte nach Worten, die es nicht gab und die nicht auszusprechen waren, ich wollte handeln, ich wollte alles niederreißen und alles neu aufbauen. Es gab für mich keine Welt mehr, keinen Platz, auf dem ich wohnen konnte. Es gab nichts anderes mehr als den festen Zusammenhang zwischen Linda und mir.

Ich ging auf sie zu, fiel vor ihr auf die Knie und legte meinen Kopf in ihren Schoß.

Ich weiß nicht, ob das je ein Mensch vor mir getan hat oder ob es je wieder einer tun wird. Ich hatte niemals davon gehört. Ich weiß nur, daß ich es einfach tun mußte und daß es alles enthielt, was ich sagen wollte und nicht über die Lippen brachte.

Sie mußte es verstanden haben. Sie legte ihre Hand auf meinen Kopf, und so blieben wir lange, lange sitzen.

17

SPÄT in der Nacht sprang ich auf und sagte: „Ich muß Rissen retten. Ich habe Rissen angezeigt."

Sie fragte nichts. Ich rannte zum Hauswart, weckte ihn und bat, das Haustelefon benutzen zu dürfen. Als er hörte, daß es sich um ein Gespräch mit dem Polizeichef handelte, machte er keine Schwierigkeiten.

Es war unmöglich, Karrek zu erreichen. Er hatte den strengen Befehl gegeben, daß ihn niemand in der Nacht stören dürfe. Nach vielem Hin und Her kam endlich eine vernünftige Wache ans Telefon und beruhigte mich damit, daß in der Nacht ja doch nichts entschieden werden konnte. Wenn ich jedoch den Polizeichef am Morgen eine Stunde vor Arbeitsbeginn treffen wollte, würde er ihn davon unterrichten, und ich könnte dann anfragen, ob er mich empfangen würde.

Ich kehrte zu Linda zurück.

Sie fragte immer noch nichts. Ich weiß nicht, warum. Hatte sie alles verstanden, oder wollte sie warten, bis ich selbst etwas sagen würde? Aber ich konnte nicht sprechen, noch nicht. Meine Zunge war immer ein geschmeidiges und zuverlässiges Werkzeug gewesen, jetzt aber verweigerte sie mir den Dienst. Genau wie vorhin, als ich den Eindruck gehabt hatte, zum erstenmal in meinem Leben wirklich zuzuhören, wußte ich, daß ich von nun an auf eine andere Weise sprechen müßte, für die ich noch nicht reif war. Der Teil meines Ichs, der jetzt durch Sprache ausgedrückt werden sollte, war wohl früher noch nie in Worte eingefangen worden. Noch war es auch nicht nötig. Ich hatte angedeutet, was mich quälte, und Linda hatte mich verstanden, als ich den Kopf in ihren Schoß legte.

Wir schwiegen wieder, aber es war nicht mehr dasselbe Schweigen, das mich früher so geplagt hatte. Jetzt konnten wir nichts anderes tun, als geduldig warten, und über das Schwerste waren wir ja hinweg.

In der Nacht, als niemand von uns schlafen konnte, sagte Linda: „Glaubst du, daß es mehr solche Menschen gibt, die das durchgemacht haben? Bei deinen Untersuchten vielleicht. Ich muß sie finden."

Ich dachte an die durchsichtige kleine Frau, die ich mit so einer neidischen Befriedigung aus ihrer falschen Zuversicht gerissen hatte. Welch bitteren Höhepunkt mochte ihr Mißtrauen jetzt erreicht haben? Ich dachte an die Sekte der Toren, die vortäuschten, unter Bewaffneten zu schlafen. Jetzt waren sie alle zusammen im Gefängnis.

Später fragte sie: „Glaubst du, daß mehrere Menschen das – andere erlebt haben? Die allmählich verstehen, was es heißt zu gebären? Andere Mütter oder Väter oder Liebende? Die nicht auszusprechen gewagt haben, was sie sahen, die aber mutig genug sind, wenn andere es wagen. Ich muß sie finden."

Ich dachte an die Frau mit der tiefen Stimme, welche von dem Organischen und dem Organisierten gesprochen hatte. Wenn sie dem Gefängnis entgangen war, dann wußte ich auf alle Fälle, wo man sie finden konnte.

Und später, wie aus weiter Ferne: „Vielleicht kann eine neue Welt heranwachsen, eine Welt solcher Mütter – eine Welt von Männern oder Frauen, mögen sie Kinder haben oder nicht. Aber wo sind sie?" Da schreckte ich auf und war plötzlich völlig wach. Ich dachte an Rissen, der die ganze Zeit gewußt hatte, was in mir war, der danach getastet und gesucht hatte, bis ich ihn dem Tod übergab. Ich stöhnte laut auf und drückte mich fest an Linda.

18

EINE Stunde vor Arbeitsbeginn fand ich mich auf dem Polizeiamt ein. Karrek empfing mich.

Ich begriff, daß es ein wirklicher Freundschaftsdienst war, den er mir erwies, da er sich so früh hierherbemüht hatte, um mich zu empfangen, und noch dazu, ohne mein Anliegen zu kennen. Wahrscheinlich erwartete er etwas anderes, die Entdeckung eines riesigen Spionageapparates oder etwas Ähnliches.

„Ich . . ., ich hatte das Zeichen . . .", begann ich stammelnd.

„Ich kenne keine Zeichen", antwortete er kühl und unnahbar. „Was meinen Sie, Mitsoldat Kall?"

Ich begriff, daß er Zeugen befürchtete. In einem Polizeigebäude gibt es ja Leitungen in den Wänden, Ohren und Augen, mit denen man rechnen muß, und es gibt bestimmt Umstände, bei denen sich sogar der Polizeichef in acht nehmen muß. Ich dachte an das Gerücht über Tuareg. „Ich habe mich geirrt", sagte ich (als ob dies noch etwas nützen würde). „Ich meine . . ., ich meine: Ich habe eine Anzeige eingereicht. Ich möchte nur . . . bitten, sie zurückziehen zu dürfen."

Äußerst entgegenkommend läutete Karrek und ließ einen Stoß Papiere holen, aus dem er meine Anzeige hervorsuchte. Er ließ mich lange warten, bevor er aufschaute.

„Unmöglich", sagte er. „Selbst wenn der Angezeigte nicht schon verhaftet wäre – und das ist er –, könnte es die Polizei nicht unterlassen, auf eine so außerordentlich gut begründete Anklageschrift Rücksicht zu nehmen. Ihre Bitte wird nicht bewilligt."

Ich starrte ihm ins Gesicht, aber es war in seiner gespannten Unbeweglichkeit völlig ausdruckslos. Entweder wurde er überwacht und wagte es nicht, meiner Bitte nachzugeben, besonders nicht nach meinen wahnwitzigen Einführungsworten, oder ich war schon in Ungnade gefallen. Was nützte Karrek ein Handlanger, der wankelmütig war?

Auf alle Fälle war es ausgeschlossen, jetzt aufrichtig mit dem Polizeichef zu sprechen.

„In diesem Fall", sagte ich, „darf ich nur bitten . . ., daß . . ., daß . . . er wenigstens nicht zum Tode verurteilt wird."

„Für das Urteil bin ich nicht zuständig", sagte Karrek eisig, „das Urteil hängt ausschließlich vom Richter ab. Ich kann Ihnen übrigens mitteilen, daß sein Fall schon einem Richter übergeben worden ist, aber ich glaube nicht, das Recht zu haben, Ihnen den Namen zu sagen. Der Versuch, einen Richter vorher zu beeinflussen, wäre eine verbrecherische Handlung."

Ich fühlte meine Knie weich werden und mußte mich am Schreibtisch festhalten, um nicht hinzufallen. Karrek bemerkte es nicht oder täuschte vor, es nicht zu merken. In meiner Not dachte ich: Wenn er jetzt überwacht wird und nicht wagt, mir seine alte Freundschaft zu zeigen, dann hilft er mir nachher vielleicht doch, im geheimen. All dies hier ist nur Spiel. Bisher habe ich ja immer meine Hoffnungen auf ihn setzen können.

Ich richtete mich auf, sah, wie Karrek böse lächelte, und hörte ihn mit einer honigsüßen Höflichkeit sagen: „Es interessiert Sie vielleicht zu wissen, daß Sie die Kallocain-Injektion im Fall Edo Rissen vorzunehmen haben. Sie sind übrigens der einzige in Frage kommende Mann, da der andere sich selbst in Untersuchungshaft befindet. Man hätte einen der Kursteilnehmer verwenden können, aber es wurde beschlossen, Ihnen diese Ehre zu erweisen."

Erst später begann ich an der Wahrheit seiner Worte zu zweifeln und schöpfte den Verdacht, daß er erst in jenem Augenblick erwog, auf meiner Anwesenheit bei der Untersuchung zu bestehen. Entweder, um mich mit einem so drastischen Mittel zu Entschlossenheit und Energie zurückzuführen, oder ganz einfach nur, um mich zu quälen. Seinem Befehl jedoch mußte ich gehorchen. Nach der Mittagspause wurde ich zur Gerichtsuntersuchung im Fall Rissen beordert. In der Zwischenzeit mußte ich meine Kursteilnehmer, so gut es ging, beschäftigen. Es lag ein so chaotischer Vormittag hinter mir, daß ich ein paarmal drauf und dran gewesen war, meine Arbeit abzubrechen und Krankheit vorzutäuschen. Daß es mir trotz allem gelungen war, mich aufrecht zu halten, lag an meinem festen Vorsatz, an Rissens Untersuchung und Verurteilung teilzunehmen, weniger, um auf den Gang der Verhandlung einen Einfluß auszuüben – das schien mir fast unmöglich –, als vielmehr, um noch einmal den Mann zu sehen und zu hören, den ich so gefürchtet hatte und von dem ich geglaubt hatte, ihn so tief zu hassen.

Im Untersuchungssaal war schon eine ansehnliche Menge versammelt. Ich sah den hohen Offizier, der als Richter amtierte, und die beiden Sekretäre, die dasaßen und auf ihre leeren Schreibbogen starrten. Neben dem Richter saßen Personen in Militär- und Polizeiuniformen – vermutlich beratende Spezialisten, Psychologen, Staatsethiker, Wirtschaftler und andere –, und im ansteigenden Halbkreis vor allen diesen saßen die Kursteilnehmer, Rissens eigene Kursteilnehmer, in Arbeitsuniform. Zwischen allen diesen Uniformen sah ich ihre Gesichter nur als helle Flecken. Ich versuchte, sie genauer zu beobachten, um zu sehen, wie sie reagierten. Mit größter Mühe hielt ich einige Gesichter fest, eines nach dem anderen, aber es schienen alle Masken zu sein. In diesem Augenblick wurde die Tür geöffnet, und Rissen wurde in Handschellen hereingeführt. Er sah sich im Saal um, ohne seinen Blick auf einen bestimmten Menschen, auch nicht auf mich, zu richten. Und warum hätte er auch mich anschauen sollen? Er konnte weder wissen, daß ich ihn angezeigt hatte, noch, daß ich alle seine Bewegungen und Mienen in hungriger Verzweiflung verschlang. Ein Hoffnungsschimmer durchfuhr mich: Vielleicht saß nicht nur ich – vielleicht saß noch jemand anderes dort, der die gleiche hungrige Verzweiflung hinter einer Maske verbarg? Vielleicht viele?

Als er sich im Stuhl zurechtsetzte, lässig und unsoldatisch, wie es seine Gewohnheit war – manchmal konnte man meinen, daß er trotz seiner kräftigen Gestalt fast verschwand, vielleicht weil er sich nicht mehr aufdrängte, sich gab wie ein Ding, ein Baum oder ein Tier –, schloß er die Augen und lächelte. Es war ein hilfloses und etwas müdes Lächeln, das niemandem galt – so, als hätte er die ganze Zeit seine absolute Einsamkeit erkannt und sich in sie gefunden, ja sogar Ruhe in ihr gesucht. So stellte ich mir einen müden Polarwanderer vor, der in der Kälte Ruhe sucht, obwohl er weiß, daß sie ihn für immer einschläfern wird. Und während das Kallocain wirkte, breitete sich dieses hilflose Lächeln wie Frieden über sein gefurchtes Gesicht. Selbst wenn Stunden vergangen wären, bis er zu sprechen begann, hätte man den Blick nicht von ihm wenden können. Wo hatte ich früher meine Augen gehabt, daß ich nie bemerkt hatte, welch eigenartige Würde in diesem unsoldatischen, weichen Mann lag, der mir immer so lächerlich vorgekommen war! Eine Würde, die sich von der strammen, militärischen Haltung so unterschied, gerade weil es ihm vollständig gleichgültig war, wie sie auf die anderen wirkte. Als er die Augen öffnete und zu sprechen begann, hatte man den Eindruck, er hätte ebensogut in irgendeinem Stuhl zurückgelehnt sitzen, zum weißen Licht der Decke hinaufstarren und ohne einen Tropfen Kallocain sprechen können, mit denselben Worten wie jetzt, weil die Angst und Scham, welche uns anderen zurückhielt, bei ihm von Einsamkeit und Hoffnungslosigkeit aufgesogen worden waren. Ich hätte selbst zu ihm gehen und ihn darum bitten können zu sprechen, und er hätte es vielleicht getan, freiwillig wie Linda, einfach, als ob er etwas schenkte. Er hätte über alles gesprochen, das ich hätte hören wollen, über die Toren und ihre geheime Tradition, über die Wüstenstadt und über sich selbst, wie er in das Unbekannte getrieben worden war. Wenn ich nicht in meiner wilden Angst den Feind gespielt hätte, als ich merkte, daß etwas Verbotenes in mir auf seinen Ton mit demselben Klang antwortete und sich seitdem nicht mehr zum Schweigen bringen ließ. Dann hätte er länger gesprochen als jetzt, da man ihn dazu zwang, vielleicht hätte er über wichtigere Dinge gesprochen und mir die Wirklichkeit in mir selbst bewußt werden lassen, die ich jetzt nie entdecken würde. Ich hatte kein überwältigendes Mitleid mit ihm, daß er verurteilt würde und sterben müßte, aber ich war rasend vor Verbitterung, daß ich mich selbst verstümmelt hatte, indem ich ihn anzeigte. Und ich hörte ihm mit der gleichen intensiven Aufmerksamkeit zu, wie ich Linda gelauscht hatte, nur mit größerer Angst.

Ich hatte etwas über ihn selbst wissen wollen. Aber er sagte nichts Persönliches. Nur allgemeine Fragen erfüllten ihn.

„Gerade das", sagte er, „gerade das. Daß ich jetzt hier sitze. Daß es dazu kommen mußte. Eine Zeitfrage. Um die Wahrheit zu sagen. Können Sie die Wahrheit hören, Sie? Alle sind nicht aufrichtig genug, um die Wahrheit hören zu können, das ist das Traurige. Zwischen Mensch und Mensch könnte eine Brücke bestehen – solange sie freiwillig ist, ja, solange sie als ein Geschenk gegeben und entgegengenommen wird. Ist es nicht sonderbar, daß alles seinen Wert verliert, sobald es aufhört, Geschenk zu sein – sogar die Wahrheit? Nein, das haben Sie natürlich nicht gemerkt, denn dann würden Sie sehen, daß Sie bis auf das nackte Skelett entblößt sind – und wer erträgt es, das zu sehen! Wer will Erbärmlichkeit sehen, bevor er dazu gezwungen wird! Nicht von Menschen gezwungen. Vom leeren Raum und der Kälte gezwungen – der eisigen Kälte, die uns allen droht. Gemeinschaft, sagen Sie – Gemeinschaft? Zusammengeschweißt? Und das rufen Sie jeder von seiner Seite des Abgrundes. Gab es in der langen Entwicklung der Menschheit keinen Punkt, keinen einzigen, wo man einen anderen Weg hätte wählen können? Mußte der Weg über den Abgrund führen? Keinen Punkt, an dem man den Panzerwagen der Macht daran hätte hindern können, in die Leere zu rollen? Führt ein Weg über den Tod zu neuem Leben? Gibt es eine heilige Stätte, wo das Schicksal sich wendet? Ich habe jahrelang darüber nachgegrübelt, wo diese Stelle liegen kann. Ob wir dort hinkommen werden, wenn wir den Nachbarstaat verschluckt haben oder wenn der Nachbarstaat uns verschlungen haben wird? Werden sich dann ebenso leicht Wege zwischen den Menschen auftun, wie Wege zwischen Städten und Distrikten entstehen? Möge es dann nur bald geschehen, möge es kommen, möge es kommen mit all seinem Entsetzen! Oder hilft auch ein solcher Krieg nicht? Wird bis dahin der Panzerwagen so riesig geworden sein, daß sich aus dem Gott kein Werkzeug mehr machen läßt? Kann jemals ein Gott, und mag er noch so tot sein, seine Macht freiwillig abtreten? Ich möchte so gern glauben, daß im Menschen eine grüne Tiefe ist, ein Meer voll unverbrauchter Lebenskraft, die alle toten Reste einschmelzen und ewig heilen und neu schaffen würde . . . Aber ich habe die Tiefe nicht gesehen. Was ich weiß, ist, daß von kranken Eltern und kranken Lehrern noch kränkere Kinder herangezogen werden, bis das Kranke Norm geworden ist und das Gesunde ein Schreckbild. Von Einsamen werden noch Einsamere geboren, von Ängstlichen noch Ängstlichere . . . Wo kann sich ein einziger Rest Gesundheit verborgen halten, um sich zu entfalten und durch den Panzer auszubrechen? Die armen Menschen, die wir Toren nannten, spielten mit ihren Symbolen. Das war immerhin etwas – sie wußten wenigstens, daß es etwas gab, das fehlte. Solange sie wußten, was sie taten, war doch noch etwas übrig. Aber das führt ja nirgends hin! Wohin kann überhaupt etwas führen? Auch wenn ich mich an eine Untergrundbahnstation stellte, sobald die Massen am dichtesten heraufströmen, oder an einem großen Fest die Stimme erhöbe mit einem Lautsprecher vor mir, so würden meine Rufe doch nicht weiter als bis zu ein paar Trommelfellen in dem Millionen Meilen weiten Weltstaat reichen, und an ihnen würden sie wie ein leerer Laut zurückprallen. Ich bin ein Schatten. Ich bin ein Wesen, dem sie das Leben genommen haben . . . Und trotzdem, gerade jetzt weiß ich, daß dies nicht wahr ist. Das ist natürlich das Kallocain. Es macht mich so unvernünftig hoffnungsvoll, alles wird leicht und klar und ruhig. Auf alle Fälle lebe ich – trotz allem, was man mir genommen hat –, und gerade jetzt weiß ich, daß das, was ich bin, irgendwohin geht. Ich habe die Mächte des Todes sich in immer weiteren Kreisen über die Welt ausbreiten sehen. Aber müssen dann die Mächte des Lebens nicht auch ihre Kreise haben, obwohl ich sie nicht habe erkennen können? . . . Ja, ja, ich weiß, es ist das Kallocain, das wirkt, aber kann es nicht trotzdem wahr sein?"

Auf dem Weg zum Untersuchungssaal wirbelten wilde Phantasien in meinem Gehirn herum: Wie alle Zuhörer plötzlich aus einem geheimnisvollen Grund ihre Aufmerksamkeit auf etwas anderes richten würden und wie ich meine Fragen Rissen ins Ohr flüstern würde . . . Doch schon in diesem Augenblick wußte ich, daß es ein Traum war, der nicht in Erfüllung gehen konnte. Und es zeigte sich natürlich auch, daß kein einziger der Zuhörer, noch viel weniger alle auf einmal, Rissen aus den Augen ließ. Aber komisch – auch wenn ich die Gelegenheit gehabt hätte, ihm Fragen zu stellen, hätte ich nicht gewußt, was für welche. Was kümmerte mich die Wüstenstadt, was kümmerten mich die Traditionen der Toren! Keine Wüstenstadt war so schwer erreichbar und so geborgen wie diejenige, auf die ich jetzt zusteuerte, und sie lag nicht meilenweit entfernt in unbekannter Richtung, sondern nahe, ganz nahe. Linda wenigstens würde noch dasein, sie wenigstens würde bleiben.

Rissen seufzte auf und schloß die Augen, öffnete sie aber wieder. „Sie ahnen!" murmelte er, und sein Lächeln wurde heller und weniger hilflos. „Sie haben Angst, sie setzen an zur Gegenwehr – also ahnen sie. Meine Frau ahnt, wenn sie nicht hören will, sondern mich zum Schweigen bringt. Die Kursteilnehmer ahnen, wenn sie ihre überlegensten Mienen aufsetzen und sich über mich lustig machen. Es kann einer von ihnen gewesen sein, der mich angezeigt hat, meine Frau oder einer der Kursteilnehmer. Wer immer es auch getan hat – er ahnt. Wenn ich spreche, hören sie sich selbst. Wenn ich mich bewege und da bin, bekommen sie vor sich selbst Angst. Oh, wenn sie doch trotzdem vorhanden wäre, die grüne Tiefe, das Unzerstörbare – und ich glaube, daß sie existiert. Es ist wohl das Kallocain, aber ich freue mich doch, daß ich . . . es glauben kann . . ."

„Mein Chef", sagte ich zum Richter und versuchte, meiner Stimme einen möglichst festen Klang zu geben, „darf ich ihm noch eine Spritze geben? Er erwacht allmählich."

Aber der Richter schüttelte den Kopf. „Es genügt", sagte er, „der Fall ist schon klar genug. Nicht wahr, meine Ratgeber – sind Sie auch meiner Meinung?"

Die Beisitzer murmelten zustimmend und zogen sich zur Beratung mit dem Richter zurück. Gerade als sie die Tür zum Nebenraum öffneten, geschah etwas Unerwartetes. Ein junger Mann aus Rissens Kurs sprang von seinem Platz, rannte aufs Podium hinunter, wo ich gerade beschäftigt war, die Übelkeit des Erwachenden zu lindern, und gebärdete sich so wild, daß die Hinausgehenden stehenblieben.

„Ich bin es, der all das hier verschuldet hat!" rief er verzweifelt. „Ich habe meinen Chef Edo Rissen wegen staatsfeindlicher

Gesinnung angezeigt! Heute morgen auf dem Weg zur Arbeit habe ich meine Anzeige in den Briefkasten geworfen; als ich hierherkam, war er schon verhaftet! Aber alle hier, die ihn gehört haben . . ., alle hier, die ihn gehört haben . . ., müssen einsehen . . ."

Ich war vom Podium hinuntergesprungen, auf den jungen Mann zu und hielt ihm die Hand vor den Mund. „Beruhigen Sie sich", flüsterte ich, „Sie gewinnen nichts, Sie machen sich selbst unglücklich und retten niemanden. Andere haben ihn auch angezeigt." Laut sagte ich: „Solche störenden Auftritte von Personen, die aus dem Gleichgewicht geraten sind, dürfen absolut nicht zugelassen werden, während die Untersuchung vor sich geht. Sie, Mitsoldat dort auf der ersten Bank, wollen Sie Wasser in ein Glas gießen und es mir herüberreichen? Man muß ja verstehen und entschuldigen, daß es einen loyalen jungen Mitsoldaten verwirrt, wenn er gezwungen ist, seinen Chef anzuzeigen. Aber beruhigen Sie sich, beruhigen Sie sich, Sie brauchen es gewiß nicht so tragisch zu nehmen. Sie brauchen sich nicht zu erheben und sich öffentlich zu verteidigen. Sie sind voll gerechtfertigt."

Verwirrt trank der junge Mann sein Wasser und starrte mich an. Als er Miene machte, noch mehr sagen zu wollen, brachte ich ihn energisch zum Schweigen und versprach ihm, nach Ende der Untersuchung mit ihm zu reden. Er setzte sich in eine der ersten Bänke und schloß die Augen.

Als ich wieder zum Podium hinaufsprang, war Rissen völlig erwacht. Er saß still da und starrte geradeaus. Immer noch lächelte er in seiner Einsamkeit. Jetzt aber war das Lächeln bitter. Plötzlich erhob er sich taumelnd und machte einige Schritte in den Saal hinaus. Ich wollte und konnte ihn nicht daran hindern.

„Ihr, die ihr mich gehört habt . . .", sagte er mit einer Stimme, die mir ins Innerste drang, und doch schrie er nicht, sondern sprach dunkel und leise. Bis an meinen Tod werde ich den Klang und die Intensität seiner dunklen, leisen Stimme hören. Zwei Polizisten, welche die ganze Zeit im Hintergrund bereitgestanden hatten, stürzten nach vorn, drückten ihm einen Knebel in den Mund und führten ihn zu seinem Stuhl zurück.

Totenstille herrschte im Saal, als endlich der Richter mit seinen Ratgebern gemessen auf das Podium schritt und sie sich an ihre Plätze stellten, um das Urteil zu verkünden. Alle im Saal erhoben sich. Auch Rissen wurde von den beiden Polizisten in Achtungstellung hochgezerrt.

„Ein Bazillenträger kann desinfiziert werden", sagte der Richter in feierlichem Kommandoton, „aber ein Individuum, das in diesem Grad durch seine Haltung, ja sogar durch seinen Atemzug, Unzufriedenheit über alle unsere Einrichtungen verbreitet, Mißtrauen gegen die Zukunft hegt und Defaitismus in bezug auf die Versuche des Nachbarstaates, einen Raubzug gegen unsere Gebiete zu unternehmen, aussät, dieses Individuum kann nie desinfiziert werden. Es schadet dem Staat, auf welchem Platz und in welcher Arbeit es sich auch befinden mag, und kann nicht anders als durch den Tod unschädlich gemacht werden. Dieses Urteil verkünde ich im Einverständnis, wenn nicht mit den meisten, dann doch mit den besten der Ratschläge, die ich von den dazu bestimmten Sachverständigen erhalten habe. Edo Rissen wird zum Tode verurteilt."

Ein feierliches Schweigen folgte auf das verkündete Urteil. Der junge Mann, mein Mitankläger, saß steif auf seinem Platz, weiß wie ein Laken. Rissen, immer noch geknebelt, wurde hinausgeführt. Als die Tür hinter ihm geschlossen wurde, stand ich ganz dicht daneben. Ohne es bemerkt zu haben, war ich ihm gefolgt, soweit ich konnte. Als ich mich nachher umsah, war der junge Mann verschwunden. Da er einer der Kursteilnehmer war, würde ich ihn ja wiederfinden. Meine Gedanken beschäftigten sich mechanisch mit einigen alltäglichen Fragen: Wer wird jetzt Rissens Kurs leiten? Vermutlich einer der am weitesten fortgeschrittenen Schüler. Wer wird meinen Kurs leiten, wenn ich Rissens Kurs übernehmen sollte? Ja, es gibt ja so viele Leute, obwohl wir es uns eigentlich nicht leisten konnten, auch nur einen einzigen zu verlieren. Bald wird dieser Kurs endlich abgeschlossen sein, und wir können mit einem neuen beginnen . . . Es war das Geräusch einer Mühle, die leerlief. Ich selbst befand mich ganz woanders, an einem dunklen und stillen Ort.

Als ich in meinen eigenen Vorlesungssaal trat, stand ich vor einem zuhörenden Halbkreis von Schülern, der dem anderen verwirrend ähnlich sah, wenn man von den Richtern und den Beratern absah. Endlich mußte ich mich doch wegen Unwohlseins entschuldigen und nach Hause gehen. Ich konnte nicht länger Theater spielen.

Ich trat in den Elternraum, schloß die Tür hinter mir, klappte das Bett herunter und warf mich in einer Art Halbschlummer darauf. Die Nachtlampe brannte, der Ventilator surrte; draußen hörte ich die Schritte der Hausgehilfin. Als sie die Wohnung verließ, um die Kinder zu holen, hörte ich die Tür hinter ihr ins Schloß fallen. Dann Maryls und Lailas Stimmen und Gelächter und die Versuche des Mädchens, sie zu dämpfen. Ich hörte das Knarren des Speiseaufzugs und das Geklirr der Teller, die herausgenommen wurden. Aber Lindas Stimme hörte ich nicht, und das war das einzige, auf das ich wartete. Ein Klopfen an der Tür ließ mich aufschrecken. Die Hausgehilfin fragte durch den Türspalt: „Wünschen Sie zu essen, mein Chef?"

Ich strich mir über das Haar und ging hinaus. Aber Linda war nicht da. Die gewöhnliche Essenszeit war schon vorbei. Vergeblich suchte ich einen Grund für ihre Verspätung – auch wenn sie am Abend beschäftigt war, kam sie immer zuerst zum Essen nach Hause –, aber es war nicht angebracht, meine Beunruhigung über Lindas Ausbleiben vor dem Hausmädchen zu zeigen.

„O ja, gewiß", sagte ich zögernd, „ich glaube, sie sagte etwas davon, daß sie nicht zum Essen komme . . ., wie vergeßlich ich bin – ich weiß nicht mehr, was sie vorhatte."

Die Kinder mußten sich ins Bett legen, und ich wartete immer noch. Das Hausmädchen ging, aber Linda war immer noch nicht da. In meiner Unruhe ging ich hinauf und läutete die Zentrale für Unglücksfälle an. Was der Hauswart dachte, kümmerte mich nicht. Im Lauf des Tages hatte sich in der Chemiestadt Nr. 4 natürlich allerlei zugetragen; Verkehrsunfälle auf einigen Linien, die ich nicht kannte, streikende Ventilatoren hatten zwei Todesopfer gefordert und dann noch einige Unfälle bei der Arbeit, aber keiner in dem Distrikt, in welchem Linda arbeitete. Das schlimmste war, daß ich nicht länger auf sie warten konnte. Mein Regiment veranstaltete ein Fest, und ohne zwingende Gründe konnte ich nicht ausbleiben. Meine Arbeit hatte ich verlassen müssen, aber Ansprachen und Trommelwirbel würde ich wohl noch aushalten. Wenn ich nur gewußt hätte, wo Linda war.

Sie hatte davon gesprochen, Menschen aufzusuchen. Sie wollte andere finden, die auch um die selbstverständliche Zusammengehörigkeit wußten. Aber wo wollte sie die anderen finden? Wo hatte sie zu suchen begonnen?

Als es Zeit war, ging ich – ganz mechanisch, ohne daß mir eingefallen wäre, mich zu drücken.

Ich würde Linda nie wiedersehen.

19

ICH HATTE mir vorgenommen, die Ansprache anzuhören, aber es ging nicht. Ich riß mich immer wieder zusammen, und immer wieder konnte ich nur einigen Sätzen folgen. An soviel erinnere ich mich noch, daß es sich um die Entwicklung des Staatslebens handelte, von der primitivsten Stufe, wo die einzelnen, jeder für sich, ein abgeschlossenes Zentrum bildeten, in ständiger Unsicherheit lebten – Unsicherheit gegenüber den Mächten der Natur und gegenüber anderen Zentren, bis zu unserem heutigen Staat, welcher dem einzelnen uneingeschränkte Sicherheit gewährt. Dies war der Hauptgedanke, aber nähere Einzelheiten könnte ich nicht wiederholen, und wenn mein Leben davon abhinge. Kaum hatte ich mich von neuem zur Aufmerksamkeit gezwungen, als die Gedanken an Linda und Rissen und die neue Welt, die existierte und sich durchsetzen wollte, mich alles um mich her vergessen ließen. Als ich aus meinen Überlegungen erwachte, konnte ich kaum mehr still sitzen. Nicht nur mein Inneres, sondern auch meine Sehnen und Muskeln riefen zum Aufbruch. Wenn ich nicht sofort begann, würde ich jeden Moment von meinen eigenen Kräften zersprengt werden, das war der Zustand, in dem ich mich in jenen Stunden befand.

Dann hielt ich es nicht mehr aus, stand mitten im Vortrag auf und ging auf den Ausgang zu. Der Polizeisekretär auf der nächstliegenden Estrade zog unwillig die Augenbrauen zusammen, und die Türwache hielt mich mit einem fragenden Blick zurück. Ich gab meinen Namen an und zeigte meine Tageslichtlizenz als Identitätsbeweis vor.

„Entschuldigen Sie mich, Mitsoldat, aber mir ist schrecklich übel", sagte ich. „Und ich bilde mir ein, daß es besser wird, wenn ich ein paar Minuten an die frische Luft hinaufgehe. Ich bin krank, ich habe den ganzen Tag im Bett gelegen und habe sogar meine Arbeit verlassen müssen." Er schrieb meinen Namen auf, trug die Zeit ein und ließ mich dann hinaus. Ich nahm den Aufzug nach oben. Beim Hauswart wiederholte ich mein Anliegen und wurde auch hier eingetragen und hinausgelassen.

Ich trat auf die Dachterrasse hinaus.

Etwas Ungewöhnliches lag in der Luft. Etwas absolut Fremdartiges schlug mir von der einsamen Terrasse entgegen. Ich war tief entsetzt, ohne zu wissen, warum. Nach ein paar Sekunden begriff ich, was mich so erschreckt hatte. Der Lärm der Flugzeuge, welcher gewöhnlich Tag und Nacht die Luft erfüllte, war verschwunden. Es war still.

In den Wohnhäusern, ganz unten in den Arbeitsstockwerken, hatte ich eine relative Stille erlebt, dort wurde das Grollen der Untergrundbahn und das Surren der Flugmotoren von Wänden und Erdschichten gedämpft, und dort arbeiteten die Ventilatoren mit einem schwachen, einschläfernden Summen. Eine Dämpfung aller Geräusche ist immer eine Erleichterung und ein Ausruhen, wie man es verspürt, wenn sich der Schlaf wie eine Muschelschale um einen schließt und man einsam, klein und unscheinbar wird. Die Stille auf der Dachterrasse glich jener relativen Stille nicht. Sie war grenzenlos.

Bei Nachtmärschen und auf dem Heimweg von Vorträgen und Festen hatte ich unzählige Male die Sterne zwischen den beweglichen Silhouetten der Flugzeuge hervorleuchten sehen. Aber was war das schon? Sie leuchteten doch nicht stark genug, um die abgeschirmte Taschenlampe überflüssig zu machen. Ich hatte einmal gehört, daß sie unendlich weit entfernte Sonnen seien, aber ich erinnere mich, daß diese

Erklärung keinen besonderen Eindruck auf mich gemacht hatte. In der grenzenlosen Stille nahm ich jetzt die Weite des Raumes wahr, der sich von Unendlichkeit zu Unendlichkeit erstreckte, und mir schwindelte vor dem riesigen, leeren Raum zwischen Stern und Stern. Ein weltumspannendes Nichts nahm mir den Atem.

Da hörte ich etwas, dessen Wirkungen ich wohl gesehen und gespürt, aber noch nie gehört hatte: den Wind. Eine leichte Nachtbrise, die zwischen den Mauern hindurchwehte und die Oleanderbäume auf der Terrasse sachte bewegte. Und obwohl sie vielleicht nur einige wenige Distrikte mit ihrem feinen Sausen erfüllte, konnte ich mich mit all meiner Willensstärke nicht gegen die übermächtige Illusion wehren, daß dies der Atemzug der Nacht sei, daß er leicht und natürlich aus dem Dunkeln erwachse. Die Nacht atmete, die Nacht lebte, und so weit ich in das Unendliche sehen konnte, pulsierten die Sterne wie das Herz und füllten den leeren Raum mit vibrierendem Leben.

Als ich meiner selbst wieder bewußt wurde, saß ich auf der Mauer, welche die Dachterrasse begrenzte, und fror – nicht vor Kälte, da es eine warme, beinahe heiße Nacht war –, sondern vor Erregung. Der Wind wehte noch, obwohl schwächer, und ich wußte, daß er nicht aus dem Dunkel der Nacht geboren war, sondern aus den Luftschichten, die über der Erde lagen. Die Sterne funkelten noch ebenso klar, und ich erinnerte mich daran, daß ihr pulsierender Lichtschein eine optische Täuschung war. Aber das bedeutete nichts. Was ich sah und hörte, konnten Täuschungen sein. Ihr Bild war doch nur aus meiner eigenen Vorstellungswelt geformt worden, einer inneren Welt, in der ich gewohnt war, mich selbst als eine trockene, verschrumpelte Schale zu sehen.

Ich glaubte, die lebende Tiefe berührt zu haben, nach der Rissen gerufen hatte und welche Linda gespürt und gesehen hatte. „Weißt du nicht, daß hier das Leben rinnt", hatte die Frau in meinem Traum gesagt. Ich glaubte ihr und hatte erkannt, daß nichts unmöglich war.

Ich wollte nicht mehr zum Fest hinuntergehen. Jetzt war es mir gleichgültig, ob meine Abwesenheit bemerkt wurde. Das ganze geschäftige Getriebe, das jetzt in tausend unterirdischen

Fest- und Vortragssälen in der Chemiestadt Nr. 4 vor sich ging, kam mir weit entfernt und unwirklich vor. Ich gehörte nicht dorthin. Ich half mit, eine neue Welt zu schaffen.

Ich wollte nach Hause gehen zu Linda. Und wenn sie nicht gekommen sein sollte, wenn ich sie nicht treffen würde? Dann würde ich weitergehen, zu dem jungen Mann, der Rissen auch angezeigt hatte, ja, zu Rissens Frau selbst . . . Wo der junge Mann wohnte, wußte ich nicht, aber die Adresse von Rissens Wohnung war mir bekannt. Sie lag im Laboratoriumsdistrikt, für den ich meine Lizenz hatte und wo ich kommen und gehen konnte, wie ich wollte. Er hatte gesagt: „Meine Frau ahnt – meine Frau kann mich angezeigt haben." Wenn sie ebenso verzweifelten Widerstand geleistet hatte wie ich, dann war sie nahe daran zu begreifen. Zuerst nach Hause, nachher zu ihr. Für mich gab es jetzt kein Zögern mehr. Ich wollte mithelfen, eine neue Welt aufzubauen.

Niemand war zu sehen. So unauffällig wie möglich glitt ich an der niederen Mauer, welche die Dachterrasse von der Straße trennte, entlang. In der Stille hallten meine Schritte sonderbar hohl, aber es fiel mir nicht ein, daß sie Aufmerksamkeit erwecken könnten, und ich wurde auch von niemandem aufgehalten. Da keine Flugzeuge zu sehen waren, reichte das Licht der Sterne aus, um meinen Weg zu finden, und ich schaltete meine Taschenlampe gar nicht an. Obwohl ich mutterseelenallein hier unter den ewigen Sternen ging, hatte ich nicht das Gefühl, allein zu sein. Wie ich auf dem Weg ins Unbekannte war, um den tiefen, lebendigen Zusammenhang der Welt zu suchen, so war Linda vielleicht auch irgendwo auf dem Weg – zu wem, wußte ich nicht. Und war es nicht möglich, daß gerade jetzt in einer der tausend Städte des Weltstaates ein anderer so auf dem Weg war wie wir, oder ob er vielleicht das Ziel schon erreicht hatte? War es nicht möglich, daß Millionen Menschen, offen oder verborgen, mit oder gegen ihren Willen, auf dem Weg waren – in dem riesigen Weltstaat? Und warum nicht auch im Nachbarstaat? Vor wenigen Tagen noch hätte mich ein solcher Gedanke zusammenfahren lassen, aber wie kann man an einer Staatsgrenze haltmachen, auch wenn sie Tausende von Meilen entfernt liegt, wenn man gefühlt hat, daß es das Herz des Weltalls ist, welches den Puls eines jeden schlagen läßt? In einiger Entfernung hörte ich die taktfesten Schritte der Distriktwache. Es war sonderbar, solche Laute im Freien zu hören. Was dachte eigentlich die Wache in ihrer Einsamkeit über die Stille der Nacht? Ja – was dachte ich selbst? Erst jetzt wunderte ich mich, wo diese Stille ihre Ursache haben konnte.

Aber nur einen Augenblick lang. Ich konnte das Rätsel nicht lösen, es war mir auch gleichgültig. Wichtig war nur meine Aufgabe.

In diesem Augenblick begann ein Surren in der Ferne stärker zu werden und zu Motorendonner anzuschwellen. Die Flugzeuge waren wieder da. Ob es die vorausgegangene Stille war, die den Lärm so überwältigend machte, oder ob er wirklich nie so stark gewesen war, konnte ich nicht sagen. Er war jedenfalls ohrenbetäubend, und bis sich das Trommelfell daran gewöhnt hatte, mußte ich mich an die Mauer lehnen.

Die Luft war plötzlich dunkel, dicht und dunkel. Aber es wimmelte in der Dunkelheit so, wie ich es noch nie erlebt hatte. Ganz nahe bei mir fühlte ich mehr, als ich sah, wie feste Körper die Luft um mich herum erfüllten. Ich zog meine Taschenlampe heraus und leuchtete geradeaus in die Dunkelheit. Der Schein traf eine menschliche Gestalt, die einen halben Meter von mir entfernt war! Fallschirmtruppen! Im darauffolgenden Augenblick sah ich zehn starke Taschenlampen auf mein Gesicht gerichtet und fühlte mich von kräftigen Armen gepackt.

Da ich nichts anderes als eine Nachtübung der Luftflotte vermuten konnte, rief ich so laut wie möglich, um den Lärm zu übertönen: „Ich bin krank, ich bin auf dem Weg zur Untergrundbahn, laßt mich los, Mitsoldaten!"

Entweder hatten sie mich nicht gehört, oder sie hatten andere Befehle – jedenfalls ließen sie mich nicht los. Nachdem sie mich untersucht und entwaffnet hatten – für das Fest hatte ich ja meine Polizei- und Militäruniform angezogen –, wurde ich gefesselt und auf einen sonderbaren dreirädrigen Wagen geladen, den ein paar Männer schnell aus einzelnen Teilen zusammengesetzt hatten und der für den Transport von Gefangenen zu dienen schien. Ich wurde auf den Hintersitz geschnallt, der nicht unbequem war, einem aber keine Möglichkeit gab, sich zu bewegen, während einer der Mitsoldaten auf den Vordersitz sprang und abfuhr.

Ich nahm an, unfreiwillig in eine Übung der Fallschirmtruppen geraten zu sein, und sah ein, daß Widerstand keinen Sinn hatte. Ich hatte mich also in die Verzögerung auf dem Nachhauseweg zu fügen. Früher oder später würde ich ja irgendwie doch an mein Ziel kommen.

Vor einer Viertelstunde war kein Mensch zu hören und zu sehen gewesen. Jetzt wimmelte es von Leuten auf allen Straßen, Plätzen und Dachterrassen, jeder eifrig mit einer bestimmten Arbeit beschäftigt. Ich konnte nicht umhin, die Organisation in dieser riesenhaften Nachtübung zu bewundern. Und je weiter wir fuhren, um so weiter war auch die Arbeit fortgeschritten. Ich sah Stacheldrahtsperren aufragen. (Würde es wirklich möglich sein, sie bis morgen früh, wenn die Leute zu ihrer Arbeit mußten, wieder abzureißen?) Ich sah, wie Behälter in verschiedene Richtungen befördert wurden, sah Wachen vor allen Metrostationen und Wohnhäusern stehen. Ab und zu beobachtete ich einen der dreirädrigen Wagen mit einem Gefangenen darauf wie ich selbst und fragte mich, wohin wir gebracht werden sollten.

Auf dem Platz vor einem Zelt, das auf einer Dachterrasse aufgeschlagen war, schienen sich die dreirädrigen Wagen zu sammeln. Den dorthin geführten Gefangenen – ungefähr zwanzig vor mir – wurden die Füße, nicht aber die Hände losgebunden, und dann stieß man sie ins Zelt hinein. Dicht vor der Tür traf ich einen andern Gefangenen, der Widerstand leistete und sich die ganze Zeit laut schreiend darüber beklagte, daß man ihn, einen Distriktwächter, einem solchen Manöver aussetzte. Wer sollte seine Arbeit inzwischen verrichten? Wie sollte er dem Chef morgen seine Abwesenheit erklären? Das Brummen der Motoren wurde sofort bedeutend schwächer, wenn man in das Innere des Zeltes trat. Die Wände waren mit einem starken, lautdämpfenden Material isoliert, so daß man jetzt verstehen konnte, was gesprochen wurde. Ich fand, daß die Soldaten, die um die Wache herumstanden, ihn wenigstens einer Antwort hätten würdigen können. Plötzlich hörte ich zwei andere Soldaten in einer völlig fremden Sprache, von der ich nichts verstand, einige Worte wechseln. Es war gar keine Nachtübung, der wir zum Opfer gefallen waren! Wir waren Gefangene des Feindes.

Ich weiß immer noch nicht, wie sich das alles zugetragen hat. Man kann sich vorstellen, daß der Feind langsam und methodisch Flugfeld um Flugfeld unserer Luftflotte mit seinen Spionen besetzt hatte, bis endlich jedes Flugzeug unter seinem Befehl stand. Aber man kann sich vielleicht auch ein Lauffeuer von Aufruhr und Verrat vorstellen, dessen Ursache mir unbekannt ist. Möglichkeiten gibt es viele, die eine ist so phantastisch wie die andere, und das einzige, was ich sicher weiß, ist, daß kein Luftkampf stattgefunden hat und ich auch keine Erdkämpfe sah. Es muß eine gut durchgeführte Überrumpelung gewesen sein.

Die Gefangenen standen Schlange, warteten in einem äußeren Teil des Zeltes und wurden dann nacheinander in ein inneres Abteil geführt. Dort saß ein höherer Offizier mit einigen Dolmetschern und Schreibern um sich herum. In meiner eigenen Sprache, aber mit starkem Akzent fragte er mich nach meinem Namen, Beruf, Rang im Militär- und Arbeitsleben. Einer der Umstehenden beugte sich nach vorn und sagte etwas mit so leiser Stimme, daß ich nichts verstand. Aber als ich sein Gesicht sah, fuhr ich zusammen. War es nicht einer meiner eigenen Kursteilnehmer? Ich war aber nicht ganz sicher. Der Chef blickte interessiert auf. „Aha", sagte er, „Sie sind Chemiker und haben Erfindungen gemacht? Ist eine wichtige darunter? Wollen Sie sich Ihr Leben damit erkaufen? Wollen Sie uns Ihre Erfindung überlassen?"

Lange habe ich später darüber nachgedacht, warum ich eingewilligt hatte. Angst war es nicht. Ich hatte fast mein ganzes Leben lang Angst gehabt, ich war feige gewesen – was enthält mein ganzes Buch anderes als die Erzählung meiner Feigheit! Aber gerade in jenem Augenblick hatte ich keine Angst. Ich fühlte damals nichts anderes als eine maßlose Enttäuschung, daß mein Ziel nun unerreichbar wurde. Ich dachte auch nicht daran, daß mein Leben unter derartigen

Umständen nicht wert war, weitergelebt zu werden. Gefangen oder tot schien mir damals genau dasselbe zu sein. In beiden Fällen war mein Weg hin zu den anderen abgebrochen. Als mir später klar wurde, daß meine Erfindung mich gewiß nicht gerettet hatte, sondern daß mein Leben erhalten blieb, weil eine große Anzahl Gefangener ein wünschenswerter Gewinn für den Nachbarstaat war – die Geburtenziffer war dort ebenso wie bei uns infolge der hohen Verluste in den großen Kriegen nicht hoch genug –, empfand ich keine Reue über meine Haltung, und sie änderte sich nicht. Ich gab ihnen meine Erfindung, weil ich ganz einfach wollte, daß sie weiterbestehen sollte. Wenn die Chemiestadt Nr. 4 in Schutt und Asche gelegt wurde, wenn der ganze Weltstaat in eine Wüste von Stein und Staub verwandelt wurde, wollte ich mir wenigstens vorstellen können, daß irgendwo in anderen Ländern und unter anderen Völkern eine neue Linda, so wie die erste, freiwillig sprechen würde, wenn sie jemand zwingen wollte, und eine andere Schar zu Tode erschrockener Ankläger sollten einen neuen Rissen anhören. Das war natürlich Aberglaube, da sich nichts wiederholen kann, aber ich konnte nicht anders handeln. Es war meine einzige schwache Möglichkeit, meinen Weg fortzusetzen.

Wie ich nachher in eine fremde Stadt gebracht wurde, in ein Laboratorium, in dem ich unter Bewachung arbeiten mußte, habe ich schon berichtet.

Ich habe auch erzählt, daß die ersten Jahre meiner Gefangenschaft voller Angst und Grübeleien gewesen waren. Es gelang mir nie, irgendwelche Auskünfte über das Schicksal der Chemiestadt zu erhalten, aber langsam konnte ich mir den Plan ausrechnen, nach dem der Feind gehandelt hatte. Es mußte seine Absicht gewesen sein, die Straßen zu vergasen, um die Luftzufuhr zu den unteren Teilen der Stadt abzuschneiden, bis die Einwohner aus Verzweiflung durch die wenigen übriggebliebenen Ausgänge nach oben schleichen würden, einzeln oder in kleinen Gruppen, und sich der Wachmannschaft des Feindes gefangen gaben. Wie lange die Sauerstoffbehälter im Innern der Stadt gereicht hatten und ob der Mut der Bevölkerung so war, daß sie sich lieber gefangen gab als starb, wußte ich nicht. Es war ja auch denkbar, daß die ganze Belagerung mißglückt und Hilfe aus anderen Teilen des Weltstaates eingetroffen war. Wie gesagt, ich habe es nie erfahren. Aber es bestand immerhin die Möglichkeit, daß Linda noch am Leben war. Vielleicht auch Rissen, wenn sie zu seiner Hinrichtung keine Zeit mehr gefunden hatten. Ich muß zugeben, daß dies sehr unwahrscheinlich ist, und wollte ich meiner Vernunft folgen, müßte ich sicher den Rest meines Lebens in Verzweiflung verbringen. Daß ich dies nicht tue, ist vielleicht ein Beweis, daß mein Selbsterhaltungstrieb mich zwingt, im Blendwerk Trost zu suchen. Vor seiner Verurteilung hatte Rissen selbst gesagt: „Ich weiß, daß der Weg irgendwohin führen wird." Ich weiß nicht genau, wie er das gemeint hatte. Aber es gelingt mir manchmal, wenn ich mit geschlossenen Augen auf meiner Pritsche sitze, die Sterne funkeln zu sehen und den Wind wie in jener Nacht säuseln zu hören. Ich kann nicht, ich kann die Illusion aus meiner Seele nicht ausmerzen, daß ich immer noch, trotz allem, helfe, eine neue Welt zu schaffen.

Karin Boye

Es gibt nicht viele bedeutende Science-fiction-Romane aus der Feder skandinavischer Autoren, ebensowenig Utopien von Rang, die von Frauen verfaßt wurden. Karin Boyes „Kallocain", 1940 erschienen, kommt deshalb in zweierlei Hinsicht eine Sonderstellung zu. Oft wurde das Werk in die Nähe von Huxleys „Schöne neue Welt" gerückt, aber auch viele Motive aus Orwells Roman „1984", der neun Jahre später veröffentlicht wurde, hat Karin Boye in „Kallocain" vorweggenommen.

Die Schriftstellerin wurde 1900 als Tochter eines Ingenieurs in Göteborg geboren, die Familie stammte aus Böhmen. Karin Boye studierte zu Beginn der zwanziger Jahre an der Universität Uppsala und wurde Lehrerin. 1925 schloß sie sich der radikalen Bewegung des französischen Pazifisten Henri Barbusse an. Wie viele schwedische Intellektuelle setzte sie ihre politische Hoffnung auf die Sowjetunion, von der sie sich jedoch nach einem ausgedehnten Besuch enttäuscht abwandte. Die Erfahrungen, die sie in Stalins Reich machte, schlagen sich im Werk der Autorin, die auch als Lyrikerin hervortrat, ebenso nieder wie ihre Angst vor dem aufkommenden Nationalsozialismus. In ihrem Bemühen, Lösungen für die verwirrenden Daseinsfragen zu finden, suchte sie schließlich Zuflucht in der Psychoanalyse – vergebens. 1941 nahm sich Karin Boye in einem Wald bei Alingsås in Südschweden das Leben.

Höher, schneller, weiter?

Der Sport jenseits der Jahrtausendwende

Ein Auszug aus dem Buch
2019-07-20 – Ein Tag im 21. Jahrhundert
von Arthur C. Clarke
erschienen im Verlag Ullstein GmbH

Kurz nach der Jahrtausendwende wird die Menschheit über das Wissen und die technischen Möglichkeiten verfügen, die Leistungen weltweit in jeder sportlichen Disziplin erheblich zu verbessern. Um 2019 werden Athleten und Mannschaften auf allen sportlichen Ebenen von den zahlreichen Entwicklungen in diesem Bereich profitieren. Alle Sportarten werden eine Höherentwicklung durchmachen, die Weiterführung einer langen Evolutionsgeschichte.

Am Springfield College in Illinois wurde beispielsweise einst im Jahre 1891 ein Sportlehrer namens James Naismith aufgefordert, eine sportliche Betätigung zu erfinden, mit der man die langen Wintermonate zwischen dem Ende der Football-Saison und dem Beginn der Baseball-Saison überbrücken könnte. Nachdem er vergeblich nach Pappkartons gesucht hatte, entschloß sich Naismith, zwei Pfirsichkörbe zu nehmen, die er an den Tribünenkanten an den Schmalseiten der Turnhalle festnagelte. Dann fand er einen Netzfußball und stellte an beiden Körben Leitern auf, damit man den Ball rausholen konnte, wenn eine Mannschaft einen Wurf geschafft hatte. Es gab kein Dribbeln und auch keine Freiwürfe. Die einzige Methode, den Ball in den Korb zu schaffen, bestand darin, ihn von Spieler zu Spieler weiterzugeben. Es gab ganze dreizehn Spielregeln.

Heute umfassen die Spielregeln für Basketball viele Seiten, und wenn James Naismith jetzt an einem Profispiel als Zuschauer teilhaben könnte, dürfte es ihm schwerfallen, das von ihm erfundene Spiel wiederzuerkennen. Er würde gläserne Rückborde an Pfosten sehen, Körbe mit Metallringen, die nach unten offen sind, einen weit größeren ungeschnürten Ball, der rundum von Narben bedeckt ist. Er würde auch gespenstische, über zwei Meter große Athleten in rasendem Tempo über das Feld dribbeln sehen.

Wenn uns jemand in eine Zeitmaschine steckte und zu einem Profi-Basketballspiel versetzte, das in dreißig Jahren stattfindet, würden wir das Spiel als solches zweifellos wiedererkennen. Doch in vielerlei Hinsicht würde es uns wohl ebenso verblüffen, wie unsere jetzige Variante dies bei James Naismith täte.

Als erste Besonderheit würden uns die Sportler selbst auffallen. Dank kontrollierter Einnahme von Hormonpräparaten und aufgrund von Ernährungsprogrammen beträgt die Durchschnittsgröße eines Spielers der National Basketball Association im Jahre 2019 zwei Meter zwanzig. Manche Spieler werden sogar an die zweieinhalb Meter groß sein. Dabei werden sie perfekt gebaute Körper haben, breite Brustkörbe und mit Muskeln bepackte Arme und Beine. Diese Türme von Spielern, die mit Hilfe biomechanischer Analysen und einer Unmenge weiterer wissenschaftlicher Trainingsmethoden herangezüchtet werden, werden trotzdem so geschickt und beweglich sein wie heute die kleinsten Spielmacher.

Wegen der unglaublichen Fähigkeiten dieser Stars der Zukunft wird die Liga einige Veränderungen vornehmen, damit das Spiel weiterhin den Wettbewerbscharakter behält. Zunächst werden die amerikanischen Basketball-Funktionäre den Korb höher hängen und seinen Randumfang verringern. Auch wird der Ball selbst geringfügig größer werden, und die derzeitigen Varianten (Leder für die Halle, Gummi für draußen) werden durch Plastikbälle ersetzt, die die hervorragende Griffqualität des Leders mit der Dauerhaftigkeit des Gummis verbinden.

Die meisten übrigen populären Sportarten sind weit komplizierter als Basketball, erfordern entweder mehr Mitspieler oder mehr Ausrüstung. Also wird sich die Technik auch weitaus stärker auf sie auswirken. Beim Tennis etwa hat eine stürmische Revolution des Materials bereits begonnen. Von Anfang an sehnten sich die Tennisspieler nach dem magischen Schläger, mit dem man sowohl die harten Schmetterschläge wie die weichen Stops und Slices bewältigen könnte, doch lange Zeit behaupteten die Rackets mit Holz- oder Metallrahmen ihren Platz. Heute kennt man sie kaum noch. Die meisten Hersteller von Tennisschlägern entlehnen ihre jeweilige supergeheime Neuentwicklung von der Raumfahrtindustrie und fertigen ihre Schlägerrahmen aus Stoffen wie Fiberglas, Graphit und Keramik, die ursprünglich für die Außenhülle von Überschalljets verwendet wurden. Aber 2019 werden auch diese Stoffe bereits veraltet sein. Wenn jemand, der

Moderne Tennisschläger, wie Pete Sampras sie benutzt, ermöglichen eine Aufschlaggeschwindigkeit von über 200 km/h.

heute auf Graphit-Tennisschläger schwört, dann noch spielt, wird er dies wohl mit einem Schläger aus Boron tun, einer Kunstfaser, die die ganze Handlichkeit eines Graphitrackets hat, ohne so spröde und leicht zerbrechlich zu sein. Vielleicht schwingt er auch einen Schläger aus einem ganz revolutionären Material, das als Kevlar bezeichnet wird. Kevlar sieht dem Fiberglas ziemlich ähnlich und fühlt sich auch fast so an, doch wenn es mit Epoxydharz gemischt wird, kann es dem Druck einer Schmiedepresse standhalten. Tennisschläger aus Boron und Kevlar werden viel besser harte Aufschläge absorbieren und bruchsicherer sein. Überdies bieten sie die Schlagkraft und Stabilität des Metallrahmenrackets, verbunden mit dem geringeren Gewicht des Graphitschlägers.

Es wird aber die Bespannung sein, nicht der Rahmen, die im Tennis die größte Neuerung darstellt. Die neuen Bespannungen werden wetterunempfindlich sein und eine lebenslange Garantie haben. Sie strecken sich beim Aufprall enorm und produzieren eine unglaubliche Schmetterkraft, kehren jedoch im nächsten Augenblick in ihren Originalspannzustand zurück.

Auch werden die Rackets nicht mehr mit einer fixen Spannung versehen sein; sie werden dann mit einer computerisierten Spannungsmechanik geliefert, die man selbst regulieren kann. Der Spieler kann eine Spannung für den Aufschlag wählen und blitzschnell auf eine andere Spannungsstärke umschalten, wenn er ans Netz vorgeht.

Die Sportkleidung im 21. Jahrhundert wird die Leistungen ebenfalls verbessern. Die Sportler werden sich in hautenge körperangepaßte Kleidung aus atmungsaktiven aerodynamischen Materialien wie den Abkömmlingen von Lycra oder Spandex zwängen. Und die Athleten werden mit Spezialschuhherstellern zusammenarbeiten, die ihnen Maßschuhe entwerfen. Jeder Sportler wird zunächst einmal seine Füße röntgen und einen genauen Abdruck von ihnen anfertigen lassen. Dann folgt ein Test auf einer

Mit Hilfe von Computeranalysen werden Fahrstil und Rennanzug beim Abfahrtslauf auf optimale Aerodynamik überprüft.

Bessere sportliche Leistungen durch maßgefertigte Schuhe. Ein Fußvermessungscomputer liefert die nötigen Daten.

druckempfindlichen elektronischen Platte, die alle die winzigen Kräfte aufzeigt, die auf die Füße bei einem Wettkampf einwirken. Sobald diese Daten zusammengefaßt sind, ergibt sich aus ihnen ein Fußprofil, das ebenso eindeutig identifizierbar ist wie ein Fingerabdruck. Das Ergebnis wird dann ein maßgefertigter Schuh mit aerodynamischen Qualitäten sein, der gleichzeitig auch maximale Haftung, Geschwindigkeit und Federung erlaubt.

Ein vorrangiges Ziel der Ausrüster wird die Unfallverhütung sein. So wird beispielsweise der Skifahrer der Zukunft die Hänge in hohen Stiefeln hinabrasen, die seine Knie schützen. Wenn der Skifahrer aufprallt oder stürzt, registriert eine elektronische Meßvorrichtung in den Bindungen automatisch die überhöhte Krafteinwirkung und löst die Bindungsbacken, so daß die Füße frei sind, ehe sie gefährlich verdreht werden.

Die Ski des Freizeitsportlers werden überdies in Zukunft mit einem batteriebetriebenen Antriebsmechanismus ausgerüstet sein. Statt sich beim Warten am Lift die Hacken abzufrieren, kann der

Skifahrer dann einfach den ihm angemessenen Hang ansteuern und mit dieser Antriebshilfe hinaufgleiten.

Alles in allem aber ist natürlich klar, daß selbst die allerbeste Ausrüstung aus einem mittelmäßigen Sportler keinen Superathleten machen kann. Darum werden auch im nächsten Jahrhundert der Athlet und seine Leistung, nicht seine Ausrüstung, immer noch im Mittelpunkt des Geschehens stehen. Den größten Beitrag wird die Technologie auf den Sektoren Ernährung und Training der Sportler leisten.

Künftigen Spitzensportlern werden die heute gebräuchlichen Trainingsmethoden wahrscheinlich ebenso primitiv vorkommen wie uns der „Kinetograph" Edisons. Dank einer Vielzahl von „telemetrischen" (fernmeßtechnischen) Methoden, die es Spezialisten erlauben, die körperinternen Reaktionen von Sportlern zu studieren, sind dann viele der Geheimnisse des menschlichen Körpers gelöst: Wie sich Muskeln erhöhter Leistungsbeanspruchung anpassen, wie lange die Ruhe- und Erholungspausen nach körperlicher Anstrengung sein müssen, auf welche Weise das Gehirn chemische Informationsträger wie Epinephrine (Adrenalin) erzeugt bzw. auslöst, um die körperliche Energieleistung zu steigern, und Endorphine, um die Schmerzempfindlichkeit zu verringern. Sobald diese

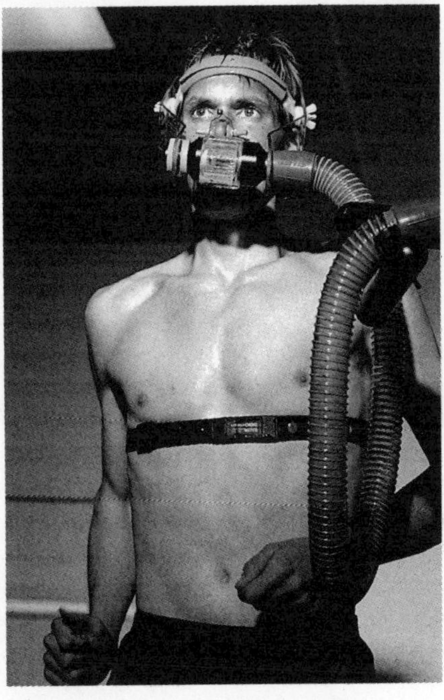

Athlet beim Belastungstest in Colorado Springs, dem Olympischen Trainingszentrum der USA

Geheimnisse einmal beherrschbar sind, können Sportler Spitzenleistungen erreichen, ohne jemals ihr Training zu übertreiben.

Am Ausgangspunkt steht für jeden künftigen Sportler eine gründliche biomechanische Analyse, bei der man den Körper des Athleten als ein mechanisches System genau untersucht. Den Keim für diese Methode findet man bereits heute im Olympischen Trainingslager in Colorado Springs. Dabei übt der Sportler die Bewegungen seiner Sportart auf einer Anordnung von 45 cm langen elektronischen Bändern, sogenannten „force plates", aus, die im Boden eingelassen sind. Während seiner Bewegungen geben die „Platten" an den Computer Informationen über die Kräfte weiter, die auf den Athleten einwirken und die sein Körper freisetzt. Als nächstes werden vierzehn winzige Sensoren an seine Fußsohlen geklebt und ein winziger Computer an seiner Taille befestigt.

Ein Extremmarathon durch die Sahara deutet heute schon an, welche Leistungen künftigen Athleten abverlangt werden.

Bringt die Zukunft den Wettkampf auf Leben und Tod? Im Science-fiction-Film „Rollerball" fasziniert eine barbarische Mischung aus Hockey, Motorradrennen und Rollschuhlauf die Massen.

Drahtverbindungen zwischen den Sensoren und dem Computer erlauben die Erfassung noch genauerer Informationen über die von den Füßen ausgeübten Kräfte.

In ein paar Jahrzehnten und nach umfassender Forschungsarbeit in der Biomechanik haben dann Computerprogrammierer ein Universalprogramm ausgearbeitet, das ideale Bewegungsmuster für jede Sportart liefert. Durch die Aufteilung des menschlichen Körpers in Tausende von Segmenten können derartige Programme sofort die Schwächen in der Technik eines Sportlers festnageln und Korrekturmöglichkeiten aufzeigen. Beim Trainingsprogramm speist eine ultraschnelle Videokamera die Leistungsaufzeichnungen direkt in einen Computer. Dort werden die optischen Bilder in Daten umgesetzt und mit den gegebenen Formeln einer perfekten biomechanischen Leistung verglichen. Ist die Leistung des Athleten unzulänglich, zeigt ihm der Computer die genauen Gründe dafür.

Um 2019 wird aber sogar ein solch hohes Niveau der biomechanischen Analyse als ungenügend erachtet werden, da die Verbindung zwischen Computer und Medizinwissenschaftlern immer enger und ausgefeilter geworden ist. Sportler trainieren dann nicht mehr bloß vor Videokameras, sondern mit an ihrem Körper haftenden Monitoren, die die Hirnströme (EEG) und die Herzfrequenzen (EKG) aufzeichnen.

„Derzeit können wir den Aktiven sagen, wieviel sie wiegen und wie hoch der Fettanteil ihres Körpers ist", erklärt der Physiologe Peter Van Handel vom amerikanischen Olympischen Komitee. „Aber bald werden wir in der Lage sein, Optimalschemata aufzustellen für Herzaktivität, aerobische Kapazität, Stoffwechsel und zahllose variable Faktoren im Blut, und zwar für jeden Sportler in jeder Disziplin. Dann werden wir den Wettkämpfern auch sagen können, wie sich derartige Parameter bei Höhen- oder Temperaturveränderungen verschieben. Unsere Computertests für Kraft (wieviel einer heben kann) und Energie (wie schnell er ein Gewicht heben kann) sagen dann jedem einzelnen, welche Muskeln er für bestimmte Leistungen härter trainieren muß.

Das Präzisionstraining wird die Athleten bis 2019 nahe an die äußersten Grenzen ihrer natürlichen Möglichkeiten gebracht haben, doch eine Reihe nicht unumstrittener neuer Techniken wird ihnen erlauben, diese Grenzen weit zu überschreiten. Zwar sprechen sich offizielle Gremien, etwa das Olympische Komitee der USA, derzeit noch lautstark gegen den Einsatz von Dopingmitteln aus, trotzdem arbeiten Forscher eifrig an leistungsverbessernden Substanzen. Einige Wissenschaftler sind davon überzeugt, daß aus der Forschung völlig neue sportliche Leistungsstandards erwachsen werden. Die Forscher sind auch zuversichtlich, daß derartige chemische leistungssteigernde Hilfen mit der Zeit uneingeschränkt akzeptiert werden, weil die neuen Mittel von schädlichen Nebenwirkungen frei sein werden.

Eines Tages werden auch die Hirnströme von Sportlern nicht mehr tabu sein. Die Wissenschaft weiß heute bereits, daß die Gehirnwellen eines Sportlers sich mit jedem Stadium einer sportlichen Leistung ändern. Wenn beispielsweise Läufer ein angenehmes Tempo anschlagen, senden sie Alpha-Wellen aus (die Entspannung signalisieren), und zwar aus der linken, der analytischen Gehirnhälfte. Doch wenn der Läufer das Tempo steigert, nehmen die Alphawellen ab und seine „intuitive" rechte Gehirnhälfte übernimmt die Steuerung.

Bis 2019 wissen Spezialwissenschaftler, wie die optimalen Hirnstrommuster für jedes Stadium jeder sportlichen Leistung aus-

sehen. Diese Muster werden in Computerprogrammen erfaßt, bei denen die Denkaktivitäten der Sportler bei der Vorbereitung auf Spiele oder im Wettkampf überwacht werden. Es ertönt ein Summton, sobald das Hirnstrommuster eines Kämpfers vom Idealzustand abweicht. Indem sie auf solche Signale reagieren, können die Sportler im nächsten Jahrhundert bestimmte Hirnstromaktivitäten steigern und andere unterdrücken und damit den perfekten mentalen Zustand für jede Wettbewerbssituation herstellen.

Angesichts der breitgefächerten, heute praktisch noch unvorstellbaren körperlichen und geistigen Möglichkeiten, werden die Sportler der Zukunft ihr Durchhaltevermögen in weit schärferen Wettkämpfen beweisen müssen. Der altehrwürdige Marathonlauf (42,2 km) wird dem Tausendkilometerlauf weichen, der Radwettbewerb der Tour de France wird sich zu einer Tour de l'Europe auswachsen. Im Mannschaftssport wird sich die Spieldauer verlängern, und es wird pro Saison mehr Begegnungen geben, obwohl aus finanziellen Gründen alle Klubs weniger Aktive aufweisen werden.

Aber im Lauf der Zeit werden immer mehr Sportler dieser einseitigen Sportarten überdrüssig werden und dem Beispiel der heutigen Triathleten folgen, die sich gleich in drei Disziplinen, dem Schwimmen, dem Radfahren und dem Langstreckenlauf, beweisen wollen. Im unablässigen Bemühen, über die Grenzen des menschlichen Leistungsvermögens hinauszugelangen, werden die Sportler immer mehr und immer neue Kombinationssportarten entwickeln, beispielsweise eine Art „Football", bei dem es um eine dreistündige Begegnung ohne Pause geht, worauf dann ein Baseballspiel und ein Basketballspiel folgen; oder „Paraski", bei dem der Skifahrer Fallschirme benutzt, um von einer Bergspitze zur nächsten zu schweben; oder „Parascuba-Rennen", bei denen die Taucher Unterwasserlangstreckenrennen absolvieren, nachdem sie mit leichtgewichtigen Tauchtanks auf dem Rücken aus einem Flugzeug abgesprungen sind.